HEYNE <

Zum Buch

Bob bremste an der roten Ampel vor der S-Bahn-Brücke an der Max-Brauer-Allee.
»Weißt du noch, wie du Josephine den Bauch massiert hast, an dem Abend, als wir uns kennengelernt haben?«
»Klar, wie könnte ich das vergessen? So wie die gepupst hat«, sagte er und sah mich gutgelaunt an. Das war übrigens eine der Geschichten, die Josephine nicht gern hörte. Kein Wunder. Sie war inzwischen »aus dem Gröbsten« raus.
»Ich glaube, ich hätte auch gern bald so was Kleines, Pupsendes«, sagte ich, während er wieder nach vorn zur Ampel sah, die in dem Moment auf Grün umschaltete. Nur Bob schaltete nicht. Weder aus dem Leerlauf in den ersten Gang noch von Stille auf Reden.
»Echt«, sagte er schließlich und ich wurde langsam nervös. Nicht, weil das keine klare Antwort auf meine nicht klar gestellte Frage war, sondern weil hinter uns mindestens fünf Autos hupten.
»Ja«, sagte ich und drehte mich kurz nach hinten um. »Wollen wir?«, fragte ich ihn – und diesmal meinte ich, dass er jetzt gerne wieder Gas geben durfte.

Zur Autorin

Tina Wolf wurde 1973 in Norddeutschland geboren. Sie machte ein Volontariat als Online-und On-Air-Redakteurin bei RTL, moderierte dort und arbeitete parallel als Autorin. Seit mehr als zwölf Jahren arbeitet sie beim Fernsehen. Tina Wolf lebt mit ihrem Mann und ihrem Sohn in Hamburg. Sie läuft, praktiziert Yoga und isst leidenschaftlich gern alles, was ihr Mann kocht. Mehr über die Autorin unter www.tinawolf.net und auf facebook unter »Autorin Tina Wolf«.

Lieferbare Titel

Kein Kind ist auch (k)eine Lösung

TINA WOLF

Mit zwei Pampelmusen auf den Himalaya

Roman

WILHELM HEYNE VERLAG
MÜNCHEN

FSC
www.fsc.org
MIX
Papier aus verantwortungsvollen Quellen
FSC® C014496

Verlagsgruppe Random House FSC® N001967
Das für dieses Buch verwendete FSC®-zertifizierte
Papier *Holmen Book Cream* liefert
Holmen Paper, Hallstavik, Schweden.

Originalausgabe 02/2014

Printed in Germany 2014
Umschlaggestaltung: Eisele Grafik-Design, München,
unter Verwendung der Fotos von
© Olena Chernenko/7E+/GettyImages und
© Tyler Edwards/Photodisc/GettyImages
Redaktion: Steffi Korda, Hamburg
Satz: KompetenzCenter, Mönchengladbach
Druck und Bindung: GGP Media GmbH, Pößneck
ISBN: 978-3-453-41150-0

www.heyne.de

Für meine Lieblingsschwester Jana

1. Kapitel

»Sie müssen sich das so vorstellen: Da vorne …« Dr. Liechel drehte sich ein Stück mit dem Bürostuhl, auf dem er saß, und zeigte mit der linken Hand auf das dunkle Mahagoniregal hinter sich, das die gesamte Wand seines ansonsten karg eingerichteten Behandlungszimmers einnahm. »Das da, das ist der Himalaya!«

Ich sah erst das Bücherregal an, dann Dr. Liechel, dann Bob neben mir. Ungefähr in der Reihenfolge. Und ohne irgendeine Reihenfolge dachte ich: *Hilfe, der tickt nicht ganz richtig! Was mache ich hier? Und wie löst man sich jetzt in Luft auf?*

Das Problem war nur: Ich wollte ja was von ihm. Und zwar ein Kind. Also, nicht von ihm direkt. Natürlich von Bob. Wobei mir das inzwischen auch schon fast egal war. Hauptsache, ich wurde schwanger – irgendwie.

»Sehen Sie ihn?«, hakte Dr. Liechel nach. Ich schaute noch mal zu Bob, um sicherzugehen, dass wir uns das erstens nicht einbildeten und zweitens beide dasselbe dachten. Er reichte mir seine Hand. Dann nickten wir synchron in Richtung des Arztes.

»Wir sitzen hier unten, trinken gemütlich eine Tasse Tee und betrachten ihn«, fuhr dieser mit stoischer Ruhe fort.

Ich guckte mich im Raum um. Weit und breit kein Tee.

Prosecco wäre mir jetzt so oder so lieber gewesen. Oder einfach ein Kurzer. Oder zwei.

Dr. Liechel befand sich also am Fuße des Himalaya-Gebirges und nicht mitten in der Hansestadt Hamburg. Beeindruckt ließ er seinen Blick über die Bücherwand schweifen. »Ganz schön hoch, oder?«

Noch einmal nickten wir artig – wie zwei Kinder, die Angst hatten, bei der falschen Antwort aus dem Spieleparadies geworfen zu werden.

»Das wird kein Sonntagsspaziergang!« Unser Reproduktionsmediziner holte tief Luft, was vermutlich die Anstrengung unterstreichen sollte, die auf uns zukam. »Aber keine Angst, ich bringe Sie da hoch. Ich bin Ihr Bergführer. Sie können sich auf mich verlassen!«

Na super, jetzt ging's mir besser. Ich sah noch mal zum Bücherregal hoch und dachte: *Ich will nicht wandern, ich will ein Kind!*

Dr. Liechel blätterte inzwischen in dem Haufen Unterlagen, der sich vor ihm auf dem Schreibtisch befand: Zettel von der Krankenkasse, Zettel von unseren Hausärzten und Zettel von meiner Gynäkologin, dazu die gefühlt dreitausend Fragebögen, die wir zusätzlich hatten ausfüllen dürfen. Wer sich fortpflanzen will, muss lesen und schreiben können! Nach der Durchsicht stellte er selbstzufrieden fest: »Den nötigen Proviant haben wir dabei. Dann kann es ja losgehen.«

Mit diesen Worten legte er uns noch mehr Formulare vor, die wir alle unterzeichnen mussten, was wir mechanisch taten, ohne das Kleingedruckte auch nur eines Blickes zu würdigen. Ich überlegte, wo man eigentlich so einen Stempel herbekommt, der die eigene Handschrift in einer

Sekunde aufs Papier bringt. Den sollte ich mir unbedingt besorgen, für den Fall, dass das hier mit dem Papierkram so weiterging.

Unser Bergführer sah auf die Unterlagen der Krankenkasse und meine Rezepte, die er inzwischen ausgestellt hatte. »So«, sagte er sichtlich stolz. »Wir sind auf der Startbahn!« Dann legte er die Blätter in die Mappe, auf der unsere Namen standen, klappte sie zu und verkündete feierlich: »Jetzt rollen wir!«

Wir rollen?!, dachte ich und fragte mich im gleichen Augenblick: *Himmel, wie konnte es nur so weit kommen?*

2. Kapitel

Zwei Jahre bevor wir unseren Bergführer kennenlernen durften, wachte ich eines Morgens völlig verwirrt auf. Ich hatte einen seltsamen Traum gehabt. Es war ein Samstag Ende Mai. Ich erinnere mich noch ganz genau.

Ich war im Traum an einem Ort gewesen, an dem man Babys bekam. Allerdings nicht im herkömmlichen Sinne. Es war eine Art Supermarkt. Es gab eine lange Warteschlange, und in der stand ich. Überall waren Frauen, die bereits ihre fröhlich glucksenden Babys erhalten hatten, sie auf dem Arm hin und her schaukelten, lachten und sich freudestrahlend an mir vorbei auf den Weg nach Hause zu ihren himmelblau und rosa ausgestatteten Kinderzimmern machten. Als ich endlich dran war, blickte mich ein Mann in einem Arztkittel mit langem weißem Bart über den Rand seiner Brille prüfend an und sagte: »Es gibt leider keine mehr, gute Frau. Sie sind zu spät!« Dann schloss er die Flügeltüren eines großen Tores, welche sich wie aus dem Nichts plötzlich zwischen uns schoben. Er rief mir noch zu: »Da hätten Sie früher kommen müssen!« Mit diesen Worten fiel das Tor laut, schwer und endgültig ins Schloss.

Ich wachte ruckartig auf.

Es war ein sonniger Morgen. Aber daran lag es nicht, dass ich schweißgebadet neben Bob aufschreckte.

»Alles okay?«, fragte Bob mich mit kleinen, verschlafenen Augen. Ich nickte. Bob drehte sich wieder auf die Seite.

»Glaube ich zumindest«, murmelte ich mehr zu mir selbst, völlig benommen von dem Traum.

Was war das denn bitte, überlegte ich. Ich hatte schon lange Lust auf Kinder, irgendwie, irgendwann, nicht konkret, aber eben hin und wieder mal. Aber bisher nahm ich die Pille und hatte noch nie das Gefühl von Torschlusspanik verspürt. Komisch, was man sich manchmal so zusammenträumte.

Ich sah mich um und vergewisserte mich, dass ich wirklich wach war. Ja, das hier war unser Schlafzimmer. Die hellgrauen Wände. Die schwarz gerahmten Bilder, die auf der alten Kommode meiner Großmutter standen und seit vier Jahren auf ein paar Nägel warteten. Daneben die unterschiedlich großen, dicken cremeweißen Kerzen, die wir noch nie angezündet hatten. Unsere dunkelgrauen Vorhänge, die bis zum Holzfußboden herunterhingen und mich daran erinnerten, dass sie gern mal wieder gewaschen werden wollten. Und der weiße Designer-Stuhl neben der Tür, den ich durch einen Deal mit meiner Freundin Kiki für ein Zeitschriften-Abo bekommen hatte und von dem man im Grunde nie etwas sah, da sich darauf stets ein Haufen Klamotten türmte. Ich sah nach oben, wo nach wie vor eine blanke Glühbirne in der Fassung hing, seitdem Loretta, unser spanischer Putzteufel, auf die Idee gekommen war, die Deckenleuchte mit dem Staubsauger zu behandeln. Seitdem staubte unsere mühsam zusammengefrickelte »IQ-Lampe« auf dem Kleiderschrank ein. An besagter Lampe wäre unsere Ehe beinahe gescheitert, weil sie bei der Lieferung flach und nicht rund gewesen war und aus zig Teilen bestanden hatte, die sich einfach nicht zu einer Kugel zusammenbauen lassen wollten.

Ich rutschte wieder unter die Decke und schloss die Augen. So richtig fit war ich doch noch nicht.

Wie viele Male war ich damals an dem Geschäft in einem meiner Lieblingsstadtteile Sternschanze vorbeigegangen und hatte mir die Lampe im Schaufenster sehnsüchtig angesehen? Den Preis allerdings auch, und den weniger sehnsüchtig. Dann hatte ich sie mir schließlich zum Geburtstag gewünscht. Bob war nämlich von der Sorte Mann, der man besser genau sagt, was man sich wünscht. Sonst kann es passieren, dass man rosa gehäkelte Topflappen bekommt.

Eine Überraschung war es also nicht gewesen, als er mir vor knapp drei Jahren an meinem 34. ein flaches, rechteckiges Päckchen auf die Bettdecke legte, neben ein Tablett, auf dem ein Herz aus Teelichtern brannte und ein Latte macchiato samt Zucker und Zimt stand. Gefreut hatte ich mich trotzdem wie ein kleines Kind! Ich weiß es noch genau: Wie wir uns nach dem Frühstück im Wohnzimmer auf den weichen Flokati gesetzt und angefangen hatten, die Lampe zusammenzubauen. Und da fing das Problem an. Ich bin die geborene Chaotin und dazu leider auch noch Gegnerin jeder Gebrauchsanweisung. Zum einen dauert es mir viel zu lange, alles durchzulesen, zum anderen bin ich zugegebenerweise etwas faul und immer der Meinung, die Dinge müssen so sein, dass sie sich von allein erklären. Daher versuche ich es meist einfach so. Und merke dann schnell, dass es einfach so nicht geht.

Das will ich mir allerdings in der Regel nicht anmerken lassen.

Solange ich allein war und etwas Neues ausprobierte, von dem ich keine Ahnung hatte, war alles in Ordnung. Nun saß mir aber damals an diesem eigentlich ganz schönen, sonnigen Augusttag ein braun gebrannter Analytiker in Bermuda und Poloshirt gegenüber, der alles erst mal in Ruhe durchlas, bevor er überhaupt etwas in die Hand nahm. Zu diesem Zeitpunkt hatte ich schon mehrere der unzähligen weißen Plastikpuzzleteile zusammengesteckt und gedacht, ich wäre auf dem richtigen Weg.

Dem war aber nicht so, wie mir der Analytiker nach gründlichem Studieren des Beipackzettels zu verstehen gab. »Die Lampe heißt ja nicht ohne Grund IQ«, meinte er, schnappte sich die zusammengesteckten Teile, an denen ich zwanzig Minuten gesessen hatte, und nahm alles wieder auseinander. Okay, zugegeben, »alles« waren vier Teile. Aber immerhin! Ich kam mir vor, als säßen wir in der Sandkiste und er hätte meine Burg kaputt gemacht.

»Ach, und was möchtest du mir damit sagen?«

»Dass es etwas mit Nachdenken zu tun hat.«

»Hallo? Das habe ICH zusammengesteckt! Und stell dir vor: Ich habe nachgedacht, als ich die Teile zusammengesetzt habe«, konterte ich beleidigt, »die du gerade ohne Genehmigung einfach wieder auseinandergepflückt hast!«

»Die gehören genau andersrum zusammen, weil hier«, er zeigte auf den Beipackzettel, auf dem sich mehrere Zeichnungen für Schritt 1 bis 16 befanden, »die Schnur durchmuss für die Leuchte.«

»Aha«, machte ich eingeschnappt. Schließlich war ich

das Geburtstagskind und wollte bitte auch so behandelt werden. Dann nahm ich mir wieder zwei Teile. Ich schielte an den durchtrainierten Waden meines Mannes vorbei auf Schritt 1, ohne dabei ertappt werden zu wollen, und fing noch mal von vorne an.

Leider kam ich auch trotz des Schielens nicht weiter. Die kleine Bastelstunde endete für mich mit einem Anfall von schlechter Laune, noch bevor ich Schritt 3 erreicht hatte. Ich legte alles beiseite und stand auf.

»Warum musst du immer so schnell aufgeben?«, fragte Bob, während er sich mit dem Zeigefinger seine Brille wieder auf die Nase schob und zu mir hochguckte. Diese eckige Hornbrille trug zwar inzwischen jeder Hans und Franz, aber ihm stand sie einfach so gut, dass er die Invasion der Nerdbrillen bisher nicht zum Anlass genommen hatte, eine neue zu besorgen.

»Ich gebe gar nicht auf«, meinte ich genervt, weil er natürlich recht hatte: Mein Durchhaltevermögen bei solchen Dingen lag kurz über null.

»Was hast du denn?«

»Ich möchte nicht wie ein kleines Kind behandelt werden.« *Wie ein Geburtstagskind, aber nicht wie ein Kleinkind*, dachte ich im Stillen.

»Das tut doch keiner. Aber es macht keinen Sinn, etwas zusammenzubauen, ohne sich vorher die Anleitung angesehen zu haben. Du kannst ja auch nicht ohne Pilotenschein einen Airbus fliegen«, sagte er.

Schöner Vergleich.

»Ich mache uns lieber einen Kaffee«, entgegnete ich und ging in die Küche. Sie war der einzige Ort in unserer Wohnung, an dem ich mich definitiv besser auskannte als er, auch ohne Anleitung. Ginge es nach ihm, würden wir nämlich jeden Tag Toast Hawaii essen. Seine Leibspeise.

Eine Missstimmung wie diese war bei uns eher die Ausnahme. Wir waren jetzt elf Jahre zusammen und stritten für gewöhnlich so gut wie gar nicht. Wir waren nur ein bisschen anders. Dafür waren wir bekannt. Der Analytiker und die Chaotin. Darüber hatte meine liebenswürdige Mutter schon am Tag unserer Hochzeit vor acht Jahren eine komplette Rede gehalten. Na ja, Gegensätze ziehen sich halt an. Außerdem waren wir immer noch sehr verliebt ineinander. Wer konnte das schon von sich behaupten?

Mein Geburtstag war auf alle Fälle dann doch noch richtig schön. Zumindest das, was davon übrig war. Denn Bob verbrachte den gesamten Vormittag auf dem Flokati, bis er mir sein Werk endlich stolz präsentierte. Und nun lag die Lampe für Hochbegabte eingestaubt auf dem Schrank. Man gewöhnt sich an so vieles, wenn man es nur lange genug ansieht.

Alles wie immer. Sehr beruhigend. Das hier war nicht ein leer gekaufter Baby-Supermarkt, sondern unsere Wohnung, in der es einen attraktiven Mann für mich gab, den ich – auch wenn er gerade mal wieder schnarchte – jederzeit noch einmal heiraten würde.

Vielleicht war mein Traum ein Wink mit dem Zaunpfahl? Dass ich Kinder mochte, war allgemein bekannt. Und in den letzten Monaten, das musste ich zugeben, hatte ich auffällig oft an diese kleinen Quaktüten gedacht. Außerdem hatte ich mich in letzter Zeit dabei erwischt, etwas zu lange in die Kinderwagen fremder Frauen zu starren. »Ja, ja, die lieben Hormone«, hatte mein schwuler

Freund Max bei unserer letzten Shoppingtour gesagt und mich leicht genervt von einem Kinderwagen weggezogen, in dem so ein entzückend kleines Bündel lag.

Bob und ich hatten schon öfter über Nachwuchs gesprochen. Dass wir Kinder wollten, war klar wie Klößchenbrühe. Es war nur irgendwie nie der Zeitpunkt da gewesen, an dem wir dachten: *Jetzt!* Während unserer Flitterwochen auf Sardinien hatten wir das erste Mal ernsthaft darüber gesprochen. Damals fanden wir, dass Mitte dreißig ein gutes Alter für ein Kind wäre. Nicht zu früh, nicht zu spät. Dann waren wir Mitte dreißig – um genau zu sein letztes Jahr – und hatten anderes im Kopf: die Eröffnung meines Fotostudios in Hamburg-Eimsbüttel, Bobs Karriere, unsere Reisen. Was auch immer. Das Leben war unbemerkt an uns vorbeigerast. Zumindest hatte ich in diesem Moment den Eindruck. Das Leben beziehungsweise die letzten Jahre … Na ja, außerdem hatte Bob es sich zum Ziel gesetzt, nicht mehr so oft fliegen zu müssen, wenn wir ein Kind hätten. Er wollte sich dann nach einer Position umsehen, die es ihm ermöglichte, sein Kind auch mal abends ins Bett zu bringen und nicht nur schlafend aufwachsen zu sehen. Und ich? Ich fühlte mich nie so, als wenn es jetzt unbedingt sofort sein müsse. Ich war doch noch jung! Eigentlich. Und wir genossen unser Leben auch so in vollen Zügen. Klar hatte ich schon beim Einzug in unsere Wohnung darauf geachtet, dass es genug Räume gab, und auf dem Stadtplan geguckt, wie viele Spielplätze in der Nähe vorhanden waren. Diesbezüglich war Eimsbüttel ein Mekka der Mütter. Ich wäre also auf alle Fälle nicht allein. Irgendwann würde ich dazugehören. Hatte ich immer gedacht.

»Irgendwann« ist zu spät, schoss es mir jetzt durch den Kopf. Ich war 36. In genau drei Monaten 37. Und ich träumte wirres Zeug!

Ich drehte mich nach links und betrachtete Bob. Er schlief tief und fest. Wahnsinn. Darum beneidete ich ihn. Egal, ob unten auf der Straße ein Presslufthammer donnerte oder über uns am Samstagmorgen um halb acht der Holzfußboden abgeschliffen wurde – Bob schlief. Im Gegensatz zu mir. Ich bekam demnächst vermutlich die Goldene Membership-Card von Ohropax verliehen.

Okay, an Augenzumachen war nicht mehr zu denken. Diese Babyausgabestelle hatte, obwohl sie nur ein Traum gewesen war, eine merkwürdige Stimmung bei mir hinterlassen. Ich schüttelte den Kopf, stand auf und machte mir in der Küche einen Latte macchiato. Den ersten. Als offizieller Koffein-Junkie brauchte ich immer drei. Sonst bekam ich Kopfschmerzen, vermutlich wegen des Entzugs. Vor dem ersten war ich nicht gesellschaftsfähig, nach dem zweiten langsam ansprechbar, und mein Hirn fing an zu arbeiten. Und nach dem dritten war ich satt. Das war ungesund, aber nicht anders machbar, da ich schwarzen Kaffee hasste.

Ich nahm die Dose aus dem Regal, öffnete sie und steckte die Nase rein. Hmm … Herrlich! Ich liebte den Geruch von frisch gemahlenem Espresso. Wenn nur endlich mal ein Parfüm mit diesem Duft erfunden werden würde! Ich drehte die kleine italienische Espressomaschine auf, füllte in den unteren Teil Wasser und in den metallenen Filter das Espressopulver. Mein morgendliches Ritual.

Während ich die Kaffeedose zurück ins Regal stellte, fiel mein Blick auf die eingestaubte Teepackung, die Heidrun, meine Mutter, mir bei einem ihrer letzten Besuche geschenkt hatte. Irgendwas Gesundes, das mir nicht schmeckte. Das wusste ich, obwohl ich es nie probiert hatte. Ich hatte die Packung nur aus Höflichkeit noch nicht weggeschmissen.

Max meint übrigens, meine Kaffeetrinkerei sei eine Art »Rebellion« gegen meine Mutter, eine Teefanatikerin, die einem immer das Gefühl gibt, sie zu hintergehen, wenn man ihren Tee nicht trinkt. Als wolle sie sagen: Du sollst kein anderes Getränk haben neben mir. Schrecklich. Nun ja, ich hasste jedenfalls Tee – was psychologische Gründe hatte, wie Max meinte. Und der musste es wissen. Schließlich war er Seelenklempner. Mir wäre es lieber gewesen, er hätte sich an das Klischee gehalten und wäre Friseur geworden wie andere schwule Männer. Was hätte ich an Geld sparen können in den letzten Jahren! Die ganzen schönen Schuhe, die ich hätte kaufen können … Darüber durfte ich gar nicht nachdenken.

Die Espressomaschine fing an zu blubbern und zu zischen. Ich nahm einen der kleineren neuen Töpfe aus der Schublade neben mir und goss Milch ein. Jedesmal, wenn ich die Töpfe ansah, musste ich schmunzeln. Bob hatte das Topfset für sein emsiges Bonuspunkte-Sammeln beim Supermarkt bekommen. Er musste nur noch eine geringe Summe dazuzahlen. Aufgeregt wie ein kleines Kind bei der Weihnachtsbescherung war er vor einigen Wochen abends mit fünf Töpfen und drei Pfannen nach Hause gekommen. Als hätten wir bisher aus Dosen gegessen. Dabei hatte gerade er es alles andere als nötig, irgendwelche Punktekarten mit kleinen Aufklebern zu bestickern. Bobs Laufbahn als Unternehmensberater nahm

Formen an, die mich manchmal grübeln ließen, ob ich nicht doch hätte studieren sollen. Nichts gegen meinen Job als Fotografin, ich hatte schließlich sogar mein eigenes kleines Studio wenige hundert Meter von unserer Wohnung entfernt – aber bei ihm riefen wirklich am laufenden Meter irgendwelche Headhunter an und machten ihm Angebote, seit er ein großes Hamburger Familienunternehmen vor ein paar Jahren vor dem Bankrott gerettet hatte. Als jüngster Berater aller Zeiten mit Promotion. Mich rief lediglich hin und wieder mal mein Zahnarzt an. Weil die Zahnreinigung fällig war. Das unterschied uns.

Aber das machte Bob auch so sympathisch. Er konnte sich immer noch wie ein kleines Kind freuen. Und sei es über ein Topfset.

Ich schäumte die Milch auf, goss sie in eines der großen Gläser, die für alles taugten, und kippte den heißen Espresso darüber. Während ich zusah, wie sich Braun und Weiß in dem Glas vor mir langsam vermischten, überlegte ich, ob es nicht an der Zeit wäre, vielleicht doch mal was wie Detox, Fasten, Ayurveda oder so in Erwägung zu ziehen. Dabei musste ich notgedrungen wieder an meine Mutter denken. An sie und ihren Tee-Tick. Heidrun wüsste jetzt sicher sofort, welcher Tee der richtige wäre, um mal ordentlich zu entgiften. Obwohl sie selbst keinen Grund hatte, so asketisch, wie sie lebte.

Ich griff nach dem kleinen Zimt-und-Zucker-Behälter und streute eine ordentliche Ladung auf meinen Milchschaum. Allerdings nicht nur darauf, sondern auch noch daneben und auf den Fußboden, weil dieses blöde Gefäß meinte, umkippen zu müssen. Und während es kippte, hatte es sich dann noch spontan im freien Fall überlegt, den Deckel zu verlieren. Na super. Während ich mich mal wieder über meine angeborene und offenbar unheilbare Tollpatschigkeit ärgerte, fegte ich Zucker und Zimt mit Handfeger und Schaufel vom Fußboden. Dann trat ich etwas zu heftig mit dem Fuß auf die Pedale des Mülleimers, sodass der Deckel mit ordentlich Karacho laut gegen die Wand knallte. Leicht genervt schnappte ich mir meinen Latte, bevor der auch noch umkippte.

Auf meinen dicken Wollsocken schlurfte ich durch den Flur, nahm mein iPhone vom Sideboard und machte es mir im Wohnzimmer auf dem Sofa gemütlich. Meine Güte, dieser Traum war irgendwie immer noch präsent! Er dachte überhaupt nicht daran, sich vom Acker zu machen. Ich hing sozusagen in einer Endlosschleife mitten im Abspann fest. Vielleicht sollte ich mal kalt duschen, um wach zu werden. Immer wieder dachte ich an diesen Moment, als der Arzt das Tor zugemacht und mir gesagt hatte, es wäre zu spät …

Zur Ablenkung machte ich schnell mein Handy an. Während ich einen großen Schluck trank, schaute ich in meine Mails. Kiki hatte geschrieben, wie schön!

Namaste! Wie geht es dir, meine Süße? Was macht das Fotostudio? Läuft es einigermaßen? Wie ist der Frühling in Hamburg? Ach, das ist ja alles so weit weg, so von diesem Leben hier entfernt! Zumindest noch … Du musst unbedingt mal mitkommen! Hier gibt es sooo viele schöne Motive, dass man gar nicht weiß, was man zuerst fotografieren soll. Bin ich froh, dass es Digitalkameras gibt, sonst hätte ich schon drei Rucksäcke voll mit Filmen. Du kannst dir nicht vorstellen, wie unglaublich fantastisch und entspannt es hier ist! Wie freundlich die Menschen sind! Vor allem hier im Ashram, wo ich jetzt die zweite Woche bin. Eine ganz andere Welt …

Kiki war seit ein paar Wochen in Indien, machte dort schon vor Sonnenaufgang Yoga und verbrachte die Nächte auf unbequemen Bäumen. Das sollte sie näher an ihr Inneres bringen – hatte ihr Guru gesagt. Mich brachte es näher an die Vermutung, dass Yoga nichts für mich war. Zumindest nicht so.

Ich fühle mich so gereinigt, so frei, ich vermisse nichts. Kein Fleisch, keinen Fisch, kein Fernsehen. Das grenzt an ein Wunder! Das sind alles im Grunde Dinge, die uns vom Wesentlichen abhalten. Es tut so gut, hier zu sein. Glaub mir. Es gibt mir so eine Kraft! Vielleicht mache ich ein Yoga-Zentrum in Hamburg auf. Was meinst du? Ich glaube, das könnte ich mir gut vorstellen. Mein Rückflug ist übrigens leider schon Donnerstag. Ach, ich wäre gern noch geblieben … Wollen wir uns am Wochenende sehen? Ich melde mich, wenn ich gelandet bin! Fühl dich umarmt! Licht und Liebe, Kiki.

Ich stellte mir meine Freundin in bunte Tücher gehüllt und mit einem Bindi vor, so einem roten Punkt zwischen den Augenbrauen, wie ihn indische Frauen tragen, und musste schmunzeln. Kiki war seit Jahren auf der Suche nach irgendwas. Oder auf der Flucht. So ganz sicher war ich mir da nicht. Es gab kaum einen Flecken Erde, den sie noch nicht bereist hatte, kaum eine alternative Bewegung, die es ihr nicht angetan hatte. Sie war wie ein kleiner, bunter Vogel, der mal hierhin und mal dahin flog, je nachdem, wo gerade die Sonne schien oder der Wind sie hintrug. Ein ganz und gar fröhlicher Vogel, der angeblich immer im Auftrag eines Reisemagazins unterwegs war.

Das behauptete sie jedenfalls ihren Eltern gegenüber. Die nahmen unter anderem auch an, ihre einzige Tochter hätte Reisejournalistik studiert – ohne nachzufragen, ob es das überhaupt gab. Sie finanzierten Kikis lustiges Leben in der Hoffnung, aus dem wilden Ding würde etwas Anständiges werden. Schließlich sollte sie eines Tages die Firma übernehmen. Eine Brauerei. Hätten sie mich mal gefragt. Ich würd's machen. Ein Leben lang Freibier! Wer sagt denn da Nein? Kiki König tat es.

Noch wichtiger als das Fortbestehen der Firma war Kikis Eltern jedoch die Fortpflanzung ihrer Tochter. Aber ohne Mann kein Enkelkind, so viel hatten sie inzwischen verstanden. Von dem Mann war weit und breit nichts in Sicht, und das machte sie langsam nervös. Sie benahmen sich inzwischen, als hinge von Kikis Empfängnis das weitere Bestehen der Erdbevölkerung ab. In regelmäßigen Abständen stellten sie ihr, wenn sie mal wieder in Hamburg war und nicht durch die Welt tingelte, Männer vor. Beim letzten Mal war es der Sohn eines vermögenden Bekannten gewesen, der sicher ein netter Kerl war, aber wie sagt man so schön? Das Auge isst mit. Dagegen war der Prinz Dingensbummens von Schaumburg-Lippe ein Sexsymbol.

Mein Handy klingelte. Ich erschrak. Eine schielende Vera mit herausgestreckter Zunge erschien auf dem Display. Das Foto hatte ich an einem unserer Wochenenden gemacht. In einem Zustand, über den ich hier nur sagen möchte: ein herzliches Dankeschön an den Erfinder der Aspirin mit Sofortwirkung. Bis zu diesem Zeitpunkt hatte ich nämlich gar nicht gewusst, dass es durchaus machbar und möglich war, mehr als zwei Tage am Stück einen

Kater zu haben! Weiß der Henker, warum es Kiki und Vera damals nahezu blendend gegangen war. Die hatten schließlich mindestens genauso viel getrunken wie ich. Zumindest Kiki. Sie war immer schon diejenige von uns, die am meisten trank. Und das, obwohl sie die Kleinste war. Außerdem ein Fliegengewicht. Das wiederum hatte echte Vorteile: Vera oder ich konnten sie auf dem Rücken zurück ins Hotel oder nach Hause tragen, wenn es denn mal sein musste. Seit dem Abi fuhren wir einmal im Jahr weg. »Frauenwochenende« hieß das Ganze und war zur Tradition geworden. Kiki, Vera und ich waren seit der 9. Klasse eine unzertrennliche Dreierbande. Ohne drittes Rad am Wagen.

»Hey«, meinte Vera und hörte sich an, als hätte nicht sie mich angerufen, sondern ich sie gerade geweckt.

»Warum klingst du, als wäre es drei Uhr morgens?«

»Weil mich einer meiner blonden Wecker heute Nacht fünfmal aus dem Schlaf gerissen hat, indem er mir seine kleinen, kalten Käsefüße in die Pyjamahose gesteckt hat. Beziehungsweise ins Gesicht.« Sie gähnte laut.

»Oh … und warum schmeißt du ihn nicht raus? Welcher war es denn?«

»Tom«, seufzte sie in den Hörer.

»Der ist doch …«, ich überlegte angestrengt, »fünf, oder? Hat er kein eigenes Bett?«

»Doch, aber irgendwie hat er noch nicht begriffen, wozu das in seinem Zimmer steht. Spätestens ab 1 Uhr schmeißt er erst eine Ladung Kuscheltiere in unser Bett und dann sich selbst hinterher. Und dann dreht er sich wie ein Uhrzeiger. Ich hoffe, das gewöhnt er sich ab, bis er ausgezogen ist, sonst wird er leider als Single alt werden müssen. Das hält keine Frau aus. Zumindest ich nicht.«

»Und wenn du mal mit bei ihm im Bett schläfst? Dann wacht er um eins auf, sieht dich, ist beruhigt und pennt weiter. Das machst du eine Zeit lang, und irgendwann legst du einfach so eine aufblasbare Porno-Puppe neben ihn ins Bett. Das merkt der doch nicht!«

Ich fand meine Idee brillant.

»Super Tipp. Finden die im Waldorfkindergarten sicher auch total toll, wenn er denen erzählt, er hat eine nackte Gummipuppe im Bett, die so groß ist wie seine Mama, mit knallroten Wurstlippen, einem Riesenbusen und einem echten Pipiloch! Außerdem hab ich das schon gemacht.«

»Du warst bei Beate Uhse und hast …«

»Nein! Natürlich nicht. Ich habe mich nachts zu ihm gelegt, ohne Wurstlippen«, erklärte Vera. »Dafür mit verquollenen Augen am nächsten Morgen. Da ist er nämlich auch mitten in der Nacht aufgewacht und meinte total ernst, er würde den Wolf und den Bären nehmen und ich solle mir Ernie und Bert schnappen, wir müssten jetzt rüber zu Papa. Mein Argument, Papa sei schon groß und könne ruhig allein schlafen und ich wäre doch da und wir könnten einfach liegen bleiben – in seinem Bett –, hat er nicht akzeptiert. Stattdessen griff er sich seine Tiere und erklärte mir, das müsse jetzt so sein. Ich solle ihm glauben, das wäre manchmal so im Leben. Na ja, egal. Eines Tages muss er ja mal nachts Ruhe geben. Ich hoffe nur, ich erlebe das noch. Immerhin schläft Lilly jetzt durch.«

»ICH WILL KÄMPFEN!«, hörte ich einen der blonden Wecker im Hintergrund brüllen, gefolgt von einem lang anhaltenden Schrei, der mich an die Indianerfilme erinnerte, die ich früher samstags immer sehen durfte. Eine Sekunde später hörte ich, wie etwas zu Bruch ging. Was auch immer es war, es machte ordentlich Krach, während es zerbrach. Da ich nicht wusste, in welchem Zimmer Vera zum Telefonieren saß, konnte ich auch nicht mitraten, was es war. Aber ich tippte mal, dass sie noch im Bett lag.

»Scheiße! Tom, was machst du denn da?«, fluchte sie jetzt und klang plötzlich sehr wach.

»Scheiße sagt man nicht«, erklärte der Kämpfer.

»Oh Mann! Ich ruf zurück, sorry, ich muss mal kurz LKA spielen und jemanden in Gewahrsam nehmen! Bis gleich!« Sie legte auf.

Vera war früher vor fünf Uhr nachts nicht ins Bett zu bekommen. Und heute? Heute kannte sie nichts Schöneres als Schlafen und brauchte mindestens drei Espressi, wenn wir uns mal nach 19 Uhr trafen. Ließe man ihr die Wahl zwischen einer Liebeskind-Tasche und der Möglichkeit, ein Wochenende im Bett zu verbringen, würde sie sich für Letzteres entscheiden. Ansonsten war sie – trotz ihrer drei Raketen und ihres Jobs, von Haus, Hof und Ehemann mal ganz zu schweigen – immer noch die »Alte«. Die humorvolle, lebenslustige Vera. Sie hatte ihr Architekturstudium erfolgreich beendet, eine Dreiviertelstelle in einem Büro in der Hafencity und sah dabei auch noch, von ein paar kleinen Falten um die Augen mal abgesehen, super aus. Wie sie das alles hinbekam ohne Zehner-Karte für den Therapeuten, war mir manchmal ein Rätsel. Andere Leute waren schon mit einem Kind überfordert. Davon durfte ich mich in regelmäßigen Abständen überzeugen, wenn Mütter mit ihren Kindern ins Fotostudio kamen.

Wie mir das wohl gehen würde? Ob ich mich verändern würde, wenn ich ein Baby bekäme? Und wenn ja, würde ich es überhaupt merken? Vielleicht sollte man vorsorglich mit den besten Freunden abmachen, dass sie die Hand heben, wenn man »komisch« wurde. Ja, so würde ich es machen. Das war doch mal eine gute Idee! Ums Handheben würde ich allerdings am ehesten Max bitten, der war von allen der Neutralste. Und am wenigsten hormongesteuert.

Ich legte das Handy wieder weg, nahm meinen Latte und öffnete die Balkontür. Wunderbar frische Luft kam ins Wohnzimmer. Dafür, dass es ein früher Vormittag im Mai war, fand ich es draußen überraschend mild. Ein Mai in Hamburg! Ich stellte mich auf den Balkon, direkt an die alte, gusseiserne Brüstung, an der meine frisch bepflanzten Blumenkästen hingen, und holte tief Luft. Ich liebte den Frühling! Es war meine absolute Lieblingsjahreszeit. Alles spross und blühte, es wurde wärmer, herrlich! Eigentlich. Wenn dieser komische Traum nicht gewesen wäre. Vor meinem inneren Auge schloss sich immer noch dieses blöde Tor, und ich hörte den alten Mann sagen: »Sie sind zu spät! Sie sind zu spät! Sie sind zu spät!«

Ich machte die Augen zu, rieb mit der freien Hand darüber, dann öffnete ich sie wieder. »Okay«, sagte ich und sah zum Himmel, der keine Wolken im Angebot hatte und traumhaft hellblau strahlte. »Okay. Ich nehme das jetzt mal als Zeichen. Daaaanke!«, rief ich hoch. In der Hoffnung, dass es da oben jemand hörte und diesem Albtraum ein Ende bereiten würde.

»Alles in Ordnung?«, fragte links von dem Balkon

neben mir der alte Mann aus dem Nachbarhaus, der in weißem Rippunterhemd und Jogginghose seine Pflanzen goss.

Ich zuckte zusammen. Himmel, hatte ich mich erschrocken! »Ja«, sagte ich lächelnd nach einer Schrecksekunde. »Alles tip top!«

Er nickte nur und ging in seine Wohnung. So, nun war ich wach. Ich sah runter auf die Straße. Gegenüber an der Ecke beim Gemüsetürken wurden Waren angeliefert, links daneben im Kiosk stand eine Schlange bis vor die Tür. Wobei ich sagen muss, dass maximal sechs Leute in Olgas Laden passen. Seitdem die Grundgute auch noch Brötchen verkaufte, war der 10 Quadratmeterladen jeden Samstagmorgen gerappelt voll. Vielleicht sollte ich auf Backwaren umsteigen.

Jetzt stellte ich aber erst mal mich selbst um, und zwar auf »Wochenende«. Das musste ich noch üben. Bis vor Kurzem hatte ich schließlich jeden Samstag in meinem Studio gestanden. Vor ungefähr sechs Wochen hatte ich dann beschlossen, dass ich mehr beziehungsweise überhaupt mal Freizeit brauchte. Nach dieser Erkenntnis besorgte ich mir eine Teilzeitkraft, die einsprang, wenn ich einen freien Samstag brauchte – so wie jetzt. Damit machte ich zwar noch keinen Gewinn, so wie Olga, hatte aber meine Ruhe. Zumindest so lange, bis Louisa, meine Neuanschaffung, anrief und wissen wollte, was wo lag und wie viel kostete.

Mein Handy klingelte. Gedankenübertragung, würde Kiki jetzt sagen!

»Ja?«

»Ähm, hi … Sorry, dass ich störe …«, meinte Louisa in

einem Tonfall, der mir Angst machte. »Ich hab ein Problem.«

O Gott. Ich überlegte, ob die Versicherung auch bei Überschwemmung oder Einbruch Schäden ersetzte oder nur bei Feuer.

»Frau Baier ist gerade da und will ihr Porträt abholen.«

»Ja, super. Es steht unter B in der Ablage.«

»Das hab ich auch gefunden, aber Frau Baier vermisst ihre Hand.«

»Bitte, was?«

»Sie meint, das wäre nicht ihre Hand auf dem Foto.«

Ich holte tief Luft. »Wessen Hand soll es denn sonst sein? Meine ist es nicht, ich habe die Kamera gehalten.«

Drehten jetzt alle durch? Ich überlegte, ob das ein Telefonstreich irgendeines Radiosenders war. Wie kann man seine eigene Hand nicht erkennen?

»Sie meint, es ist auf keinen Fall ihre Hand.«

»Und jetzt?«

»Genau das wollte ich dich ja fragen. Sie will nämlich ein neues Shooting.«

Herr, gib mir Ruhe und Gelassenheit. »Sag ihr bitte, ich bin fest davon überzeugt, dass es ihre Hand ist. Sie kann die Hand aber auch sonst gern herausschneiden und sich die von Heidi Klum reinkleben«, meinte ich genervt.

»Das soll ich ihr so sagen?«

»Ja! Äh … nein, natürlich nicht. Netter. Aber ungefähr so.«

Ich legte auf. Himmel noch mal.

Dann ging ich ins Bad. Manchmal hilft nur Duschen.

Als ich mit nassen Haaren und in ein Handtuch gewickelt

wieder aus dem Bad kam, stand Bob in seinem hellblauen Pyjama, den ich ihm zu Weihnachten geschenkt hatte, im Flur vor mir, spielte Luftgitarre und sang »We don't need another hero« von Tina Turner. Das tat er eigentlich fast immer, wenn ich aus der Dusche kam, weil mir dann die Haare wortwörtlich zu Berge stehen, und er fand Tina Turner dazu auch nach Jahren noch lustig. Dabei sah er selbst nicht viel besser aus: Seine kurzen braunen Haare lagen nämlich eindeutig so, als hätte er die gesamte Nacht auf ein und derselben Seite gepennt, der linken. Aber selbst so hätte ich ihn mir gleich wieder schnappen und zurück ins Bett gehen können. Ich fand ihn immer noch so attraktiv wie am ersten Tag. Daran änderten auch platt gelegene Haare nichts. Außerdem war ich ein klitzekleines bisschen stolz, dass *mir* dieser Fang ins Netz gegangen war. Jawohl. Ich hatte verdammt noch mal Glück!

»Denk dir mal was Neues aus«, meinte ich lachend, gab ihm einen Kuss auf seinen Drei-Tage-Bart, der langsam anfing zu piksen, und ging an ihm vorbei.

»Guten Morgen, Schatz. Hast du gut geschlafen?«, wollte Bob betont freundlich wissen und folgte mir ins Schlafzimmer, wo ich verzweifelt in meinen Kleiderschrank blickte.

»Ja, danke«, murmelte ich, während ich die Schublade mit den T-Shirts rauszog und unmotiviert darin rumwühlte, bis mir der sorgfältig zusammengelegte Haufen entgegenkam und auf den Boden vor meine Füße fiel. »Mist.« Ich bückte mich, hob den T-Shirt-Berg auf und legte ihn aufs Bett. »Ich habe gut geschlafen. Nur zu kurz. Ich bin nämlich davon aufgewacht, dass mir ein Mann in einem Supermarkt sagte, ich wäre zu spät und ich würde kein Kind mehr bekommen. Jedenfalls bin ich davon aufgewacht und konnte nicht mehr schlafen.«

»Hmmm … vielleicht hast du gestern Abend zu viel oder zu schwer gegessen«, meinte Bob, verließ das Zimmer und verschwand in Richtung Bad.

Was hatte mein Nudelauflauf mit einem völlig absurden Traum zu tun, fragte ich mich, während ich weiter nach passenden Klamotten suchte.

»Deine Eltern kommen heute Nachmittag«, rief ich ihm hinterher, weil es mir beim Thema Essen gerade einfiel. »Vielleicht kannst du ein paar Stückchen Kuchen mitbringen, wenn du eh zum Bäcker gehst?«

»Wieso? Heute?«, fragte er und guckte wieder um die Ecke ins Schlafzimmer.

»Ja, um drei«, bestätigte ich und dachte heimlich: *Wenn sie denn pünktlich sind.*

Bobs Eltern hielten nichts von Umgangsformen oder verbindlichen Verabredungen. Sie waren wirklich liebenswürdig, aber eben auch alles andere als, wie soll ich sagen … normal. Oder um es auf den Punkt zu bringen: etwas durchgeknallt. Bis vor ein paar Jahren hatten sie noch an jeder Demo dieser Stadt teilgenommen. Auch an denen anderer Städte. Demo-Tourismus sozusagen. Es war, glaube ich, eine Art Hobby für sie. So wie andere in ihrem Alter golften, gingen sie eben demonstrieren. Gegen den Staat, die Stadt oder was auch immer. Manchmal fragte ich mich, ob sie eigentlich immer genau wussten, gegen was sie da gerade aktuell waren. Das letzte Mal, als wir einen Anruf erhielten, hatten sie sich an eine Bahnstrecke gekettet, um den Castor-Transport zu verhindern. Mit 65 Jahren! Da lobte ich mir meine Mutter. Das einzig

Verrückte, was die tat, war sonntags um zehn in die Kirche zu gehen, um dem lieben Gott und dem Rest der Gemeinde zu beweisen, dass sie eine ohrenbetäubend laute Stimme hatte.

Vermutlich lag es an seiner Kindheit im Bauwagen, all den selbst gefilzten Klamotten, die er tragen musste, und dem Wasser, das sie in Eimern aus einem Brunnen holten, dass Bob so anders geworden war. So bürgerlich. Er hatte sogar einen Bausparvertrag, womit ihn seine Eltern regelmäßig aufzogen. Dabei wohnten sie selbst inzwischen in einer hübschen Wohnung mit fließend Wasser und elektrischer Heizung. Was für ihre Verhältnisse fast schon spießig war.

Bob hieß übrigens Bob, weil seine Eltern damals als Hippies den ganzen lieben Tag lang Bob Marley gehört hatten. Als dieser kleine Wurm dann zwischen einem Lagerfeuer und Gitarre spielenden, singenden Mitbewohnern, die vermutlich Blumenkränze auf dem Kopf trugen, zur Welt kam, fiel ihnen anscheinend nichts Besseres ein.

»Ich geh joggen, willst du mit?«

»Ne, danke«, rief ich Bob hinterher, der nun endgültig im Bad verschwunden war.

Ich zog mich an und kämmte mir die Haare. Ich hatte mir gerade einen modischen, geraden Pony schneiden lassen, und der verlor seinen Kultstatus, wenn er nicht ordentlich gekämmt war. Da klingelte wieder mein Handy. Ich lief ins Wohnzimmer. Vera.

»Na, alles wieder im Griff?«, fragte ich.

»Einigermaßen. Es war nur eine von diesen großen Glasvasen, in denen ich Trockenblumen stehen habe. Gott sei Dank. Sonst würde ich jetzt vermutlich immer noch feudeln. Sag mal, bevor gleich das nächste Unglück passiert, was macht ihr heute Abend? Habt ihr nicht Lust, zum Essen vorbeizukommen? Hannes ist gerade auf den Wochenmarkt gefahren und holt Fisch und Salat.«

»Ja, gern, klingt gut. Ich bin sowieso gerade auf dem Kinder-Tripp. Ich hatte heute so einen komischen Traum. Na ja. Erzähl ich dir nachher in Ruhe. Bobs Eltern kommen heute Nachmittag. Ich hoffe, sie gehen wieder rechtzeitig und bringen nicht ihre Schlafsäcke mit. Ansonsten spricht nichts dagegen. Sollen wir was mitbringen?«

»Kinder-Tripp klingt gut. Da bist du hier genau richtig«, meinte Vera. »Aber mitbringen brauchst du nichts. Hannes kauft doch eh ein, als hätte er Angst, wir könnten übers Wochenende verhungern. Was meinst du? So um sechs? Dann kannst du dich noch etwas an meinen Kindern sattsehen, bevor ich die Raketen ins Bett stopfe. Okay?«

»Klar, gern«, sagte ich und dachte an meine Raketen. Die, die ich mal haben würde. Ich sollte einfach die Pille absetzen. Etwas mehr als zwölf Jahre nahm ich das Zeug jetzt, wenn ich mich nicht irrte. Oder noch länger? Auf alle Fälle reichte es, beschloss ich in diesem Moment.

Bob fand die Idee gut, die mit dem Fisch essen. Von der anderen würde ich ihm in Ruhe erzählen. Er gab mir noch kurz einen Kuss und lief los. Ich nahm mir den Wäscheberg auf dem Sofa vor. Eigentlich hatte ich immer gedacht, trotz aller Tollpatschigkeit und der Sache mit dem Chaos im Kopf, dass ich einigermaßen ordentlich wäre. Aber das musste sich in letzter Zeit geändert haben, ohne dass ich etwas davon mitbekommen hatte.

3. Kapitel

Um zwanzig vor vier klingelte es an der Wohnungstür. Vierzig Minuten zu spät. Zu diesem Zeitpunkt hatte ich bereits seit dreißig Minuten schlechte Laune. Ich hasste es zu warten. Egal ob auf die Deutsche Bahn oder auf meine Schwiegereltern. Sosehr ich sie auch mochte, ich bekam jedes Mal Pickel! Obwohl ich schon vorher wusste, dass es wieder so kommen würde. Egal, wie chaotisch ich selbst manchmal war, ich schaffte es immer, überall pünktlich zu sein. Als Wartender war man dazu verdammt nichts zu machen, außer zu warten. Man war nicht in der Lage, irgendetwas richtig zu tun. Man konnte höchstens lesen oder abwaschen. Außerdem hatten seine Eltern nie eine gute Ausrede. Und dieses kontinuierliche Zuspätkommen lag auch nicht daran, dass sie einen Parkplatz, von denen es hier wirklich keine gab, suchten. Sie kamen schließlich mit ihrem grün angepinselten Tandem.

Ich holte kurz tief Luft, dann öffnete ich die Wohnungstür.

Das Erste, was ich wahrnahm, war eine knallrote, viereckige Verpackung, die mir auf Augenhöhe direkt ins Gesicht gehalten wurde. Aller Wahrscheinlichkeit nach eine CD oder DVD. Rotes Lackpapier mit roter Schleife. Sah fast nach Weihnachten aus. Dahinter verbarg sich Ingrid, die das Geschenk, das wohl für mich sein sollte, in der

Hand hielt und jetzt langsam runterließ, sodass ich sie sehen konnte. »Statt Blumen«, erklärte sie strahlend, nahm mich in den Arm und drückte mich, als hätten wir uns seit dem Mauerfall nicht mehr gesehen. Dann huschte diese kleine, kunterbunt gekleidete Frau an mir vorbei, und ihr wesentlich größerer Mann stand vor mir. Er drückte mich so fest, dass meine Nase in seinem Wollpulli verschwand. Es roch, als wäre die Wolle direkt vom Schaf auf die Stricknadel gewickelt worden. Gut, dass ich nicht schwanger war, sonst hätte ich jetzt direkt das Bad aufgesucht. Außerdem fragte ich mich, warum man so einen dicken Pulli bei diesen herrlichen Temperaturen trug. Zumal, wenn man Fahrrad fuhr und sich bewegte. Aber ich musste ja auch nicht alles verstehen.

»Hallo, schön, dass ihr da seid«, sagte ich, machte einen Schritt beiseite und bat auch Peter in die Wohnung.

Ingrid war inzwischen schon auf dem Balkon und hatte sich zu Bob an den gedeckten Tisch gesetzt.

Ich packte das Geschenk aus. »Rotes Tantra« stand in verschnörkelter Schrift auf der DVD, die anscheinend gebrannt war und selbst gebastelte Farbkopien des Original-Booklets beinhaltete.

»Oh«, kam es aus meinem Mund. »Danke«, wäre vermutlich angebrachter gewesen, aber ich war zu perplex.

»Die Kunst der sexuellen Ekstase – achtvolle, spirituelle Lust. Lang anhaltender Effekt« stand auf der Rückseite unter dem Foto eines nackten, mittelalten Paares mit langen grauen Haaren, das sich im Schneidersitz gegenübersaß.

»Ich dachte, das wäre vielleicht etwas für euch«, erklärte meine Schwiegermutter, bereits Kuchen kauend. »Wenn man es wirklich genau so macht, wie die Susi und der Werner es vormachen, dann kann es euch ein ganz neues Leben bescheren. Ihr werdet andere Menschen.«

Ich wollte eigentlich gar kein anderer Mensch werden und reichte Bob das anregende Geschenk mit dem lang anhaltenden Effekt.

»Ihr kennt die?«, fragte Bob entsetzt, während er die inzwischen geöffnete DVD-Packung in den Händen hielt und sich weitere Farbkopien von »der Susi und dem Werner« ansah.

»Klar, die haben wir doch bei diesem Workshop in der Schwitzhütte im Allgäu kennengelernt. Hatte ich da nicht von erzählt?«

Nein, hast du nicht, dachte ich, *und das ist auch gut so!* Vor meinem geistigen Auge sah ich meine nackten Schwiegereltern schwitzend in einer Erdhöhle sitzen, während irgendjemand Birkenäste auf Feuersteine schlug.

Ingrid und Peter packten, wie immer, ihren eigenen Grüntee aus dem Rucksack und: ihr Wasser. Sie tranken nämlich ausschließlich Vollmondwasser. Mir sollte es recht sein. Nach all den Jahren, und das waren ja immerhin elf, wunderte mich rein gar nichts mehr. Dachte ich – und wurde eines Besseren belehrt. Just in dem Moment passierte etwas, was mich doch noch zum Staunen brachte. Peter zog seinen Pulli aus. Was an sich nicht schlimm war. Wir hatten immerhin irgendetwas über 20 Grad, selbst hier im Schatten. Er hatte nur nichts drunter! Kein Unterhemd, kein T-Shirt, gar nichts. Dafür eine Unmenge Haare, bei denen ich mich fragte, ob er wirklich der leibliche Vater von Bob war, und wenn ja, ob so etwas bei einem knapp 40-Jährigen plötzlich noch nachwachsen konnte. Bisher war Bob nämlich sozusagen blanko. Was ich sehr genoss. Bei dem Anblick dieses Monchichis auf meinem Balkon wurde mir ganz anders. Ich war einfach nicht so … ursprünglich. Um es mal so auszudrücken.

»Ich setz mal Wasser auf«, sagte ich und nahm Ingrid die Flasche ab.

Als ich mit dem vollen Tablett wieder zurückkam, sprachen die drei gerade über alte Kindersachen von Bob, die anscheinend zu uns sollten, wenn ich es richtig verstand.

»Na, ich gehe mal davon aus, dass es demnächst so weit sein wird, und da könnt ihr so ein Bettchen oder einen Kinderwagen doch gut gebrauchen«, meinte Ingrid gerade und hielt mir ihre Tasse entgegen. »70 Grad?«, fragte sie.

»Ja, genau 70«, antwortete ich routiniert.

Nach einer stundenlangen Einführung in die Zubereitung von Grüntee, die ich kurz nach unserem Kennenlernen genießen durfte, hätte ich es nie gewagt, das Wasser auch nur ein halbes Grad heißer aufkochen zu lassen. Die guten Inhaltsstoffe! Vom Mondeffekt ganz zu schweigen.

Ingrid und Peter gingen jetzt den Buddhistischen Weg, wie sie uns erklärten, und das hieß, sich von allem Materiellen zu trennen. Was die beiden, abgesehen von ihrem Tandem, an Materiellem besaßen, war mir allerdings ein Rätsel. Aber ich wurde aufgeklärt: einen ganzen Dachboden voll mit Gerümpel – was sie natürlich nicht so sagten. Und genau dieses Gerümpel sollte jetzt zu uns. Wohin auch immer. Buddha sei Dank.

Während ich allen anderen auch Tee einschenkte, fragte ich mich, ob meine Schwiegermutter hellsehen konnte.

Oder war es Zufall, dass sie ausgerechnet heute Bobs alte Kindersachen bei uns entsorgen wollte? Erst dieser Traum und dann das … als würden die Sterne auf Kinderkriegen stehen. Oder bildete ich mir das nur ein, weil ich seit diesem Traum wirklich das Gefühl hatte, die Uhr würde ticken? Meine Uhr.

Ich kam zu mir und der Verdacht, dass sie uns einfach nur als günstige Lagerhalle nutzen wollten und es gar nicht um die Enkelkinder ging, wurde stärker. Bob schien das allerdings nicht zu durchschauen.

»Ich bin gleich wieder da«, murmelte ich und verschwand. Bob folgte mir und stand kurze Zeit später auch in der Küche.

»Du weißt, ich mag deine Eltern, aber sofern es ein Enkelkind für die beiden geben wird, bekommt es bitte ein neues Bett«, sagte ich in der Hoffnung, er würde meiner Meinung sein. Nichts gegen schöne, alte Sachen, aber so, wie ich meine Schwiegereltern kannte, waren das sicher keine Dinge, aus denen man noch etwas hätte zaubern können, sondern eher Zeug aus der Bauwagensiedlung und Sperrmüll aus den letzten vierzig Jahren.

Vielleicht sollte ich wirklich mal Tantra machen. Vermutlich würde ich dann echt ein ganz neuer Mensch werden.

4. Kapitel

Drei Stunden später lag er endlich vor mir auf dem Tisch, der frische Fisch, und sah mich traurig an. Tom rannte mit einer Holzpistole um den großen Esstisch und schoss auf den bereits Verstorbenen, während sein Vater ihm erklärte, man angle Fische und erschieße sie nicht. Lilly, die gerade gelernt hatte, alleine Brei zu essen, sah aus, als hätte ihr irgendjemand gesagt, ihre Mundöffnung befinde sich direkt hinterm rechten Ohr, während Linus im Schneidersitz auf dem Holzfußboden vor der Küchenwand saß und etwas abkratzte, das wie Stoff aussah.

»Das ist unsere neue JOOP-Bettwäsche«, erklärte Vera, »beziehungsweise war sie.«

Linus hatte das Blumenmuster der Bettwäsche anscheinend inspiriert. Er, von allen dreien der sensibelste, aber auch kreativste Kopf, hatte sich seine neue Linkshänderschere geschnappt, in aller Ruhe Wolfgangs Blumen ausgeschnitten, anschließend mit Uhu versehen und ganz ordentlich an die Küchenwand geklebt.

»So schlecht finde ich es gar nicht. Das hat doch was. Und Tapeten sind eh wieder total in«, meinte ich fasziniert. Auf was für Ideen so kleine Kerle manchmal kamen, war ja schon erstaunlich!

Vera sah mich mit hochgezogenen Augenbrauen an.

»Jetzt lob ihn bitte nicht auch noch. Sonst macht er morgen mit dem Wohnzimmer weiter.«

Ich zwinkerte Linus zu und flüsterte: »Sieht super aus!«

Tom, Linus und Lilly waren der lebende Beweis dafür, dass man sich manchmal den Vaterschaftstest auch echt sparen konnte. Sie sahen alle aus wie ihr Vater: weiß-blonde Haare, helle Haut und Sommersprossen auf der Nase.

Die drei Raubtiere, die wirklich extrem süß waren in ihren kleinen Schlafanzügen, wurden jedenfalls abgefüttert und ins Bett gestopft. Anschließend gingen die Männer zum Kickertisch, und wir schenkten uns noch mal kalten Weißwein nach, mit dem wir uns raus auf die Terrasse setzten.

Das hier sah aus wie das Titelbild der neuen »Mein schöner Garten« – abgesehen von den Fußbällen in der Mitte des Rasens, den geschätzten 30 Eimern, Schaufeln und Formen neben der Sandkiste und dem Wasserschlauch, der über der Schaukel hing, als würde gleich eine Hinrichtung stattfinden.

Seit sechs Jahren wohnten Vera und Hannes jetzt am Stadtrand, in Hamburg Meiendorf. Wobei ich das Wort »Stadtrand« in ihrer Anwesenheit nicht aussprechen durfte. Vera fand, dass Meiendorf nicht zum Stadtrand gehörte. Es waren schließlich nur fünfunddreißig Minuten mit dem Auto von uns zu ihr, betonte sie jedes Mal. Aber der eigentliche Grund war, dass sie klammheimlich die Cafés und Geschäfte bei uns in Eimsbüttel vermisste, wo sie vorher gewohnt hatten. Nun lebten sie weit weg von Boutiquen und Parkplatzproblemen in einer ruhigen Ecke mit lauter jungen Familien, Einfamilien-, Doppel-

und Reihenhäusern. Ich fand übrigens, das hatte auch was, während ich in den Garten schaute.

Ich drehte mich zu Vera um und betrachtete sie, wie sie neben mir auf dem Korbstuhl saß, die langen Beine übereinandergeschlagen, das Glas lässig in der Hand. Ihre dicken braunen Haare, die ihr knapp über die Schultern fielen. Die bronzene Haut und das tolle Dekolleté. Sie war der lebende Beweis, dass es Frauen gab, denen ein paar kleine Falten um die Augen standen. Sie alterte zwar offenbar etwas schneller als ich – sie hatte ja immer schon einen Gang höher geschaltet –, aber irgendwie stand ihr das. Sie war attraktiv. Trotz der ersten Anzeichen, dass die Jugend eine Weile her war. Vera war einfach eine schöne Frau, dachte ich, während ich sie von der Seite ansah.

Bevor sie, wie sie selbst immer sagte, zur Spießerin wurde, hatten wir Tür an Tür gewohnt. Vera war es, die uns damals unsere jetzige Wohnung vermittelt hatte, als ihre Nachbarin ausgezogen war. Und dann war sie ein paar Monate später selbst ausgezogen. Leider. Wenn ich daran dachte, wurde ich ganz melancholisch. Schließlich musste ich mich jetzt immer erst in meinen alten Golf setzen, wenn ich sie sehen wollte. Früher wohnte sie keine vier Schritte von mir entfernt. Aber als sich Nummer zwei bei ihr ankündigte, musste fix etwas Größeres her. Das zu finden, erwies sich als ein unlösbares Problem in dieser schönen Stadt. Also wurde aus der größeren Wohnung ein Haus. Ein Reihenhaus, inklusive Garten.

Immerhin musste sie ihre Kinder jetzt nicht mehr in irgendwelche Parks schleppen und dort auf dem Rand einer Sandkiste rumsitzen. Sie war nämlich ein Workaholic, wie er im Buche steht. Daher warf sie ihre Kinder lieber in den eigenen Garten und erledigte nebenbei irgendetwas im Haus. Vera musste immer das Gefühl haben, irgendetwas geschafft zu haben. Und sei es die Buntwäsche. Dabei war sie »nebenbei« auch noch berufstätig.

»Wow, bei euch ist es echt immer so schön!«, sagte ich.

»Manchmal frage ich mich, wie es so weit kommen konnte«, entgegnete Vera.

»Was?«

»Dass mein persönliches Highlight der Tag ist, an dem ich zum Waxing gehe«, sagte sie. »Oh, und nicht zu vergessen: der Tag, an dem die gelben Säcke mit dem Plastikmüll abgeholt werden! Hättest du mir das damals erzählt, als wir im Mojo Club auf dem Kiez unseren dritten Gin Tonic getrunken hatten, hätte ich dir einen Vogel gezeigt!« Sie holte tief Luft. Dann drehte sie sich zu mir. »Waren wir nicht gerade noch jung?«, fragte sie mich mit ihrem typischen Hundeblick. Mit den gelockten Haaren rechts und links hinter den Ohren sah sie aus wie ein Cockerspaniel. Genau so hatte sie früher immer geguckt, wenn wir tanzen waren und ich nach Hause wollte – um kurz nach vier nachts – und sie noch bleiben wollte. Sie hatte nämlich meistens bei mir übernachtet, weil man aus meinem Zimmer besser entwischen konnte als aus ihrem. Außerdem merkte meine Mutter nie was, im Gegensatz zu Veras Mutter.

»Ja, das war vorgestern, glaube ich. Aber das war auch nicht alles nur schön. Da musstest du nämlich deine Eltern fragen, ob du ausgehen darfst, und die haben leider meistens Nein gesagt«, erinnerte ich sie lächelnd.

»Und heute? Heut gehe ich auch nicht aus, obwohl ich

keinen fragen müsste. Na ja, man wird halt ruhiger mit dem Alter«, meinte sie augenzwinkernd.

»Und warum gehst du nicht mehr aus? Wir könnten doch mal wieder. Der Mojo hat doch wieder aufgemacht – vor einer Weile.«

»Weil ich viel zu müde bin. Ich würde schon im Taxi auf dem Weg in die Stadt einschlafen.«

»Dafür hast du total tolle Kinder«, sagte ich.

»Stimmt. Die sind echt super. Vor allem, wenn sie schlafen, dann sind sie besonders süß«, meinte Vera mit einem verschmitzten Grinsen. »Apropos! Du wolltest mir was von deinem Kinder-Tripp erzählen.« Sie setzte sich etwas aufrechter hin.

»Tja«, fing ich an. »Letzte Nacht hatte ich einen komischen Traum. Ich stand irgendwo in einer Warteschlange, wo man Babys ausgehändigt bekam. Und als ich endlich dran war, sagte man mir, es gäbe keine mehr. Und weißt du was?«

»Ne, was denn?«

»Dann hat mir dieser Typ auch noch vor der Nase das Tor zugemacht.«

»Torschlusspanik. Wortwörtlich. Das ist ja der Hammer! Also in der Form habe ich es ja noch nie gehört. Dass sich das so äußert. Das musst du mal Max erzählen.«

»Ich fühle mich ehrlich gesagt nicht sonderlich panisch«, erklärte ich.

»Na, das ist ja auch das Unterbewusstsein«, meinte Vera, die sonst sehr bodenständig war.

»Ich bin 36, nicht 46.«

»Ja, und? Wenn du jetzt schwanger würdest, käme das Kind, wenn ...« Sie schien zu überlegen. »Wenn du auf die 38 zugehst. Dann wärst du Mitte 50, wenn es volljährig ist. Also knapp 60«, sagte sie mit ernster Miene in einem Ton, den ich nicht zu deuten wusste. »Also, eine junge Mutter wärst du definitiv nicht mehr.«

»Wie meinst du das denn jetzt?«

Vera sah mich an, als würden wir wie früher »Wer zuerst lacht, hat verloren« spielen. Allerdings hielt sie nicht so lange aus wie damals: Nach einigen Sekunden fing sie an zu prusten. »Ich wollte dich nur ein bisschen ärgern. Aber ich muss zugeben, dass ich schon öfter daran gedacht habe, ob ihr nicht demnächst mal ein Kind wollt«, erklärte sie und nahm einen Schluck Weißwein. »Wie sieht es denn aus? Willst du jetzt? Es klang so, als würdest du Lust haben«, hakte sie nach.

»Klar hab ich Lust, irgendwie. Ich hab ja auch öfter daran gedacht in letzter Zeit. Im Supermarkt drehe ich mich schon um, wenn irgendwo ein Kind schreit, um mich zu vergewissern, dass es dem armen Wurm gut geht und ihm nichts Ernsthaftes fehlt. Hmm. Mal sehen. Ich habe mir jedenfalls überlegt, die Pille abzusetzen. Schritt eins, sozusagen.«

»Echt? Super! Und was sagt Bob dazu?«

Ich zuckte mit den Schultern.

»Wie? Nichts?«, fragte sie und schlug ihre Beine andersherum übereinander.

»Er wollte auch immer später mal ein Kind, das weiß ich. Aber von meinen aktuellen Überlegungen weiß er noch nichts. Ich habe es mir eben … also vorhin überlegt.«

»Du bist ja lustig«, meinte sie und steckte mit der Hand eine Haarsträhne zurück hinters Ohr. »Vielleicht solltet ihr demnächst mal darüber sprechen. Schritt zwei sozusagen. So wie ich dich kenne, gehörst du zu den Frauen, die es sonst irgendwann bereuen, dass sie keine Kinder bekommen haben.«

»Wir wollen ja Kinder. Das steht gar nicht zur Debatte. Es war nur irgendwie nie der richtige Moment da …«, erklärte ich.

»Da kannst du lange warten. Den gibt es nämlich nicht. Irgendwas ist immer.«

»Stimmt. Und aktuell habe ich das Gefühl, die Zeit ist an mir vorbeigezogen. Oder jemand hätte das Alter in meinem Ausweis heimlich geändert. Ich fühle mich nicht wie kurz vor 37. Ich fühle mich nicht mal wie 36! Eher wie … na, jedenfalls jünger. Und plötzlich, zack, ist man …«

»Zu alt«, ergänzte Vera.

»Na ja, zu alt weiß ich nicht, es gibt ja auch Frauen, die mit 40 oder später noch Kinder bekommen. So eine späte Schwangerschaft soll übrigens vor bestimmten Krankheiten schützen. Das hab ich neulich in einer total spannenden Reportage im Fernsehen gesehen.«

»Du guckst Reportagen über Schwangerschaften? Lisa! Deine Uhr tickt!«

»Hmm … kann sein. Wenn dem so ist, dann aber recht leise«, meinte ich und dachte noch einmal an diesen Film, an all die schwangeren Frauen, die Aufnahmen aus dem Mutterleib – das war echt faszinierend. Dass das alles so funktioniert, schon verrückt.

»Wenn es so weit ist und du irgendetwas brauchst: Denk daran, ich habe alles in dreifacher Ausführung! Kauf bloß nichts, bevor du mich nicht gefragt hast. Bitte.«

»Ich sage dir Bescheid. Erst mal muss ich wohl wirklich mit Bob reden, bevor ich dir die Grundausstattung abnehme. Da hast du recht. Seine Eltern haben mir übrigens vorhin auch schon das ganze alte Zeug aus seiner Kindheit angeboten, aber ich glaube, da komme ich lieber auf dein Angebot zurück. Und wie du siehst«, ich hob mein Glas, »ist es noch nicht aktuell. Im Moment schlafen wir tatsächlich noch miteinander, weil wir Lust dazu haben«, ergänzte ich lächelnd. Vera hatte mir mal von einer fürchterlich verzweifelten Kollegin erzählt, die keinen Spaß mehr am Sex hatte. Jedenfalls nicht mehr, seitdem sie und ihr Mann sich ein Kind wünschten und es nur noch nach »Plan machten«.

»Apropos Sex. Ich habe mir überlegt, wieder etwas Schwung in unser Liebesleben zu bringen«, sagte sie, nahm den letzten Schluck aus ihrem Glas und stellte es dann ab. »Sonst nimmt sich Hannes demnächst eine Geliebte. Na ja, jedenfalls habe ich mal nach dieser Dildofee gegoogelt, du weißt schon, über die im Fernsehen so eine Serie lief.«

»Äh, nee, weiß ich nicht.«

»Die ist echt witzig. Kommt mit Sack und Pack …« Vera hielt kurz inne, dann prustete sie los. Anscheinend musste sie über ihre eigene Formulierung lachen. Das mussten die Nebenwirkungen des Weißweins sein. »Ich meine, mit ihren Utensilien …«

»Und dann?«

»Das ist wie eine Tupperparty. Sie führt alles vor, und dann kann man etwas bestellen. Und die hat wirklich tolle Sachen. Nicht nur Dildos. Auch Massageöl mit Geschmack, das man ablecken kann, oder anregende Duftkerzen.«

»Wie? Die führt das vor?«, wollte ich wissen.

»Nicht so, wie du jetzt denkst. Sie erklärt die einzelnen Sachen.«

»Ich finde es ehrlich gesagt total okay, wenn ich weiß, welches Tupper-Schälchen meine Nachbarin im Gefrierschrank hat. Aber ich weiß gerade nicht, ob ich wissen möchte, welchen Dildo sie benutzt«, überlegte ich laut.

»Das wirst du auch nie erfahren, es sei denn, du fragst sie. Die Dildofee geht natürlich für die Bestellung in einen Nebenraum. Mit jedem einzeln!«

»Na, dann ist ja gut. Und wann kommt sie?« Jetzt fand ich meine Formulierung lustig. Na ja, ein bisschen.

»Ich dachte an den Freitag in drei Wochen. Hannes hat da nämlich nichts vor.«

»Wäre es nicht besser, er hätte was vor?«

»Nein, er soll doch die Kids ins Bett bringen. Und wir schnappen uns den Prosecco und verschwinden im Hobbykeller«, sagte Vera.

Zum ersten Mal verstand ich, warum sie darauf bestanden hatte, einen Raum im Keller als »Hobbyraum« freizuhalten beziehungsweise die alte Sofaecke dort unterzubringen. Verrückt, das hätte ich vielleicht noch von Kiki erwartet, aber nicht von Vera. So konnte man sich irren.

»Tom sagt, es gibt doch noch Dinosaurier, und wenn ich ihm nicht mein ferngesteuertes Auto schenke, sagt er ihnen, wo ich wohne!«

Ein kleiner Pyjama mit nackten Füßen und nassen Augen stand plötzlich neben uns.

»Schatz, ich dachte, du schläfst schon«, meinte Vera überrascht, stand aus ihrem gemütlichen Korbstuhl auf, nahm den Pyjama auf den Arm und verschwand mit ihm im Haus. »Dann lass uns doch mal Tom fragen, wo denn die Dinosaurier wohnen«, hörte ich sie noch sagen. »Ich habe hier in der Gegend nämlich schon lange keine mehr gesehen. Das würde mich echt interessieren.«

Nach ein paar Minuten war anscheinend alles geklärt.

»Hast du eigentlich mal wieder was von Kiki gehört?«, wollte Vera wissen, nachdem sie sich wieder gesetzt hatte.

»Ja, sie hat mir gerade gemailt. Sie landet Donnerstag. Es klang so, als wenn sie am liebsten dableiben würde.«

»Ich könnte auch mal wieder verreisen. Mallorca oder Griechenland, Hauptsache, es gibt Vollpension mit professioneller Bespaßung für die Kids.«

Hannes stieß einen Jubelschrei aus, den wir bis auf die Terrasse hörten. Vermutlich hatte er am Kickertisch gewonnen.

»... für die Kleinen und die Großen!«, ergänzte Vera lachend.

5. Kapitel

Im Auto auf dem Weg nach Hause dachte ich über Veras Frage nach. *Willst du jetzt?*

Eigentlich sprach nichts gegen ein Kind, jetzt. Ich fand sie, wie gesagt, bis auf wenige Ausnahmen, süß. Ich hatte mich über jeden neuen Erdenbürger in meinem Umfeld gefreut, als wäre ich die leibliche Mutter, und gab regelmäßig Unsummen an Geld in meinen Lieblingsläden mit Kinderkram aus. Da war ich sozusagen Stammgast. Kein Wunder. Bei den ganzen Kindern, die ständig zur Welt kamen, hätte ich mich da auch gleich einmieten können. Außerdem hatten die alles, was ich selbst als Kind gern gehabt hätte. Sogar ein echtes kleines Holzhaus, die gesamte Pippi-Langstrumpf-Kollektion und die schönsten Kinderklamotten. Warum die immer aus Dänemark kommen, ist mir ein Rätsel, aber die sind definitiv ein Muss! Allein das war schon ein Grund, die Pille schleunigst abzusetzen.

Es hatte nur bisher nie den einen Moment gegeben, in dem wir beschlossen hatten, es mal »anzugehen«, zu machen, darauf ankommen zu lassen oder was sagt man dazu? Es anzupacken? Ich überlegte eine Sekunde und befand den Moment für günstig, um jetzt konkret zu werden. Und dieser Traum ging mir einfach nicht aus dem Kopf. Vor meinem inneren Auge schloss sich immer wieder dieses blöde Tor. Ich sah Bob an, der mit offenem

Fenster fuhr, und fragte mich, wie er reagieren würde. Im Auto konnte man manchmal ganz gut mit ihm reden. Dass er als Vater taugte, davon war ich seit dem Tag, an dem wir uns begegnet waren, überzeugt. Wir hatten uns schließlich an einem Abend bei Freunden kennengelernt, die einen Babysitter brauchten und sich nicht abgestimmt hatten. Also hatten beide einen besorgt. Meine Freundin Sarah mich und ihr Mann Tim Bob. Ich war als Erste da. Und als es kingelte und ich die Tür öffnete, stand vor mir ein attraktiver, durchtrainierter, großer Mann mit dunklen Haaren und einem Blick, dem vor mir mit Sicherheit schon eine Reihe von Frauen erlegen war.

»Du kannst sonst ruhig gehen, ich schaff das schon«, sagte ich, nachdem er mir erklärt hatte, wer er war und was er eigentlich hier vorhatte. Dann biss ich mir auf die Zunge. Hallo?! Ging's noch? Das hatte ich doch jetzt bitte schön nicht gesagt, oder?

»Ach, ich habe eigentlich nichts anderes vor heute Abend …«

Prima, dann komm doch rein, ich bring nur kurz die Kleine ins Bett und überprüfe, ob mein Deo noch hält, was es mir heute Morgen versprochen hat, und dann zeig ich dir, wo der Alkohol steht, ach, das weißt du ja vermutlich selbst. Also, schenk schon mal ein, ich komme gleich!, dachte ich.

Aber bevor ich etwas sagen konnte, ging ein lautes Geknatter unter meiner Hand los. Josephine hatte einen Pups-Marathon hingelegt. Eine Sekunde später wurde meine Hand, die ihren Hintern hielt, extrem warm. Okay, das war definitiv mehr als ein Pups. »Ich bin gleich wieder da!«, sagte ich, als man auch riechen konnte, was passiert war, und verschwand mit ihr in ihrem Zimmer. Hinter mir zog ich die Tür zu. Vorsichtshalber.

Aus dem Glas Wein wurde nichts, stattdessen gab es drei Fläschchen Milch, zwei neue Windeln und eine Bauchmassage – leider nicht für mich, sondern für Josephine, weil Bob meinte, das würde gegen die Koliken helfen. Mich könnte er auch gern mal massieren, dachte ich, während ich ihn ansah. Und er mich! Mit einem Lächeln, das mich heute noch schwach macht. Schnell guckte ich wieder runter. Auf seine Hände. Ich glaube, ich hatte wirklich noch nie zuvor (und auch nicht seitdem) so schöne Hände gesehen. Ich beobachtete fasziniert, wie dieser große, kräftige Mann, bei dessen Anblick ich sofort auch an ganz andere Dinge denken musste, wie eine geborene Hebamme mit diesem winzigen Baby umging. Als hätte er noch nie etwas anderes getan.

»Hast du das irgendwo gelernt?«, wollte ich wissen.

»Nein, aber bisher gab es keine Beschwerden«, meinte er mit zufriedenem Blick auf die Kleine, die gerade kurz davor war wegzudämmern.

»Das glaube ich sofort«, erwiderte ich und fand ihn total sexy.

In diesem Bild sind sechs Fehler eingebaut, bitte finde sie, dachte ich, während ich ihn betrachtete. Gab es so was wirklich? Im echten Leben? Ein attraktiver Mann, der Kinder liebte und noch nicht dreimal geschieden war? Letzteres wusste ich natürlich in dem Moment nicht, aber wenn es das wirklich gab, warum hatte Tim mir diesen Arbeitskollegen bisher unterschlagen?

Aus Zufall wurde jedenfalls Sex. Den hatten wir natürlich nicht bei Sarah und Tim auf der Ledercouch, sondern bei mir, auf meinem Schlafsofa. Das ließ sich nach dieser Nacht übrigens nicht mehr zusammenklappen. Als wäre es eingeschnappt. Na ja, ich wollte eh schon lange mal ein richtiges Bett haben. Und aus Sex wurde erstaunlich schnell Liebe. So was gibt's.

Bob bremste an der roten Ampel vor der S-Bahn-Brücke an der Max-Brauer-Allee.

»Weißt du noch, wie du Josephine den Bauch massiert hast, an dem Abend, als wir uns kennengelernt haben?«

»Klar, wie könnte ich das vergessen? So wie die gepupst hat«, sagte er und sah mich gut gelaunt an. Das war übrigens eine der Geschichten, die Josephine nicht gern hörte. Kein Wunder. Sie war inzwischen »aus dem Gröbsten« raus. Oder stand sie kurz davor? Die Pubertät war schließlich auch ein Alter, das angsteinflößend sein konnte. Zumindest für die Eltern.

»Ich glaube, ich hätte auch gern bald so was Kleines, Pupsendes«, sagte ich, während er wieder nach vorn zur Ampel sah, die in dem Moment auf Grün umschaltete. Nur Bob schaltete nicht. Weder aus dem Leerlauf in den ersten Gang noch von Stille auf Reden.

»Echt?«, fragte er schließlich, und ich wurde langsam nervös. Nicht, weil das keine klare Antwort auf meine nicht klar gestellte Frage war, sondern weil hinter uns mindestens fünf Autos hupten.

»Ja«, sagte ich und drehte mich kurz nach hinten um. »Wollen wir?«, fragte ich ihn – und diesmal meinte ich, dass er jetzt gerne wieder Gas geben durfte.

Zurück in unserer Wohnung fand Bob seine Sprache wieder. Bis dahin hatte ich mich schon beinahe mit dem Gedanken angefreundet, dass ich entweder gar keine Antwort mehr bekommen würde oder eine, die ich nicht hören wollte.

»Wie machst du das dann mit dem Fotostudio?«

»Was mache ich wann mit dem Fotostudio?«

Bob hatte sich ein Glas Wasser eingeschenkt und setzte sich aufs Sofa zwischen meine Kissensammlung.

»Du müsstest dann natürlich gucken, ob du jemanden einstellst. Das müssen wir mal durchrechnen, wie sich das trägt«, murmelte mein Unternehmensberater, und ich verstand nur Bahnhof.

»Wer trägt was, und warum stelle ich jemanden ein?«

»Na, erst mal kannst du ja noch … aber dann, wenn du wieder arbeiten willst …«

Ah! Das war die Antwort! Ich war schwer von Begriff. Er war schon ein paar Schritte weiter. Wie immer.

»Also könntest du dir das mit der kleinen Pupsmaschine in naher Zukunft auch vorstellen?«, fragte ich noch mal etwas konkreter und rutschte näher an ihn heran.

»Klar! Unbedingt. Wann, wenn nicht jetzt? Jünger werden wir wohl nicht mehr. Worauf wollen wir also noch warten? Ich hatte auch schon ein paarmal daran gedacht, aber ich wollte dir da keinen Druck machen. Du hast ja auch das Studio, und ich dachte, ich warte mal, bis sich das alles eingegroovt hat. Ein Kind, das könnte ich mir prima vorstellen! Und außerdem: Wozu lege ich seit Jahren irgendwelche Sparbücher an? Notfalls bezahlen wir damit eine Vollzeitkraft, die den Laden schmeißt.«

Okay, das war nicht romantisch, aber das war eben Bob. Bob war praktisch. Und das war auch gut so. Denn einer musste es ja sein. Bei mir funktionierte zwar, trotz meiner chaotischen Natur, alles auf kurz oder lang irgendwie, aber bei ihm klappte alles immer, weil er es tausendmal durchdachte. Das unterschied uns. Ich machte etwas und dachte dann darüber nach. Bob dachte erst und tat dann etwas. Und das liebte ich an ihm.

Während andere am Strand im Schein des Vollmondes bei einem Glas Champagner um die Hand der Liebsten anhielten, hatte er mich damals gefragt: »Wann kannst du denn?« Wir hatten gerade auf dem Sofa gelegen und aus purer Verzweiflung, weil nichts Anständiges lief, irgendeine Liebesschnulze mit unrealistischem Happy End am Traualtar gesehen, als ich in einer meiner spontanen Kamikazelaunen gemeint hatte, was denn eigentlich mit uns so wäre … Na ja, dann hatten wir unsere Timer geholt und geguckt, wer wann konnte. So einfach war das gewesen.

Und jetzt saßen wir hier und sprachen über kleine, schreiende Zwerge. Und Sparbücher.

Bob strich mir mit der Hand über den Bauch. »Ich kann mir das sehr gut vorstellen. Du wirst wunderbar aussehen, das weiß ich jetzt schon.« Er betrachtete mich eine Weile, dann sah er mir direkt in die Augen. »Vielleicht sollten wir gleich mit dem Üben anfangen.«

»Ich sollte erst mal die Pille absetzen und dann …«, entgegnete ich.

»Aber so ein bisschen üben, das kann doch nicht schaden, oder?«, fragte er leise und glitt mit der Hand unter mein Shirt.

»Nein, auf gar keinen Fall. Damit sollte man frühzeitig anfangen, habe ich gehört«, meinte ich, schlang meine Arme um seinen Hals und küsste ihn.

6. Kapitel

Am Montagmorgen stürzte ich etwas aus der Puste ins Studio. Ich hatte mein Schlüsselbund mal wieder nicht finden können, und gleich kam eine Kundin für eine Aufnahme.

Im Laden begrüßten mich die Farbbilder von Frau Baier und ihrer Hand, die nicht ihre Hand war. Neben den Fotos auf der Glasplatte des kleinen weiß gestrichenen Tresens lag eine Notiz von Louisa:

Frau Baier bittet um Rückruf. Sie bleibt dabei, dass sie eine neue Foto-Session will. Sorry. Konnte nix machen! Lieber Gruß, Louisa.

Na prima, dachte ich und machte erst mal überall Licht. Der Laden hatte zwar eine große Fensterfront, war aber trotzdem recht dunkel, da er sich in einer relativ engen Wohnstraße befand. Die Sonne schien nur gegen Mittag kurz rein, um dann gleich wieder hinter dem nächsten Dach zu verschwinden. Deshalb hatte ich den Holzfußboden und sämtliche Wände weiß gestrichen. Lediglich auf der linken Seite befand sich ein Wandbild. Drei Spatzen, die auf einem Ast saßen. In Schwarz. Für mehr war hier, so gern ich auch dekorierte, kein Platz. Denn die Lampen, Stative und Hintergrundrollen nahmen den Großteil des Raumes ein.

Links neben meinem Atelier befand sich der Laden von

Udo. Udo war ein lustiger Bestatter, bei dem die Angehörigen des Verstorbenen den Sarg selbst anmalen konnten, wenn sie wollten. Rechts von mir war passenderweise eine Floristin. Die war allerdings weniger lustig, eher depressiv, seit ihr Mann sich vom häuslichen Blumenacker gemacht hatte. Wenn ich mit meinem Kaffeebecher auf der kleinen hellblauen Holzbank vorm Atelier saß, kam ich mir manchmal fast fehl am Platze vor. Von links nach rechts gingen schwarz bekleidete Leute an mir vorbei. Manche trugen allerdings auch alte Hosen mit Gummistiefeln, mit Farbe bekleckerte T-Shirts und Tüten von Max Bahr, in denen sich die Pinsel und Farbtuben befanden, die sie gerade benutzt hatten. Erst den Sarg anmalen, dann die Blumen bestellen. Und mittendrin ich. »Fotoatelier Marquardt«. Die wenigsten ließen allerdings eine Trauerfeier oder Beisetzung fotografieren. Zu mir kamen die, die noch nicht an den Tod dachten. Eher an das davor: das Leben, Babys, Hochzeiten. Oder auch die, die eine neue Hand brauchten. Wie Frau Baier.

Bewerbungsfotos machte ich aus Prinzip nicht. Wobei manch ein Porträt auch eine Art Bewerbungsfoto war. Jetzt um zehn Uhr hatte ich wieder so einen Termin.

In der Sekunde, als die Ladentür aufging und ich zu ihr hochsah, erschrak ich so sehr, dass ich Angst hatte, sie würde es merken. Ich war echt nicht sonderlich gut darin, mich zu verstellen. Daran musste ich wirklich noch arbeiten. Jedenfalls hatte Tiffany weiß blondierte Haare inklusive lila Strähnchen, und ich war sicher: Die kürzlich bei einer Busenvergrößerung in Hamburg verstorbene Pornoqueen musste ihren eigenen Tod nur vorgetäuscht haben. Sie lebte! Und sie hatte einen neuen Namen. Tiffany.

Tiffany hatte aufgeklebte Fingernägel mit Piercingring am Zeigefingernagel und ein Tattoo, das ihr aus dem viel zu weit ausgeschnittenen T-Shirt über ihre hochgeschobenen, aufgeblasenen Brüste am Dekolleté vorbei den Hals hochkroch. Warum sie nun ausgerechnet Schwarz-Weiß-Fotos wollte, wusste ich nicht – wo sie sich doch mit der Farbkombination aus Strähnchen, Fingernägeln und dem neonfarbenen Shirt solch eine Mühe gegeben hatte!

»Moin«, grüßte sie, nachdem sie die Ladentür hinter sich geschlossen hatte, strahlte mich an und zog etwas Kleines an einer mit Strass-Steinen besetzten lila Leine hinter sich her. Passend zu den Strähnen. Das Kleine hatte anscheinend schlechte Laune und kläffte mich an.

»Wäääärner! Aus jetzt! Geht das schon wieder los? Du kommst nachher nicht zu mir in die Heia, ist das klaro?«, kläffte sie das Kleine an. Werner, Mischung aus Wischmob und Wühlmaus, kläffte zurück.

»Ich bin die um zehn«, erklärte mir Tiffany und sah sich in meinem acht mal zehn Meter großen Atelier um, während sie mit ihrem Kaugummi eine unfassbar große Blase machte, die sie danach gekonnt wieder einsog. »Hatte ich mir jetzt irgendwie anders vorgestellt«, meinte sie schließlich kauend. Dann wollte sie wissen, wo sie sich ausziehen könne. Anscheinend war sie über meine Homepage auf mich aufmerksam geworden. Wobei ich da keineswegs behauptet hatte, auf Akt- oder Industriefotografie spezialisiert zu sein.

»Ausziehen?«, fragte ich, als wisse ich nicht, was das ist. »Na ja, also, das geht vielleicht am besten hier«, sagte ich schließlich und ging mit ihr und Werner im Gänsemarsch durch mein Ein-Raum-Studio, an dessen rechter Seite sich hinter dem Tresen eine Toilettentür befand. Direkt daneben war ein Vorhang, der einen kleinen begehbaren Abstellraum verdeckte. Hier hortete ich neben Toilettenpapier, Küchenrollen, Kaffeemaschine und kleinem Mini-Kühlschrank Bilderrahmen und einige Laken und Tücher, für den Fall, dass sich jemand mal »räkeln« wollte.

Tiffany wollte.

Im Terminkalender stand nur »Porträt«, nicht, was für eins. Und so war ich doch etwas überrascht, als sie nur mit Werner, den sie auf dem Arm trug, »bekleidet«, plötzlich vor mir stand. Auch er hatte abgelegt. Zumindest seine lila Leine. Ich sah kurz zu den Schaufenstern, in denen sich rechts und links von der Tür nur jeweils eine Großaufnahme befand. Und die deckten nur einen kleinen Teil der Fensterfront ab.

Werner deckte indes nur einen kleinen Teil ihrer Vorderfront ab. Aber das störte sie nicht weiter. »Okay, wo soll ich?«, fragte sie mich, und ich hätte fast gefragt: »Was?«

»Vielleicht sollten wir noch einmal kurz darüber sprechen, wofür die Bilder sind oder was du dir so vorgestellt hast…«, begann ich und holte derweil schon mal eines der Laken aus der Ecke.

»Ja, also, das ist für … für Franco.«

Ich überlegte kurz, ob Franco nur zu ihrer Allgemeinbildung oder auch zu meiner gehören musste. Mir fiel aber nur einer ein, der nicht mehr lebte, also hakte ich lieber nach. »Und was hätte der gern, der Franco?«

»Also, er meinte am besten einmal ganz«, sie zeigte mit fünf angeklebten Nägeln an sich runter, »einmal nur Gesicht«, sie machte eine kreisrunde Bewegung vor ihrer Nase mit nur einem angeklebten Fingernagel. »Und einmal so bis hier.« Dabei deutete sie auf ihre Hüfte, die das START-Feld ihres Tattoos war, wie ich jetzt erkannte. Eine Blumenranke oder so.

Während ich bei anderen Kunden eine halbe Stunde Überredungskunst brauchte, bis sie den obersten Knopf ihres Hemds etwas öffneten, hatte ich bei Tiffany das Gefühl, sie wisse gar nicht, wozu Klamotten überhaupt erfunden worden waren. Sie bewegte sich professionell vor der Kamera. Das war definitiv nicht ihre erste Session. Wäre Werner nicht ständig kläffend dazwischengesprungen, bis er schließlich unter erneuter Androhung von Liebesentzug kurzzeitig damit aufhörte, wären wir nach kürzester Zeit fertig gewesen. Die Sache mit der Riesenkaugummiblase hatte mich so fasziniert, dass ich sie bat, das vor der Kamera noch mal zu machen. Und tatsächlich: Dieses nackte, vergnügte Wesen mit ihrem sie anspringenden Werner, der aussah, als wolle er im Sturzflug in die Riesenblase beißen, hatte etwas! Es sah fast nach Kunst aus, irgendwie.

Nach einer Dreiviertelstunde waren die beiden wieder aus der Tür hinaus. *Wie gut, dass ich nicht tätowiert bin*, dachte ich, während ich ihnen nachsah. Wie das aussehen würde? Ein dicker Babybauch mit Tattoo? Und erst mal danach …

Während ich noch überlegte, das Tiffany-Werner-Blasen-Bild vielleicht im Schaufenster zu positionieren, kam eine SMS von Max.

Sweetie, was machst du morgen Mittag? Bin am späten Vormittag in der Nähe bei einer Patientin. Gehen wir ins Gloria was essen? Kuss! Max.

Ich überlegte kurz. Nein, morgen war nichts. Ich freute mich auf ihn. Max wohnte in St.Georg, also genau drei S-Bahn-Stationen entfernt. Mit dem Fahrrad waren es – zumindest auf dem Hinweg, denn da ging es bis zum Dammtorbahnhof ein ganzes Stück bergab – knapp zwanzig Minuten. Trotzdem vergingen manchmal zwei oder drei Wochen, bis wir uns wiedersahen. Er hatte die Praxis, seine ganzen schwulen Freunde und Mopsi, seinen fettleibigen Perserkater. Ich hatte mein Studio. Und wer weiß, was ich demnächst noch hatte …

Gern, ich kann ab 13 Uhr, tippte ich zurück.

Perfekt. Freu mich auf dich. M.

Max hatte ich vor einem gefühlten halben Jahrhundert auf einem Drehbuch-Seminar kennengelernt. Seitdem wussten wir, dass Drehbücher schreiben nicht unser Ding war. So eine Erkenntnis schweißt zusammen. Und Max wusste, wo er seine Patienten finden würde. Seit diesem quälend langweiligen Wochenende mit diesem gähnend langweiligen Dozenten war mein Leben spannender als je zuvor. Dank Max. Es verging kaum ein Tag, an dem wir uns nicht mindestens eine SMS schickten. Wir fuhren zusammen in den Urlaub, waren in Dänemark, Kapstadt, Berlin, Schweden gewesen. Wir gingen zusammen shoppen und hatten schon oft genug in einem Bett geschlafen, um behaupten zu können, dass wir uns wirklich gut kennen. Und kein Ehemann dieser Welt war eifersüchtig. Perfekt! Seit Max zu meinem Leben gehörte, war ich davon überzeugt, Klischee hin und her, dass jede Frau mindestens zwei Männer brauchte: einen Ehemann und einen schwulen Freund.

Ich schnappte mir noch mal die Bilder von Frau Baier

und betrachtete ihre Hand. Davon abgesehen, dass es ihre Hand war, fiel mir nichts Besonderes daran auf. Also rief ich sie an, um ihr beziehungsweise ihrem Anrufbeantworter freundlich zu sagen, dass ich auf der Suche nach ihrer Hand leider nicht weiterhelfen konnte. Dann setzte ich mich mit meinem Kaffee auf die Bank vorm Laden und genoss die Mittagssonne.

Bei dem Gedanken daran, ich würde hier eventuell schon bald mit einer kleinen runden Kugel sitzen und entkoffeinierten Latte macchiato trinken, bekam ich Herzrasen. Ein wenig jedenfalls. Oder lag es am Espresso? Nein, ich war aufgeregt. Das war es. Aber das war vermutlich normal. Schließlich würde ein Kind in mir wachsen. Wahnsinn. Obwohl es ja das Normalste der Welt war, war es doch total faszinierend. Dass aus so einem winzigen Mini-Ei ein total fertiger Mensch entstand. Alles dran. Fix und fertig.

Als ich kurz nach sechs die Wohnungstür hinter mir zuzog, entdeckte ich schon von Weitem auf dem Küchentisch langstielige, altroséfarbene Rosen. Bob war einfach ein Sechser im Lotto. Mit Zusatzzahl! Egal, ob er vom Flughafen kam und in jeder Hand einen Aktenkoffer trug oder vollbeladen vom Wochenmarkt – er brachte mir in regelmäßigen Abständen Blumen mit. Als hätten wir uns gerade erst kennengelernt. Dafür liebte ich ihn.

»Bob?«, fragte ich in den Flur, aber es kam keine Antwort. Wahrscheinlich war er laufen.

Ich machte mich kurz etwas frisch, zog mir meine Gemütlichkeitshose an und setzte mich auf den Balkon.

Eine halbe Stunde später kam Bob. Nicht mit Turnschuhen an den Füßen, sondern mit Essen vom Italiener in den Händen.

»Cool! Das ist ja eine Überraschung«, freute ich mich und gab ihm einen Kuss.

»Du bist ja schon da. Ich wollte es eigentlich auf Teller verteilen und behaupten, ich hätte gekocht«, meinte er augenzwinkernd und drückte mir die eckigen Styropor-Packungen in die Hand, um sich die Schuhe ausziehen zu können.

Es schmeckte fantastisch. Spaghettini mit Trüffel. Ich liebe Trüffel. Dafür würde ich einiges tun. »Super Idee«, lobte ich mit vollem Mund, »ich hatte heute Mittag auch gar nichts Richtiges …«

»Sag mal, wenn wir das Baby-Projekt …«

»Bob«, unterbrach ich ihn kauend und sah ihn flehend an. »Bitte!« Mehr musste ich nicht sagen. Er wusste sofort, was ich meinte. Hier ging es um ein Baby, nicht um ein Projekt, das in Angriff genommen werden sollte.

»Sorry. Ich meine, wenn wir ein Kind wollen, dann können wir uns doch wirklich mal die Sachen von meiner Mutter ansehen. Das ist alles original 1972!«

»Ist mir schon klar, aus welchem Jahr das stammt, aber ganz ehrlich, ich hätte gern einen neuen Kinderwagen.«

»Aber du stehst doch sonst so auf Retro und alte Klassiker und dieses ganze skandinavische Zeugs.«

Ich holte tief Luft. Okay, ansehen konnte ich es mir ja wirklich. Wer weiß, vielleicht konnte man sein altes Gitterbettchen ja streichen oder irgendetwas anderes gebrauchen. Auch wenn mir davor gruselte, den Dachboden seiner Eltern zu durchstöbern. Aber das musste ich wohl selbst tun. Sonst würde Bob sich vermutlich alles aufschwatzen lassen und zu uns schleppen. Und ich dürfte dann Sperrmüll beantragen. Buddha sei Dank.

»Okay, ich komme unter einer Bedingung mit: Du versprichst mir, dass wir nicht mehr mitnehmen als das, was wir eventuell wirklich brauchen. Wir haben nämlich noch kein Kind«, erinnerte ich ihn. »Wir könnten ja das Zimmer hier«, ich deutete auf den Raum hinter uns, das Balkonzimmer, wie wir es nannten, »als Kinderzimmer nutzen, wenn es so weit ist«, schlug ich vor und wischte mir mit der Papierserviette über den Mund.

Den Plan hatte ich schon, seit ich die Wohnung das erste Mal besichtigt hatte. Das war schon fast eine Revolution: Ich hatte einen Plan! Abgesehen von meinem Geschäft, das mich sozusagen freundlich zwang, »nach Plan« zu leben, war ich bisher eher mithilfe meines Glücks-Gens als durch Struktur und Verstand erfolgreich durchs Leben gestolpert und an den richtigen Stellen angelangt.

»Dann haben wir aber ein Problem, wenn das Kind schläft, und wir uns noch mal in Ruhe auf den Balkon hinten setzen wollen. Vorne ist es ja oft so laut an der Straße. Gerade abends, wenn sie wieder alle da unten an der Eckbar bei Helmut und Siegrid sitzen.«

Ich lachte los. »Ruhe? Na, du bist ja optimistisch.«

»Wer weiß? We cross that bridge, when we come to it!«, meinte Bob und schob sich den letzten Löffel seiner Pasta in den Mund.

Einer seiner Berater-Sprüche aus den Top 5.

»Ich setze die Pille ab, ist eh gerade alle. Und dann schauen wir mal, welche Brücke wir noch crossen«, sagte ich lächelnd, rutschte etwas näher an ihn ran und gab ihm einen Kuss. In diesem Moment hatte ich es plötzlich:

mein »WIR«-Gefühl, das mich immer bei Großereignissen überkam. Als die Mauer gefallen war, als wir zusammen in diese Wohnung gezogen waren, auf der Couch, als er mich gefragt hatte, »wann ich denn Zeit hätte«, und natürlich am Tag unserer Trauung.

Und heute. Ich war glücklich. Es fühlte sich überwältigend an, aufregend – und richtig. Es passte in diese Frühlings-Aufbruch-alles-neu-Stimmung. Am liebsten hätte ich sofort losgelegt. Geduld war ja nichts, was ich erfunden hatte. Ich ging ins Noch-Balkonzimmer und überlegte, was ich wo am besten hinstellen könnte. Das Bettchen natürlich an die Wand rechts, links vom Türrahmen am besten die Wickelkommode. Genau, und die Wände so wie in der letzten Sendung von »Zuhause im Glück«. Da hatte die Innenarchitektin aus gemusterter Tapete Tiere ausgeschnitten und auf die weiße Wand geklebt. Super. So würde ich es machen.

Mein Gott, wer hätte das gedacht? Ich mutierte zur Nestbauerin!

7. Kapitel

Der nächste Tag war ein guter Tag. Die Sonne schien, es hatten mehrere Neukunden angerufen und sich Termine für Foto-Shootings geben lassen, und dann war noch ein kleines Wunder passiert: Frau Baier hatte sich gemeldet und ihre Hand akzeptiert. Wie schön. Friede auf Erden.

Wie immer auf die Minute pünktlich stand Max in einem kurzärmeligen, blaukarierten Hemd um 13 Uhr vor dem Schaufenster und winkte. Ich suchte gerade den Schlüssel zum Abschließen, winkte zurück und gab ihm ein Zeichen reinzukommen.

»Hi Schätzilein«, rief er, kam auf mich zu und küsste mich auf den Mund. Das machten wir immer so. Max durfte das.

»Hi, schön, dass du da bist. Ich muss nur noch kurz …«

»Den Schlüssel suchen«, unterbrach er mich und lachte. Er kannte mich halt. Suchen gehörte zu einer meiner am häufigsten ausgeübten Tätigkeiten.

»Ja«, bestätigte ich und wühlte weiter in meiner Tasche, in der sich alles Mögliche befand, aber kein Schlüssel.

»Kauf dir doch mal eine kleinere Handtasche, dann findest du ihn vielleicht schneller«, meinte er mit einem Blick auf meine XXL-Tasche.

»Ich brauche keine kleinere zu kaufen. Du kennst doch meine Sammlung. Ich habe kleinere, aber in die passt eben nicht alles, was ich brauche.« Ich sah auf seine Tasche, die er sich schräg umgehängt hatte und die nicht viel kleiner war als meine.

»Ich finde meine Schlüssel trotzdem«, meinte Max und zwinkerte mir zu.

»Ja, ja … ich hab ihn ja gleich … guck! Da ist er!«

Zehn Minuten später saßen wir im vorderen Teil der Gloria-Bar an der großen Fensterfront.

»Und? Was hattest du hier zu tun? Du meintest, du müsstest zu einer Patientin?«, wollte ich wissen, nachdem wir das Essen bestellt hatten.

»Hausbesuch«, erklärte Max und rückte ein Stück vom Tisch ab, um seine langen Beine übereinanderschlagen zu können.

»Seit wann machst du denn Hausbesuche?«

»Eigentlich gar nicht, aber in besonderen Fällen. Eine Patientin von mir hat sich das Bein gebrochen. Da es ihr schon vorher psychisch nicht gut ging, hat ihr das jetzt den Rest gegeben.«

In dem Moment stand die Bedienung wieder am Tisch und brachte die bestellte große Flasche Wasser und zwei Gläser. »Danke«, sagte ich zu ihr, wartete noch kurz, bis sie fertig war, und wandte mich dann wieder Max zu. »Beinbruch, das klingt gar nicht gut!«

»Ne, vor allem nicht, wenn dreihundert Leute es sehen und lachen.«

»Wie?! Die haben gelacht und nicht geholfen?!«

»Doch, als klar war, dass sie sich ernsthaft verletzt hat, schon. Aber vorher haben sie halt gelacht, und diese Patientin leidet seit ihrer Kindheit unter ihrem nicht vorhandenen Selbstbewusstsein. Das war natürlich perfekt.«

»Hmm, aber das mit den dreihundert Leuten musst du mir erklären. Wo war sie denn?!«

»Im Zirkus. Der Clown hat sie gebeten, in die Manege zu kommen, was sie absolut nicht wollte. Dann hat sie es aber eben doch gemacht, weil er sie an der Hand gezogen hat, und alle klatschten. Allein das war schon ein Grund für sie, im Erdboden verschwinden zu wollen.« Max nahm einen Schluck, stellte das Glas wieder ab und fuhr sich mit der Hand durch sein dichtes, blondes Haar.

»Ganz ehrlich«, erklärte ich, »ich hätte da auch keinen Bock drauf. Auch nicht mit vorhandenem Selbstbewusstsein.«

»Jedenfalls hat er dann irgend so eine Spaß-Nummer mit ihr gemacht, ihr einen Brautschleier auf den Kopf gesetzt und sie auf den Arm genommen. Er wollte sie durch einen Türrahmen tragen, sozusagen ›über die Schwelle‹. Dabei ist sie ihm allerdings aus dem Arm gerutscht und so blöd gefallen, dass sie sich das Bein gebrochen hat.« Max schüttelte den Kopf.

»Bitte? Und dann haben alle gelacht? Das ist ja fürchterlich!«

»Ja, alle dachten, das gehöre mit zum Sketch.«

»O Gott, die Arme!«

»Dafür hat sie jetzt lebenslang freien Eintritt in den Zirkus. Aber ich glaube, sie wird nicht mehr hingehen«, sagte Max.

»Wer will das schon?«, fragte ich.

»Na ja, so manch eine Mutti wäre froh über kostenlosen Eintritt«, meinte Max.

Ich sah an Max, der mit dem Rücken zur Fensterfront saß, vorbei nach draußen und dachte, dass ich alles mit meinem Kind machen würde. Vom Babyschwimmen über auf Bäume klettern bis hin zum Zirkusbesuch.

»Alles okay?« Max sah mich mit schräg gelegtem Kopf an. »Lisa an Erde, bitte melden.«

»Ja, klar, alles gut, ich war nur gerade in Gedanken.«

»Das habe ich gemerkt. Möchtest du mich teilhaben lassen an deinen Gedanken? Oder ist es nicht interpretationswürdig?«

»Nö, also, doch, klar … Ich habe nur gerade daran gedacht, dass ich auch in den Zirkus gehen würde, mit meinem Kind. Also, wenn ich mal ein Kind habe.«

»Gibt es da was, was du mir sagen möchtest?«

Die Kellnerin kam und brachte uns das Essen. Salat mit Schafskäse für mich, die Tagessuppe für Max.

»Guten Appetit!«, wünschte sie uns.

Der Salat sah super aus. Jetzt erst merkte ich, was für einen Bärenhunger ich hatte.

»Ja, ich glaube, es ist an der Zeit, ein Kind zu bekommen«, sagte ich feierlich und schob mir die volle Gabel in den Mund.

Max sah mich mit diesem Röntgenblick an, den er immer dann hatte, wenn er nachdachte. »Torschlusspanik?«

»Wie kommst du denn da…?«, platzte es aus mir heraus. Dabei hatte ich Regel Nummer eins beim Essen vergessen: Nicht mit vollem Mund sprechen! Ich verschluckte mich derart, dass ich das Gefühl hatte zu ersticken. Max sprang auf und klopfte mir auf den Rücken, irgendwo zwischen die Schulterblätter.

Nach ein paar Minuten konnte ich wieder hustenfrei ein- und ausatmen.

»Dein Mascara, Schätzchen«, sagte Max und zeigte mit den Fingern unter seine Augen, wobei er meine meinte.

Ich nahm die Serviette, machte sie in meinem Wasserglas etwas nass und wischte damit unter meinen Augen hin und her. »Besser?«

»Nicht wirklich. Jetzt hängen da rote Serviettenreste.«

»Ich bin gleich wieder da«, erklärte ich mit gesenktem Blick und ging zur Toilette.

Kurze Zeit später war das Desaster aus meinem Gesicht entfernt und ich konnte in Ruhe weiteressen. Oder auch nicht.

»Ihr wollt also schwanger werden«, stellte Max fest, der inzwischen fertig gegessen hatte.

»Nicht wir. Ich.« Ich fand diese Formulierung »Wir sind schwanger« bescheuert. Weder süß noch lustig. Es war einfach nur Blödsinn.

»Okay, du möchtest ein Kind.«

»Ja, ich denke schon.«

»*Du denkst schon*? Das klingt jetzt ehrlich gesagt nicht überzeugend, Süße!«

»Doch, ich bin … eigentlich ganz sicher. Die Idee ist nur noch etwas jung, im Gegensatz zu mir, vielleicht liegt es daran«, meinte ich und versuchte es noch mal mit dem Salat. »Außerdem hatte ich da so einen komischen Traum, der mich nachdenklich gemacht hat.«

Ich erzählte Max von dem großen Tor mit den sich schließenden Türen.

Was er mir danach sagte, war nicht unbedingt das, was ich hören wollte: »Das verschlossene Tor kann dafür stehen, dass du dich mehr anstrengen musst, vielleicht aber trotzdem scheiterst. Das hängt davon ab, ob du es öffnen konntest oder davor stehen geblieben bist.«

Ich sah Max mit hochgezogenen Augenbrauen an. »Ich bin gegangen. Ich habe nicht versucht, es zu öffnen. Warum auch? Dieser Typ hat es ja zugemacht…«, rechtfertigte ich mich. Was sollte das jetzt bedeuten? Warum hatte ich nicht versucht, dieses blöde Tor zu öffnen? Weil ich immer davon ausgehe, dass sich bei mir eh alles fügt? Weil ich bisher stets alles erreicht hatte, was ich wollte? Weil ich ein Glückspilz war? Ich wäre gar nicht auf die Idee gekommen, an dem Tor zu rütteln! *So ein Quatsch, ist doch auch egal*, dachte ich kopfschüttelnd.

Max sah mich mit seinem Therapeutenblick an.

»Sag jetzt nichts«, meinte ich nur und bestellte die Rechnung.

Nachdem Louisa um 16 Uhr übernommen hatte, verbrachte ich den Rest des Tages auf dem Balkon – dem großen, denn da gab es nachmittags immer noch eine gute Chance auf Sonne – und genoss mein Glück.

Während ich mir die Melonenbrause nahm und am Strohhalm saugte, dachte ich an Max' Traumdeutung. So ein Humbug! Von wegen, ich hätte kämpfen müssen. Quatsch. Also echt.

Ich nahm noch einen Schluck, dann fiel mir meine Pille wieder ein. Wie lange es wohl dauern würde, bis die Hormone aus meinem Körper rausgespült wären? Schließlich hatte ich die kleinen blauen Tabletten ja mehr als ein Jahrzehnt geschluckt. O Gott. Wie das klang. Ein Jahrzehnt… Bevor ich länger darüber nachdenken konnte, saß Fritz auf der Balkonbrüstung und miaute mich an. Fritz war mein heimlicher Kater. Er war grau, kuschelig weich, komplett verfressen und passte perfekt zu den Kissen auf meinem Sofa. Ich liebte ihn, und er liebte mich, was vermutlich daran lag, dass ich ihn ständig fütterte. Nur Bob stellte sich quer. Sonst hätte ich Fritz schon längst adoptiert. Sein Herrchen, der Mann mit dem Rippunterhemd und der Jogginghose aus dem Nachbarhaus, kümmerte sich nämlich sehr selten um ihn. Er ließ ihn gerne mal, so wie jetzt, tagsüber einfach auf dem Balkon, wenn er die Wohnung verließ.

Leider hasste Bob Katzen. Hunde auch. Wobei er die nicht wirklich hasste. Die mochte er einfach nur nicht. Wegen der Haare. Was kein Wunder war, denn er hatte eine Allergie. Aber auch wegen des Geruchs, wenn sie nass geworden waren, weil das Futter stank und überhaupt. Das Problem war: Sie mochten ihn. Sobald wir irgendwo draußen unterwegs waren, konnte man den Wecker danach stellen, dass der nächstbeste Hund zielstrebig auf Bob zusteuerte und freudestrahlend an ihm hochsprang, bis das Frauchen oder Herrchen ihn wegzog. Sofern er denn an der Leine war. Vielleicht lag es auch daran, dass Bob keine Hunde mochte. Pech für mich!

Fritz kam schnurrend auf mich zu und legte sich auf meinen Schoß. Während ich ihn streichelte, musste ich wieder an meine Hormone denken. Ich stellte mir vor, wie es wohl mit so einem runden Bauch wäre. Ich zog mein pinkfarbenes T-Shirt mit den Sternen etwas hoch, sodass Fritz auf meinem Bauch lag, und drapierte dann wieder etwas von dem T-Shirt-Stoff über ihn. Hauptsache, er ließ seine Krallen jetzt drin, dachte ich. Dann betrachtete ich meine neuen Kurven. Sechster Monat, schätzte ich und streichelte artig weiter. Fritz fand es allerdings nicht ganz so gemütlich unter dem Shirt und sprang mit einem Satz weg.

Mein Handy brummte. Eine SMS. Ich erhob mich aus meiner Möchtegernschwangerenposition und griff nach dem Telefon neben mir auf dem Boden.

Komme etwas früher. Fährst du nachher mit zu meinen Eltern?, wollte Bob wissen.

Warum heute?, fragte ich zurück.

Sie haben es etwas eilig mit dem Dachboden. Frag mich nicht … wollen anscheinend ein Wohnmobil kaufen und damit durch Europa reisen. Erzähl ich nachher. Bin etwa in einer Stunde da. Kuss.

Ich legte das Handy wieder weg und schloss die Augen. Ein Wohnmobil? Hörte das denn nie auf? Na ja, immerhin wären sie dann eine Weile unterwegs. Man musste die Dinge positiv betrachten.

Das war ein guter Vorsatz, allerdings nur in der Theorie, nicht in der Praxis. Ingrid und Peter hatten uns Brennnesseltee und Vollkornkekse hingestellt. Allein das war schon ein Grund, wieder rückwärts aus der Wohnung zu gehen. Aber das, was dann kam, war schlimmer als alle Vollkornkekse dieser Welt.

»Morgen früh geht es los. Wir düsen«, erklärte Peter begeistert, während er mit einem Bleistift auf der auf dem Holzfußboden ausgebreiteten Landkarte herumfuhr, »hier lang. Erst mal die Ostseeküste, Mecklenburg-Vorpommern, dann Polen, da machen wir einen Halt … dann hier …«

»Äh, morgen?«, fragte Bob. »Ihr hattet gesagt, ihr habt die Wohnung gekündigt. Zu wann denn?«

»Zu heute«, antwortete seine Mutter seelenruhig.

Es war der 1. Juni. Für einen Aprilscherz etwas zu spät.

»Aber hier ist doch noch alles voll!« Bob zeigte mit weit aufgerissenen Augen auf alles, was im Raum stand: mehrere Billy-Regale, bis oben gefüllt mit Büchern, CDs, Keramik und Bilderrahmen vom kleinen Bob in gestreiftem Nickipulli und Latzhose irgendwo am Strand. Das Sofa samt Lammfellen, auf denen wir gerade saßen, und all das andere Zeugs. Die Kleiderschränke, die Kisten, die bereits gepackt waren, mehrere blaue Säcke, die sich im Flur türmten.

»Und euer Vermieter?«, stammelte Bob.

»Ist im Urlaub. Das meiste werden wir ihm wohl hierlassen. Er kann sich über so schöne Sachen doch eigentlich nur freuen«, erklärte Peter gönnerhaft. »Ja, und oben ist auch noch einiges«, ergänzte er.

»Wie, oben *auch*?«

»Na, auf dem Dachboden. Das haben wir euch doch schon gesagt. Da stehen auch noch Sachen.«

»Ja, aber wir nehmen nur ein paar Dinge mit, nicht alles, und wollten heute auch ehrlich gesagt nur mal schauen!«, sagte Bob entsetzt.

Ich sagte gar nichts. Ich konzentrierte mich einfach auf meine Atmung. Einatmen, ausatmen. So, wie Max es mir schon tausendmal geraten hatte. Aber der hatte gut reden, der hatte ja keine Schwiegereltern. Es gab einfach Momente, da war so was wie Atmen schon eine große Herausforderung.

Bob rang scheinbar nach weiteren Worten, anders

konnte ich es mir nicht erklären. Es war eigentlich nicht seine Art, so lange den Mund offen stehen zu lassen.

Mit einem hellblauen Gitterbettchen auf dem Dach, drei Kisten, einem Tischchen samt gelbem Anti-Atom-Aufkleber und zwei winzigen Stühlen fuhren wir zwei Stunden später wieder an der Außenalster vorbei Richtung Eimsbüttel.

»Warum habe ich ständig das Gefühl, ICH wäre der Vater und sie meine Kinder?!«, fragte Bob kopfschüttelnd.

»Weil es so ist«, sagte ich, kraulte ihm den Nacken, sah Kaugummi kauend aus dem leicht geöffneten Fenster und betrachtete die Horden von Menschen, die freiwillig die siebeneinhalb Kilometer um die Alster rannten, während Udo Lindenberg aus dem Radio »Mein Ding« sang. Oder liefen die vielleicht sogar mehrmals rum?

Auf der Kennedybrücke stockte es, wie immer. Ich sah nach links, wo die Wasserfontäne auf der Binnenalster von einer leichten Brise zur Seite gedrückt wurde. Wenn die Sonne schien, war Hamburg die schönste Stadt der Welt. So wie jetzt. Rechts auf der Außenalster fand auf unserer Höhe gerade Segelunterricht für die ganz Kleinen statt. Sechs oder sieben Optis fuhren kreuz und quer. Die Mini-Jollen sahen wie kleine schwimmende Pappschachteln aus.

Wieder zu Hause trugen wir die Sachen auf unseren Dachboden. Ich war heilfroh, dabei gewesen zu sein. Gar nicht auszumalen, was passiert wäre, wenn Bob allein dort hingefahren wäre. Die hätten ihm das ganze Auto vollgeladen und den Rest noch mit dem Anhänger ihres Tandems hinterhergeradelt.

Wobei ich mich klammheimlich auch ein bisschen freute, was ich selbstverständlich nicht zeigte. Die Sachen waren wirklich süß! Mit etwas Fantasie und Farbe konnte man auf alle Fälle etwas daraus machen.

»Wenn man den Aufkleber abkratzt und den Tisch ein bisschen mit Sandpapier behandelt, kann man den doch bestimmt schön anmalen und später mal ins Kinderzimmer stellen«, sagte ich, als alles verstaut war, und meinte eigentlich: *Könntest du ihn mal anstreichen?* Es war ja schließlich sein Tischchen. Lediglich die kleinen Stühle konnte man so, wie sie waren, benutzen, fand ich. Sie waren ursprünglich aus einem Kindergarten und sahen tatsächlich so klasse aus, dass ich mir einen gleich als Nachttisch ans Bett stellte.

Natürlich hatte ich es mir nicht anmerken lassen, wie gut sie mir gefielen, als Ingrid sie mir auf dem Dachboden zwischen all dem Geröll, das da sonst noch so stand, zeigte. Sonst hätte ich gleich noch eine Kiste gratis dazu bekommen. Außerdem fand ich ihre Bemerkung »Na, vielleicht hilft das ja« komplett überflüssig. Im Anschluss hatte sie mich dann noch keck in die Seite gestupst, als wären wir alte Kumpel.

»Wobei hilft was?«, hatte ich dummerweise gefragt.

»Na, die Möbelchen.«

»Und wobei helfen die?«, fragte ich noch mal, als hätte ich den IQ einer Banane.

Sie zwinkerte mir zu und sah auf meinen Bauch. »Beim Kindchen.«

8. Kapitel

Zwei Tage später war es so warm, dass ich am liebsten nackt rausgegangen wäre. Hoffentlich war das ein Zeichen für einen spitzen Sommer. Ich war da skeptisch. In Hamburg konnte man nie wissen.

Auf alle Fälle freute ich mich an solchen Tagen immer, dass wir in einer Altbauwohnung lebten. Es gab keinen kühleren Ort. Aber es nützte nichts. Ich musste los, den Laden aufschließen.

Mit dem dünnsten Stoffkleid, das mein Schrank zu bieten hatte, einem Coffee-to-go-Becher und meiner XXL-Handtasche bewaffnet schloss ich pünktlich um zehn den Laden auf und machte erst mal überall Licht an. Die Sonne hatte noch nicht den Punkt erreicht, an dem sie es schaffte, hier für etwas Aufhellung zu sorgen. Also schnell alle Lampen angeknipst, sonst bekam man ja gleich Depressionen. Ich erinnerte mich noch allzu genau an die Winter bei Foto Wass, in denen ich im Dunkeln ins Geschäft kam, den ganzen Tag in der Dunkelkammer verbrachte und abends im Dunkeln wieder nach Hause radelte. Irgendwann half nur noch hoch dosiertes Johanneskraut.

Dafür war ich jetzt umso glücklicher, als mein Handy klingelte und Kiki sich meldete.

»Na, du wildes Huhn! Wie geht es dir? Bist du gerade gelandet?«, platzte es aus mir heraus.

»Ja, bin ich, und es ist schrecklich. Ich glaube, ich steige gleich wieder ein.«

»Warum?«

»Der Taxifahrer war unmöglich, und meine Mutter nervt jetzt schon.« Sie machte eine sehnsuchtsvolle Pause. »Dabei war gestern alles noch so schön … entspannt.«

»Ach, das wird schon. Du musst dich erst wieder etwas umgewöhnen. Wann sehen wir uns?«

»Was machst du morgen? Ich muss erst mal den Briefkasten leeren, Wäsche waschen, den Kühlschrank füllen und solche lustigen Sachen machen.«

»Dann lass uns doch morgen Abend in der ›Kleinen Brunnenstraße‹ treffen. Keine Ahnung. Um sechs? Morgen habe ich keine späteren Termine, sehe ich gerade.«

»Klasse. So wird's gemacht! Ich freu mich!«

»Ich mich auch. Viel Spaß beim Wäsche waschen.«

»Danke, wie lieb von dir«, hörte ich sie noch sagen, dann legten wir auf.

Ich schrieb die Verabredung in den Kalender. Vielleicht sollte ich mir auch gleich mal eintragen, welcher Zyklustag heute war. Wenn ich es nur wüsste. Die Pillenpackung war alle, also musste es der 28. Tag sein, oder? O Gott, das fing ja gut an.

Was lag denn sonst noch an? Ach ja, um drei kam ja diese Familie mit den drei Kindern. *Das wird sicher lustig*, dachte ich und klappte den Kalender wieder zu.

»Lustig« traf es nicht ganz, eher »interessant«. Ich fragte mich die ganze Zeit, ob das ein Zeichen war. Eines, das sagte: *Mädchen, denk doch einfach noch mal in Ruhe drüber nach, ob du dich wirklich vermehren willst.*

»Ich habe aber keine Lust! Warum muss ich, wenn ich nicht will? Das ist Machtmissbrauch«, war das Erste, was ich hörte, als die Tür aufging und Familie Klein eintrat. Das Machtmissbrauchs-Opfer war das älteste der drei Kinder. Mitten in der Pubertät, wie die Gesichtshaut verriet. Er trug eine grüne Stoffhose, die so aussah, als würde sie jede Sekunde an seinem nicht vorhandenen Hintern vorbei nach unten rutschen. Den Kopf hielt er ununterbrochen schräg, sodass man glatt denken konnte, der arme Junge sei so auf die Welt gekommen. Dem war aber nicht so. Es war nur der lange Pony, den er mit viel Wachs behandelt hatte und den er schräg vorm Gesicht trug. Ob und was er dabei überhaupt sah, war fraglich. Aber wahrscheinlich wollte er eh nichts sehen. Also den Vorhang einfach zuziehen.

Die Kleineren von den Kleins waren schätzungsweise sieben und neun Jahre alt, irgendwas im Grundschulalter. Ein Junge und ein Mädchen.

Alle drei sahen nach Tommy Hilfiger aus. Direkt aus dem Katalog gesprungen.

Frau Klein dagegen war eher Burberry. Offenbar wollte keiner außer mir einsehen, dass dieses komisch beige Muster alt machte. Merkwürdig. Dabei war sie bestimmt noch gar nicht so alt. Hoffentlich hatte sie eine gute Freundin, die ihr das demnächst mal sagen würde, überlegte ich. Aber vermutlich trug die auch Perlenohrringe und erkannte das Problem nicht.

»Mein Mann sucht noch einen Parkplatz«, erklärte sie entschuldigend und stellte sich kurz vor.

»Da ist einer direkt vor der Tür«, meinte ich und zeigte nach draußen, wo ausnahmsweise eine Lücke war.

»Ja, das ist nett, danke, da passen wir leider nicht rein«, sagte sie und zog der Kleinen die braune Strickjacke aus.

»Na du«, begrüßte ich den Blondschopf, der mir bis zum Bauchnabel ging. »Wie heißt du denn?«

Keine Antwort.

»Na ja, man muss ja nicht mit jedem reden«, meinte ich und zwinkerte ihr zu.

Auch das brach das Eis zwischen uns nicht. Der Blondschopf hatte lange Locken und sah ein wenig unglücklich aus in seinem rosa Mini-Polokleid. Wahrscheinlich war sie genauso unfreiwillig hier wie der große Bruder.

Da ging die Tür mit einem Schwung auf, sodass die Bilder im Schaufenster an ihren Nylonfäden nach links und rechts schwangen.

»Da bist du ja!«, wurde der stürmische Herr Klein von seiner Frau begrüßt.

Was konnte der arme Mann dafür, dass es in Eimsbüttel keine Parkplätze gab? Vermutlich hatten sie eine Tiefgarage im eigenen Haus und kannten dieses Problem nicht. Ich zog die weiße Hintergrundleinwand runter. Es sollten Schwarz-Weiß-Aufnahmen werden. Für die war ich hier in der Gegend ja bekannt.

Die unterernährte grüne Hose stand mit verschränkten Armen in der Ecke und sah demonstrativ aus dem Fenster, von dem rosa Polokleid war plötzlich gar nichts mehr zu sehen, während der mittlere Sohn auffällig unauffällig auf einem meiner Hocker Platz genommen hatte und das ganze Treiben beobachtete. Wo war die Lütte nur? Aber ich war ja nicht die Mutter. Bestimmt erkundete sie gerade meine Abstellkammer. Viel mehr Möglichkeiten gab es hier nicht. Oder sie war auf der Toilette.

Ich stellte zwei meiner weißen Holzkisten, von denen ich mehrere in verschiedenen Größen hatte anfertigen lassen, vor den weißen Hintergrund.

»So, wenn Sie mögen, dann können Sie mal hier Platz nehmen. Am besten die Eltern in die Mitte und die Kinder hier und da«, erklärte ich und dachte, jetzt ginge es los.

Es ging auch los. Allerdings nicht das Fotoshooting. »Komm'ma dita!«, rief Frau Klein. Ich versuchte, mir die Irritation nicht anmerken zu lassen. Eines ihrer Kinder hieß Dieter?

Und Tatsache! Das rosa Poloshirt hörte auf »Dieter«, beziehungsweise auf Madita, wie sich rausstellte, und war wenig begeistert, dass ihre Mutter das tolle Versteck in der Abstellkammer hinter der Kiste mit dem Klopapier so schnell entdeckt hatte. Somit hatten wir also schon mal zwei, die keine Lust hatten. Hoffentlich war das nicht ansteckend, dachte ich.

Die grüne Hose motzte, die Kleine weinte, und die Mutter fauchte, während Herr Klein und sein Mittlerer unbeteiligt danebenstanden – bis auch sie ihre Portion abbekamen. Zumindest der große Herr Klein.

»Sag du doch auch mal was! Oder bin ich alleinerziehend?!«, giftete eine sichtlich genervte Mutter und Noch-Ehefrau.

Vielleicht sollte ich Max anrufen. So eine Familienaufstellung soll ja Wunder bewirken, behauptet er immer. Und so, wie die hier gerade standen, bot sich das prima an.

Nach zehn Minuten war das Problem, von dem ich nicht wusste, welches es war, zumindest vorübergehend behoben. Alle standen mehr oder weniger freiwillig vor der Kamera und taten, was ich sagte. Immerhin.

Ich änderte noch zweimal Hintergrund und Positionen und stellte wieder mal fasziniert fest, was so ein Wechsel mit den Menschen macht. Mit ihrer Körperhaltung und ihrem Gesichtsausdruck. Vielleicht sollte ich einfach anfangen, Fragebögen zu verteilen, auf denen alle ankreuzen müssen, neben wem sie gerne beziehungsweise auf gar keinen Fall stehen wollen. Hatte ich hier eben unbewusst eine heilsame Familienaufstellung gemacht?

Als sich plötzlich mitten im Shooting hinter mir die Ladentür öffnete und ein DHL-Mann, von dem man nur die Füße sah, hinter mehreren Kartons fragte: »Is Nagelstudio hier?«, lachten alle. Ich nutzte geistesgegenwärtig den Moment und drückte schnell ab. Geschafft.

So ein Einzelkind hat ja auch seine Vorteile, überlegte ich, als ich wieder allein war und aufräumte. Oder ich müsste Vera nach ihrem Geheimrezept fragen, wie sie es schaffte, so cool zu bleiben. Na ja, zumindest in neunzig Prozent der Fälle.

Zurück zu Hause ließ ich Wasser in die Wanne laufen und holte mir ein Glas kalte Weißweinschorle. Dann machte ich Maria Mena an und legte mich in die Wanne. Herrlich.

Während ich einweichte, musste ich wieder an Familie Klein denken. Und an Vera. Und die anderen, die Kinder hatten und irgendwie nicht mehr sie selbst waren. Klar, es gab auch Exemplare, die nach der Geburt ihrer Kinder immer noch so entspannt waren wie vorher. Meine Zwillingsschwester Mona war ohne Zweifel eines dieser wenigen Exemplare. Aber die waren vom Aussterben bedroht.

Und so eine leichte Veränderung machten letztendlich doch alle durch, oder? Die einen mehr, die anderen weniger.

Ich wollte ein Kind, aber bitte schön so bleiben, wie ich war. Nicht nur äußerlich. Gab es diese Möglichkeit eigentlich auch? Ich schob den Schaum beiseite und sah auf meinen Bauch. Dann drückte ich meine 70-A-Brüste zusammen und den Bauch hoch, sodass er ein kleines Stück aus dem Wasser lugte. »Tja, da müssen wir wohl gut cremen, damit du in Zukunft auch noch so aussiehst, mein Lieber!«, sagte ich zu ihm. Dann ließ ich wieder locker, hielt mir die Nase zu und verschwand im Wasser.

Kaum war ich abgetaucht, tauchte Bob auf.

»Na, soll ich mit reinkommen?«, fragte er und sah mich auffordernd an, während er seine Sachen ablegte.

»Gerne, wenn du Platz findest«, sagte ich und nahm einen Schluck Schorle. Diese Wanne aus der Mitte des letzten Jahrhunderts war alles andere als geräumig. Bob griff nach dem Glas, stellte es weg, kniete sich zu mir und küsste mich. Er wusste ganz genau, dass ich spätestens dann freiwillig Platz machen würde.

»Sie sind weg«, sagte er später, als wir es uns auf dem Balkon mit Salat und Käseplatte gemütlich gemacht hatten. Der Himmel hatte sich inzwischen im schönsten Magenta-Violett verfärbt. Es wurde endlich etwas kühler. Von der Straße hörte man lautes Hupen.

»Wer ist weg?«, fragte ich. Bob hatte die Angewohnheit, Themenhopping zu betreiben, mich dabei allerdings nicht immer an seiner Gedankenachterbahn teilhaben zu lassen. Sodass ich hin und wieder eine kleine Anmoderation vermisste, um zu verstehen, was er meinte.

»Meine Eltern«, erklärte er kauend. »Sie haben vorhin angerufen und wollten nur kurz sagen, dass sie schon in die Ostsee gesprungen sind. Sie haben da irgendeinen ganz tollen FKK-Strand gefunden.«

»Ist doch nett«, meinte ich und erinnerte mich im gleichen Moment daran, was meine alte Lehrerin in der Fotofachschule immer gesagt hatte, wenn jemand während einer Bildbesprechung das Wort »nett« benutzt hatte: »Nett ist eine sechs minus.«

In diesem Fall fand ich es allerdings wirklich nett. Ohne sechs minus. Eher eins plus. Schließlich wollten Ingrid und Peter eine kleine Europatournee starten. Und das würde doch sicher eine Weile dauern …

9. Kapitel

Tiffany sah aus, als hätte sie die Nacht durchgetanzt. Eine dunkle Sonnenbrille deckte beinahe ihr komplettes Gesicht ab. Puk die Stubenfliege in einem engen pinkfarbenen Minikleid. Fast hätte ich sie nicht erkannt. Werner sei Dank war es dann aber doch recht schnell klar, wer am anderen Ende der lila Leine hing.

»Moinsen!«, flötete sie fröhlich und grinste mich an. Eine wahre Frohnatur.

»Guten Morgen«, begrüßte ich sie und machte im gleichen Moment die Schublade hinter mir im Sideboard auf, wo sich nach Alphabet sortiert alle fertigen Aufträge befanden.

»Bitte schön, da haben wir Sie«, sagte ich und legte ihr die beiden Kontaktbögen auf den Tresen.

»Nä!«, platzte es aus ihr heraus. Und noch mal: »Nä«, während sie mit beiden Händen einen der Kontaktbögen in den Händen hielt und betrachtete. Ich überlegte, was genau das heißen sollte. Mir selbst gefielen die Bilder sehr gut, und ich wollte sie eigentlich fragen, ob sie einverstanden wäre, wenn ich eine der Aufnahmen mit Hund und Blase ins Schaufenster hängen würde.

»Nä, Wahnsinn, ey!«

Puh. Es war Freude. Gott sei Dank. Ich hatte schon das

Schlimmste befürchtet. Nicht dass sie noch meinte, es wäre nicht ihre Brust auf dem Bild.

Und dann passierte es. Unter der schwarzen Sonnenbrille rollte eine schwarze Träne über die Wange Richtung Kinn. »Nä, so … so …«, sagte sie und zog die Nase hoch, »so ein schönes Bild hat noch keiner von mir gemacht. Echt nicht!« Sie schniefte und nahm die Brille ab, um sich mit einem Taschentuch das Gesicht zu trocknen. Ihre langen Wimpern hatten inzwischen unter den Augen Spuren hinterlassen. Dass jemand vor Freude weinte, hatte ich bisher auch noch nicht erlebt. Aber irgendwann war ja immer das erste Mal.

Und dann stellte sich heraus, dass Tiffany und ich doch tatsächlich etwas gemeinsam hatten! Wer hätte das gedacht? Sie konnte sich nicht entscheiden. Wie sympathisch. Irgendwann bot ich ihr meinen Hocker an, eine halbe Stunde später einen Tee und hätte ich nicht eine Verabredung mit Kiki gehabt, hätte ich sie vermutlich abends mit nach Hause genommen.

»Sie können ja jederzeit nachbestellen. Ich archiviere die Aufnahmen mindestens zehn Jahre. Die Kontaktbögen gehören Ihnen. Die können Sie mitnehmen, und dann brauchen Sie einfach nur anzurufen und mir die Nummer durchzugeben«, ich zeigte auf einen der Bögen, »die hier unter den Aufnahmen steht.«

Eine knappe Stunde später stand die Entscheidung dann endlich fest. Außerdem bekam ich die Erlaubnis, eine Großaufnahme von ihr und ihrem kläffenden Anhang im Fenster auszustellen. Ich war begeistert, denn da musste wirklich dringend mal was anderes rein.

Ich machte mich auf den Weg in die Kleine Brunnenstraße, mein Lieblingsrestaurant. Es liegt in einer kleinen Seitenstraße mitten in Ottensen – eine der begehrtesten Wohngegenden, die es aktuell gibt. Kein Wunder. Wo man hinsieht Altbauten mit hohen Decken, schöne Geschäfte, Cafés, Bistros. Ich war gerne hier. Vor allem, wenn ich keinen Parkplatz suchen musste. So wie jetzt. Das kurze Stück war ich mit dem Rad gefahren und dann durch die Fußgängerzone und die Ottenser Hauptstraße gebummelt.

Kiki musste ich nicht lange suchen in dem kleinen Restaurant. Ich entdeckte sie sofort. Was nicht wirklich schwer war. Sie trug zwar keinen roten Punkt auf der Stirn, dafür aber einen gelben Turban auf dem Kopf. Überhaupt war sie komplett gelb angezogen. Zumindest sah es so aus. Was sich unterhalb des Bauchnabels befand, konnte ich nicht erkennen. Aber vermutlich war sie unten rum auch gelb.

»Hi!«, rief sie freudig, sprang auf und fiel mir um den Hals. »Wie geht's dir?«

Als hätte ich spontan vergessen, wie es mir geht, musste ich einen Moment überlegen. Ihre Gesamterscheinung hatte mich etwas aus dem Konzept gebracht. Bei Kiki war ich eigentlich immer auf alles gefasst, aber so ganz in Gelb … Bhagwans Leute trugen doch orange, oder? Aber gelb? Keine Ahnung. Hoffentlich war sie nicht irgendeinem scheinheiligen Geldabzocker verfallen. Ich weiß noch, wie sie irgendwann, es muss in der 11. oder 12. Klasse gewesen sein, komplett in Schwarz gekleidet zur Schule kam. Wo sie die Sachen so schnell herbekommen hatte, war mir ein Rätsel, denn bis zu diesem Tag war sie rumgelaufen, als wäre sie gerade in den Tuschkasten gefallen. Aber dann kam jener Abend, an dem sie diesen skurrilen Grufti kennenlernte. Danach war sie im Gesicht nur noch kreidebleich und ab Hals abwärts komplett schwarz.

Nun also Gelb. Egal. Ich mochte Kiki einfach. Sie war wirklich ein toller Mensch. Verrückt und grundgut. Ich war total froh, dass sie wieder da war, das merkte ich in diesem Moment. »Mann, hab ich dich vermisst!«, sagte ich und nahm sie in den Arm. »Mir geht's gut, danke. Und dir? Ich hätte dich ja fast nicht erkannt.« Ich deutete auf ihren Kopf. »Warum trägst du denn jetzt einen Turban?«

»Das ist besser für die Energie. Die strömt ja sonst durch den Körper und oben am Kopf einfach raus. Der Turban hält sie auf, sodass sie bei mir bleibt«, sagte sie und strahlte.

»... die Energie?«

»Ja, genau.«

»Aha.«

»Ja, ich weiß, es ist erst einmal etwas fremd, aber das gibt sich ganz schnell. Meine Mutter hättest du sehen müssen! Die hätte mich fast enterbt!«

Das konnte ich mir vorstellen. Wo sie selbst doch ein hanseatisches Zurückhaltender-Blauer-Blazer-Perlenohrring-Exemplar war.

»Sie stand gestern plötzlich unangemeldet vor der Tür. Na ja. Die wäre jedenfalls fast in Ohnmacht gefallen. Ihr Plan, mich mit irgend so einem Luxus-Hotelbesitzer aus Binz zu verkuppeln, geht wohl nicht ganz auf«, meinte sie und musste lachen. Der Turban fing an zu wackeln.

»Es sei denn, er steht auf überdurchschnittlich bewegliche Yoga-Lehrerinnen«, sagte ich.

»So super beweglich bin ich noch nicht, obwohl ich täglich meine Übungen mache. Aber das beginnt ja auch alles im Geist. Und ich spüre, dass ich auf dem richtigen Weg bin«, erklärte sie mir, immer noch übers ganze Gesicht strahlend.

»Wollen wir erst mal bestellen? Ich habe so einen Hunger.« Ich reichte ihr die Karte.

»Gute Idee!«

Eine halbe Stunde später kam endlich die Erlösung in Form eines kleinen Salates und einer großen Portion Pasta mit Pute für mich. Kiki hatte sich eine Suppe bestellt. Rote Bete. Da konnte man nur hoffen, dass sie nichts auf ihre Klamotten kleckerte.

Kiki sah meine Pute vorwurfsvoll an. Dabei konnte die ja nun wirklich nichts dafür, dass ich sie bestellt hatte. Dann legte Kiki plötzlich ihre flach ausgestreckten Hände mit einem Abstand von etwa zehn Zentimetern über den Teller mit der Rotebetesuppe und schloss die Augen.

»Ist dir kalt?!«, fragte ich irritiert.

»Nein«, sagte sie mit immer noch geschlossenen Augen. »Ich segne das Essen.«

»Ach so.« Ich drehte mich unauffällig nach rechts und links, um zu überprüfen, ob uns jemand beobachtete.

»Das kannst du auch machen.« Sie öffnete die Augen wieder und sah auf meinen Teller. »Obwohl das bei dir, also bei der Pute, wohl nicht mehr viel bringt.«

Ich kannte Kiki lange genug, um zu wissen, dass dies wieder nur eine Phase war. Eine kurze, hoffte ich, wünschte ihr einen guten Appetit und fing an zu essen. Um einen

Vortrag über die schlechte Energie, die in meiner Pute steckte, zu umgehen, lenkte ich sie schnell ab. »Was machst du denn jetzt eigentlich? Hast du schon eine Idee?«, fragte ich in der Hoffnung auf eine lange Antwort, damit ich meinen Hunger in Ruhe stillen konnte.

»Ja, ich glaube, ich mache das wirklich mit dem Yoga-Zentrum. Ich werde mich mal nach Räumen umschauen.«

»Ich finde das eine super Idee, aber ich überlege, ob wir nicht schon genug Yoga-Zentren in Hamburg haben. Versteh mich nicht falsch, aber eine Marktlücke ist das ja nicht gerade«, gab ich zu bedenken.

»Davon kann es gar nicht genug geben. Schau dich doch mal um! Überall Menschen, die dringend einen Ort der Ruhe bräuchten.« Sie blickte sich in dem gut gefüllten Restaurant um. Alle Tische waren besetzt. Auch die Hocker an der Bar. Hier war es definitiv nicht ruhig. Ich hatte fast das Gefühl alt zu werden, denn es war mir in Wahrheit eine Spur zu laut. Man verstand inzwischen sein eigenes Wort nicht mehr. Kein Wunder. Der Raum war einfach etwas zu klein für so viele Leute.

»Ort der Ruhe – das klingt doch nicht schlecht, oder? Was meinst du? Und DU könntest die Fotos für meine Homepage und die Flyer machen. Das wäre doch super!«

Ich stellte mir gelb gekleidete Menschen vor ... ja, vor was? Vor gelben Wänden vor.

»Was hat es mit dem Gelb auf sich?«, wollte ich wissen.

»Besser fürs Karma«, erklärte Kiki.

»Ach so«, sagte ich und erinnerte mich in dem Moment an die letzte Ausgabe dieser neuen Modezeitschrift, wo sie gelben Nagellack abgebildet hatten. Ob der auch half? Wäre ja zumindest ein Anfang. Und es fiele nicht so auf.

Immerhin musste ich mir keine Sorgen machen, dass Kiki in diesem Outfit auf der Straße angefahren wurde. Besser als jeder Schülerlotse! Nicht dass ich Muttergefühle ihr gegenüber hätte, so schlimm war es noch nicht. Aber hin und wieder hatte ich mich in der Vergangenheit dabei erwischt, dass ich dachte: *Oh je, was soll das werden und wo führt das hin?* Eigentlich ja ein gutes Zeichen, dass ich als Mutter taugte, schoss es mir in dem Moment in den Kopf.

»Und was gibt es bei dir so Neues?«, fragte sie neugierig, nachdem sie mir ausführlich von ihrem Indien-Trip erzählt hatte.

»Ach, eigentlich alles wie immer. Bobs Eltern spinnen. Die haben ihren gesamten Haushalt aufgegeben. Frag bitte nicht, wo der sich jetzt befindet. Sie fahren mit einem Wohnwagen durch Polen und was weiß ich noch wohin. Sie wollten sich von allem Materiellen trennen.« Ich hielt inne und überlegte einen Moment. »Vielleicht wärst du wirklich die bessere Schwiegertochter für sie. Ihr würdet euch bestimmt blendend verstehen!«

»So ein Quatsch«, entgegnete Kiki. »Klar, ich finde sie ja auch – mit Abstand betrachtet – ganz sympathisch, was wahrscheinlich daran liegt, dass sie NICHT meine Schwiegereltern sind …« Kiki lachte. »Aber du bist doch das Beste, was ihnen hätte passieren können.«

»Wie kommst du denn darauf?«

»Jede andere Schwiegertochter hätte schon eine neue Identität angenommen und wäre ins Ausland geflohen.«

Jetzt musste ich auch lachen. »Na ja …«

»Du bist ein Glückskeks, Lisa! Echt. Das warst du schon immer. Manchmal nicht sofort, sondern auf Umwegen, aber irgendwie meint das Schicksal es immer gut mit dir. Ja, ich finde schon. Du hast Bob gefunden, ihr seid happy miteinander, was ja auch schon mal viel wert ist, ihr habt eine tolle Wohnung, du dein Studio, von seiner Karriere mal ganz abgesehen. So ein Leben, das hat nicht jeder, Lisa«, sagte sie, und ich überlegte, ob sie zu viele arme und kranke Leute auf den Straßen Indiens gesehen hatte. Natürlich hatte sie recht. Mir ging es gut. Von Bobs Eltern, meiner Mutter, Tante Elsa und anderen Familienmitgliedern, die ich so schnell nicht loswerden würde, mal abgesehen.

»Und irgendwann bekommst du ein Kind, und ihr seid eine tolle Familie. Du hast echt alles richtig gemacht, Süße«, sagte sie mit leicht melancholischer Stimme, nahm ihr Wasserglas und prostete mir zu.

»Kannst du jetzt auch hellsehen? Du machst mir ein bisschen Angst«, sagte ich, nahm ebenfalls mein Weinglas und stieß mit ihr an.

»Liiiiisa!«, kreischte sie plötzlich, sprang auf und fiel mir um den Hals, als hätte ich gerade verkündet, dass ich mein gesamtes Erspartes ihrem indischen Ashram spenden würde. »Du bist …?«, fragte sie mit weit aufgerissenen Augen.

»Was?«

»Na, schwanger?!«

»Nein«, beruhigte ich sie. »Aber vielleicht demnächst. Mal schauen.«

»Wie demnächst? Jetzt quäl mich doch nicht so! Erzähl schon!« Sie setzte sich wieder auf ihren Stuhl und rückte den Turban an die richtige Stelle.

»Ich habe die Pille abgesetzt«, erklärte ich, »mehr nicht. Ich werde schließlich bald auch schon 37 und …«

»Wird das jetzt ein Kind der Vernunft oder der Liebe?«, fiel sie mir ins Wort.

»Wie, der Vernunft? Weil ich darauf achte, vor dem 50. Lebensjahr schwanger zu werden? Nein, ich finde Kinder doch schon immer toll, das weißt du doch«, rechtfertigte ich mich. »Und klar wird es nicht besser, je älter man wird.«

»Das ist doch toll! Ich freu mich, echt!«, sagte sie und sah dabei aber gar nicht so glücklich aus.

»Was ist denn?«, fragte ich, denn sie konnte mir nichts vormachen. Dafür kannten wir uns zu lange.

»Ach, ich krieg meine Tage, nichts weiter.«

»Kiki!«

»Ich … ich glaube, ich habe eine Midlife Crisis. Vielleicht muss ich mich auch erst wieder umgewöhnen. Ich komme mir vor, als hätte man mich aus dem Paradies geschmissen. Eben war noch alles schön. Und jetzt muss ich mich schon wieder rechtfertigen, warum ich Single bin. Dabei bin ich doch happy. Glücklich und gesund, sozusagen. Aber das reicht anscheinend nicht. Ist es nicht eigentlich so, dass Mütter wollen, dass es ihren Kindern gut geht?«

»Ich verstehe. Deine Mutter hat dich wieder belästigt.«

»Ja.«

»Lass dich scheiden. Ich kenn einen guten Anwalt«, meinte ich und zwinkerte ihr zu.

»Kaum ist man gelandet, holt einen der alte Mist wieder ein. Ich sag ja: Du hast alles richtig gemacht!«

»Du doch auch. Das ist doch das Leben, das zu dir passt und das du willst. Frei wie ein Vogel, ungebunden. Du bist keine Mutti, die zu Hause sitzt und Strümpfe strickt. Lass dir von deiner Mutter nichts einreden. Geh mal zu Max. Der baut dich wieder auf. Oder schick deine Mutter zu ihm. Kann ja nur besser werden. Ich glaube übrigens, wenn hier einer eine neue Identität braucht, dann bist du das.«

Kiki lachte wieder. Immerhin.

Als ich drei Stunden später mein Rad vor unserem Hauseingang an dem alten gusseisernen Zaun anschloss, musste ich immer noch über das, was Kiki alles gesagt hatte, nachdenken. Ihrer Meinung nach sollte ich unbedingt mit Luna-Yoga anfangen, wenn ich schwanger werden wollte. Da würde für den Anfang schon der Sonnengruß reichen, meinte sie. Und die Ernährung auf alle Fälle umstellen, womit sie sicher die arme Pute meinte. Das Bett Richtung Osten drehen und darauf achten, dass am Kopfende kein Handy liegt und so weiter … Das war natürlich alles – wie immer bei Kiki – übertrieben. Aber vielleicht sollte ich zumindest über die Sache mit der Ernährung nachdenken. Konnte ja nicht schaden.

Bob saß am Schreibtisch und machte die Steuererklärung. Ein Grauen. Während ich schon bei dem Gedanken daran spontan Ausschlag bekam, brachte ihm das … ja, was brachte ihm das? Ich hatte nie gefragt, aber es musste eine Art von Befriedigung sein, denn er machte es tatsächlich gerne! Es hatte etwas Meditatives – behauptete er. Hätte ich es an seiner Stelle getan oder sagen wir besser *tun müssen*, hätte ich mir die Haare ausgerissen. Ich hasste es. Steuern, Belege, Behörden, Papierkram jeder Art. Zum Glück war das bei ihm anders, sonst hätte ich mich niemals selbstständig machen können. Das hätte nach kurzer Zeit im Chaos geendet. Ich war ihm also zutiefst dankbar! Da fiel mir ein, dass morgen irgendetwas Wichtiges war. Nur was?! Ich suchte nach meinem Filofax. Der lag doch heute morgen noch … hier im Flur. Oder?

»Bob«, rief ich. »Weißt du, wo mein Kalender ist?«

»Suche beginnt im Kopf«, murmelte er. Obwohl nicht aus der Top Five der nervigsten Beratersprüche, hasste ich diesen blöden Spruch, denn er hatte mir noch nie geholfen, wenn ich etwas suchte.

»Danke für die Hilfe«, entgegnete ich und fand im gleichen Moment meinen Kalender unter einem Haufen Zeitschriften. Weiß der Henker, warum ich mir die Termine nicht einfach in mein Telefon tippte. Ich schlug das Filofax auf – und mich traf der Blitz. Morgen war Tante Elsas Geburtstagsparty! So ein Mist! Das hatte ich mal wieder ganz professionell verdrängt. Prima. Ich klappte den Kalender wieder zu und ging mit nur noch halb so guter Laune zu Bob.

»Na, wie war es?«, fragte er, nachdem ich ihm einen Kuss gegeben und die Balkontür geöffnet hatte. Hier musste wirklich dringend Sauerstoff rein.

»Gut, aber ich habe leider eben in meinen Kalender geguckt und etwas festgestellt.«

»Was denn?«, fragte er und tippte weiter in eine Tabelle irgendwelche Zahlen ein.

»Morgen ist Tante Elsas Geburtstagsparty.«

»Ach ja«, sagte er, hörte auf zu tippen und sah mich kurz an. »Haben wir ein Geschenk?«

»Ja, *wir* haben ein Geschenk. Wir schenken Leben.«

»Wir schenken Leben?«

»Sie sammelt Geld zur Rettung der Tanzbären oder zu ihrer Befreiung oder was weiß ich«, erklärte ich ein wenig genervt, denn ich war sicher, ich hatte es ihm schon mal erzählt. Mindestens ein Mal.

Bob sah mich fragend an.

»WIR retten einen Tanzbären«, wiederholte ich, in der Hoffnung, er würde sich wenigstens noch daran erinnern, wie wir den letzten gerettet hatten.

»Aha«, machte Bob und fügte hinzu: »Solange ich nicht selbst tanzen muss, ist mir alles recht.«

Damit spielte er auf unsere erste gemeinsame Geburtstagsfeier von Tante Elsa an. Wir hatten uns gerade kennengelernt. Hätte er danach mit mir Schluss gemacht, ich hätte es verstanden. Die liebe Elsa hatte damals die entzückende Idee gehabt, in ihrem Tango-Club auf Sankt Pauli zu feiern und riss mir meinen gerade neu erworbenen Freund aus den Armen, bevor ich ihn überhaupt richtig vorgestellt hatte. Wenn Bob etwas nicht konnte, dann war es: tanzen. Und wenn er etwas nicht wollte, dann war es: tanzen. Aber Tante Elsa ließ ihm keine Wahl und schmiss sich in ihrem viel zu weit ausgeschnittenen, hoch geschlitzten, getigerten Kleid an ihn ran, als wäre er der letzte Mann auf diesem Erdball. Ich konnte nichts weiter machen, als mir das Elend vom Rand der Tanzfläche aus anzusehen. Da konnte man die armen Tanzbären verstehen.

»Und? Wie war es mit Kiki?«

»Lustig. Du kennst ja Kiki. Rate mal, wie sie aussieht.«

»Keine Ahnung. Braun gebrannt?«

»Ne, aber es hat was mit Sonne zu tun.«

»Weiß nicht«, sagte er, ohne von den Quittungen hochzugucken.

»Sie ist komplett in Gelb gekleidet und trägt einen Turban«, sagte ich und genoss den Blick. Den nach draußen natürlich.

Bob drehte sich auf dem Schreibtischstuhl zu mir um, schnappte sich meine Hüfte und zog mich zu sich ran, bis ich auf seinen Schoß plumpste.

»Na endlich!«, sagte ich lächelnd.

»Was? Na endlich?!«

»Na endlich schaust du MICH an und nicht den Papierkram.«

»Der Papierkram ist aber wichtig.«

»Ach, und ich?«, wollte ich wissen.

»Du bist natürlich noch viiiel wichtiger«, sagte er, hob mich hoch und trug mich ins Schlafzimmer.

»Ich würde dich glatt noch mal heiraten«, flüsterte ich ihm ins Ohr.

»Wirklich?«, fragte er.

»Indianerehrenwort«, sagte ich und küsste ihn, bevor er mich auf die Matratze fallen ließ.

10. Kapitel

Der Samstagmorgen fing nicht gut an. Ich wachte von einem Geräusch auf, das mich stark an schlimme Momente vor der Kloschüssel erinnerte. Ein Würgen. Aber warum? Und wer? Bob? Klar, sonst wohnte ja keiner hier. Ich machte die Augen auf und versuchte, zu mir zu kommen. Dann sah ich nach links. Seine Seite war leer. Das fürchterliche Geräusch kam aus dem Bad oder der Küche. Herrje. Was war bloß los? Magen-Darm? Das wäre ja gruselig. Obwohl? Vielleicht gar nicht so schlecht. Dann hätte ich wenigstens eine gute Ausrede, warum ich heute leider nicht zu Tante Elsas Geburtstagsfeier kommen konnte.

Ich setzte mich auf die Bettkante und schlüpfte in meine Filzpantoffeln.

»So eine Scheiße!«, hörte ich Bob kurz fluchen, dann würgte er schon wieder.

Er stand in Pyjamahose in der Küche über der Spüle, an der er sich mit beiden Händen rechts und links abstützte und spuckte in das Becken.

»O Gott, was ist denn los?«, fragte ich entgeistert.

»Gib mir eine Limo. Schnell! Oder irgendwas anderes. Egal!«, fuhr er mich an.

»Limo, bei Magen-Darm, ich weiß ja nicht«, meinte ich und bückte mich nach den Flaschen, die wir hinter der Küchentür aufbewahrten.

»Kein Magen-Darm«, erklärte er, bevor er wieder losspuckte.

Ich reichte ihm eine Flasche Fanta.

»Nein?«

»Nein!«

»Ach, schade. Was denn dann?«, fragte ich enttäuscht.

In dem Moment sah ich es: Das IKEA-Glas. Diese Gläser waren aber auch so was von praktisch! Man konnte Latte macchiato daraus trinken, sie als Blumenvase nutzen, Kajalstifte im Bad aufbewahren oder Kugelschreiber im Arbeitszimmer. Ich liebte die Dinger. Und bis gestern waren in diesem Narzissen gewesen. Ich hatte sie abends noch entsorgt, da sich ihre gelben Blätter nicht mehr dort befunden hatten, wo sie hingehörten, sondern leider fünfzehn Zentimeter tiefer auf der Tischplatte. Jetzt stand das Glas neben dem würgenden Bob und war leer. Man sah noch den leicht braunen Rand, der anzeigte, wie viel Wasser vorher drin gewesen war.

»O Gott!«, schoss es mir in den Kopf. »Du hast doch nicht etwa …?«

»Doch! Habe ich! Und sprich es bitte nicht aus. Sonst muss ich mich gleich noch mal übergeben!«

»Aber warum hast du das denn getr… sorry, genommen?«

»Weil ich Durst hatte. Warum sollte ich es sonst nehmen?!«

»Aber da waren doch die Blumen drin!«

»Danke, das hab ich auch gemerkt«, meinte Bob, griff nach der Küchenrolle, riss ein Papiertuch ab und wischte sich damit über den Mund.

»Komm, ich mach dir erst mal einen Kaffee!«

»Süße, du bist echt so eine Chaotin! Warum kippst du das Wasser nicht einfach weg, wenn du eh schon die Blumen wegschmeißt? Bevor wir ein Kind kriegen, solltest du wirklich über so was wie Ordnung nachdenken.«

Na, wenn das kein Zeichen war, dass der Tag im wahrsten Sinne des Wortes zum Kotzen werden würde. Mich konnte man mit Kleinigkeiten beeinflussen. Schwarze Katzen, die von links nach rechts über die Straße liefen, waren mir relativ egal, aber würgende Männer … Und dann der Gedanke an Tante Elsas Geburtstag! Ich war einfach kein Fan von Familienfeiern.

Aber mit dem Chaos hatte Bob vermutlich recht. Nicht, dass ich unserem Kind versehentlich noch Weißweinreste statt Wasser gab, nur weil hier noch ein Glas vom Vorabend rumstand, und ich mal wieder in Gedanken war.

Bis zu diesem Nachmittag hatte ich mich immer gefragt, wer bei diesen ganzen Shoppingkanälen im Fernsehen Klamotten bestellte. Jetzt wusste ich es: Tante Elsas Freundinnen! Die sahen nicht nur zum Schießen aus, sie waren es auch, wie sich schnell rausstellte. Wobei das vermutlich auch am Kirschwasser lag.

Neben mir an dem ovalen großen Holztisch saß Onkel Kuki – was eine Abkürzung für Kukident war. Ich hatte ihn als Kind mal so genannt, nachdem ich sein Gebiss im Bad in einer kleinen Plastikschüssel entdeckt und hysterisch zu schreien angefangen hatte. Seitdem war er Onkel Kuki.

Neben Onkel Kuki saß natürlich Tante Elsa, das Geburtstagskind, das ganz schrecklich aufgeregt war und so ein rotes Gesicht hatte, dass man Angst bekam, dies würde ihr letzter Geburtstag werden. Ihr enges lilafarbenes Wickelkleid passte farblich nicht dazu, aber das war ja bei diesem Ambiente auch egal.

Mir gegenüber saß meine Schwester Mona samt Mann. Mona war wie immer tiefenentspannt – genauso wie ihre Kinder. Die hatten es wahrscheinlich mit der Muttermilch eingeflößt bekommen. Heinrich, Friedrich und Wilhelmine, die ich heimlich Hefriwi nannte, hatten einen eigenen kleinen Kindertisch bekommen, der direkt vor den beiden Fenstern stand. Dabei hätte zumindest der arme Heinrich bei uns sitzen können. Er war schließlich schon elf und hatte sichtlich Probleme, auf dem winzigen Holzstühlchen Platz zu nehmen. Auf genau diesen Stühlen hatten Mona und ich schon gesessen und als Kinder unsere Kekse gegessen, wenn wir zu Besuch waren. Wir waren allerdings nicht ganz so brav gewesen. Wir hatten uns gestritten.

Neben Mona saß Heidrun, unsere Mutter. Zur Feier des Tages hatte sie sich ihr geblümtes Sommerkleid angezogen. Das, was mein Vater so gern an ihr leiden mochte. Der hatte allerdings von diesem Anblick nicht sonderlich viel, denn er lag angeblich im Bett. Er hatte »Rücken«, beteuerte meine Mutter mit ernster Miene, und ich fragte mich, ob sie das eigentlich selbst glaubte. Ich war davon überzeugt, dass er nicht Rücken, sondern Freizeit hatte. Er war schon immer gut darin gewesen, im richtigen Moment irgendetwas zu bekommen, nur um sich drücken zu können. Vielleicht hatte ich das von ihm geerbt. Oder einfach nur abgeguckt. Mit Sicherheit stand er wieder an den Landungsbrücken und sah den Schiffen hinterher. Einmal Kapitän, immer Kapitän.

Ich nahm einen Schluck Kaffee. Es gab nichts Besseres, um zu verdeutlichen, wie unterschiedlich wir waren. Heidrun hasste allein schon den Geruch von Kaffee. Aber Max beruhigte mich ja in regelmäßigen Abständen mit dem Hinweis, dass er seine Praxis schließen könne, wenn es nicht derart konfliktreiche Verhältnisse zwischen Müttern und Töchtern geben würde, wie unseres es manchmal war. Nicht immer. Aber eben manchmal. Vor allem, wenn es um so elementare Dinge wie Kaffee ging.

Ansonsten war meine Mutter ein Mensch, dem man nichts wirklich übelnehmen konnte. Sie war ein Gutmensch. Im Vergleich mit Tante Elsa, ihrer Schwester, vielleicht fast ein bisschen langweilig. Aber das konnte man ihr nicht vorwerfen. Und rein äußerlich waren wir uns sogar recht ähnlich: Meine Nase, mein Haar, mein Lachen, das hatte ich alles von ihr geerbt. Sie war übrigens bis kurz vor unserer Geburt davon ausgegangen, nur ein Kind zu bekommen. Aber dann kamen wir: meine Schwester und ich. Und wir durften uns fortan alles teilen. Sogar den Namen. Mona-Lisa. Diesbezüglich konnte ich im Grunde nur froh sein, dass ich nicht eins war, sondern zwei. Denn aus Mona-Lisa wurden Mona- und -Lisa. Wer wollte schon wie ein berühmtes Gemälde heißen? Die Striche hat meine Mutter auf den Geburtsurkunden einfach drangelassen. Sie wollte eigentlich noch neue Zweitnamen finden, aber dazu hatte sie dann doch keine Zeit mehr, nachdem wir erst mal da waren.

Trotzdem hätte sie gern noch mehr Kinder bekommen. Wäre es nach ihr gegangen, hätte sie nicht zwei, sondern zwölf Kinder gehabt. Wegen der zwölf Apostel. Aber da spielte mein Vater nicht mit. Dafür war ich ihm wirklich dankbar. Auch wenn er sonst leider keine großen Spuren in meinem Leben hinterlassen hat. Als Kapitän war er ständig auf See. Wir bekamen meist nur mit, wie er eine Tasche mit dreckiger Wäsche brachte und mit einer Tasche mit sauberer Wäsche wieder verschwand. Inzwischen war er Rentner und litt wie ein Kind, dem man das liebste Spielzeug weggenommen hatte. Er war es nicht gewohnt, zu Hause zu sein, und suchte ständig irgendwelche Gründe, das Haus verlassen zu können. Und sei es nur, um den Müll rauszubringen oder den Ölstand beim Auto zu überprüfen. Irgendetwas fiel ihm immer ein. Vielleicht hatte die Ehe meiner Eltern deshalb so lange gehalten – weil sie sich bis zur Rente kaum sahen.

Neben Elsa saß ihre beste Freundin Dörte, die sie schon seit hundert Jahren kannte, wie sie immer wieder betonte. Dabei war sie selbst gerade »erst« 70 geworden. Dann gab es noch drei weitere mit Pailletten geschmückte Freundinnen, deren Namen ich mir nicht merken konnte, alle ohne Männer. Ob die auch Rücken hatten, geflohen waren oder nicht mehr existierten, entzog sich meiner Kenntnis. Und dann waren da noch meine Cousins, Elsas Söhne, Frank und Marc. Sie machten wie immer einen leicht autistischen Eindruck, saßen einfach da und schwiegen. Im Gegensatz zu ihrer Mutter. Die lief gerade zu Hochtouren auf, denn die selbst gemachte Erdbeersahneschnitte, die sie mir auf den Teller packen wollte, hatte ihr Ziel verfehlt und lag in meinem Schoß. Auch nicht schön. Bob fing an zu lachen, Hefriwi sprangen auf und wollten gucken und Tante Elsas Freundinnen bekamen sich vor lauter Gackern gar nicht mehr ein.

»O Gott! O Gott! Warte, Liebes!«, rief Elsa hysterisch

und wusste selbst nicht so genau, wie sie die weiche, rosafarbene Schnitte, die inzwischen eher ein Häufchen war, wieder runterkriegen sollte. Sie wedelte mit ihren lila lackierten Fingernägeln in der Luft, als brächte das irgendetwas, dann griff sie zu einem Messer und ihrem leeren Teller und beugte sich über meinen Schoß. Ich hielt die Luft an.

»O Gott«, wiederholte sie.

Darauf, als hätte ich es geahnt, entgegnete meine Mutter: »Da kann der Herrgott auch nichts für.«

Zwei Minuten später war auch der letzte Rest Sahneschnitte aus meinem Schritt gekratzt. Was blieb, war ein fettiger Kreis direkt um den Reißverschluss meiner pinkfarbenen Stoffhose und ein lachender Onkel Kuki, der größte Probleme hatte sich zusammenzureißen und nicht den nächsten Lachanfall zu bekommen. Die Ulknudel. »Elsa, nun lass doch noch einen Rest für Bob, damit der nachher noch was zu naschen hat«, meinte er, klatschte seiner Frau mit der Hand auf den runden Po und fing schon wieder an zu lachen, als wir gerade dachten, nun habe er sich endlich einbekommen.

Meine Mutter riss die Augen auf, holte tief Luft, schüttelte kaum sichtbar den Kopf und lief rot an. Jetzt hatte sie zum ersten Mal etwas Ähnlichkeit mit ihrer Schwester.

Tante Elsas Freundinnen ohne Namen schenkten sich spontan Kirschwasser nach.

»Ich nehme auch mal einen«, sagte Mona und hielt den bunten Tanten ihr leeres Schnapsglas entgegen. Ich sah sie verwundert an, denn eigentlich trank sie eher selten ein Gläschen, wovon auch immer.

Unterschiedlicher als wir beide konnten zwei Menschen, die aus einem »Wurf« stammen, nicht sein. Nicht nur in Bezug auf das Trinkverhalten. Fangen wir oben an. Mona hatte auf dem Kopf das, was man eine Lockenpracht nennt, und unterm T-Shirt das, was man als »Holz vor der Hütt'n« bezeichnet. An ihr ist immer schon alles etwas runder gewesen. Nicht dick, aber eben runder. Ich dagegen habe feine, dünne Haare, die ich seit einiger Zeit als Bob trage, da sie dann angeblich voller wirken – was eine Lüge ist. Sie hängen auch mit Bergen von Schaumfestiger und dem stundenlangen Einsatz einer Rundbürste runter wie kalte Spaghetti. Nicht helle, sondern eher Vollkorn. Eine undefinierbare Haarfarbe, die an Straßenkötermischung erinnert oder vielleicht auch einfach an gar nichts. Deshalb töne ich, seit ich denken kann. In Kastanie. Das hat Charakter, sagt mein Friseur.

Das, was unter meinem T-Shirt steckt, ist – wie mir seit Jahren immer wieder gern von Frauen, die nicht 70 A tragen, gesagt wird – total praktisch. Übrigens sagen nur Frauen mit viel Busen, dass ein kleiner Busen »praktisch« ist, und meinen das dann immer in Bezug auf Sport. Mit mehr könne man einfach nicht joggen gehen. Dabei wollte ich gar nicht joggen. Ich wollte einfach nur nicht mehr am Strand mit einem Jungen verwechselt werden. Egal. Weiter im Text. Abitur habe ich zwar auch, sogar mit besserem Durchschnitt als Mona, aber zum Schreck meiner Eltern nicht studiert. Das haben sie bis heute nicht verstanden. Ich konnte mich halt einfach nicht entscheiden. Also tat ich erst mal ein Jahr lang gar nichts, bis sie mich dann zum Arbeitsamt jagten, damit ich mich »beraten« ließ. Was ich tat. Natürlich nur, um meine Eltern zu beruhigen.

Dann war da dieser Tag, an dem ich mir eine Dauerwelle habe machen lassen, weil ich »den lieben Gott« so ungerecht fand und einmal im Leben so viele Locken haben wollte wie Mona. Leider stellte sich erst nach der stinkenden Prozedur raus, dass mir Locken einfach mal überhaupt nicht standen und der liebe Gott sich anscheinend doch etwas dabei gedacht haben musste, mich mit glatten Haaren zu versehen. Die hatte ich allerdings erst wieder nach einem dreiviertel Jahr. So lange dauerte es, bis die Dauerwelle wieder herausgewachsen war. Von der sogenannten Übergangszeit berichte ich hier lieber nicht. Ich suchte jedenfalls mit besagter Frisur das Arbeitsamt auf.

Mein Problem, mich zu entscheiden, wurde da übrigens nicht gelöst. Denn ich leide unter einer sehr schweren Form. Diese Form ist mit körperlichen Schmerzen verbunden. Und zwar bei jeder Entscheidung. Das fängt schon morgens beim Anziehen an. Eine Stunde ist da manchmal nichts. Und trotzdem bin ich da angekommen, wo ich hinwollte. Auch ohne Plan. Das muss an meinem Glücks-Gen liegen. Anders war es nicht zu erklären. Mit Verstand hatte es definitiv nichts zu tun.

Hätte das mit der Ausbildung zur Fotografin übrigens nicht geklappt, hätte ich noch Pilotin auf der Liste der Dinge gehabt, die ich mir hätte vorstellen können. Oder Privatdetektivin, Krimiautorin oder Heilpädagogin. Innenarchitektin fand ich auch interessant oder Fernsehmoderatorin, das stellte ich mir sehr lustig vor …

Als schließlich alle abgefüttert waren, setzten wir uns nach nebenan zum Tee. Den meisten reichten die drei

Schritte ins Wohnzimmer. Zu mehr waren sie nicht in der Lage, denn die Flasche Kirschwasser war so gut wie leer. Mir reichten die drei Schritte nicht. Ich wäre viel lieber rausgegangen. Schließlich war draußen ein wunderschöner Frühsommertag mit Vogelgezwitscher und allem, was dazugehört! Apropos Vogelgezwitscher. Ich hörte schon die ganze Zeit, seitdem wir in der Wohnung waren, ein Geräusch, von dem ich erstens nicht wusste, was es war, und zweitens nicht, ob es nun aus der Wohnung oder von draußen kam.

»Sagt mal, hört ihr das auch?«, wollte ich wissen.

»Was denn?«, fragte Onkel Kuki als Erster.

Marc und Frank sagten nichts, aber das hatte ich auch nicht erwartet.

»Also ich höre nichts«, meinte meine Mutter, die gerade mit ihrer Schwester in ein Gespräch über Opa Ernsts Zukunft vertieft war. Wobei man wissen muss: Opa Ernst ist 91 und lebt im Rosengarten. Das ist ein »Service-Stützpunkt für Senioren«, kurz: Altersheim. Und wenn er so weitermachte wie bisher, würde er die 100 locker knacken. Mein Vater hatte irgendwann mal gemeint, man müsse notfalls mit dem Spaten raufhauen. Das hätte ihn fast die Scheidung gekostet. Opa Ernst ging jedenfalls dreimal die Woche zum Fitness, zweimal im Monat veranstaltete er in seinem Zimmer einen Männer-Skat-Abend und den Rest der Zeit stellte er irgendwas an, was meist mit Ärger verbunden war. Das war es vermutlich, was meine Mutter mit »Zukunft« meint.

»Ach, ich weiß«, sagte Elsa freudestrahlend. »Das hätte ich ja fast vergessen! Es sollte eine Überraschung sein. Nun hat er sich selbst verraten.« Sie sprang von dem beigen Sofa mit den Kordeln am Saum auf und verkündete: »Das ist Herr Müller!«

»Herr Müller?«, fragte ich und sah die anderen an. Aber die wussten anscheinend auch nicht mehr als ich. Meine Mutter blickte mich achselzuckend an. Herr Müller war also kein Kirchenmitglied.

»Elsa hat ihm das Leben gerettet!«, sagte Onkel Kuki und fasste Elsa stolz um die Hüfte. Sie stand direkt neben ihm, da bot sich das anscheinend gerade an. Ganz rum kam er nicht, aber es war ein deutliches Zeichen der Anerkennung.

»Ja«, fing Elsa an. »Eigentlich sollte es wie gesagt eine Überraschung sein, aber nun hast du ihn ja schon gehört. Ich wollte ihn dir nämlich anvertrauen. Er braucht jemanden, der ihm mal zuhört und der für ihn da ist. Wir beide«, sie sah zu Onkel Kuki runter, »sind ja so viel unterwegs. Nächste Woche geht's nach Tirol und dann warten unsere Freunde in Norwegen auf uns. Daher dachte ich, du bist genau die Richtige für ihn, Lisa!«

»Äh, ich? Also ich bin eigentlich ganz glücklich, vielen Dank«, sagte ich und sah zu Bob. Meine Familie hatte einen Knall, zumindest mütterlicherseits, so viel stand fest.

»Nein, das hast du falsch verstanden«, lachte Tante Elsa los.

Na, Gott sei Dank.

»Ich hole mal Herrn Müller«, sagte sie und verschwand in Richtung Flur. Es klang, als ginge sie ins Schlafzimmer. O Gott. Sie hatte tatsächlich einen fremden Mann im Schlafzimmer? Führten die beiden eine offene Dreiecksbeziehung? Ich sah meine strenggläubige Mutter fragend an. Aber die schämte sich mal wieder für Elsa, was nicht neu war. Unterschiedliche Schwestern lagen wohl in der Familie.

»Darf ich vorstellen?«, hörte ich Tante Elsa aus dem Flur rufen, dann kam sie zurück ins Wohnzimmer. Sie schob einen großen, runden Vogelkäfig auf einem kleinen Tisch mit Rollen vor sich her. »Das ist Herr Müller!«, sagte sie feierlich und deutete mit ihren farbigen Nägeln auf den Käfig.

Darin saß ein Papagei. »Gutennabend! Gutennabend!«, krächzte Herr Müller und wippte mit seinem rot gefiederten Kopf hoch und runter. Er saß auf einer der zwei Holzstangen und musterte mich mit schrägem Kopf. »Liiiiiisa! Liiiisa! Gutennabend!«

»Guten Abend«, erwiderte ich völlig überrascht. Wann hatte sie ihm das Kunststück denn beigebracht? Ich war beeindruckt.

Hefriwi kamen angelaufen und blieben fasziniert vor dem Käfig stehen. »Ist das deiner, Tante Elsa?«, riefen sie aufgeregt durcheinander.

»Nein, der gehört jetzt Lisa«, sagte Tante Elsa sichtlich stolz und sah mich auffordernd an.

Ein »Dankeschön« wäre ein Zeichen geglückter Erziehung gewesen. Aber ich war so verdattert, dass ich überhaupt nicht wusste, was ich sagen sollte.

»Das ist ja wirklich ganz lieb von dir«, brachte ich schließlich heraus, während ich das Gegenteil dachte. »Aber ich habe, also, wir haben gar keinen Platz, und Bob hat eine Tierhaarallergie. Hast du nicht auch eine Federallergie?«, fragte ich ihn, aber anscheinend war auch er so verwirrt, dass er meinen Wink mit dem Zaunpfahl nicht verstand.

»Nein, nur Haare«, antwortete er und nahm einen Schluck Kaffee. Männer!

»Aber du hast doch mal gesagt, dass du auch von Federn so einen Ausschlag bekommst«, wiederholte ich und sah ihn flehend an. Wer von uns beiden hatte eigentlich promoviert? Er oder ich?

»Dann nimm ihn doch mit in dein Fotostudio, Lisa«, sagte Tante Elsa überglücklich. »Dann bist du da nicht immer so allein!«

»Ach, so allein bin ich gar nicht. Ich hab ja Kunden. Hin und wieder zumindest.«

»Genau. Das ist doch prima. Und er freut sich immer so über Menschen. Du wirst sehen. Das wird toll!«

»Du kannst ja ›Die mit dem Vogel‹ als neuen Werbeslogan nehmen«, meinte Onkel Kuki und fing schon wieder an zu lachen. Die Kirschwassserfreundinnen taten es ihm nach.

»Super Idee, Onkel Kuki! So mache ich es«, sagte ich ironisch und sah Herrn Müller an.

»Und er lernt soooo schnell!«, ergänzte Elsa.

»Aber ich bin doch nicht das Geburtstagskind und außerdem … ich weiß auch gar nicht … Wo hast du den überhaupt her?«, stotterte ich. So ein Mist aber auch, dass das Kirschwasser alle war. Jetzt hätte ich einen Schluck gebraucht.

»Also, das war so«, fing Tante Elsa an und ich bereute augenblicklich, dass ich gefragt hatte.

Nach zehn Minuten war ich schlauer, beziehungsweise wir alle. Tante Elsa unterstützte, wie wir alle wussten, den Verein zur Rettung der Tanzbären. Und damit war sie nicht allein. Einer der Förderer war kürzlich verstorben und hatte seine ganzen »Besitztümer« dem Verein gespendet. Zu diesen Besitztümern gehörte auch Herr Müller.

»Und wieso stand sein Leben auf dem Spiel?«, hakte ich nach.

»Sie wollten ihn ins Tierheim bringen oder gleich einschläfern«, sagte Elsa empört.

»Wer? Die Bären-Retter?«, fragte ich entsetzt.

»Nein, die Entsorgungsfirma, die den Rest aus der Wohnung geräumt hat.«

»Na, die haben ihren Job wohl etwas zu ernst genommen«, meinte Monas Mann, Christian.

»Jedenfalls rief Frau Hack aus dem Sekretariat bei mir an und bat mich, ihn abzuholen und mich um ihn zu kümmern. Sie hatte sonst keinen erreicht«, erklärte Elsa.

»Oh, oh, oh!«, sagte Herr Müller und schüttelte den Kopf. »Oh, oh, oh!«

»Ihr könntet ihn doch auch nehmen«, sagte ich zu Mona. »Das eine Lebewesen mehr oder weniger …« Ich zeigte Richtung Käfig.

»Danke, aber wir haben überhaupt keinen Platz«, erklärte sie, doch schon standen drei Zweibeiner neben ihr und flehten und bettelten. »Bitte, Mama! Bitte!!«

»Nein, ich möchte keinen Vogel haben. Wirklich nicht. Ihr wolltet doch im Sommer einen Kaninchenstall. Alles geht nicht!«

»Es IST Sommer«, sagte ich.

Mona sah mich vorwurfsvoll an.

»Na ja, fast. Also, demnächst«, lenkte ich ein. »Jetzt ist ja eigentlich noch Frühling.«

Hefriwi standen immer noch um den Käfig herum und bestaunten den Papagei, der von unten aussah, als wäre er in einen Eimer gelbe Farbe gefallen, von oben allerdings ganz und gar blau war. Bis auf den roten Kopf. Bestimmt ein Ara oder so.

»Warum möchtest du denn ausgerechnet uns den Vogel schenken? Also, nicht falsch verstehen, ich finde das ja total lieb von dir, dass du an uns gedacht hast … Aber wie kommst du auf die Idee? Vielleicht möchten ja deine Freundinnen auch … Also, ich meine, hast du mal gefragt?« Ich sah fragend zu Dörte rüber, die sofort die Hand hochnahm und abwinkte. Schade. War einen Versuch wert.

»Ja, also, wie soll ich sagen«, fing Tante Elsa an. »Ihr habt doch keine Kinder. Und da dachte ich, das würde ganz gut passen.«

Wie? Passen? Was hatte das mit unseren nicht vorhandenen Kindern zu tun? Das klang ja fast wie ein Makel. »Keine Kinder«.

»Na, das ist doch eine tolle Vorbereitung. Ihr übernehmt Verantwortung, du kannst dich kümmern, das ist der erste Schritt in Richtung … Familie«, erklärte Tante Elsa alles andere als überzeugend.

Das ist der erste Schritt Richtung »Tierhandlung«, überlegte ich.

Der Käfig war auf alle Fälle viel zu klein. Das arme Viech. Außerdem sollte der erste Schritt kein Papagei sein, sondern die Pille, die ich absetze.

Ich sah mir Herrn Müller an. Hübsch war er ja. Aber auch groß. Katzen würde ich niemals haben, einen Hund auch nicht. Warum also nicht einen Papagei, der mir alles nachplapperte? Dazu noch ein armes Waisenkind. Er schien ein aufgewecktes, lustiges Kerlchen zu sein.

»Und was meinst du? Sag doch auch mal was.« Ich wandte mich zu Bob. Und konnte nicht fassen, was ich hörte.

»Warum nicht?«

Ob es nun Mitleid war oder was auch immer – ich ließ mich überreden. So saßen wir abends zu dritt auf unserem Sofa. Bob, Herr Müller und ich. Wobei Herr Müller nicht lange sitzen blieb. Gleich nachdem wir in der Wohnung waren, hatte ich mich vergewissert, dass alle Fenster und Balkontüren geschlossen waren. Das war natürlich das Ende meiner Freundschaft mit Kater Fritz, fiel mir ein. Dann öffnete ich die Tür des Käfigs. Dieser freundlichen Einladung war der bunte Kerl ohne Zögern gefolgt. Seitdem stolzierte er wie ein Feldmarschall auf und ab und machte sich ein Bild von der Wohnung. Dabei sagte er die ganze Zeit: »Oh, oh, oh!« Ich fragte mich, ob er die Unordnung meinte oder der Kommentar eher auf die Gesamtsituation abzielte.

»Besser als im Tierheim hast du es hier allemal«, meinte ich.

»Und? Nimmst du ihn Montag mit ins Studio?«, wollte Bob wissen.

»Na, du bist lustig. Da kann ich wohl kaum den ganzen Tag die Tür geschlossen halten, sonst ist er itzi-bitzi weg. Oder die Kunden. Und ununterbrochen in diesem kleinen Käfig geht auch nicht. Außerdem hättest du ja mal schalten können, als ich sagte, du hättest eine Federallergie! Stattdessen hast du gesagt: ›Warum nicht.‹«

»Ja, aber hier … ohne Käfig. Der kackt doch überallhin«, meinte Bob und sah mich zweifelnd an.

Als wäre das die Aufforderung gewesen, machte Herr Müller auf den Holzfußboden.

Flatsch.

20 Monate später

11. Kapitel

Während andere Frauen nach anderthalb Jahren ihr Baby im Arm halten und überlegen, ob sie langsam mit dem Abstillen anfangen sollten, hielt ich meinen Kalender in den Händen. Und das nur aus einem Grund: um mal wieder die Tage zu zählen, wann mein Eisprung sein könnte, war oder der nächste käme. Denn trotz aller Anstrengung – anders konnte man es nicht mehr nennen – war ich nicht schwanger.

Ich war doch tatsächlich davon ausgegangen, es würde einfach so klappen. Dass aus zwei drei werden, wenn man sich nur ordentlich liebt. Und das taten wir. Wir hatten in den letzten Monaten vermutlich mehr Sex als alle Leute in unserem Wohnhaus in der Summe. Statt romantischer Verführungen bei Kerzenschein trafen wir inzwischen tendenziell eher nüchterne Befruchtungs-Verabredungen. Bob hatte Flüge verschoben, ich Foto-Shootings. Ohne Erfolg.

Wenn es nach Bob ginge, könnten wir sicher gern so weitermachen, auch wenn es inzwischen hin und wieder kleine Anflüge von Missstimmung gab. Nicht schlimm, aber eine diffuse Gereiztheit lag manchmal in der Luft. Und daran waren nicht allein meine Hormone schuld. Es war vermutlich der Druck, der langsam stieg.

Um es auf den Punkt zu bringen: Ich wurde nervöser.

Von Monat zu Monat. Und nicht nur das. Ich erwischte mich dabei, wie ich langsam Zweifel bekam, mich fragte, warum es nicht klappte. Andere benutzten Kondome, nahmen die Pille und wurden trotzdem schwanger. Und ich? Ich war inzwischen so weit, dass ich Fruchtbarkeitstänze machen würde. Oder zumindest Yoga. Wer hätte das gedacht?

Ein paarmal hatte ich überlegt, mit Vera zu sprechen, aber es war nie der richtige Zeitpunkt gewesen. In letzter Zeit hatten wir es aus irgendwelchen Gründen nicht geschafft, uns mal alleine zu treffen. Meist waren ihre Kids oder unsere Männer dabei. Und wenn wir dann doch mal kurz unter uns waren, passte es nicht – so auf die Schnelle, bevor wieder jemand ins Zimmer gerannt kam.

Ganz tief in mir wollte ich auch eigentlich nicht zugeben, dass es nicht funktionierte. Es fühlte sich wie ein Makel an. Vielleicht war es das.

Freundin hin oder her. Immerhin hatte ich dann doch vor ein paar Tagen spontan Kiki mein Herz ausgeschüttet. Ob es am Entspannungstee gelegen hatte, dass es plötzlich aus mir heraussprudelte? Keine Ahnung.

Kiki trug zwar inzwischen keinen Turban mehr, schwor aber nach wie vor auf die Wirkung von Körperverrenkungen. »Hier, lies das mal durch, das ist das Buch, das ich meinte. Mach das mal. Du wirst schon sehen«, hatte sie aufmunternd gesagt und mir ein Buch in die Hand gedrückt, auf dessen Titelblatt eine Frau mit geschlossenen Augen im Schneidersitz saß. »Die Frau, die das Fruchtbarkeitsyoga entwickelt hat, war, als sie sich der Wirkung noch nicht bewusst war, in einem Altenheim und hat dort mit den älteren Frauen spezielle Übungen gemacht. Und weißt du, was passiert ist?« Kiki hatte mich mit weit aufgerissenen Augen angesehen, während sie in ihrem Schaukelstuhl hin und her wippte.

»Jetzt sag bitte nicht, die wurden alle schwanger«, hatte ich entgegnet.

»Nein, natürlich nicht! Sie haben ihre Mens wieder bekommen! Stell dir das mal vor!«

Wie wunderbar, dachte ich und überlegte, ob das wirklich erstrebenswert war.

Sonnengrüße und Mondhoroskop schön und gut, aber ich rief dann doch lieber meine Frauenärztin an. Ich beschloss, sie zu fragen, ob das alles »normal« war. Das Warten … und das Kopfzerbrechen. Ich war jetzt immerhin 38. Ein familiäres Problem konnte es ja definitiv nicht sein. Zumindest nicht aus meiner Familie. Schließlich hatte meine Mutter Zwillinge bekommen und meine Schwester in den letzten Jahren öfter den Kreißsaal gesehen als den Friseursalon.

Es war Montagmorgen, und es war besetzt. Nach Versuch Nr. 333 kam ich dann tatsächlich durch und hing in der Warteschleife. Als gäbe es nur eine Ärztin in ganz Hamburg. Die Woche fing ja gut an.

»Guten Tag, Sie haben die Nummer von Dr. Sabine Sommer gewählt …«, flüsterte eine zarte Stimme.

»Das weiß ich«, sagte ich in den Hörer, obwohl mir klar war, dass es niemand hören würde.

»… wir sind aktuell noch im Gespräch mit anderen Patientinnen. Bitte haben Sie einen Moment Geduld …«

»Wenn es EIN Moment wäre! Ich versuche es seit einer halben Stunde«, erklärte ich der Anrufbeantworterin. Montage waren noch nie meine Lieblingstage gewesen.

»Sobald ein Platz frei wird, kümmern wir uns um Sie. Bis dahin hören Sie: STILLE.«

»Stille?«, fragte ich, bekam aber keine Antwort. Stattdessen hörte ich wie angekündigt: nichts. Das war doch mal was. Wie einfallsreich. Jedenfalls besser als »Für Elise«.

Während ich den Hörer ans Ohr drückte, in der Hoffnung, sekündlich ein Ende der Stille zu vernehmen, dachte ich daran, wie enttäuscht ich gewesen war. Beim letzten Mal, bei dem davor. Jedes Mal, wenn ich festgestellt hatte, dass ich wieder nicht schwanger war. Und wie es von Monat zu Monat schlimmer wurde. Wenn ich im Kalender sah, welcher Zyklustag war. Wenn ich wusste, am nächsten Tag konnte ich einen Schwangerschaftstest machen, wenn alles gut ging. Wenn ich mir einbildete, etwas zu spüren, ein Ziehen im Bauch, ein Spannen in der Brust. Wie ich mich dabei erwischte, selbst bei der Wettervorhersage im Fernsehen nicht kleine schwarze Pfeile, sondern Sperma über der Deutschlandkarte fliegen zu sehen. Bei dem Gedanken musste ich lachen. Wie verrückt war ich eigentlich schon? Das konnte man wirklich niemandem mehr erzählen.

So ging es jedenfalls nicht weiter. Vielleicht fehlte mir ja nichts. Vielleicht brauchte ich einfach nur eine Tablette, die was weiß ich was unterstützte und, schwupps, war ich schwanger. Aber dieses ständige Hoffen und Warten und mit Bob schlafen, wenn es gerade sein musste – damit musste jetzt Schluss sein. Basta!

Immerhin war inzwischen mit der Stille Schluss. Ich durfte endlich mit einem richtigen Menschen sprechen.

Und der sagte mir auch gleich, wenn es kein Notfall sei, wäre der nächste Termin in vier Wochen frei.

»Es ist ein Notfall!«, log ich. »Im Grunde seit ein paar Monaten!«, fügte ich noch schnell hinzu.

»Seit ein paar Monaten?«, fragte die Sprechstundenhilfe ungläubig.

»Ja … ich weiß, ich hätte mich schon längst melden müssen …«

»Dann kommen Sie bitte ab 13 Uhr, aber bringen Sie Wartezeit mit!«

»Ja, klar, mache ich«, sagte ich mit kränklicher Stimme und legte auf. Danach fiel mir ein, dass ich Besitzerin eines Fotostudios war, das keine Mittagspause machte. Normalerweise. Aber was war schon normal?

Zumindest *ich* war es nach einem ersten Blick per Ultraschall: normal.

»Natürlich kann ich nicht in Ihre Eizellen schauen, aber das, was ich hier sehe, scheint mir alles unauffällig zu sein. Wir sollten aber vorsichtshalber im Labor Blut abnehmen. Dann sehe ich mir Ihren Hormonspiegel mal an«, erklärte Frau Dr. Sommer. »Wie geht es denn Ihrem Mann damit?«, wollte sie wissen, während ich mich wieder anzog und sie am Computer irgendetwas tippte.

»Womit?«, fragte ich.

»Damit, dass es nicht so schnell klappt«, erklärte sie.

Daran hatte ich überhaupt noch nicht gedacht. Hmm. Warum auch? Bob machte nicht den Eindruck, als litt er darunter, dass wir in letzter Zeit so oft miteinander schliefen. Oder verbarg er es nur? Gute Frage.

»Keine Ahnung«, sagte ich etwas zeitversetzt.

Eine halbe Stunde später war ich um eine weitere Erkenntnis reicher: Auch meine Hormonwerte waren unauffällig.

Wie schön, dachte ich und wollte gerade das Sprechzimmer verlassen, als die Frau meines Vertrauens meinte: »Ich würde Ihnen trotzdem raten, eine Kinderwunschpraxis aufzusuchen. Wenn Sie jetzt schon mehr als anderthalb Jahre warten, wäre es besser, man würde nachsehen, woran es liegt.« Sie reichte mir einen Flyer und eine Visitenkarte. Ich bedankte mich, stopfte beides unbesehen in meine Tasche und verabschiedete mich. Man musste ja nicht gleich den Teufel an die Wand malen.

Zurück im Studio schloss ich die Tür auf und drehte als Erstes die Heizung weiter auf. Dieser Winter war zwar recht spät in Gang gekommen, aber dafür war er jetzt umso kälter. Und das war erst der Anfang. Es war schließlich Januar. Ende Januar. Ich durfte gar nicht daran denken, wie lange es noch dauern würde, bis es endlich wieder warm war.

Ich nahm den Zettel ab, auf den ich geschrieben hatte, ich müsse aus »familiären Gründen« kurz weg und dass man bestellte Fotos bei Udo, dem lustigen Bestatter, abholen könne. Dem hatte ich meinen einzigen Ersatzschlüssel gegeben.

»Und? Ist jemand gekommen?«, fragte ich Udo, nachdem ich die Tür seines Ladens wieder hinter mir geschlossen hatte.

»Ja, Sky du Mont war da«, antwortete Udo, während er einen der Särge im Ausstellungsraum umdekorierte. »Echt ein netter Typ übrigens!«

»Du willst mich verarschen, oder? Sky du Mont?!«,

fragte ich ungläubig. Das durfte doch nicht wahr sein! Tagelang, nein, wochenlang stand ich im Laden rum, und kaum war ich mal nicht da – Sky du Mont live und in Farbe. Was wollte er von mir? Also, ich meine: Was wollte er von mir *fotografiert haben*? Sich? Seine Familie?

»Lisa?«, hörte ich Udo von ganz weit weg fragen.

Ich drehte mich um.

»Kannst du mal eben …«, fragte Udo, der hinter einem weißen Sarg stand. Der Sarg lag auf einem Untergestell mit Rollen. Udo wollte ihn offenbar im Raum drehen. Er kam nur nicht um die Kurve. Ich stand im Weg.

»So ein Mist. Hoffentlich kommt er wieder«, murmelte ich und ging einen Schritt zur Seite.

»Klar, ich hab ihm deine Karte gegeben, der ruft bestimmt noch mal an«, sagte Udo und drehte sich samt Holzkiste um 45 Grad. Warum auch immer. Dann nahm er ein cremefarbenes Seidentuch und legte es quer über den oberen Teil des Sarges. »Was meinst du?«, wollte er wissen.

»Scheiße, meine ich.«

»Echt?«, fragte er und sah mich irritiert an.

»Ja, scheiße«, wiederholte ich.

»Aber weiß und creme … Ich dachte, Frauen mögen so was«, sagte er enttäuscht und zupfte an dem Seidentuch rum.

»Nicht das Tuch, der Mann … dass ich nicht da war! Ey, Sky du Mont! Weißt du eigentlich, was das heißt?«

»Ne, keine Ahnung, was meinst du denn?«, sagte er völlig desinteressiert, während er den Sargdeckel abhob und das Kissen aufschüttelte. Weißes Satin. Kitschig. Wenn ich jemals sterben sollte, würde ich vorher dafür sorgen, dass ich ein ordentliches Kissen bekäme. Ob das die aktuelle Winterkollektion war? Egal. Wo war ich gerade? Ach ja, Sky.

»Stell dir doch mal vor, ich hätte ein Bild gemacht und das ins Schaufenster gehängt! Ein schönes Porträt, vielleicht im Querformat, schwarz-weiß. Das wäre doch DIE Werbung! Außerdem finde ich ihn ganz schön … sexy. Den hätte ich umsonst fotografiert.«

»Lisa, ich weiß, du willst das jetzt nicht hören, aber du bist verheiratet«, erklärte mir Udo.

»Echt?«

»Ja.«

»Na gut, aber träumen darf man doch mal«, meinte ich und drehte unschuldig an meinem Ring. *Dem* Ring.

»Klar. Träumen darf man«, bestätigte Udo und betrachtete gedankenverloren die frisch aufgeschüttelte Decke, die er gerade wieder ordentlich zusammengelegt in den weißen Sarg gelegt hatte. »Solange man es noch kann!« Dann klappte er den Deckel wieder zu.

Solange man es noch kann. Dieser Satz klang den ganzen restlichen Tag in mir nach. Ich dachte dabei allerdings weniger an Sky du Mont, sondern eher an: »Solange man noch schwanger werden kann«. Mein Alter drückte mir auf den Magen. Meinen Geburtstag letzten August hatte ich schon ausfallen lassen. Und das würde ich dieses Jahr zum 39. wieder tun. Mein Alter kam mir wie ein Verfallsdatum vor.

Ich nahm mein Handy und textete Max. *Hast du heute Abend Zeit? Kuss, Lisa.* Dann fing ich an, die Bestellungen zu sortieren und aufzuräumen.

Keine 20 Sekunden später klingelte es. Allerdings nicht das Handy, sondern das alte schwarze Bakelit-Telefon, das ich vor Jahren mal auf dem Flohmarkt gekauft hatte.

»Fotostudio Marquardt, Guten Tag. Was kann ich für Sie tun?«, flötete ich in den Hörer.

»Hallo, Frau Marquardt, hier ist Frau Jung von unten«, erklärte mir Frau Jung, die samt Königspudel bei uns im Parterre wohnte, ihrem Namen schon lange nicht mehr gerecht wurde und ziemlich schwerhörig war.

»Was kann ich denn für Sie tun, Frau Jung?«, fragte ich verwundert, denn so oft kam es nicht vor, dass sie mich anrief.

»Bitte?«

»Was ich für Sie tun kann!«, rief ich etwas lauter in den Hörer.

»Für mich können Sie nichts mehr tun, aber für sich«, krächzte sie. »Die Polizei steht bei Ihnen vor der Tür! Kommen Sie mal schnell her.«

»Die Polizei?!«

»Was?«, fragte sie.

»Die Polizei steht bei mir vor der Tür? Wieso das denn?«

»Ja, sag ich doch! Die wollen die Tür aufbrechen«, sagte sie.

Ich bekam Herzrasen. »Ich komme! Können Sie denen sagen, dass ich komme? Ich brauche höchstens fünf Minuten!« Das war vermutlich utopisch, so glatt, wie es draußen war, aber egal. Abenteuerlustig, wie ich war, hatte ich trotz des Wetters das Rad genommen.

Himmel, was ist denn da los?, überlegte ich. Hatte ich die Waschmaschine nicht ausgestellt? War das Wasser durch die Decke zu den Nachbarn gelaufen? Brannte es? Ach, nein, dann kam ja die Feuerwehr. Ich legte auf, schnappte mir Mantel und Mütze und stürmte aus dem Laden.

Ein paar Minuten später sah ich den blau-silbernen Polizeiwagen vor unserem Haus stehen. Ich stieg ab, stieß mein rosa Hollandrad unsanft gegen den Zaun, an dem immer noch mit goldenem Lametta behangene Weihnachtsbäume auf ihren Abtransport warteten, und rannte ins Haus, ohne das Rad vorher abzuschließen. Es würde ja wohl niemand so frech sein und ein Fahrrad klauen, das neben einem Polizeiwagen stand. Im Treppenhaus legte ich meinen Kopf in den Nacken und sah vom Erdgeschoss nach oben in den dritten Stock. Vor unserer Tür standen mehrere Personen, die sich aufgeregt miteinander unterhielten.

»Hallo?«, rief ich hoch, nur um zu signalisieren, dass ich da war. Dann lief ich jede zweite Stufe überspringend nach oben.

»Ich sage Ihnen doch: Die haben keine Kinder!«, hörte ich den komischen Knilch sagen, der seit Kurzem über uns wohnte. Inzwischen hatte mich einer der Polizisten entdeckt. »Sind Sie Frau Marquardt?«, wollte er wissen.

»Ja, das bin ich. Was ist denn los?«

»Wir haben einen Anruf erhalten, dass aus Ihrer Wohnung Hilferufe kommen. Es klingt nach einem Kleinkind. Haben Sie Kinder?«

»Nein«, sagte ich und dachte: *noch nicht*. Im gleichen Augenblick grübelte ich, wer die Polizei angerufen haben könnte. »Das ist ganz sicher nicht aus unserer Wohnung«, versicherte ich dem Mann in Uniform. »Da müssen Sie sich geirrt …«

Ich hatte den Satz noch nicht zu Ende gesprochen, da hörte ich es.

»HILFE! HIIIILFE!« Das kam ganz eindeutig aus unserer Wohnung!

»Was wollten Sie gerade sagen?«, fragte mich die Uniform und sah mich an, als wäre ich eine Lügnerin. »Öffnen Sie bitte die Wohnung. Jetzt«, forderte er mich mit hochgezogenen Augenbrauen auf.

Der Hilferuf war nicht nur aus unserer Wohnung gekommen, es hörte sich auch noch tatsächlich exakt wie ein Kleinkind an, das dringend befreit werden musste. Noch bevor ich den Schlüssel aus meiner Tasche gekramt hatte, wusste ich, wer hier dringend Hilfe brauchte: Herr Müller!

»Darf ich mal eben?«, bat ich den Polizisten und drängelte mich an ihm und der Nachbarschaft, die sich versammelt hatte, vorbei zu meiner Wohnungstür und schloss auf.

»Nanu?!«, begrüßte mich Herr Müller, der im Wohnzimmer auf der Fensterbank saß. Er hielt seinen Kopf schief und tat überrascht. Hinter mir kamen die beiden Polizisten in die Wohnung und sahen sich um. Die anderen warteten im Hausflur, schielten aber neugierig um die Ecke.

»Darf ich vorstellen: Das ist Herr Müller. Kein Kind, aber manchmal genauso schlimm«, sagte ich und warf ihm einen strengen Blick zu.

»Und der spricht?«, wollte der kleinere der beiden Beamten wissen.

»Ja, leider«, sagte ich in Anbetracht der Situation. »Sonst ist hier ja niemand.«

»Dürfen wir uns mal eben etwas umsehen?«, hörte ich den Beamten sagen, während er bereits den Flur und die hinteren Zimmern absuchte, um nach versteckten Kindern Ausschau zu halten – oder was auch immer.

Der Größere blieb mit mir im Wohnzimmer und sah Herrn Müller an. »Na, du bist ja ein komischer Vogel«, stellte er fest und ging etwas in die Knie, um ihn besser betrachten zu können.

»Allerdings«, bestätigte ich und überlegte, was wohl als Nächstes passierte. Wer weiß, was der komische Vogel noch alles konnte, wovon ich nichts wusste.

»Vielleicht sollten Sie sich ein bisschen besser um ihn kümmern. Ist er denn den ganzen Tag allein?«

Ich nickte.

Zehn Minuten später war *ich* wieder allein. Polizei und Nachbarschaft waren abgezogen. Davor durfte ich mir aber noch jede Menge Ratschläge anhören: Ich solle dem armen Tier doch einen Spielkameraden besorgen oder ihm eine Beschäftigung geben. Klar, ich könnte ihm ja auch beibringen, wie man staubsaugt, abwäscht oder bügelt. Oh Mann. Wenn man *ein* Kind hatte und das langweilte sich, bekam man doch auch kein zweites, damit es nicht mehr so allein war. Oder?

Ich sah auf die Uhr. Es war kurz vor halb fünf. Etwas zu früh für einen Feierabend.

»So, mein Lieber, ich muss jetzt noch mal los, und du bist schön brav und schreist hier nicht rum, sonst kommst du in die Pfanne. Verstanden?«, sagte ich und zog die Tür hinter mir zu.

Jetzt redete ich schon mit einem Vogel. So weit war es also gekommen. Vielleicht sollte ich Flugblätter in den umliegenden Häusern verteilen, um einen weiteren Polizeieinsatz zu verhindern.

Mein Handy kündigte die Ankunft einer SMS an. Ich griff in meine Jackentasche. *Heute ist es schlecht, aber morgen gern. Wollen wir zum Japaner? Ich könnte uns um 19 Uhr einen Tisch reservieren. Max*

Perfekt! So wird's gemacht!, tippte ich zurück. Wenigstens *ein* Lichtblick.

»Bitte, was?!«

»Er hat um Hilfe gerufen. Es klang wirklich wie ein kleines Kind«, erklärte ich Bob, als wir abends zusammen auf dem Sofa saßen.

»Dann musst du ihn halt mit in den Laden nehmen«, meinte Bob kopfschüttelnd. Er blickte abwechselnd mich und Herrn Müller an, der auf der Fensterbank saß und nach unten zur Straße sah. Seine neue Lieblingsbeschäftigung. Tat so, als hörte er uns nicht zu und lauschte natürlich die ganze Zeit! Dieses gewiefte Federvieh! Und überhaupt! Wer wusste eigentlich wirklich, was dieser Vogel mitbekam und was nicht? Damit er nicht *alles* mitbekam, was hier in letzter Zeit so passierte, fand *es* nur noch ausschließlich im Schlafzimmer bei verschlossener Tür statt.

»Wie soll das denn gehen?« Ich sah nach draußen, wo man die Schneeflocken im Schein der Straßenlaternen tanzen sah. »Also, ich meine, wenn es wärmer wird, dann habe ich wieder die Ladentür offen stehen. Außerdem kann ich ihn ja schlecht am Wochenende allein lassen beziehungsweise freitags nach Hause rollen und Montagmorgen wieder hin. Der holt sich den Tod bei den Temperaturen. Wie stellst du dir das vor?«

»Du hast ihn gewollt, dann musst du dir eben auch etwas ausdenken«, sagte Bob, stand auf und ging in den Flur.

»Ich habe nur gesagt, ich nehme ihn. Das ist etwas anderes als wollen.«

»Am Ende des Tages ist dem Vogel das egal, ob du ihn wolltest oder nicht. Du musst dich halt kümmern!«, rief Bob aus der Küche, und ich hörte, wie er eine Flasche aufmachte.

Es war also »mein Vogel«. Aha. Hoffentlich war es später nicht auch »mein Kind«.

»Kümmere ich mich nicht genug um dich?«, fragte ich Herrn Müller, der inzwischen zu mir rübergeflogen war und auf dem Couchtisch saß.

Er legte den Kopf schief und sah mich mit diesem Blick an, bei dem ich mir nicht sicher war, was er dachte. Oder ob er dachte.

Ich nahm mein Smartphone und gab bei Google »Papagei+Intelligenz« ein. Bingo!

Papageienvögel gehören neben den Rabenvögeln und den Spechten zu den Vögeln mit der höchsten Intelligenz.

»Scheiße!«, platzte es aus mir raus.

»Was denn?«, fragte Bob, der gerade mit zwei Gläsern Weißwein zurück ins Wohnzimmer gekommen war.

»Er versteht uns«, sagte ich und las laut vor: »Viele Papageienexperten halten das Sprechen der Papageien allerdings für eine Verhaltensstörung.« Ich blickte von meinem Handy auf und schaute Herrn Müller an. Sonderlich gestört sah der nicht aus. Ich las weiter vor. »Neuere Forschungen wie die der Wissenschaftlerin Irene Pepperberg zeigen, dass Papageien nicht nur nachplappern, sondern auch bedeutungsbezogen sprechen können.«

»Dachtest du, der ist dumm?«, fragte Bob und reichte mir ein Glas.

»Nein, aber ich war mir nicht sicher, ob er wirklich zuhört und uns versteht oder nur nachplappert.«

»Der ist wie ein Kind, Lisa. Er braucht Aufmerksamkeit, Brei und Liebe. Vielleicht ist das ja echt eine ganz gute Übung.«

»Wofür? Für ein Kind? Jetzt fang nicht an wie Tante Erna!« Ich schüttelte den Kopf und nahm einen Schluck Weißwein. Sehr gut! Und schön kühl.

Als wir uns später einen alten Tatort ansahen, den wir irgendwann mal aufgezeichnet hatten, fiel mir das Gespräch mit der Frauenärztin wieder ein.

»Wie geht's dir eigentlich so?«, fragte ich Bob, während ich mir einen Chips in den Mund steckte.

»Gut, warum?«, fragte er, ohne vom Bildschirm wegzusehen.

»Ach, nur so.«

»Nur so?«, fragte er ungläubig und sah mich an.

»Ja, nur so«, erwiderte ich. »Ist es denn so ungewöhnlich, dass ich dich frage, wie es dir geht?«

»Ja«, meinte er. »Es klingt ein wenig so, als wenn du irgendetwas willst.«

Ich sah ihn von der Seite an. »Ja, ich will wissen, wie es dir geht. Du tust ja so, als würde ich dich sonst nie fragen …« Beleidigt schob ich noch einen Chips hinterher. Außerdem hätte er doch auch einfach »Ja« sagen können, wenn alles in Ordnung war, oder? »Meine Frauenärztin wollte wissen, wie es dir geht, wenn du es genau wissen willst«, sagte ich und sah wieder zum Fernseher.

Allerdings nur kurz, denn Bob hatte auf Pause gedrückt. Axel Milberg erstarrte in dem Moment, als er sich gerade zu der Leiche runterbücken wollte, um sie genauer zu betrachten.

»Deine Frauenärztin fragt, wie es mir geht?«

»Guck, so hab ich auch reagiert. Genau so«, sagte ich und griff noch mal in die Chips-Schüssel, bevor ich sie ihm rüberschob. »Nimm die mal weg, bitte, sonst esse ich die alle auf!«

Bob ließ die Schüssel da stehen, wo ich sie hingeschoben hatte. Super Unterstützung! So würde ich dick werden, ohne dass nach neun Monaten etwas dabei rauskam. Außer größeren Hosen.

»Sie wollte wissen, wie es dir damit geht, dass es nicht auf Anhieb bei uns klappt«, erklärte ich und rückte die Schüssel wieder näher an mich ran.

»Was?«, fragte er.

»Hallo? Wir wollen ein KIND! Schon vergessen?«, fragte ich mit vollem Mund.

»Ja, aber da muss man doch nicht nach ein paar Wochen von Problemen sprechen«, sagte er und schüttelte den Kopf.

»Nicht Wochen, MONATEN. Es sind jetzt über anderthalb Jahre«, erklärte ich kauend und schob die Schüssel wieder weg. Jetzt war aber echt Schluss.

»Na gut, aber das muss doch nichts heißen.«

»Wie? Nichts heißen? Natürlich heißt das was. Unter anderem heißt das, wir kriegen kein Kind … aktuell.« Ich hatte nichts gegen eine Portion Optimismus, aber in diesem Fall …

»Ach Süße, aber das Üben macht doch auch Spaß, oder?«

Wusste ich's doch. Mein Mann hatte keine Probleme mit dem Fortpflanzungsakt. Ganz im Gegenteil.

Ich nahm die Fernbedienung und drückte auf Play. Der arme Axel Milberg durfte sich wieder bewegen. Im Gegensatz zu Bob. Mir war gerade nicht danach. Ich hatte mich in letzter Zeit oft genug selbst dazu überredet, über Bob herzufallen. Dabei war abends überhaupt nicht meine Zeit. Die war mittags. Aber da stand ich mit meiner Lust leider meistens allein im Laden. Zumindest unter der Woche. Heute wollte ich jedenfalls einfach nur fernsehen. Ohne Befruchtungsversuch.

12. Kapitel

Max saß schon am Tisch und blätterte in der Karte, als ich am nächsten Abend um kurz nach sieben die Glastür des japanischen Restaurants öffnete. Das kleine, schmale Restaurant war gut gefüllt. Es waren nur noch zwei Tische frei. Ich hatte rote Wangen, was nicht am Rouge lag, sondern daran, dass ich einen rutschigen Dauerlauf in der Kälte hinter mir hatte. Ich musste vom Studio schließlich noch nach Hause, Herrn Müller füttern und mich frisch machen. Inzwischen war es so glatt, dass an Fahradfahren nicht mehr zu denken war.

»Gute Abend«, lächelte mich eine asiatisch aussehende Kellnerin an. »Sie habe reserviert?«

»Ja, danke. Meine Verabredung ist schon da«, erklärte ich und zeigte nach hinten zu Max.

»Ich bringe zum Tisch, ja? Mantel auch ausziehe?«

»Ja, danke«, sagte ich und wollte meinen Mantel öffnen. Das klappte nur leider nicht, denn der blöde Innenstoff hatte sich im Reißverschluss verheddert – wie auch immer das jetzt wieder hatte passieren können.

»Helfen?«, fragte die kleine Frau neben mir.

»Ne, ne, danke, geht schon«, sagte ich, zog noch mal mit Kraft und schaffte es, den Reißverschluss zu öffnen – und den Stoff auf einer Länge von mindestens fünf Zentimetern zu zerreißen. Na ja, Hauptsache, ich musste nicht darin übernachten.

Die Kellnerin starrte mich mit großen Augen beunruhigt an. Ich reichte ihr meinen Mantel. »Danke«, sagte ich und ging den schmalen Gang entlang nach hinten.

Max stand auf und nahm mich in den Arm. Er hatte sich für den Tisch in der Ecke entschieden. Gute Wahl.

»Sweetie«, sagte er freudestrahlend. »Wie schön!« Er küsste mich. »Alles gut? Du siehst so abgehetzt aus.«

»Ja, alles bestens!« Ich erzählte Max von meiner kleinen Sporteinlage und dem Vogel, der sich wie ein Kleinkind aufführte.

»Und was macht das andere Kind?«, fragte er und sah auf meinen Bauch.

»Tja, das lässt auf sich warten. Aber du weißt ja: Was länge währt, wird endlich gut. Oder wie heißt das noch gleich?«

Max machte ein nachdenkliches »Hmm«, was darauf hindeutete, dass er mir meinen gespielten Optimismus nicht ganz abnahm. »Ich sehe da bei dir im Gesicht eine Spur Unsicherheit. Kann es sein, dass es doch etwas ernster ist, als du gerade zugibst?«

»Na ja, im Moment ist es noch nicht sonderlich ernst. Aber wenn es so weitergeht, könnte sich das bald ändern«, sagte ich und sah auf die Karte. Mann, hatte ich einen Hunger!

»Dann solltest du aber auf keinen Fall Sushi essen, Süße!«

»Ich versuche schwanger zu werden. Ich bin es nicht. Und außerdem, seit wann kennst du dich mit Schwangerschaft aus?«

Max sah schnell in seine Karte und zuckte die Schultern. »Keine Ahnung, ich hab das irgendwo mal gelesen. Das weiß man halt.«

Nachtigall, ick hör dir trapsen, dachte ich. Dann übertönte mein knurrender Magen weiterführende Gedanken. Außerdem war und blieb Max ein Mann. Und die wurden ja bekanntlich nicht schwanger. Vor allem nicht, wenn sie schwul sind.

»Und? Wie geht es dir so?«, fragte ich ihn, nachdem wir bestellt hatten.

»Och, alles bestens. Ich hab mal wieder gut zu tun«, sagte er und lächelte mich zufrieden an. Max war eine Frohnatur. Das liebte ich so an ihm. Außerdem war er der beste Koch, den ich kannte. Dagegen waren meine Kochkünste auf dem Niveau eines Fertiggerichtes.

Deshalb grenzte es an ein Wunder, dass die Idee mit dem Japaner von ihm gekommen war. Denn Max ging nur selten essen. Warum sollte er auch. Wo er es doch in den meisten Fällen besser hinbekam.

In dem Moment ging die Tür des Restaurants auf – und ich fiel fast vom Stuhl.

Ingo. Meine erste große Liebe. Mein erster Gedanke war: *Gut, dass daraus nicht mehr geworden ist*. Puh! Er war zwar in meinem Alter, hatte aber auf dem Kopf inzwischen zu wenig. Dafür am Bauch zu viel. Was man trotz Wintermantel gut erkennen konnte.

Ingo war allein. Er hatte offenbar auch einen Tisch reserviert, denn die nette Dame führte ihn zu dem letzten freien Tisch am Fenster. Ich wartete noch einen Moment, bis er sich gesetzt hatte und aufschaute, dann winkte ich unauffällig. Leider.

»Lisa!«, rief er einmal quer durchs Restaurant. Ingo hatte das Taktgefühl einer Dampfwalze. Das musste ich kurzfristig vergessen haben. Er schob den Hocker, auf dem er gerade Platz genommen hatte, mit Wucht zurück, sodass dieser laut gegen die Heizung knallte. Dann quetschte er sich zwischen den engen, kleinen Tischen durch und kam voller Freude zu uns gelaufen. »Mensch, Lisa! Ist das lange her! Wahnsinn! Wie geht's dir?«, wollte er in einer Lautstärke wissen, als säßen wir im Hofbräuhaus.

Ich sah kurz zu den Nachbartischen und lächelte verlegen, dann sagte ich zu Ingo: »Ja, stimmt, verdammt lang her.«

»Verdammt lang her, verdammt lang ...«, fing Ingo an zu singen, spielte dazu passend Luftgitarre und freute sich wie ein Kleinkind an Weihnachten, während ich mich fragte, ob es ein Loch im Boden gab und wenn ja, ob ich durchpassen würde.

»Ja«, sagte ich, um ihn zu unterbrechen. »Das muss ja mindestens ... 20 Jahre her sein.«

»Jo. Kommt hin. Dein Mann?« Ingo zeigte auf Max.

»Nein, das ist Max, ein Freund von mir«, erklärte ich.

Max kannte Ingo aus meinen Erzählungen. Außerdem hatte ich ihm irgendwann mal ein Foto gezeigt, als wir alte Alben durchgeblättert hatten.

Die beiden reichten sich kurz die Hände, dann sah mein Ex mich wieder an. »Und? Was macht das Leben so mit dir? Haste schon Kinder?«

»Ne, bisher nicht, aber das kann sich ja noch ändern«, sagte ich und wollte schnell das Thema wechseln.

Aber Ingo war schneller. »Wir kriegen demnächst

Nachwuchs. Doppelten«, sagte er sichtlich stolz und machte seinen Rücken gerade. *Wir*, dachte ich, und sah auf seinen Bauch.

»Zwillinge«, erklärte er, als hätte ich ihn nicht verstanden.

»Na, das ist ja schön. Sieht man ja in letzter Zeit öfter mal – also, ich meine Zwillinge. Früher war das noch recht selten, aber heute …«

Ich erhielt umgehend eine Antwort auf die Frage, die ich nicht gestellt hatte. »Ne, nicht so, wie du denkst! Um Gottes willen. Das war Mutter Natur, beziehungsweise ich«, sagte er und lachte laut los.

Max sah mich an, und ich wusste, was er dachte. Nichts wie weg hier, bevor noch mehr Details kamen. Das Einzige, was dagegensprach, war die Tatsache, dass ich Hunger hatte. Und zwar ziemlich großen.

Als hätte sie meine flehenden Gedanken gelesen, kam die Bedienung genau in dem Moment mit zwei Tellern an unseren Tisch. Jesus Maria, vielen Dank! Super Timing, jetzt würde Ingo wohl gehen – dachte ich. Von wegen. Er blieb. Was war es noch, was ich damals so toll an ihm fand? Er war ein echter Kerl gewesen, mit breitem Kreuz und durchtrainiertem Oberkörper. War, wie gesagt. Und ein lustiger Typ. Das musste ich ihm lassen. Aber waren das ausreichend Gründe, ein Jahr zusammenzubleiben? Hmm.

Ich sah auf meinen Teller. Sushi mit Lachs, Gurke-Avocado-Füllung, kleinen, orangefarbenen Fisch-Rogen und Algensalat. Ein Traum. Ich nahm die Stäbchen, wünschte Max extra deutlich »Guten Appetit« und war gerade dabei, mir die Fischrogen in den Mund zu schieben, als

Ingo erklärte: »Die Tamara ist einfach überdurchschnittlich fruchtbar!«

Danke für diese Information, dachte ich. Jetzt stand es fest: Ich fand ihn überdurchschnittlich scheiße. Da mein Mund voller Fischeier samt Reis und Sojasoße war, konnte ich es ihm nur nicht sagen. Glück gehabt.

Die Tür ging auf, eine Frau mit leichten Gleichgewichtsstörungen kam rein. Sie stützte sich an der Wand neben der Garderobe ab, sonst wäre sie vermutlich vornübergekippt. Tamara. Sie war so rund, dass sich einem die Frage aufdrängte, ob es wirklich nur zwei Babys waren.

Ingo verabschiedete sich endlich und ging zu seiner Frau, die dringend Unterstützung brauchte.

»Warum haben die kein Essen nach Hause bestellt und sind auf dem Sofa sitzen geblieben? Die arme Frau«, sagte Max.

»Du sagst es. Das ist dann wohl die Kehrseite der Medaille«, meinte ich und schob mir Lachs in den Mund.

»Wie meinst du das?«

»Na, wenn man so überdurchschnittlich fruchtbar ist«, sagte ich mit vollem Mund, so gut es ging.

Überdurchschnittlich fruchtbar. Immer wieder musste ich an diesen Hinweis denken. Wie lieb von Ingo. Dass er mir und allen anderen im Restaurant das anvertraut hatte. Ich hätte kotzen können. Morgen würde ich in die Apotheke gehen und mir so ein Ding kaufen, das einem sagte, ob der Eisprung vor der Tür stand. Oder ein paar von diesen Wegwerfstäbchen, auf die man pinkeln musste, um zu erfahren, was für ein Tag es war. Ein überdurchschnittlich fruchtbarer oder einer, an dem man sich getrost anderen Aufgaben widmen konnte. Jetzt musste mal Schwung in die Sache kommen. Und ein wenig Unterstützung konnte ja nicht schaden. Dann wüsste ich wenigstens, wann ich mir Mühe geben musste mit der Unterwäsche und wann nicht.

13. Kapitel

Der Löwe strahlt heute besonders viel Herzlichkeit aus. Seine lebensbejahende, positive Haltung färbt auf die Umgebung ab und bringt Sympathien …

Na, das war doch mal ein Start in den Tag! Mein persönliches Horoskop, das ich abends vorm Einschlafen noch kostenfrei abonniert hatte, begrüßte mich, nachdem ich den Wecker aus und das iPhone angestellt hatte. Kiki hatte mir schon vor Monaten dazu geraten. Natürlich hatte ich den Quatsch nicht mitgemacht. Bisher.

Die Sonne schien an einem strahlend eisblauen Himmel, als würde man auf ein Werbeplakat gucken. Was für ein Tag! Ich ging in die Küche, um Espresso aufzusetzen. Bob schlief noch. Es war acht Uhr. *Eigentlich müsste er schon unter der Dusche stehen*, dachte ich und huschte ins Bad.

Fünfzehn Minuten später schlief er immer noch. Frisch geduscht stellte ich ihm einen Latte macchiato auf seinen Nachttisch, küsste ihn auf die Stirn und setzte mich auf die Bettkante. »Guten Morgen«, flüsterte ich in sein Ohr.

Bob drehte sich um, sah mich an, als müsste er überlegen, wer ich war, und sprang mit einem Satz hoch. »Scheiße!«

»Danke, das wünsche ich dir auch«, sagte ich und hielt

meinen Kaffee fest, der drohte überzuschwappen. Das war wohl der Beweis, dass Horoskope auch nur Humbug waren.

»Mist! Wie spät ist es?«, fragte er und drehte sich zu seinem Wecker um.

»Zwanzig nach acht«, sagte ich, obwohl er das auch selbst sah. »Was ist denn?«

»Ich soll um halb 10 bei einem Kunden sein!«

»Na, das schaffst du doch locker«, meinte ich und nahm einen Schluck Kaffee.

»Der Kunde ist in Frankfurt!«

»Oh«, machte ich und stand auf, um Platz zu machen. Es gab Momente, da war es besser, aus dem Weg zu gehen.

»Wieso hat der Wecker nicht geklingelt?«, fluchte Bob, sprang in seinem blauen Pyjama aus dem Bett, griff nach einem seiner beiden Handys und rief irgendwen an.

»Keine Ahnung«, sagte ich achselzuckend und ging lieber ins Wohnzimmer, unseren Mitbewohner begrüßen. Vielleicht hatte der ja bessere Laune.

Bob war innerhalb von drei Minuten aus der Wohnung. Den Kaffee hatte er stehen gelassen. Mich auch. Was ich ihm nicht übelnahm. Hätte ich an seiner Stelle auch gemacht.

»Vielleicht sollte ich ihm einen neuen Wecker zum Geburtstag schenken. Was meinst du?«, fragte ich Herrn Müller, während er sich über sein Frühstück hermachte. Apfel-, Bananen- und Nektarinen-Stückchen, die ich inzwischen ganz professionell in einem Tupper-Behälter im Kühlschrank aufbewahrte, damit ich nicht jedes Mal schnippeln musste. »Du lebst echt gesünder als ich«, stellte ich fest, während ich beobachtete, wie mein Vogel sich über seinen Vitaminberg hermachte.

»Den Test können Sie jederzeit während des sechsstündigen Testzeitraums durchführen«, erklärte mir die Apothekerin eine Stunde später, während hinter mir mindestens acht Leute warteten – von denen sich keiner unterhielt oder telefonierte. Leider.

Jederzeit, dachte ich und hörte ihr weiter zu. Jederzeit würde ich sicher nicht aufs Klo rennen können, aber wenn sie meinte.

»Halten Sie das Teststäbchen mit der saugfähigen Testspitze nach unten und für drei Sekunden in Ihren Urinstrahl«, sagte sie und hielt mir das Plastikstäbchen unter die Nase, als wäre ich bei Douglas in der Parfümabteilung. Warum war es denn verdammt noch mal so still hier? Das war ja schrecklich. Konnte nicht mal bei irgendwem das Telefon klingeln? Die Leute telefonierten doch sonst ununterbrochen an allen Orten dieser Welt.

»Alternativ können Sie den Urin in einem sauberen und trockenen Behälter sammeln und die saugfähige Testspitze für 15 Sekunden in den Urin eintauchen.«

»Danke, danke. Schon gut! Ich glaube, ich nehme das«, unterbrach ich sie und kramte mein Geld aus der Handtasche. Bloß weg hier.

»Das ist eine gute Entscheidung«, sagte sie und steckte alles zurück in die Packung. »Lesen Sie es noch mal in Ruhe durch, und wenn Sie alles richtig machen, werden Sie auch nicht schwanger.«

»Na, dann hoffe ich mal, dass ich alles falsch mache«, sagte ich und lachte.

Sie sah mich fragend an. Ich zählte innerlich bis fünf, aber es kam keine Reaktion.

»Ich hab das Gegenteil vor«, erklärte ich flüsternd, wobei ich mir das auch hätte sparen können – jetzt, wo hier jeder wusste, was ich mir ab morgen früh zwischen die Beine halten würde. Ich sah sie auffordernd an und wartete, dass sie mir meine EC-Karte abnahm, die ich ihr seit einer gefühlten Minute hinhielt.

»Ah.« Der Groschen war gefallen. »Na, dann viel Erfolg«, sagte sie freudestrahlend. »Das macht 74,98 Euro.«

Ich schluckte. Ganz schön teuer dafür, dass ich draufpinkeln würde.

Während ich nach dem ersten Foto-Termin auf einer der weißen Holzkisten saß, Kaffee trank und mir die Gebrauchsanweisung meines Eisprungfinders durchlas, klingelte mein Handy.

»Hast du mal einen Moment, oder störe ich?«, fragte Kiki, bevor ich überhaupt etwas sagen konnte.

»Na klar. Es ist gerade keiner da. Was gibt es denn?«

»Ach, das Übliche.«

»Deine Eltern?«

»Ja!«

»Okay, lass mich raten«, fing ich an, aber Kiki unterbrach mich.

»Brauchst du nicht. Sie haben gerade eine neue Vermittlungs-Offensive gestartet. Jetzt, wo ich den Turban nicht mehr trage, haben sie wohl ihre große Chance gewittert.«

»Wieso, was machen sie denn schon wieder?«, wollte ich wissen und goss mir Kaffee nach.

»Ach, die haben mich einfach bei so einer Partnervermittlung angemeldet. Stell dir das mal vor! Und jetzt kriege ich täglich E-Mails von irgendwelchen Typen, die mich kennenlernen wollen. Alles solche Karriere-Fuzzis mit Schlips und Kragen!«

»Na, das ist ja genau dein Ding. Frag doch mal Max, ob er mit dir eine Scheinehe eingeht. Seine Mutter wäre sicher auch erleichtert«, sagte ich und musste lachen.

»Ja, gute Idee! Und er zieht hier mit ein oder wie? Dann werde ich meine Eltern ja gar nicht mehr los! Ein Intellektueller in der Familie! Da würde ja ihr größter Wunsch in Erfüllung gehen«, sagte sie und holte tief Luft. »Außerdem wollen sie mir den Geldhahn zudrehen«, ergänzte sie.

»Oh, warum das denn?«, fragte ich besorgt, obwohl die Frage, wenn ich ehrlich war, eigentlich überflüssig war. Kiki war eine erwachsene Frau, auch wenn sie weder so aussah noch sich so benahm. Ich dachte an all die schönen Partys in ihrer Wohnung und die Einladungen nach Sylt in das Haus ihrer Eltern.

»Sie haben mir sozusagen die Waffe auf die Brust gesetzt. Ich soll in der Firma irgendwelche Aufgaben übernehmen. Bla, bla, bla … kennst das ja. Was soll ich denn jetzt machen? Und außerdem fragen sie ständig nach einem Enkelkind! Hallo? Ich bin doch keine Brutmaschine!«

»Also, bei dem Kind kann ich dir nicht helfen, das beschäftigt mich selbst gerade. Aber wie wäre es denn, wenn du in der Firma für die Mitarbeiter Yoga-Kurse anbietest?«, sagte ich und war von meiner eigenen Idee ganz begeistert.

Kiki war still. Ich hörte sie nicht einmal mehr atmen.

»Bist du noch dran?«

»Lisa!«, schrie sie plötzlich ins Telefon. Ich bekam einen spontanen Hörsturz.

»Bist du wahnsinnig? Warum schreist du denn so?«

»Mann, warum bin ich nicht selbst auf die Idee gekommen? Manchmal sieht man echt den Wald vor lauter Bäumen nicht mehr! Das ist super! Danke! Du hast vermutlich gerade mein Erbe gerettet!«

Kiki bekam sich gar nicht mehr ein vor Freude.

Wenigstens einen Menschen habe ich glücklich gemacht, das ist doch schon mal ein Anfang, dachte ich, nachdem Kiki sich verabschiedet hatte. Sie war so begeistert, dass sie die Idee sofort ihrer Mutter unterbreiten wollte. Das würde sicher eine Weile vom Enkelkindwunsch ablenken. Irgendwie tat sie mir fast schon leid. Nicht wegen der Eltern. Klar, das allein war schon schlimm genug. Aber sie war auch nicht mehr die Jüngste. Um genau zu sein war sie sogar älter als ich, sie war schon 39. Und wenn sie irgendwann doch noch den Richtigen fand und Kinder wollte, dann musste sie ja wirklich bald mal … *Wahnsinn*, dachte ich. Vera hatte vorletztes Jahr im Frühling, als wir abends bei ihr auf der Terrasse saßen, echt die richtige Frage gestellt. Waren wir nicht gerade noch jung? Das war jetzt fast zwei Jahre her. Und jetzt musste man sich schon Gedanken machen, wie lange man noch ein Kind bekommen konnte. Denn bald war Schluss mit lustig. In eineinhalb Jahren würde ich 40 werden. Und kurze Zeit später dann, zack: unfruchtbar. Nicht mehr zum Fortpflanzen brauchbar. Von Mutter Natur höchstpersönlich »outgesourced«. Unfassbar. Hatte ja nicht jede das Glück, mit Mitte fünfzig noch Mutter zu werden wie Gianna Nannini. Wobei das auch nicht mit rechten Dingen zugegangen war, da war ich mir sicher.

Dieser Gedanke tat meiner aktuellen Stimmung nicht gut.

14. Kapitel

Schweden lag direkt hinter der B 75, im Stadtpark Harburg. Würden nicht alle akzentfrei Deutsch sprechen, hätte man sich wirklich einbilden können, irgendwo an einem der unzähligen Seen in Schweden zu sein.

Es war Samstag. Vera, Kiki und ich hatten uns in die Seesauna gesetzt. Ein langer Steg führte zu dem kleinen Holzhaus, das sich auf Holzpfählen auf dem Wasser befand. Außer uns war keiner da, also konnten wir in Ruhe quatschen.

»Mein Gott, du glaubst gar nicht, wie dankbar ich dir für die Idee mit dem Firmen-Yoga bin«, sagte Kiki, während sie ihr Saunatuch auf der oberen Holzbank ausbreitete. Ich hatte auf der mittleren Bank Platz genommen. Vera saß neben mir. Sie hatte das Handtuch so um sich gewickelt, als wollte sie ihren Körper vor uns verbergen. Das hatte sie noch nie getan. Oder fror sie immer noch? Konnte ja eigentlich nicht sein, so heiß wie es hier war.

»Haben deine Eltern angebissen?«, fragte ich nach oben.

»Ja! Die sind total begeistert. Also mein Vater nicht sofort, der war erst mal skeptisch, aber meine Mutter ist fast ausgeflippt vor Glück. Die macht ja auch in so einem Club für gelangweilte Ehegattinnen Yoga. Ich soll jetzt ein Konzept schreiben, meint mein Vater.« Kiki strahlte übers ganze Gesicht. »Und dann wird seine Assistentin eine Mail an alle Mitarbeiter verschicken, mit der Frage, wer Interesse hat. Ich bin gespannt. Wir könnten es einfach oben neben dem neuen großen Konferenzraum machen. Ich würde Matten besorgen und eine Anlage, und dann schauen wir mal, wie beweglich die Damen und Herren sind.«

»Super«, sagte ich und fragte mich, ob es eigentlich möglich war, dass ein Teil des Hirns innerhalb von wenigen Minuten schmolz – der zum Beispiel, der fürs Denken zuständig war. Ich drehte meinen Kopf zur Temperaturanzeige. 100 Grad waren nichts für mich. Ich nahm mein Handtuch und setzte mich eine Etage tiefer.

»Das ist echt schön hier, aber wir müssen mal wieder nach St. Peter-Ording«, sagte Vera mit wehmütigem Blick nach draußen auf den See, der in Wahrheit ein Teich war.

»Ja, das sollten wir echt mal wieder. Puh, ich muss raus«, sagte ich und verschwand nach draußen.

Ein paar Minuten später standen Kiki und Vera dampfend neben mir.

Kiki legte Bademantel und Handtücher beiseite und zog todesmutig an dem Seil, das an einem Holzeimer mit eiskaltem Wasser befestigt war. Dem Ziehen folgte eine Art Urschrei. Die Enten flogen aufgeschreckt weg.

Während Kiki sich abtrocknete und den Bademantel wieder anzog, sah ich Vera an. »Seit wann gehst du eigentlich als Rollmops in die Sauna?«, meinte ich und sah auf Veras Badelaken.

»Seitdem mir mein Spiegel nicht mehr das zeigt, was

ich sehen will. Und so lange das so bleibt, bleibt das Handtuch da.«

»Oh, das klingt nach Krise«, sagte ich.

»Ne, nach BBP!«, sagte Vera und ging den Steg entlang Richtung Ruheraum. Kiki sah mich fragend an.

»Bauch-Beine-Po«, flüsterte ich.

»Sieht doch alles ganz normal aus. Wie immer«, flüsterte Kiki zurück.

»Letzteres sag ihr lieber nicht«, raunte ich. Dann watschelten wir in unseren Flip-Flops hinter der immer noch dampfenden Vera her. Wie Tick, Trick und Track.

Plötzlich blieb sie stehen und drehte sich um. »Okay«, sagte sie und sah auf den Teich, dann wieder zu uns. »Okay«, wiederholte sie. »Euch kann ich es ja sagen. Aber ihr müsst mir versprechen, dass ihr es für euch behaltet!« Vera sah uns ernst an. »Schwört«, befahl sie.

Wir zeigten ihr unsere übereinandergeschlagenen Finger.

»Wir schwören«, sagten wir im Chor.

»Vorgestern bin ich morgens aus der Dusche gekommen und …« Sie holte tief Luft. »Und da stand … da stand mein Lütter vor mir und sah mich an und …«

»Und?!«, fragte ich, als nach fünf Sekunden immer noch kein Ende des Satzes in Sicht war.

»Und da hat er mich angeschaut«, sie zeigte mit ihrem Finger in Richtung Intimbereich, »und meinte: ›Mama, du hast ja doch einen Pipimann!‹«

Die Vögel zwitscherten, die Enten zogen meckernd über den See, von irgendwo hörte man ein paar Autos. Dann war Schluss mit der Idylle. Kiki und ich brachen brüllend vor Vera zusammen. Wir hockten vor der stehenden Vera und hielten uns die Bäuche. Ich hatte das Gefühl, jede Sekunde einen nie wieder endenden Krampf im Bauch zu bekommen.

»Was ist daran witzig?«, hörte ich über mir Vera fragen.

Ich holte tief Luft und versuchte meine Atmung unter Kontrolle zu bekommen. Schnell an die Steuererklärung denken – das hilft ja immer am besten in solchen Momenten.

»Sorry«, entschuldigte ich mich für meinen Ausbruch und schupste mit dem linken Flip-Flop unauffällig Kiki an, die sich immer noch eine Etage tiefer befand.

»Das ist natürlich überhaupt nicht … komisch«, sagte ich und zog eine kichernde Kiki an ihrem Bademantel nach oben.

»Ich überlege, ob ich eine Intim-OP mache«, flüsterte Vera, obwohl nachweislich niemand in der Nähe war.

»Ja, also, ich kenne mich da nicht aus, aber warum nicht?«, meinte ich.

»Botox-To-Go, Silikon für alle. Warum nicht auch … also, ich meine, mach doch. Klar!« Kiki stand wieder auf beiden Beinen und wischte sich ihre langen, nassen blonden Haare aus dem Gesicht.

»Oder kennst du eine Übung, die da hilft?«, fragte ich Kiki.

»Ich kenne nur eine gegen Erfrierungen. Reingehen!«, sagte sie und schritt voran Richtung Ruheraum.

»Hast du eigentlich mal in das Buch geguckt?«, fragte Kiki mich, als wir ein paar Minuten später auf den Wasserbetten im Entspannungsbereich lagen.

»Nein, noch nicht«, murmelte ich.

»Was denn für ein Buch?«, fragte Vera.

»Yoga. Was denn sonst«, antwortete ich.

»Machst du das jetzt auch?«, wollte Vera wissen, die inzwischen in einem trockenen Bademantel unter drei Decken lag, als hätte sie Angst zu erfrieren.

»Nein«, meinte ich nur und spürte Kikis Blick – auch mit geschlossenen Augen.

»Solltest du aber mal«, entgegnete sie prompt. »Du musst es einfach selbst erleben. Das bringt nichts, wenn ich dir davon erzähle. Es geht ja um die Wirkung!«

Ich atmete tief ein und langsam wieder aus, um zu zeigen, wie entspannt ich war.

»Was denn für eine Wirkung?«, wollte Vera jetzt wissen.

Ich stellte mich schlafend.

»Für die Fruchtbarkeit«, erklärte Kiki. Nicht leise, aus Rücksicht auf mich und meine nicht vorhandenen anderen Umstände oder aus Rücksicht auf die anderen männlichen und weiblichen Personen, die noch anwesend waren, sondern so laut, dass danach sicher jeder wach war. Zumindest kam es mir so vor. Da sollte noch mal einer behaupten, ich sei ein Tollpatsch! Wie viele Jahre bekam man für Totschlag? Bei Mord waren es mehr, aber Totschlag bei guter Führung?!

»Dann wollt ihr also jetzt? Das ist doch super! Aber sag mal, warum erzählst du mir das eigentlich nicht, dass … na, du weißt schon«, fragte Vera.

»Was?«

»Na, DAS …«, sagte sie und sah mich an, als hätte ich gesagt, man müsse mir den Unterleib amputieren. Mitleid war etwas Schreckliches.

Ich stand auf.

»Was, DAS?«, fragte ich genervt.

Vera sah mich mit hochgezogenen Augenbrauen an. »Jetzt tu doch nicht so … dass es nicht klappt.«

Ich überlegte. »Keine Ahnung, vielleicht, weil ich lieber mit einer frohen Botschaft zu dir gekommen wäre als mit so einer. Du hast schließlich ohne Probleme schwuppdiwupp drei Kinder bekommen. Und vielleicht, weil ich dachte, es klappt schon irgendwann.«

»Verstehe ich«, sagte Vera und holte tief Luft. »Aber ich hab dir doch mal von dieser tollen Praxis erzählt, wo meine Kollegin hingeht, die ein Problem mit ihren Eizellen hat und wo es …«

»Ich habe kein Problem mit meinen Eizellen. Meinen Eizellen geht es blendend. Außer dass sie gerade eventuell hart gekocht wurden«, sagte ich scharf. Herrlich. Jetzt wusste halb Harburg, dass ich versuchte, schwanger zu werden. Danke. Vielleicht bot ja gleich noch einer der dickbäuchigen, behaarten Kerle, die hier rumlagen, spontan Unterstützung an. Jetzt, wo alle wussten, dass es nicht an *meinen* Eizellen lag. Zumindest ging ich aktuell davon aus.

»Hey, war doch nicht so gemeint«, sprach Vera beruhigend auf mich ein. »Ich wollte nur helfen.«

»Alles gut, sorry. Du hast einfach ins Schwarze getroffen«, erklärte ich kleinlaut. »Wir versuchen es jetzt mehr als anderthalb Jahre.« Ich machte eine Pause. »Wir verabreden uns sogar schon, um miteinander zu schlafen. Sex haben wir fast nur noch, wenn der Eisprung sich ankündigt und langsam … langsam denke ich öfter daran, warum es nicht klappt, als daran, dass es sicher bald klappt. Von wegen Glücks-Gen«, sagte ich kopfschüttelnd. »Das hat sich wohl verabschiedet.«

Vera und Kiki blickten mich nachdenklich an.

»Na ja, und außerdem kommt es für mich im Moment noch nicht in Frage, dass irgendein Reproduktionsmediziner meinen Mann anzapft und unser Kind in einem Reagenzschälchen zusammenrührt«, erklärte ich und überlegte, ob ich während einer Schwangerschaft noch gesellschaftsfähig sein würde, so empfindlich wie ich jetzt schon war.

»Du musst ja nicht gleich in die Klinik rennen. Das war nur so eine Idee. Es gibt noch genug andere Dinge, die man tun kann. Hat Bob denn mal seine kleinen Kerle untersuchen lassen?«, flüsterte Vera und sah mich mit großen Augen an.

»Seine … kleinen Kerle? Nein. Bisher nicht.« Ich sah an ihr vorbei zu den anderen Leuten, die in Decken eingewickelt auf den Liegen lagen und vermutlich nur so taten, als würden sie schlafen.

»Na, dann sollte er das mal machen lassen, bevor ihr euch kirre macht. Aber du warst schon bei deiner Ärztin, oder?«

»Ja, aber die hat nichts Auffälliges gefunden.«

»Das ist doch schon mal gut«, sagte Vera. »Manchmal dauert es einfach ein bisschen länger.«

»Ich werde langsam schizophren. Egal wo ich hinschaue. Überall Schwangere. Und ich habe das Gefühl, es werden täglich mehr.«

»Kann es nicht sein, dass du dich zu sehr darauf versteift hast? Vielleicht musst du das Thema einfach mal loslassen«, schlug Kiki vor, die kerzengerade im Schneidersitz saß.

»Wie soll das denn gehen? Ich soll nicht mehr daran

denken, gute Idee. Ich würde *gern* mal wieder an etwas anderes denken als an das Stäbchen, auf das ich morgens pinkeln muss«, sagte ich ein wenig zu laut und sah, wie eine Frau ihre Sachen nahm und den Ruheraum verließ. »Glaub mir, nichts lieber als das. Aber wie soll das funktionieren? Dann weiß ich ja nicht, wann der Eisprung ist.«

»Süße, das ist alles Fügung. Das Baby kommt, wenn es spürt, dass die Zeit dafür reif ist.«

Ich sah Kiki an und zählte innerlich bis drei.

»Apropos reif. Ich glaube, wir könnten alle eine Abkühlung vertragen. Oder? Wie sieht's aus? Wollen wir eine Runde schwimmen?«, fragte Vera, bevor ich weiter auf Kikis tolle Tipps eingehen konnte.

»Au ja«, schoss es uns gleichzeitig aus dem Mund.

Vera und Kiki fingen synchron an zu lachen. Wie früher, dachte ich. Zumindest daran hat sich nichts geändert.

15. Kapitel

Meine Eltern waren am nächsten Tag natürlich pünktlich. Ich hatte nichts anderes erwartet. Es waren ja schließlich meine Eltern – nicht seine. Die hatten übrigens inzwischen eine Postkarte aus irgendeinem unaussprechlichen Ort im Osten geschickt, wo sie immer noch herumtourten. Der Campingwagen mache ein paar Zicken, aber sonst ginge es ihnen gut. Einmal hätten sie sich sogar bis zur nächsten Werkstatt abschleppen lassen müssen. Nun würde er aber wieder laufen, und sie freuten sich schon auf die nächste Etappe inklusive Filz-Seminar und Bernstein-Suche. Herzliche Grüße und ob denn die Tantra-CD inzwischen schon erste Wirkungen gezeigt hätte. Alles Liebe und Tschüss.

Die Karte lag im Flur.

Meine Eltern saßen auf dem Sofa und sahen aus, als würden sie uns sanft beibringen wollen, dass sie auf dem Weg zum Scheidungsanwalt waren. Am Telefon wollte meine Mutter nicht damit rausrücken, um was es ging. Sie meinte, sie wolle es mir lieber persönlich sagen. Ich war also gespannt wie ein Flitzebogen. Es konnte nichts Gutes sein. So viel stand fest. Und tatsächlich: Opa Ernst lag im Krankenhaus. Seine alte Immunschwäche war zurück. Sein Zustand war alles andere als gut und so, wie meine Mutter aussah, dachte sie schon darüber nach, welche Lieder man in der Kirche für ihn singen könnte.

»O Gott, o Gott!«, sagte Herr Müller, den ich in seinen Käfig gesperrt hatte. Sicher war sicher.

Auf alle Fälle wollte kein Arzt eine klare Aussage treffen, ob und wie Opa das überleben würde. Er war schließlich Anfang neunzig. Dabei hatte Opa Ernst schon so viel überlebt. Vom Krieg mal ganz abgesehen. Opa Ernst war grundoptimistisch. Den Krebs hatte er besiegt, wenn auch mit Nasenverlust. Dafür hatte er nun zwei zur Auswahl: die Jogging-Nase und die Ausgeh-Nase. Wer konnte das schon von sich behaupten? Die Nasen konnte er sich je nach Anlass »einhaken«. Wobei er natürlich nicht mehr joggen ging – aber es war halt die Nase für die entspannten Stunden. Und davon hatte er genug.

Nun lag er also im Universitätskrankenhaus in Quarantäne. Nur mit Mundschutz und Ganzkörperkondom durfte man seine zeltähnliche Behausung betreten, wenn ich meine Mutter richtig verstanden hatte.

»Und wie geht es ihm jetzt?«, kam Bob mir zuvor.

Mein Vater tat mal wieder, als gehöre er nicht zur Familie und müsse somit auch nicht antworten. Er war inzwischen aufgestanden und sah sehnsüchtig aus dem Fenster.

»Na ja, er liegt im Bett und … und ich glaube, es sieht nicht gut aus«, erklärte meine Mutter, die stocksteif in ihrer hellblauen Kaschmir-Strickjacke auf dem Bauhausstuhl saß und an ihrer Teetasse nippte, mit dünner Stimme. »Aber der Herr ist bei ihm, das weiß er«, ergänzte sie.

»Wäre vielleicht besser, ein Arzt wäre bei ihm«, brummte mein Vater, ohne sich zu uns umzudrehen.

Bob sah mich an, ich sah meine Mutter an.

»Himmel!«, krächzte Herr Müller.

»Wie? Es ist kein Arzt bei ihm?!«, fragte ich ungläubig.

Meine Mutter stellte die Tasse wieder auf die Untertasse und strich über ihre Strickjacke. Dann legte sie die Hände in den Schoß und holte tief Luft. »In der Zeit, als wir da waren, kam kein Arzt, aber das hat ja nichts zu sagen«, meinte sie und strich der Ordnung halber auch noch über ihren dunkelblauen knielangen Rock.

»Wie lange wart ihr denn da?«, fragte ich.

»Drei Stunden!«, grummelte mein Vater und öffnete das Fenster auf Kipp, dann nuschelte er: »Wenn er es nicht schafft, übernehme ich sein Zimmer im Rosengarten.«

»Bitte?!«, fragte meine Mutter und drehte sich zu ihm.

»Bitte?!«, wiederholte Herr Müller.

Meine Mutter blickte erst den Papagei, dann mich genervt an.

»Nichts«, sagte mein Vater kleinlaut und schloss das Fenster.

Ich sah Bob an und nickte in Richtung des Vogelkäfigs, dann in Richtung Flur. Er hatte verstanden, erhob sich und rollte den Beistelltisch samt Vogel raus.

»Danke«, sagte ich und stopfte mir einen Keks in den Mund.

»Jedenfalls meinte Ernst«, fuhr meine Mutter fort, »alle Ärzte seien im Skiurlaub. Zusammen mit den Rechtsanwälten. Ganz Oberstdorf sei ausgebucht.« Heidrun schüttelte den Kopf. »Angeblich hätte er angerufen und diese Auskunft erhalten.«

Ich musste schmunzeln.

»Er bringt wirklich alles durcheinander und vergisst jede Kleinigkeit«, sagte meine Mutter.

»Na, so etwas kann auch Vorteile haben«, sagte mein Vater und verließ das Zimmer. An den Geräuschen konnte man erkennen, dass er auf den kleinen Balkon gegangen sein musste.

»Dicke Luft?«, fragte ich meine Mutter.

»Lagerkoller, du kennst ihn doch. Dein Vater hält es nur bei mir aus, wenn er weiß, dass er bald wieder weg ist. Aber das ist ja jetzt nicht mehr der Fall.«

»Warum kauft er sich nicht einen alten Kutter?«, schlug Bob vor.

»Stimmt«, meinte ich, »das wäre es doch! Da könnte er den ganzen Tag rumputteln und sich die Seeluft um die Nase wehen lassen.«

»Weil ich vier Jahrzehnte darauf gewartet habe, dass er mal zu Hause ist«, sagte meine Mutter traurig.

»Aber so macht es ja nun auch keinen Sinn«, entgegnete ich. »Ich guck nachher mal bei eBay, da wird es sicher etwas geben, was ihm gefällt. Wir könnten ihm das Boot zum Geburtstag schenken. Er wird dich dafür lieben!«

»Das wäre ja mal was«, murmelte meine Mutter und trank den letzten Schluck Tee.

»Ich hol dir noch was«, sagte ich, griff nach der leeren Teekanne und ging in die Küche.

Das Wasser war gerade kurz davor, die 70 Grad zu erreichen, da hörte ich etwas, das mir bekannt vorkam. Ich kam nur nicht drauf, was es war. Außerdem verstand ich eh kaum etwas, der Wasserkocher war viel zu laut. Jetzt war er bei 80 Grad.

»Tschakka-tschakka«, hörte ich es immer wieder aus dem

Wohnzimmer und grübelte. Herr Müller konnte das nicht sein. Der hatte Stubenarrest und saß im Schlafzimmer.

Da hörte ich es wieder. »Tschakka-tschakka!«

In der Sekunde traf mich der Schlag. Das war ICH!

In Windeseile rannte ich in den Flur, wo ich sofort mit Bob zusammenstieß, der im gleichen Augenblick links aus dem Arbeitszimmer geschossen kam. »Aua!«, schrie ich und fasste mir an die Schulter, dann rannten wir weiter.

Meine Mutter saß noch aufrechter als vorher auf dem Stuhl, in der Hand unsere Digitalkamera, aus der meine Stimme kam. »Tschakka-tschakka«. Es waren die Aufnahmen unseres letzten Urlaubs auf Bali – beziehungsweise der Film, den wir dort gedreht hatten. Nach der zweiten Flasche Wein. Ich muss ergänzend sagen, dass ich – und das sah meine Mutter jetzt auch – an dem Tag vergessen hatte, mich ordentlich einzucremen. Aber nicht nur das. Ich hatte auch vergessen etwas anzuziehen, bevor Bob die Idee mit dem Video hatte. Krebsrot und lediglich mit einem spärlichen String bekleidet, hatte ich auf dem Bett stehend einen eigenwilligen Tanz hingelegt, den Bob für die Nachwelt festgehalten hatte. Wobei die Nachwelt in diesem Fall meine Mutter war.

Wie in Stein geschlagen standen wir vor meiner Mutter und starrten sie an.

»Entschuldigung, ich wollte nur mal sehen, ob da Bilder von Tante Elsas letzter Geburtstagsfeier drauf sind«, sagte sie kleinlaut und legte die Digi schnell auf den Couchtisch.

»Was guckt ihr denn so?«, fragte sie nach ein paar Sekunden der Stille. »Was glaubt ihr denn, was wir früher gemacht haben? Wir hatten zwar keine Digitalkameras und so modernes Zeug, aber du kannst mir glauben: Du bist ein Kind der *Liebe.*« Sie legte ihre gefalteten Hände wieder in den scheinbar unschuldigen Schoß. Wobei das Wort »Liebe« in dem Moment so klang, als hätte sie Sex gesagt.

Mir blieb das Herz stehen. Was war denn mit meiner Mutter los? Ich sah Bob an, der versuchte, ein Lachen zu unterdrücken.

»Und wo wir schon dabei sind«, fuhr meine Mutter fort, während sie an ihrem Rock rumzupfte. »Apropos Kinder. Wie sieht es denn da eigentlich bei euch so aus?«

Jetzt sah Bob mich an. Ohne unterdrücktes Lachen.

Dann sahen wir meine Mutter an.

»Wieso?«, fragte ich, um mir ein paar Sekunden Bedenkzeit zu verschaffen.

»Na ja, wird es denn nicht langsam mal Zeit für dich?«

»Für mich?« Das war ja wieder typisch. Für Frauen läuft die Zeit ab. Für Männer nicht. Hab ich fast vergessen. Danke für die Erinnerung! Diskriminierung war das, öffentliche Bloßstellung, dachte ich verärgert. Und das von einer, die doch – eigentlich – auch eine Frau war. Irgendwie. Warum musste ich mich eigentlich dafür rechtfertigen, dass ich noch kein Kind hatte? Ist das ein Makel, »Ohne Kind«? Unnormal, weil unbefruchtet? Oder andersrum: Ist ein Kind eine Auszeichnung? Fehlte mir also eine Urkunde, um wirklich eine echte Frau zu sein? Eine Geburtsurkunde, um dazuzugehören?

»Meine Zeit läuft noch nicht ab. Aber ich glaube, die des Tees könnte demnächst überschritten sein. Und der wird dann ja immer so bitter, oder?«, sagte ich und ging in die Küche.

Nachdem meine Eltern sich eine Stunde später verabschiedet hatten, nahm ich die Digi und löschte den Film. Nicht dass noch andere auf die Idee kamen, mal kurz ein paar Bilder anzugucken. Was hatte meine Mutter sich überhaupt dabei gedacht?

Ich schnappte mir meinen Laptop und setzte mich in die Küche. *Wird es denn nicht langsam mal Zeit für dich?* Heidruns Frage klang noch immer in meinen Ohren nach. Vermutlich war ich mal wieder etwas zu zickig gewesen, okay, aber sie hätte auch anders fragen können. Netter. Vielleicht hätte ich ihr ja von unserem Wunsch erzählt. Aber so? Sie hatte mir ja schon den »Läuft-demnächst-ab-Stempel« auf die Stirn gedrückt, bevor das Gespräch überhaupt zustande kommen konnte. Aber das war mir im Grunde auch ganz recht so. Ich war zwar ansonsten alles andere als introvertiert, aber unser Wunsch nach einem Baby war etwas, womit ich nicht hausieren gehen mochte. Es fühlte sich ein wenig nach Niederlage an, und die musste ja nicht unbedingt die Titelstory des familieninternen Newsletters sein. Ich stellte mir Tante Erna und ihre Freundinnen vor, wie sie sich bei Keksen und Kirschwasser über meine Fruchtbarkeit unterhielten. Vielen Dank! *Lieber schnell ablenken*, dachte ich, klappte meinen Rechner auf und gab bei Google ein, was ich suchte. Passende Fluchtmöglichkeiten für meinen Vater fand ich zwar haufenweise, allerdings endete die Suche mit der Erkenntnis, dass 2.800 Euro für ein Geburtstagsgeschenk einfach zu viel waren. Ich hieß ja nicht Kiki König. Eine ganze Ex-Hadag-Fähre hätte man bei eBay kaufen können, da hätten dann gleich noch ein paar andere Flüchtlinge Platz gehabt. Aber 98.000 Euro hatte ich auch nicht über. Ein orangefarbenes Schlauchboot, das wäre wohl noch drin gewesen, wenn ich mit Mona, ihrem Mann und Bob zusammengelegt hätte. Oder ein Tretboot. Aber das war es wohl nicht, was er sich wünschte. Ich klappte den Rechner wieder zu. Dann vielleicht doch lieber über eine Alternative nachdenken. Aber welche? Das frisch gestrichene Zimmer von Opa Ernst?

Mich überfiel schlagartig ein schlechtes Gewissen. Ich hatte mich seit Jahren nur zu Weihnachten und an seinem Geburtstag bei Opa Ernst gemeldet. Dabei war ich doch immer seine Lieblingsenkelin gewesen. Wenn wir bei ihm zu Besuch waren, steckte er mir zum Abschied immer noch klammheimlich etwas Taschengeld zu. Und wenn ich mal mit ihm allein war, verwöhnte er mich wie eine Prinzessin. Ich hatte es als pure Gerechtigkeit empfunden. Wo Mona doch früher immer das größere Stück Torte bekommen hatte – in jeder Beziehung. Und Opa Ernst hatte es gewusst. Ich musste ihn unbedingt in seinem Zelt besuchen, dachte ich, sah auf die Uhr und sprang auf. Es war kurz vor drei, die perfekte Besuchszeit!

»Ich fahre ins Krankenhaus. Kommst du mit?«, rief ich in die Wohnung.

Bob schien zu überlegen, zumindest antwortete er nicht sofort. Ich ging durch die Wohnung. Wo war er? Hatte er sich im Schrank versteckt? So schlimm war Opa Ernst ja nun auch nicht.

Bob lag auf dem Bett. Ich sah ihn einen Augenblick an, dann gab ich auf. Er fing an zu schnarchen. Na denn. Fröhliche Nachmittagsruhe.

Ob Opa Ernst auch schlief, vor sich hindöste oder überhaupt noch lebte, war schwer zu sagen. Er lag einfach nur da. Ich setzte mich in meinem weißen Ganzkörperkondom auf den einzigen Stuhl in diesem ansonsten komplett leeren weißen Raum, den man durch eine Art Schleuse betreten musste, und rutschte leise an seine Bettkante. Stille. Ich sah ihn an, wie er dalag. Er trug seine Joggingnase. Ältere Männer hatten irgendwie auch etwas Kindliches, dachte ich und überlegte, was ich alles mit ihm erlebt hatte. Wie oft er mit mir und Mona samstags auf den Wochenmarkt gegangen war. Wie er uns in der Schubkarre durch den Garten geschoben hatte. Was für tolle Geschichten er uns erzählt hatte. Waren seine Ohren eigentlich immer schon so groß gewesen oder kam mir das jetzt nur so vor?

»Sind sie weg?«, flüsterte er plötzlich und blinzelte aus dem rechten Auge in Richtung Tür.

Ich erschrak so sehr, dass ich mir die Hand vor den Mundschutz hielt, sonst hätte ich losgeschrien.

»Wer denn? Also, hier ist keiner außer mir«, flüsterte ich zurück, obwohl es dafür keinen Grund gab. Wir waren ja allein.

Kaum hatte ich das gesagt, öffnete er die Augen, holte tief Luft, warf die weiße Decke ein Stück zurück, griff nach dem Dreieck über seinem Kopf und zog sich hoch. »Ach, da waren eben zwei Weiber aus unserem … Kegelclub. Schnattertanten. Schrecklich. Ich dachte schon die wollen hier übernachten. Irgendwann habe ich so getan, als würde ich schlafen, damit sie endlich gehen«, erklärte er. »Kannst du mal das Kissen …«, bat er mich. Ich zog das Kissen ein Stück höher. Dann lehnte er sich zurück.

»Herrlich«, meinte Opa Ernst und sah mich an. »Und? Was gibt's Neues?«

Ich starrte ihn an.

»Du dachtest doch nicht, dass ich jetzt schlappmache, oder? Ha! Gib mir mal bitte die Schnabeltasse. Dass die aber auch keine ordentlichen Becher hier haben! Also echt. Ich bin doch nicht körperlich behindert! Und nimm diesen albernen Mundschutz ab. Du siehst aus, als kämst du gerade aus dem Atomzwischenlager.«

Ich zog den Mundschutz runter. Puh. Luft!

»Ich kann ja mal nachsehen, wenn du willst, dann hol ich dir …«, bot ich an und wollte schon aufspringen.

»Um Gottes willen, lass mal, Kind. Wer weiß. Nachher stehen die Schnattertanten noch irgendwo draußen, kriegen was mit und kommen womöglich noch mal rein! Aber du könntest mir wirklich einen Gefallen tun. Nimm mal das Geld da aus der Schublade und guck mal unten am Kiosk nach einem schönen Schlückchen. Ich krieg hier nix außer Kamillentee! Pass nur auf, dass keiner was mitbekommt.« Er öffnete mit der rechten Hand die Schublade des Nachttisches und hielt mir einen 50-Euro-Schein hin. Wie früher, dachte ich. Da waren es nur D-Mark gewesen. »Hier. Das müsste reichen. Und guck vorher um die Ecke, ob die anderen auch wirklich weg sind!«

»Opa, ich hab dich ja echt lieb, aber ich weiß nicht, ob das gut ist«, entgegnete ich.

Er fing an zu lachen. »Wegen der Nebenwirkungen oder warum? Ich bin 91. Über meine Leber musst du dir keine Sorgen mehr machen. Und kauf dir auch was Schönes. Verstanden? Ich kontrolliere das gleich.« Er zwinkerte mir zu.

Ich schlüpfte wieder durch die Schleuse, zog den Anzug aus und stopfte ihn hinter einen Benjamin, der im Gang stand. Natürlich kein echter.

Zehn Minuten später stand ich mit Prosecco und Rotwein unter meinem weißen Overall wieder in seinem Zimmer.

Opa Ernst hatte sich zurückgelegt. So ganz fit schien er doch nicht zu sein. Auch wenn er so tat. So war er halt, immer lächeln und den Clown machen, auch wenn es hinter der Kulisse ganz anders aussah.

Ich legte das Wechselgeld in die Schublade seines Nachttisches, neben die Ausgehnase. Dann sah ich mich im Zimmer nach einer Alternative zur Schnabeltasse um.

»Schütt den Mist da weg«, meinte er in dem Moment mit einer abfälligen Handbewegung. »Die wollen mich doch nur vergiften mit dem Zeug!«

Ich kippte den Tee ins Waschbecken, dann schenkte ich ihm etwas Rotwein ein. Gott sei Dank gab es Drehverschlüsse.

»Und du?«, wollte er wissen.

Ich hob die Proseccoflasche hoch und zeigte sie ihm.

»Gut gemacht, Mädchen«, sagte er und nahm einen Schluck aus seiner Rotweinschnabeltasse. »Hol dir doch auch eine«, schlug er grinsend vor.

»Ach, danke, mir ist gerade gar nicht nach Prosecco.«

Er sah mich durch schmale Augenschlitze an und schien mich mit seinem Röntgenblick zu durchleuchten. »Ah, du bist schwanger! Warum sagst du denn nichts, Mädchen? Hättest dir doch auch einen Saft holen können.«

»Nein, ich bin nicht schwanger«, erklärte ich und versuchte dabei nett zu lächeln, aber es klappte irgendwie nicht. Ich konnte Opa Ernst nichts vormachen. Das hatte noch nie geklappt. Auch nicht, als ich mit Mona zusammen heimlich seine Bonsche-Dose geleert hatte.

»Du siehst nicht glücklich aus. Du wünschst es dir, richtig?«

»Ja. Das kommt irgendwann schon. Mal sehen«, sagte ich nur und sah mir den Boden an. Frisch gewischt. So roch es zumindest. Dann sah ich wieder hoch.

Opa Ernst blickte mir jetzt direkt in die Augen. »Was ist los? Will Bob nicht?«

»Doch, klar«, entgegnete ich. »Er wünscht sich auf alle Fälle Nachwuchs.«

»Was ist es dann?«

Ich schwieg und sah mich in diesem kahlen Raum um. Wie sollte man da genesen?

»Willst du lieber Karriere machen wie all die anderen Verrückten da draußen?«

Ich musste schmunzeln. »Karriere? Da war ich nie scharf drauf. Ich hab meinen kleinen Laden, das reicht mir an Karriere. Jetzt könnte ein Kind kommen.«

»Aber es kommt nicht?«

»Ne. Ich weiß auch nicht. Ich hab mir das alles so einfach vorgestellt. Ich werde schwanger, bekomme ein Kind, wie alle anderen. Aber Pustekuchen.« Ich zuckte mit den Achseln.

»Weiß Mona davon?«

»Mona? Ne, so eng ist unser Verhältnis doch nicht.«

»Und deine Mutter? Hast du mal mit ihr darüber gesprochen? Vielleicht weiß sie Rat? Ist ja schließlich auch eine Frau, die mal Kinder bekommen hat.«

»Danke«, sagte ich und wehrte mit einer eindeutigen Handbewegung ab. »Die schlägt mir vermutlich vor, mit dem Beten anzufangen.«

»Wer weiß, vielleicht klappt es ja?«

»Oh, bitte, jetzt fang du nicht auch noch damit an«, sagte ich lachend.

»Keine Angst. War nicht ernst gemeint.«

»Weißt du, was mich in letzter Zeit beschäftigt, ist diese Ungerechtigkeit im Leben. Ich wünsche mir so sehr ein Baby und andere ... na ja. So ist das halt.« Ich sah kopfschüttelnd auf den grauen Fußboden.

»Habt ihr mal über eine Adoption nachgedacht?«

Ich überlegte einen Moment. »Nein, bisher nicht. Ich glaube, ich würde es erst mal anders versuchen. Aber du hast recht. Darüber werde ich irgendwann nachdenken. Aber so ganz habe ich die Hoffnung noch nicht aufgegeben.«

»Das ist gut, Kleene«, sagte er, und ich sah ihm an, wie müde er war.

»Versprich mir, dass du sie niemals aufgibst.«

»Versprochen!«

»Und, schmeckt der Wein?«, fragte ich.

»Ne. Überhaupt nicht«, sagte er und holte tief Luft. »Jetzt schmeckt mir nicht einmal mehr der.« Er blickte Richtung Fenster. Dann drehte er den Kopf zu mir. »Erzähl mir was Schönes! Vielleicht hilft das«, sagte er, nahm noch einen Schluck, stellte die Tasse weg und machte die Augen zu.

Was sollte ich ihm erzählen? Ich war komplett ideenbefreit. Und wobei sollte das helfen? Um vom schlechten Wein abzulenken? Oder was hatte er gemeint?

Ich überlegte. Dann erzählte ich von Herrn Müller, vom Fotostudio, von Louisa, dem Frühling, auf den ich mich schon freute wie Bolle, von der schönen Luft und all solchem Alte-Leute-Kram. Das war nicht wirklich interessant, aber sicher spannender als das Leben in dieser Zeltstadt.

»Was haben die Ärzte denn gesagt, wie lange du noch bleiben musst?«, fragte ich schließlich.

Opa Ernst hatte die Augen geschlossen, sein Mund stand offen, er sagte nichts. Es war still. Ich wartete noch einen Augenblick, denn bei ihm wusste man ja nie. Dann stand ich leise auf und nahm die Rotweinflasche und meinen Prosecco. Ich wollte auf keinen Fall schuld sein, wenn er Ärger mit den Ärzten bekam. Lieber brachte ich ihm beim nächsten Mal wieder etwas mit. Etwas Besseres.

An der Tür blieb ich kurz stehen und sagte ganz leise, um ihn nicht zu wecken: »Wir sehen uns bald wieder, Opa Ernst. Versprochen!« Dann ging ich und zog die Tür leise hinter mir zu.

Den Rest des Nachmittages verbrachten wir dick eingepackt am Elbstrand und danach auf dem Sofa. Ein richtig entspannter Sonntag. Bis das Telefon klingelte. Eine Minute vor Tatort-Beginn!

»Wer ist das denn?« Bob verdrehte die Augen. »Geh nicht ran!«

Aber irgendwie hatte ich das Gefühl, es könnte wichtig sein.

»Marquardt«, sagte ich und wartete, wer sich melden würde.

Es meldete sich niemand. Stattdessen hörte ich ein Nasehochziehen, auf das ich in der Lautstärke gern verzichtet hätte.

»Hallo? Wer ist denn da?«

»Hier ist Mona«, sagte Mona. »Opa Ernst ist gestorben. Er ist ganz friedlich eingeschlafen, sagen die Ärzte.«

»Aber das kann doch nicht sein ... Ich war doch eben ... Also, heute Nachmittag, da war ich noch bei ihm und ...« Ich konnte es nicht glauben. »Er war noch so lebenslustig.«

»Lebenslustig? Meinst du heute?«, wollte Mona wissen.

»Ja ... Also, nein, ich meine natürlich im Leben, da war er so lebenslustig«, stotterte ich und legte mir vor Schreck die Hand auf den Mund.

»Das stimmt. Das war er wirklich. Mama hat mich gebeten, dich anzurufen. Die Trauerfeier findet vermutlich nächsten Freitag statt. Sie sagt noch genau Bescheid, wenn sie mit dem Bestatter gesprochen hat.«

»Okay«, hörte ich mich sagen.

Mona verabschiedete sich so, wie sie sich gemeldet hatte. Sie zog noch einmal kräftig die Nase hoch. Hätten ihre Kinder das gemacht, hätten die vermutlich mächtig Ärger bekommen.

»Opa Ernst ist tot«, sagte ich, als ich wieder neben Bob auf dem Sofa saß.

»Oh, das tut mir leid«, sagte er. Das war zwar nicht viel, aber vermutlich wäre mir in dem Moment auch nicht mehr eingefallen. Aber dann kam nach ein paar Minuten doch noch was: »Einer geht, einer kommt.« Bob versuchte, aufmunternd zu lächeln. »Alte Weisheit«, erklärte er.

»Wie meinst du das?«

»Na, das sagt man doch so. Wenn ein Mensch stirbt, wird ganz oft ein anderer in der Familie geboren. Vielleicht sollten wir, auch wenn es jetzt gerade vielleicht etwas makaber klingt, positiv denken. Denn dann hätten wir doch jetzt gute Chancen«, sagte er und strich mir über den Bauch.

»Das meinst du nicht ernst, oder? Und seit wann glaubst du überhaupt an so was?«, platzte es aus mir heraus. Wie gut kannte ich eigentlich meinen Mann? Ich sah zum Fernseher, wo gerade eine Leiche aus dem Wasser gezogen wurde. Irgendwie war mir plötzlich gar nicht mehr nach noch mehr Toten.

Außerdem: Wie konnte man bei so einer Nachricht in der nächsten Sekunde an Nachwuchs denken? Oder hatte er etwa Sex gemeint? Ich schüttelte den Kopf, ging in die Küche und sah raus auf den Hinterhof, der nur durch das Licht der Wohnungen leicht erhellt wurde. Ich nahm mir eine Limo aus dem Kühlschrank, setzte mich im Arbeitszimmer vor das Regal auf den Holzfußboden und kramte in der Kiste mit den alten Fotos, die ich eigentlich schon längst mal eingeklebt haben wollte.

Warum hatte Opa Ernst mich ausgerechnet heute nach einem Baby gefragt, überlegte ich, während mir die Tränen über die Wangen liefen. Tja, er hatte schon immer eine Antenne für unausgesprochene Dinge gehabt.

16. Kapitel

Am nächsten Morgen wachte ich mit verquollenen Augen auf. Ich sah aus, als hätte ich die halbe Nacht durchgesoffen. Dabei hatte ich lediglich Limo getrunken. Und geweint.

Ich ging ins Bad und entdeckte den gelben Post-it, den ich abends noch auf den Spiegel geklebt hatte: Persona!!! Jetzt wollte ich das Ding mal ausprobieren.

Nach einem ersten, extrem ungeschickten Versuch klappte es. Ich wartete einen Moment und: rot. Ich überlegte. Rot. Das war dann ja mein persönliches Grün! Ich putzte kurz die Zähne, sah noch mal in den Spiegel, versuchte es mit kaltem Wasser, aber auch das machte kein Topmodel aus mir. Dann hüpfte ich zurück ins Bett und kroch bei Bob unter die Decke.

»Boah!«, schrie er und rutschte ein paar Zentimeter von mir weg. »Hast du kalte Hände!«

Ich rieb die Handinnenflächen aneinander und versuchte es noch mal.

»Sag mal, was soll das denn werden?«, fragte er lachend mit halb geschlossenen Augen, als würde ich ihn zum ersten Mal anfassen.

»Na, du hast doch selbst gesagt, meine Chancen schwanger zu werden sind jetzt höher«, erklärte ich und rutschte wieder ein Stück näher an ihn ran.

»Ich bin doch noch gar nicht richtig wach«, nuschelte er und drehte sich weg.

»Das können wir ganz schnell ändern«, flötete ich und verschwand in die Küche.

Mit zwei Gläsern Kaffee marschierte ich fünf Minuten später wieder ins Schlafzimmer. Bob saß inzwischen tatsächlich im Schneidersitz und tippte irgendwas in sein Telefon. Ich reichte ihm eins rüber. Als sich die Hälfte des Latte macchiato in seinem Magen und der Espresso dementsprechend in seiner Blutbahn befand, versuchte ich es ein zweites Mal mit einem Annäherungsversuch. Aber sein Handy schien spannender zu sein. Er beachtete mich kaum, egal, wie sehr ich an ihm rumfummelte. Stattdessen tippte er weiter auf dem ollen Smartphone rum.

Ich setzte mich beleidigt zurück auf meine Betthälfte und spürte, wie sich ein Anflug von Missstimmung in mir ausbreitete.

»Was ist denn?«, fragte Bob dann doch noch nach ein paar Minuten.

Ich sagte nichts, denn ich trank gerade den Rest aus meinem Glas.

»Ach, Lisa, ich bin doch keine Sex-Maschine«, fing er an und versuchte, es lustig rüberzubringen.

Das führte bei mir nicht gerade zu besserer Laune. »Ach, aber ich, oder wie? Wenn du betrunken vom Männerabend nach Hause kommst oder mittags beim Döner warst und wie die halbe Türkei nach Knoblauch stinkst oder nach dem Sport durchgeschwitzt bist – da geht es immer. Und wenn ich mal Lust habe …« Das war gelogen, überlegte ich. Nicht das mit dem Döner, aber das mit meiner Lust. Ich hatte mehr Lust auf Espresso als auf

Sex in letzter Zeit. Aber von nix kam nix, so viel wussten wir ja inzwischen. Und was hatte er denn bitte schön zu tun, außer mit mir zu schlafen? So schlimm konnte das nun auch nicht sein. Also echt. Und wenn er wollte, raffte ich mich oft genug auf, selbst wenn mir gerade nicht danach war. Ob nun aufgrund von Mittelmeerdüften oder warum auch immer.

»Und das da«, meinte ich und zeigte auf sein Handy, »könntest du bitte auch im Flur lassen, wenn wir schlafen. Oder du stellst es auf Flugmodus.«

»Was ist denn mit dir los?«

»Mit mir ist gar nichts los. Ich will diese ganze Strahlung einfach nicht im Schlafzimmer haben. Und ich würde das Ding an deiner Stelle auch nicht ständig in der Hosentasche mit mir rumtragen. Das soll nämlich gar nicht gut sein«, erklärte ich. »Da gibt es Studien, die das beweisen«, log ich ein weiteres Mal innerhalb weniger Minuten, denn in Wahrheit hatte ich keinen blassen Schimmer. »Ich meine es ja nur gut. Wenn du das ständig neben deinen kleinen Freunden hängen hast, können noch so viele Verwandte sterben, dann werde ich trotzdem nicht schwanger.«

Hatte ich das gesagt? Ich klang ja schon wie Kiki! Eigentlich glaubte ich selbst nicht dran. Nur so ein bisschen vielleicht – wenn überhaupt. Unter den »Top Ten der Gründe, zickig zu sein« war auf alle Fälle auch der Tag des Eisprungs – so viel stand schon mal fest. Vor allem, wenn keiner Interesse an dem Ei hatte. Apropos, ich sollte Herrn Müller das Frühstück servieren.

»Warte mal. Du hast ja recht«, sagte Bob und setzte sich aufrechter hin. »Ich habe mir auch schon Gedanken gemacht. Ich werde mal zum TÜV gehen.« Er sah an sich runter.

»Okay«, sagte ich erstaunt. Damit hatte ich jetzt nicht gerechnet. »Dann beschäftigt dich das also auch ...«

»Natürlich«, erklärte er und rieb sich die Augen. »Was denkst du denn? Vielleicht nicht so sehr wie dich, aber ich mache mir natürlich auch Gedanken, warum es nicht klappt. Das mit dem Persona ist bestimmt eine gute Idee, aber ich glaube, wir sollten das eine oder andere eben doch mal abchecken lassen. Das nimmt sicher etwas den Druck raus.« Bob. Mein zielorientierter Mann. »Und wenn irgendetwas sein sollte, dann können wir ja überlegen, ob wir vielleicht doch etwas nachhelfen.«

»Hmm«, machte ich und nickte. Bob hatte sich also schlau gemacht. Ich war irgendwie ganz gerührt. Bisher hatte ich nicht das Gefühl gehabt, es würde ihn in irgendeiner Form beschäftigen. Aber siehe da. Er hatte sich Gedanken gemacht.

»So machen wir es. Guter Plan!«, sagte ich und gab ihm einen Kuss.

Die Woche fing nicht gut an. Es war nass. Von den Schneemassen der letzten Wochen war nur noch brauner Matsch zurückgeblieben. Den einen Moment schien die Sonne, ging man mal kurz aufs Klo und kam wieder, regnete es. Nein, es goss. Und zwar so, dass man plötzlich doch einen Sinn darin erkannte, warum gefütterte Gummistiefel seit einiger Zeit »in« waren.

Endlich im Trockenen schüttelte ich mich wie ein nasser Hund. Dann hängte ich meine Sachen über den Garderobenständer neben meiner Ladentür und setzte Kaffee auf. Ich schnappte mir den Kalender. Mal schauen, ob Louisa Samstag Termine angenommen hat. Die konnte ich nicht entdecken, dafür aber einen Zettel, den sie geschrieben und neben die Kasse gelegt hatte:

Hi Lisa, war alles gut, Sky du Mont war da. Er wollte ein paar Schwarz-Weiß-Aufnahmen. Hab ich gemacht. Aber sonst war nix los. Umarmung, Louisa.

Aber sonst war nix los?! Ich zog den Hocker näher ran und setzte mich. Das gab es doch nicht! Das konnte man ja beinahe schon persönlich nehmen. Da kam er tatsächlich noch mal, und ich war schon wieder nicht da. Wie die Königskinder! Erst dieser Regenguss und jetzt das. Hoffentlich war es kein Zeichen. Im Gegensatz zu meiner Mutter war ich wie gesagt aus unerfindlichen Gründen abergläubisch, jedenfalls ein bisschen. Und wenn eine Woche schon so anfing, konnte das nichts Gutes verheißen. Ich griff in meine Tasche und kramte mein Handy raus. Mal sehen, was mein Horoskop zu diesem Wochenstart sagte. Löwe: *Abgesehen davon, dass Sie gewissen Stimmungsschwankungen ausgesetzt sein können, präsentiert sich diese Woche freundlich. Zeigen Sie sich einfach von Ihrer sanften, einfühlsamen Seite. Häuslicher und partnerschaftlicher Harmonie steht nichts im Wege!*

Woher wissen die denn, dass ich Stimmungsschwankungen haben könnte? »So ein Käse«, dachte ich laut und legte das Handy wieder weg. Dann ging ich nach hinten und wollte mir Kaffee holen. Den dritten.

Weit kam ich nicht, denn das Telefon klingelte.

»Fotostudio Marquardt, guten Tag, was kann ich für Sie tun?«

»Guten Tag. Ich bin auf der Suche nach einer attraktiven Begleitung für heute Abend. Ich würde gern essen gehen. Hätten Sie eventuell noch Zeit?«, säuselte Bob in den Hörer, als wäre er mein heimlicher Liebhaber. Wollte er etwas nachholen?

»Klar, wann passt es Ihnen denn?«, fragte ich und überlegte, was ich anziehen könnte – abgesehen von Gummistiefeln.

Ich hätte doch die Hose mit dem Gummizug nehmen sollen, dachte ich, als ich nach dem zweiten Gang nicht mehr wusste, wie ich bequem sitzen sollte. Dabei hatte die Lederhose doch kürzlich oben rum noch so geschlappert. Komisch.

Im Nil war, soweit ich das überblicken konnte, jeder Tisch besetzt. Davon bekam man allerdings nicht allzu viel mit. Das war der Vorteil an diesem Restaurant. Es verteilte sich über mehrere Ebenen: Zwei Emporen und das Souterrain, zu dem eine Treppe am Ende des Raumes führte. Wir saßen im Erdgeschoss unten rechts, an dem großen Fenster, von dem aus man zu der Straße Schulterblatt sah.

»Noch Wasser«, fragte die Kellnerin und hielt mir die Flasche hin.

»Ja, gern«, antwortete ich und überlegte, ob eigentlich was dran war, dass ein »Verteiler« in solchen Momenten half oder ob das nur ausgemachter Blödsinn war.

Ich machte es mir auf der Bank gemütlich – so gut es ging. Bob sah mich an, als hätte er sich gerade frisch verliebt. So hatte er mich schon lange nicht mehr angeschaut. Und das, obwohl ich mich gerade alles andere als sexy fühlte.

»Warst du beim Friseur?«, fragte ich und betrachtete seine Haare.

»Ja, heute Mittag kurz in der Pause«, erklärte er und nahm einen Schluck Rotwein.

Ich nippte immer noch an meinem Prosecco herum.

»Gibt es eigentlich einen Grund zu feiern?«, fragte ich neugierig, denn mir fiel keiner ein.

»Ja«, sagte Bob und hob sein Glas.

»Oh«, machte ich neugierig und hob mein Proseccoglas an.

»Ich liebe dich.«

»Machen wir das jetzt immer so, wenn die Persona-Ampel auf Rot steht?«, flüsterte ich Bob zwei Stunden später ins Ohr, als wir nackt auf dem Teppich vor der Couch lagen.

»Gerne«, sagte er, küsste mich und griff nach seinen Klamotten, die in einem Umkreis von drei Metern um uns herum lagen.

»Das wird aber teuer«, stellte ich fest und drehte mich auf den Rücken.

»Warum? Vielleicht gibt es ja gar nicht mehr so viele rote Tage. So wie du mich eben …«

»Bob!«

»Was denn? Hört doch keiner zu«, meinte er und schlüpfte in seine Boxer-Shorts.

»Prima, prima«, krächzte Herr Müller.

»O Gott! Den hab ich ja völlig vergessen!«, erschrak ich, setzte mich mit einem Satz auf und verschränkte die Arme vor der Brust.

Bob lachte. »Hast du Angst, er könnte irgendwem erzählen, was er eben gesehen hat?«

»Ja! Allerdings!«

Das Telefon klingelte. Wer rief so spät noch an?

Bob, der gerade auf dem Weg war, um seinen Pyjama zu holen, ging ran. »Ja?«

Stille.

»Okay, ich …«

Stille.

»Ich sag Be…«

Stille.

»Ja, mach …«

Stille.

»Danke. Tschüss.«

Das konnte ja nur meine Mutter gewesen sein. Wenn sie etwas Wichtiges zu sagen hatte, schaffte man es in der Regel nicht, drei Wörter am Stück zu sagen.

»Das war deine Mutter«, erklärte Bob, während er zurück ins Wohnzimmer kam.

»Ach ne«, meinte ich und sammelte meine Klamotten ein.

»Freitag um 10 Uhr ist die Trauerfeier. Wir treffen uns eine halbe Stunde vorher vor Kapelle 11 auf dem Ohlsdorfer Friedhof.«

»Gut, dann ruf ich mal Louisa an, ob sie Zeit hat.«

17. Kapitel

Louisa hatte Zeit. Nur uns rannte sie langsam weg. Und das lag unter anderem daran, dass wir offenbar einen Rohrbruch in unserer Straße hatten. Zumindest war das Wasser in der Dusche eiskalt gewesen.

Nun standen wir also vor Kapelle 11. Allein. Und weder meine Schwester noch meine Mutter noch sonst irgendwer, der ein Handy besaß, hatte es angestellt. Wozu wurden diese Dinger eigentlich erfunden?

»Und du bist ganz sicher, dass sie Kapelle 11 gesagt hat?«

»Ja!«

Ich sah auf die Uhr. Es war 9:45 Uhr. Die Kapelle war abgeschlossen. Pastoren, Priester oder was auch immer nicht in Sicht. Hier stimmte was nicht.

Bob setzte sich auf die einzige Bank, die es hier gab, nahm sein Smartphone aus der Jacketttasche und fing an darauf rumzutippen.

Ich holte extra tief Luft und sah ihn vorwurfsvoll an – was er leider nicht mitbekam. Super Unterstützung!

Kopfschüttelnd marschierte ich die »Hauptstraße« runter, die mit Sicherheit einen anderen Namen hatte – ich kannte ihn nur nicht –, und sah mich nach Menschen um, die man hätte fragen können. Niemand zu sehen. Ich lief eine ganze Weile. Doch, da nahte vielleicht Rettung! Ein grünes Männchen mit Mütze und Schubkarre rollte auf mich zu. Er erinnerte mich ein wenig an einen von den sieben Zwergen. Das lag vermutlich an seiner nicht vorhandenen Größe und dem kleinen, strubbeligen Ziegenbart, den er am Kinn trug.

Nach kurzer Erklärung griff er in die grüne Latzhose, holte ein Handy raus und rief irgendwo an. Auf die Idee hätte ich auch kommen können.

»Ja, moin, hier Knut, sach ma, hier is ne Dame, die sucht ihren Opa. Ne, nicht das Grab, die Kapelle.« Er sah mich fragend an. »Wie war der Name noch?«

»Ernst-Otto Marquardt.«

»Marquardt.«

Pause.

»Okay, Kapelle 10, 11 Uhr. Okidoki, sach ich ihr. Jo, mach ich. Hau die Hühner, Kalle. Bis denne!«

Die Hühner?

»Also, Ihr Opa is in Kapelle 10.«

Ich bedankte mich, ging die Hauptstraße zurück und ärgerte mich über Bob. Dass er viel zu viel im Kopf hatte, war nicht neu. Aber dass er ausgerechnet Uhrzeit und Kapelle der Trauerfeier meines Opas durcheinanderbrachte – das schrie ja geradezu nach Urlaub und Erholung! Gott sei Dank waren wir zu früh und nicht zu spät.

»Sag mal, was ist denn mit DIR los?«, begrüßte er mich, als ich wieder vor ihm stand. »Wieso bist du denn einfach abgehauen, ohne was zu sagen?«

Aha, da hatte er offenbar doch mal von seinem Handy aufgeschaut, als ich die Straße runter verschwunden war.

»Wenn du es dir gleich richtig gemerkt hättest, wo die Trauerfeier ist, hätte ich nicht den halben Friedhof nach

Hilfe absuchen müssen«, konterte ich und öffnete meine schwarze Jacke. Jetzt war mir warm.

Es war kurz nach 10 Uhr. Wir gingen die Straße entlang zu Kapelle 10, die sich leider am anderen Ende des Friedhofs befand. Dort angekommen, setzten wir uns auf eine Bank. Ich musste für ein paar Minuten meine Stiefeletten ausziehen, die an allen Ecken und Enden drückten. Ich hatte sie zwar seit ein paar Jahren nicht getragen, aber davor hatten sie super gepasst. Komisch. Ich legte meine schmerzenden Füße bei Bob auf die Beine. Da blieben sie leider nicht lange. Denn er stand auf. Meine Eltern und Mona samt Anhang stiegen gerade aus ihren Autos.

»Warum hast du keine Schuhe an?«, fragte meine Mutter mich kopfschüttelnd und nahm Bob in den Arm. Schwarz stand ihr nicht, dachte ich erschrocken. Sie sah enorm alt und mitgenommen aus. Mein Vater steckte in einem Anzug, den er anscheinend das letzte Mal zu seiner Konfirmation getragen hatte. Die Hose war mindestens drei Zentimeter zu kurz. Außerdem war der Anzug blau und nicht schwarz.

»Na, bist du gewachsen, Papa?«, neckte ich ihn und sah zum Hosenbund runter.

Meine Mutter marschierte Richtung Eingang, wir hinterher.

In der Kapelle, in der es deutlich kälter war als draußen in der Sonne, stand der Bestatter mit zusammengefalteten Händen vorm Altar. Er sprach uns der Reihe nach sein Beileid aus.

Kaum hatte ich das überstanden, zupfte Mona wie wild an meinem Ärmel und zog mich ein Stück beiseite. »Sag mal, hast du es schon gehört?«

»Was denn?«, fragte ich.

»Bei Opa Ernst hat man Rotwein in der Tasse gefunden.«

Ich stellte mich dumm. »Wie? Rotwein? In welcher Tasse? Zu Hause in seinem Zimmer? Und das wundert dich? Er war dreißig Jahre Single, da kann man sich doch mal einen genehmigen.«

»Nein, in der Schnabeltasse. Im Krankenhaus.«

»Ach, das war bestimmt nur Traubensaft.«

»Nein, echter Rotwein!«, flüsterte meine Schwester sichtlich empört zurück. Ich ahnte, wo uns das hinführen würde. Das einzig Gute war, dass wir uns in einem Gotteshaus befanden, und da durfte man sich ja bekanntlich nicht laut streiten. Das würde sie davon abhalten, mir lauthals Vorwürfe zu machen, hoffte ich. Die alte Petze.

»Woher willst du das wissen? Hast du etwa aus seiner Schnabeltasse getrunken?«, fragte ich und musste fast lachen.

»Natürlich nicht. Aber wenn der Oberarzt es sagt, dann wird es wohl stimmen«, meckerte sie zurück.

Oh, der Oberarzt.

In dem Moment kam Ernst. Er wurde auf einem fahrbaren Untergestell durch die Seitentür in die Kapelle gerollt. V.I.P-Eingang, sozusagen. Warum auch immer, meine Mutter hatte sich für Plexiglas-Säulen entschieden, auf die der dunkelbraune Sarg samt Blumenschmuck nun von vier Männern gehieft wurde. Eine größere, eine kleinere. Somit stand der Sarg leicht schräg. Es sah aus, als würde er schweben. Es hatte etwas Leichtes, obwohl der Sarg samt Inhalt sicher alles andere als das war.

Kaum fing die Orgel an zu spielen, musste ich heulen.

Was an sich nicht schlimm oder unnormal auf einer Trauerfeier war. Ich hatte nur nicht daran gedacht, Taschentücher einzustecken.

Als ich am nächsten Morgen aufwachte, hatte ich immer noch dieses Völlegefühl von zu viel Kuchen und Kartoffelsalat mit Würstchen – die es abends noch bei meinen Eltern gegeben hatte. Zum krönenden Abschluss sozusagen. Vom Kirschwasser ganz zu schweigen. Die Katholische Kirche und Kirschwasser gehörten zu meiner Familie wie Alster und Michel zu Hamburg.

Wir hatten alte Fotos von Opa Ernst rausgeholt, Tante Elsa hatte ein paar Geschichten aus ihrer Kindheit erzählt, die wir natürlich alle schon kannten, und mein Vater hatte sich irgendwann in den Garten gestellt und den Horizont gesucht. Oder was auch immer. Fernweh nennt man das wohl.

Er wurde auch alt, stellte ich überrascht fest, als ich beobachtete, wie er da stand. In seinem zu kurzen blauen Anzug, die Hände in den Taschen, das Haar grau.

Es war Samstag kurz nach 9, die Sonne schien.

Auf dem Küchentisch lagen die alten Schwarz-Weiß-Aufnahmen von Opa Ernst, die Heidrun mir geschenkt hatte. Opa Ernst in Uniform, im Wald liegend, im Mundwinkel eine Butterblume. Der alte Charmeur. Ich würde eine Reproduktion von dem Bild machen und es etwas größer abziehen lassen. Irgendwo auf dem Dachboden waren noch alte, vergoldete Rahmen, die ich vor zig Jahren auf einem Flohmarkt gekauft hatte. Von denen würde ich einen nehmen. *Ach Opa*, dachte ich und sah ihn dabei an. *Was für ein aufregendes, langes Leben du hattest.*

18. Kapitel

Zwei Wochen später standen gleich zwei Dinge fest. Erstens, dass Bob mit seinen Binsenweisheiten nicht recht behalten sollte. Von wegen, einer geht und einer kommt. Bei mir war nur eines gekommen: der Beweis, dass ich nicht schwanger war. Und zweitens, dass seine kleinen Kerle wohl nicht die schnellsten waren. Das hatten wir jetzt schwarz auf weiß.

Wir saßen gerade im Bett und tranken frisch gepressten O-Saft. Es war schließlich Wochenende. Bob hatte mir das Schreiben des Arztes in die Hand gedrückt. Ich versuchte irgendwie daraus schlau zu werden. Was nicht klappte.

»Sag mal«, fragte ich neugierig, »wann hast du das eigentlich machen lassen, dieses Spermio…«

»…gramm«, ergänzte Bob. »In der Mittagspause letzte Woche.«

»In der Mittagspause«, wiederholte ich und musste bei der Vorstellung lachen, dass seine Kollegen alle schick in der Hafencity essen gingen, während Bob … nun ja.

»Und wie war das? Erzähl mal«, forderte ich ihn auf.

»Total skurril. Ich bekam einen Plastikbecher und musste in einen Raum, der aussah wie ein Hotelzimmer. Mit Ledersofa, Fernseher, DVD-Player. Da durfte ich es mir gemütlich machen.«

»Und dann hast du an mich gedacht?«, fragte ich, zwinkerte ihm zu und rutschte mit meinem nackten Bein ein Stück näher an seines.

»Natürlich nicht!«

»Wieso nicht? Woran denn sonst?«

»Na, ich hab mir einen von den Filmen angesehen.«

»Echt?!«

»Na klar. Das geht einfach schneller«, erklärte er und streichelte mir übers Bein, welches ich in der Sekunde zurückzog. »Was hast du denn?«, wollte er wissen.

»Das ist ja, als wenn ich beim Sex mit dir an einen anderen Mann denke.«

»Tust du das nicht manchmal?«

»Nein!«, log ich und griff nach dem Glas Orangensaft. Ich trank den Rest in einem Rutsch, dann stellte ich das leere Glas wieder zurück.

»Dann liegt es also an dir«, stellte ich fest und sah noch mal auf das Schreiben des Arztes.

»Was?!«

»Dass ich nicht schwanger werde.«

»Na, das kann man so nicht sagen.«

»Aber wenn dieses Spermio Dingens Bummes hier schlecht war?«

»Ich habe nur gesagt, dass das Ergebnis nicht *optimal* ist. Es kann auch einfach daran liegen, dass ich in den Tagen davor zu viele säurehaltige Lebensmittel zu mir genommen habe. Oder am Abend zuvor ein Gläschen zu viel getrunken habe oder …«

»Woher weißt du das?«, unterbrach ich ihn.

»Das … das hat mir eine Kollegin erklärt«, sagte Bob und versuchte schnell abzulenken. »Logische Schlussfolgerung ist demnach: Man kann das Ganze auch positiv beeinflussen, indem man einfach ein paar Dinge umstellt!«

»Du sprichst mit deiner Kollegin über dein Sperma?!« Ich konnte es nicht fassen. Für so weltoffen hatte ich Bob nicht gehalten. »Ihr redet in der Mittagspause darüber, wie sich die Qualität deines Erbguts beeinflussen lässt? Zwischen zwei Stücken Pizza?«, fragte ich entsetzt. Was für eine absurde Vorstellung.

»Sushi. Wir waren beim Asiaten.«

»Aber du bist dir sicher, dass du mit mir ein Kind willst und nicht mit ihr?«

»Lisa!«

»Ich frag ja nur. Und was machen wir jetzt? Willst du deine Ernährung umstellen, oder was tun wir?« Vielleicht hatte seine Kollegin ja noch eine gute Idee in petto. Ich war richtig eifersüchtig. Jawohl. Das gab es doch gar nicht. So was! Ich musste unbedingt demnächst mal wieder im Büro vorbeischauen. Rein zufällig natürlich. Duftmarken setzen sozusagen.

»Wie wäre es, wenn wir es mit dem Persona noch, keine Ahnung, sagen wir mal drei oder vier Monate versuchen. Maximal. Und wenn es dann wirklich nicht klappt, holen wir uns einen Termin in der Kinderwunschpraxis. Der Arzt meinte, es könnte der Grund sein, dass es bisher nicht geklappt hat, muss aber nicht. Meine Spermien wären zwar nicht die schnellsten, das Ergebnis läge aber im Rahmen des Möglichen. Nachhelfen geht natürlich immer. Was meinst du?«

Tja, was meinte ich? Gute Frage. Irgendetwas hielt mich innerlich davon ab, in so eine Kinderwunschpraxis zu gehen. Keine Ahnung, was es war. Angst war es nicht, es war etwas anderes. Ein ungutes Gefühl. Ich konnte es nicht genau sagen.

»Ja, ich glaube, ich würde es wirklich lieber noch mit dem Persona probieren, bevor ich da hinrenne.«

»Hast du Bedenken?«

»Nein, ich weiß auch nicht. Auf der einen Seite würde ich natürlich gern schon im dritten Monat sein und demnächst das Kinderzimmer einrichten, aber auf der anderen Seite … Ich hätte es einfach lieber, wenn es so passiert und nicht irgendjemand mein Kind im Reagenzschälchen zusammenrührt.«

»Dann lass es uns so machen«, meinte Bob.

»Gut.«

Ich stand auf, ging in die Küche, nahm das Obst für Herrn Müller aus dem Kühlschrank und ging damit zu ihm ins Wohnzimmer. Irgendwie tat er mir leid, wie er da so allein in seinem Käfig saß und darauf wartete, dass etwas passierte.

»Weißt du was, Herr Müller? Ich kauf dir eine Frau«, sagte ich mit feierlicher Stimme und öffnete seine Käfigtür. »Irgendwelche Wünsche bezüglich Federfarbe oder Figur? Nein? Dann schaue ich mal, was ich finde. Ich verspreche dir, ich bringe was Hübsches mit. Ehrenwort. Und dann ist Schluss mit Langeweile. Dann kommt mal Schwung in die Bude.«

Ich machte das Radio an, schlüpfte aus meinem Pyjama und ging duschen.

Von meiner Mutter hatte ich ja einiges geerbt, worauf ich getrost verzichten könnte, überlegte ich, während ich mich einschäumte. Nur eines anscheinend nicht: ihre

Fruchtbarkeit. Aber wer weiß, vielleicht lag es ja wirklich an Bob.

Tja, der eine denkt, er kriegt ein Kind und bekommt zwei. Und andere denken, sie kriegen mal eins und kriegen keins. Zumindest nicht auf Anhieb. Dabei hatte bisher doch immer alles geklappt, was ich mir vorgenommen hatte. Vielleicht sollte ich heute Abend doch mal in dieses Yoga-Buch schauen. Schaden konnte es ja nicht.

Es war mal wieder Montag. Auf dem Tresen im Laden begrüßte mich ein Haufen Aufträge, der sich in der vergangenen Woche angesammelt hatte. Na, da musste ich ja nicht lange überlegen, was ich als Erstes tat – nachdem ich mir einen Kaffee gemacht hatte.

Ich war gerade hinten in meiner Allround-Alleskönner-Abstellkammer verschwunden, um den Kaffee aufzusetzen, als ich jemanden »Hallo« sagen hörte.

»Ich komme gleich!«, rief ich zurück und machte in Ruhe weiter. Während ich zurück ins Studio ging, wühlte ich mit der Hand in meiner Hosentasche. Ich war fest davon überzeugt, dass ich in genau dieser pinkfarbenen Chino noch Bonbons hatte. Ich hätte es schwören können.

Und während ich völlig in Gedanken in Richtung Verkaufstresen ging, traf mich der Schlag: Sky du Mont! Live und in Farbe. Hier und jetzt. In meinem Fotostudio! Hätten Udo und Louisa nicht gesagt, dass er schon zweimal da gewesen war, wäre ich von einer neuen Folge von »Verstehen Sie Spaß?« ausgegangen.

Verlegen nahm ich meine Hand aus der Hosentasche und hielt sie ihm entgegen. »Hallo!« Seit wann gab ich meinen Kunden die Hand? Egal.

»Hallo. Ich hatte hier Aufnahmen machen lassen für eine Lesung, und Ihre charmante Kollegin hatte mir gesagt, ich könne sie jetzt abholen.«

»Lesung«, wiederholte ich völlig ferngesteuert und dachte dabei etwas ganz anderes: Wie konnte ein so großer Mann so unfassbar weiche, zarte Hände haben? Die waren nicht von dieser Welt! Gott im Himmel, wenn es dich wirklich gab, dann … hattest du mich erhört. Ich schwärmte für diesen Mann, seit ich auf der Welt war! Mein Gedanke wurde von Sky du Monts Blick unterbrochen. Er sah auf seine Hand, diese warme, weiche Hand, die ich immer noch festhielt.

Ich folgte seinem Blick, schaute ebenfalls auf unsere Hände – und in der Sekunde sah ich noch etwas: das Stück o.b.-Folie, das sich um meinen Finger gewickelt hatte. Den Mittelfinger. Nicht der durchsichtige Teil, der die O.b.s oben und unten umwickelte. Nein, warum auch? Natürlich der Mittelstreifen mit dem blauen Aufdruck. Ich ließ seine Hand los und versuchte, die Folie unauffällig zu entfernen, was nicht ging, denn das dumme Ding war irgendwie elektrisch aufgeladen und sah gar nicht ein, warum es mich verlassen sollte. Es klebte wie UHU an mir. Egal, wo ich es hinwischte, es fiel nicht ab.

»Ihre Bilder, ja, einen Moment … ich sehe gleich mal nach«, stotterte ich.

Ich ging ein paar Schritte rückwärts, um hinter meinem Rücken das Ding von meinem Finger zu entfernen.

Sky sah mich an, als wäre er sich nicht sicher, was er von mir halten sollte. Ich verstand das nur allzu gut. Ich war mir ja selbst nicht sicher.

»Dann schauen wir doch mal«, sagte ich und spürte, dass mein Finger frei von jedem Plastik war. Blieb die Frage, wo sich das gute Stück jetzt befand. Egal. Hauptsache, es war weg. Ich sah noch einmal kurz auf meine Hand. Vertrauen ist gut, Kontrolle ist besser.

»Alles in Ordnung?«, fragte Sky mit einem Blick, den ich nicht interpretieren konnte.

»Ja, alles … super!« Ich drehte mich zu den Schubladen hinter dem Tresen um. Gott, wie peinlich!

Dann sah ich alles unter »D« durch. Nichts. Ich guckte unter »S«. Auch nichts. Dann »M«. Da war auch nix.

»Wie groß sind die Abzüge denn?«, fragte ich mich umdrehend.

»In Posterformat. Vielleicht so.« Sky zeigte mit seinen Händen die ungefähre Größe.

»Ah, alles klar, dann brauche ich hier nicht weiter zu suchen. Dann ist es da«, erklärte ich und ging in die Ecke rechts, in der die größeren Formate standen. Bingo. Da war es. Eingepackt in einen braunen Umschlag aus hartem Karton.

»Wollen wir doch mal schauen«, sagte ich, öffnete den Umschlag und zog raus, was drin war: eine schöne Schwarz-Weiß-Aufnahme von Sky du Mont, der ein Buch in der Hand hielt. Er saß auf einem der weißen Holzwürfel, hatte die Beine übereinandergeschlagen und blickte direkt in die Kamera. *Super Licht*, dachte ich. Louisa war wirklich gut! Dann sah ich auf das Buch, das er in der Hand hielt, und versuchte zu entziffern, was es war. Oh, es war sein eigenes.

»Sorry, aber ich wusste gar nicht, dass Sie auch schreiben«, sagte ich zu meiner Entschuldigung.

»Kein Problem. Wenn Sie mögen, bringe ich Ihnen nächstes Mal ein Exemplar mit«, sagte er lächelnd, und ich hätte fast schon wieder vergessen, wer ich war und was ich hier tat.

»Wie sind Sie eigentlich auf mich, also, auf mein Studio gekommen? Es liegt ja nun nicht gerade an einer Hauptverkehrsader.«

»Ich gehe immer bei Ihnen vorbei, wenn ich einen Freund besuche, der in der Vereinsstraße seinen Friseursalon hat. Und Ihre Bilder im Schaufenster haben mich einfach angesprochen. Vor allem das mit der Dame und der Kaugummiblase. Echt super«, lobte er.

Als ich wieder allein im Laden war, schnappte ich mir Kaffee und Handy. Mein Glücks-Gen war also doch nicht ganz verschwunden! Ich sah auf die Uhr. Vera müsste jetzt eigentlich Pause haben.

»Vera!«, rief ich zehn Sekunden später in den Hörer.

»Was schreist du denn so? Ich weiß, wie ich heiße«, meinte Vera am anderen Ende.

»Stell dir vor: Sky du Mont war bei mir im Laden.«

»Was?!«, schrie jetzt Vera. »Und was wollte er?«

»Dreimal darfst du raten. Zwei Liter Milch und drei Pfund Äpfel waren es nicht.«

»Du hast ihn fotografiert? Cool!«

»Nein, leider nicht. Er hat seine Bilder abgeholt. Louisa hatte ihn vorletzten Samstag fotografiert«, erklärte ich.

»Warum hast du ihr das nicht verboten? Promis macht nur die Chefin! Das würde ich ihr aber mal klarmachen! Und? Erzähl mal! Wie ist er?«

Ich schwärmte von seinen Händen, seiner Ausstrahlung, seinen …

»Lisa?«, unterbrach mich Vera. »Ist bei dir und Bob alles in Ordnung?«

»Ja! Wie kommst du denn jetzt darauf?!«

»Na ja, ich dachte nur«, meinte Vera.

Auf der anderen Straßenseite schob eine gestresst wirkende Frau einen Kinderwagen samt Inhalt an den Geschäften vorbei. Der Inhalt schrie.

»Sag mal, wie lange hat es eigentlich bei dir gedauert, bis du schwanger warst«, wollte ich wissen, während ich der Frau mit der Alarmanlage im Wagen hinterhersah.

»Also ehrlich gesagt, ich habe nicht so darauf geachtet. Beim ersten Mal war es irgendwie recht rasch. Nach, keine Ahnung, ein oder zwei Monaten. Und die anderen beiden waren ja eher Unfälle.«

»So einen Unfall hätte ich auch gern mal.«

»Ach Mensch, Süße, das beschäftigt dich ganz schön, oder?«

»Ja, irgendwie schon. Ich warte ja auch nicht erst seit gestern. Und je länger ich warte, desto mehr konzentriere ich mich darauf. Ich muss ständig daran denken. Entweder warum ich *nicht* schwanger werde oder *wie* ich es werde. Worüber habe ich eigentlich früher den ganzen Tag so nachgedacht?«

»Kann ich irgendetwas für dich tun?«

»Ja, mich schwängern«, meinte ich und wusste, Vera würde gleich loslachen.

Tat sie aber nicht. »Hmmm«, war alles, was ich hörte. Sie schien nachzudenken.

»Wir warten jetzt noch ein paar Wochen, dann werden wir wohl doch mal einen Antrag auf Nachhilfe stellen.

Wenn wir es nicht alleine hinkriegen«, erklärte ich und nahm noch einen Schluck Kaffee.

»Das ist bestimmt eine gute Idee. Du musst ja nicht gleich die harte Tour machen, es gibt ja auch Inseminationen. Das ist halb so wild, meint meine Kollegin. Du wirst schon sehen!«

»Ja, mal schauen. Sag mal, was macht ihr am Wochenende? Vielleicht kannst du mich auf andere Gedanken bringen.«

»Klar! Gern. Das wird sicher kein Problem. Drei Kinder reichen völlig aus, um nicht mehr an sich selbst zu denken. Glaub mir! Lass mich mal überlegen. Am Wochenende haben wir nichts weiter vor. Wollt ihr zum Brunch kommen? Sonntag? Vielleicht bleibt es ja so schön. Dann können wir danach noch einen Spaziergang machen und mal in Ruhe quatschen, falls die Männer uns die Kinder vom Hals halten.«

»Perfekt!«

Nachdem wir das Gespräch beendet hatten, sah ich in den Kalender. Der nächste Termin war erst in zwei Stunden. Ich klappte den Rechner auf und googelte nach »Insemination«.

Drei Minuten später war ich schlauer. Das Prinzip war einfach: Bob durfte sich noch einen dieser Filme ansehen, bei denen er nicht an mich dachte, anschließend kämen die Schlechten ins Kröpfchen, die Guten ins Töpfchen – beziehungsweise zu mir. Das Ganze konnte man hormonell unterstützen, musste man aber nicht. Klang wirklich nicht so schlimm, überlegte ich. Aber ein »Huch, es hat geklappt! Ich bin schwanger, Schatz!« wäre mir irgendwie trotzdem lieber.

Ich gab »Fruchtbarkeitsyoga« in die Suchmaschine ein. Es gab eine Website zu dem Buch. Eine Frau in heller Kleidung war abgebildet, die anscheinend zeigte, was man machen sollte. Sie lag mit dem Rücken auf dem Boden, hob, wie das nächste Bild zeigte, das Becken und senkte es wieder. »Love with mother earth« übertitelte die Übung. Neben dem Bild stand: *Sage laut »Ong« beim Ausatmen!* Na, wenn es sein musste. Ich nahm noch kurz einen Schluck Kaffee. Dann sah ich aus dem Schaufenster. War ja eh gerade nichts los. Warum dann nicht etwas für die eigene Fruchtbarkeit tun? Ich legte mich dort, wo sich sonst die Kunden befanden, vor den Hintergrundrollen auf den Holzfußboden, zog die Füße an und fing an das Becken zu heben und zu senken. Puh! War das anstrengend! Hilfe. Ach, ich sollte ja noch was sagen, richtig! Fast vergessen. »Ong!«, sagte ich laut und noch mal: »Ong.« Bei jedem Ausatmen.

Nach 30 Sekunden versagte mein Deo. Nach 40 Sekunden stand jemand neben mir und fragte, was ich da machte. Es war Bob.

»Himmel, hast du mich erschreckt!«

»Besser ich als irgendein Kunde. Was machst du da? Brauchst du Hilfe?«

»Ich mache Liebe mit Mutter Erde!«, sagte ich lachend.

»Ah, ach so. Dass ich da nicht allein draufgekommen bin. Vielleicht machst du mal wieder mit mir Liebe. Bringt mehr.«

»Vielleicht. Fragt sich nur, wem.«

»Was soll das denn heißen?«

»Gar nichts. Aber diese Übung hier …«, erklärte ich, während ich mich wie ein Walross auf die Seite rollte und langsam hochkam. »Puh.« Erst mal tief Luft holen. Ohne Ong. »Diese Übung kann die Fruchtbarkeit steigern. Und das kannst du sicher nicht mit deinen *Übungen.*«

Ich überlegte, ob in seinem Satz ein kleiner Hinwies versteckt gewesen war, dass ich zu selten mit ihm schlief. Konnte doch gar nicht sein. Also, mir reichte es jedenfalls vollkommen.

»Was machst du eigentlich hier?«, fragte ich.

»Ich wollte dich überraschen. Hatte gerade einen Termin in der Nähe, und da dachte ich, wir gehen vielleicht zum Thailänder und essen zusammen Mittag? Lust?«

»Ja klar«, sagte ich und gab ihm einen Kuss.

»Na, da hab ich ja Glück gehabt.«

»Allerdings. Es gibt übrigens auch für Männer Übungen, die …«

»Danke. Lass uns essen gehen«, winkte Bob lachend ab.

»Kennen Sie denn das Geschlecht von Ihrem Vogel?«, fragte mich die Zoofachangestellte, als ich abends vor einer Wand aus Käfigen stand und erklärte, dass ich eine Frau bräuchte für Herrn Müller. Eine Papageiin sozusagen.

»Das Geschlecht von Herrn Müller?«, fragte ich und stellte überrascht fest, dass ich mir darüber nie Gedanken gemacht hatte. Er war mir ja schließlich als »Herr« vorgestellt worden und nicht als »Frau Müller«. Oder war er in Wahrheit eine Frau? Eine Transe? Hmm. Das ganze bunte Federzeug würde ja dazu passen.

»Also, ehrlich gesagt habe ich da bisher nicht nachgesehen«, meinte ich und wurde sofort aufgeklärt, dass das auch nichts gebracht hätte, da man »da« eh nichts erkennen würde.

»Aha, woran erkennt man es denn dann?!«

»Gar nicht. Das weiß man«, sagte die stämmige Frau in dem dunkelgrünen Kittel, die ich auf Ende fünfzig schätzte. »Das Beste ist, Sie lassen bei Ihrem Tierarzt einen Test machen. Dann kann er auch gleich sehen, ob das Tier gesund ist. Im Anschluss hätten wir dann noch unsere Hochzeits-Suite anzubieten.«

»Ich hatte eigentlich nicht vor, den Tierarzt zu heiraten«, sagte ich und sah mir die Vögel hinter den Gitterstäben an. Schwarzschulter-Edelpapagei, Kongo-Graupapagei, Gelbwangenkakadu ...

»Nicht für Sie! Für Ihren Vogel und die Dame seiner Wahl«, korrigierte sie mich. »Es ist wichtig, dass sich Ihr Papagei seine Braut selbst aussucht. Wir wollen ja schließlich auch nicht irgendwen vor die Nase gesetzt bekommen, oder?«

Ich schüttelte den Kopf. Um Gottes willen. Das hier war ja Deutschland und nicht ... Egal.

»Und deshalb wäre es gut, Sie würden den Herrn Meyer ...«

»Müller.«

»Entschuldigung, den Herrn Müller mal mitbringen, und dann schauen wir mal, bei wem es funkt. Duschen Sie ihn denn auch regelmäßig?«

»*Duschen?*« Ich dachte an die arme Braut, die einen miefigen Bräutigam in den Käfig gesetzt bekam. Das will ja auch keiner.

»Papageien benötigen nicht nur eine hohe Luftfeuchtigkeit im Raum, sondern auch regelmäßig eine Dusche. Nehmen Sie ihn einfach mit ins Bad. Er wird es lieben!«

»Das glaube ich sofort. Der alte Spanner … äh … Entschuldigung. Ich wollte sagen, der alte Spinner. Er ist nämlich wirklich ein Scherzkeks, wissen Sie, der Herr Müller. Also, dann erst mal vielen Dank«, sagte ich und verschwand Richtung Ausgang.

Mit Vogelkeksen, einem Buch über Papageien und einem tierisch schlechten Gewissen kam ich um kurz vor halb acht nach Hause. Ich sollte mich wirklich mal besser informieren. Im Grunde wusste ich gar nichts über dieses Federvieh.

»Na, wo kommst du denn her? Hast du noch Hunger? Ich hab gekocht«, begrüßte Bob mich mit einer geöffneten Flasche Bier in der Hand, gab mir einen Kuss und ging weiter ins Wohnzimmer. Er hatte seinen braunen Kapuzenpulli mit dem St.-Pauli-Emblem und seine Baumwollhose an. Ein sicheres Indiz dafür, dass er es sich auf dem Sofa gemütlich machen würde. Entweder lief heute Fußball, James Bond oder Harry Potter. Alles Dinge, die nicht zu unseren liebsten Gemeinsamkeiten gehörten.

»Ich war in der Zoohandlung«, sagte ich und legte erst mal ab.

Herr Müller lugte um die Ecke in den Flur, kam anspaziert und sah mit schrägem Kopf zu mir hoch.

»Sorry, ich habe keine Frau für dich mitgebracht«, erklärte ich achselzuckend. »Aber ich habe gute Nachrichten: Du darfst sie dir selbst aussuchen! Wie findest du das? Außerdem habe ich ein Trostpflaster. Schau mal.« Ich wühlte in der Tüte, »Kekse!«

Herr Müller, der vermutlich eh nicht wusste, was eine Frau war, geschweige denn ahnte, dass es so was wie ihn noch mal auf dieser Welt gab, vergnügte sich mit den grünen Keksen, die ich ihm aus der Zellophantüte holte. *Männer sind so schnell zufriedenzustellen*, dachte ich und sah erst zu Herrn Müller runter, der mir den Flur vollkrümelte, und dann zu Bob, der bereits biertrinkend auf dem Sofa lag und rumzappte.

Ich nahm mir mein neu erworbenes Buch und ging damit in die Küche. Auf dem Herd stand ein Topf mit Nudeln und einer mit Tomatensoße. *Gekocht*, dachte ich und musste schmunzeln. Na ja, immerhin war beides noch lauwarm. Ich füllte mir einen Teller voll und setzte mich an unseren alten Holztisch.

Vielleicht war es mit dem Kinderkriegen genauso wie mit dem Vogel. Vielleicht sollte man sich erst Gedanken darüber machen, sich informieren, etwas lesen und dann eins bekommen.

Wobei das ja im Grunde auch Quatsch war. Wer las denn erst ein Buch über Kinder und bekam dann eins? Schwachsinn.

19. Kapitel

Dieser Gedanke mit dem »lesen, informieren und dann erst anschaffen« kam mir wieder, als wir Sonntagvormittag um kurz nach elf bei Vera und Hannes aufschlugen.

Der große Tisch war schon gedeckt, mit vielen pastellfarbenen Deko-Eiern, als wäre demnächst Ostern. Dabei war Februar. Aber hübsch sah es auf alle Fälle aus. Vera konnte das einfach.

»Bei dir sieht es immer so schön aus«, stellte ich bewundernd fest und legte die mitgebrachte Brötchentüte auf den Tisch.

»Ach, die Lütten waren auf dem Dachboden und haben die Kiste mit der Osterdekoration entdeckt. Na ja, und dann wurde erst mal alles geschmückt. Ich bin nur froh, dass sie die Weihnachtskugeln nicht gefunden haben«, sagte Vera und schnippelte Obstsalat.

»Weißt du was, Lisa?«, fragte Tom mich sichtlich aufgeregt mit weit aufgerissenen Augen.

»Ne, aber gleich«, meinte ich lächelnd und sah zu ihm runter.

»Wusstest du, dass der Popo«, er zeigte mit dem Finger auf seinen Po, »mit dem«, er nahm den Finger und zeigte auf seinen Kopf, »Gehirn verbunden ist?!«

»Nein. DAS wusste ich noch nicht. Wo hast du das denn gelernt?«, wollte ich wissen und musste mir ein Lachen verkneifen. Das hier war schließlich für Tom eine ernste Angelegenheit.

»Er hatte einen Erste-Hilfe-Kurs in der Grundschule«, erklärte Vera, während sie versuchte, Lilly davon abzuhalten, die Tischdecke runterzuziehen. Lilly hatte nämlich einen Plan: alles alleine machen! Und dazu gehörte auch, alleine auf den Stuhl zu klettern. Notfalls mithilfe der Tischdecke, aber auf keinen Fall mithilfe von Menschen, die größer waren als sie.

»Und weißt du noch was, Lisa?«

»Nein, was denn?« Ich wandte mich wieder zu Tom, der immer noch vor mir stand.

»Stell dir vor: Der Pipimann ist auch mit dem Gehirn verbunden!«

»Na ja«, sagte Vera. »Bei dem einen mehr, bei dem anderen weniger! Apropos, könntest du mal bitte«, sagte sie zu ihrem Sohn gewandt und zeigte auf Lilly. »Sonst wird das nix mit deinen weichen Eiern.«

Tom nahm Lilly, Vera ging an den Herd, und ich überlegte, wo das dritte Kind war.

»Hattet ihr nicht noch ein Kind?«

»Ja, der ist in seinem Zimmer und guckt sich die neue Auto-Bild an«, sagte Vera.

»Er macht was?«

»Die Auto-Bild angucken. Anschließend wird jedes einzelne Modell ausgeschnitten, und spätestens in zwei Tagen sucht er dann einen dieser Papierschnipsel und bekommt einen Tobsuchtanfall. Sein ganzes Zimmer besteht nur noch aus Mappen und Kisten mit Papierschnipseln. Ich frage mich, warum ich ihn in einem Kindergarten angemeldet habe, wo mit Märchenwolle und Korken gespielt wird.«

Schmulzend ging ich zu Tom und nahm ihm Lilly ab, was beide sehr freute.

»Ich geh mal gucken, was der andere so macht.«

Mit Lilly unterm Arm marschierte ich die Holztreppe nach oben.

Linus saß tatsächlich in seinem Zimmer auf dem bunt gestreiften Teppich und schnitt mit seiner Schere Autos aus. Allerdings nicht aus der Auto-Bild, sondern aus einem Katalog. Und das war anscheinend etwas schwerer als gedacht.

»Na, soll ich dir helfen?«, fragte ich, denn er sah recht verzweifelt aus bei dem, was er tat.

»Ja«, sagte Linus erleichtert und gab mir die Schere.

Ich setzte Lilly ab, die davon wenig begeistert war und anfing zu weinen. Also schnappte ich mir sie wieder, setzte sie auf meinen Schoß und versuchte dabei, das Heck des Autos auszuschneiden. Das war eine beinahe unlösbare Aufgabe, denn Lilly hatte großes Interesse an der Schere.

»Guck mal hier«, sagte ich zu ihr, gab ihr einen der Stifte, die auf dem Teppich rumlagen, und hatte – zack – ein zufriedenes Kind auf mir sitzen. So einfach war das, dachte ich.

»Und? Weißt du auch, was für ein Auto das ist?«

» A3, Cabriolet.«

Linus war fünf Jahre alt, und er war anders. Mit 18 Monaten hatte er beim Anblick von Autos angefangen zu fragen: »Was das?« Da man ja nicht jedes Mal »Auto« sagen konnte, hatte Vera ihm schließlich die Marken genannt. Nach ein paar Wochen kannte er alle gängigen Wagen und gab sich damit nicht mehr zufrieden. Also ging es mit den Modellen weiter. Kurze Zeit später kannte er auch die. Selbst einen ausgebrannten Wagen, der am Straßenrand stand, hatte er richtig identifiziert. »Der schöne Touareg!«, hatte er völlig entsetzt gesagt, als Vera mit ihm an dem Wrack vorbeischob. Man hätte ihn einfach mal bei »Wetten, dass …?« anmelden sollen. Da hätte er sofort die Saalwette gewonnen.

Mit anderen Kindern konnte er nichts anfangen. Sein einziger Freund war Mitte 60 und Besitzer eines Schrottplatzes. Seitdem die beiden sich durch einen Zufall kennengelernt hatten, wollte Linus am liebsten täglich zum Schrottplatz. Kein Wunder. Sein neuer Freund schenkte ihm ja auch alles, was er sich wünschte: Radkappen, Lenkräder ohne Airbag, Nummernschilder und haufenweise Autoschlüssel. Von jeder Marke, versteht sich.

»FRÜHSTÜCK!«, schrie Vera in dem Moment in einem Ton von unten hoch, dass ich mir ungefähr vorstellen konnte, wie es hier ablief, wenn wir nicht da waren und sie ihre Kinder und den dazugehörigen Mann zum Essen rief. Das hatte schon etwas von Bundeswehr.

»Oh, dann gehen wir wohl lieber, oder?!«

Linus nickte mir zu. Okay, wir waren einer Meinung. Ich legte Papierschnipsel und Schere weg und wollte gerade Lilly auf den Arm nehmen, als ich entdeckte, warum sie so ruhig und zufrieden neben mir gesessen hatte: Sie hatte das gemacht, was ihre Mama auch ab und zu tat. Allerdings nicht mit einem roten Lippenstift, sondern mit einem blauen Filzstift. Es sah ein wenig aus, als litte sie unter Erfrierungen.

»Was habt ihr denn gemacht?« Vera sprang von ihrem Stuhl hoch und riss mir das Kind aus dem Arm, als müsse es reanimiert werden.

»Das geht bestimmt ganz leicht wieder weg«, versuchte ich sie zu beruhigen und sah mich nach einem nassen Lappen um.

»Linus, hast du dir etwa wieder diese wasserfesten Stifte von Papas Schreibtisch genommen?«

Wasserfest?! Oh nein.

Linus antwortete nicht.

In dem Moment, als ich mich gerade über die Spüle beugte, spürte ich es. Irgendetwas hatte mich am Rücken getroffen. Es tat gar nicht so sehr weh, es war eher der Schreck, der mich kurz aufschreien ließ.

Im nächsten Moment schrie Vera. »Tom! Bist du wahnsinnig? Wie oft habe ich dir gesagt, man schießt nicht auf Menschen? Wenn du das nicht verstehst, nehme ich dir das Ding weg. Das kann doch ins Auge gehen!«

Hallo? Hatte ich hinten Augen? Nein. Aber ein Steißbein. Und direkt darüber hatte er mich erwischt, der Indianerpfeil. Ich drehte mich um und hob ihn auf. Gott sei Dank war er an mir abgeprallt, da er eine Gummi-Spitze hatte.

Tom stand mit dem Bogen, der mindestens genauso groß war wie er selbst, ein paar Meter von mir entfernt und meinte trotzig: »Sie ist ein Feind! Sie hat Lilly angemalt!«

»Nein«, erklärte Linus. »Hat Lilly selber!«

»Oh Mann! Das nächste wird ein Hund!«, sagte Vera, die inzwischen die Gesichtsfarbe eines gekochten Hummers hatte. »Und?«, fragte sie augenzwinkernd. »Immer noch Lust? Oder war das abschreckend genug?«

»Hormone sind lustige kleine Dinger«, erklärte ich, »die alles mit einem hellen Heiligenschein versehen, die einen …«

Sie unterbrach mich: »Blind machen.«

»Und taub. Zumindest was Ratschläge von besten Freundinnen angeht«, ergänzte ich lachend. »Nein, Spaß beiseite. Ich will ein Kind. Da kommen deine Rotzlöffel auch nicht gegen an.«

»Sie sind ja auch süß«, gab Vera zu und warf das Küchenhandtuch Richtung Spüle. »Nicht falsch verstehen. Ich liebe sie ja auch. Aber manchmal habe ich auch das Gefühl, ich bin im Irrenhaus.«

Wir waren gerade dabei, den Tisch abzuräumen, als mein Handy klingelte. Meine Mutter. Wenn Heidrun von ihrem Handy aus anrief, war es meist etwas Eiliges. Also ging ich lieber ran.

»Guten Morgen«, begrüßte ich sie.

»Guten Morgen. Na, was macht ihr gerade?«

Wer so fragte, wollte etwas ganz anderes wissen, so viel war klar.

»Wir sind bei Vera und Hannes. Warum?«

»Wir wollten nachher noch zu Opa Ernst, das Zimmer zu Ende ausräumen, und fragen, ob ihr helfen könnt. Vielleicht möchtest du ja auch das eine oder andere Andenken haben?«

»Also, eigentlich wollten wir gleich in Ruhe noch etwas …«

»Elsa und Onkel Kuki, also, ich meine Conrad, waren auch schon da. Und Mona! Obwohl sie drei Kinder hat, hat sie gestern mitgeholfen«, unterbrach sie mich.

»Drei Kinder«. Das klang ja wie eine Krankheit. Na, super. Das Totschlagargument: meine Schwester. Die tolle Mona. Am liebsten hätte ich gesagt: »Ich hätte ja auch gern drei Kinder! Aber ich habe sie nicht.« Also echt!

Meine Mutter redete weiter, ohne dass ich etwas davon hörte.

Ich schüttelte den Kopf und holte tief Luft. Vera sah mich mit mitleidigem Blick an. Da musste meine Kinderwunschberatung wohl warten. Eigentlich wollte ich mich ja mit Vera über meine nicht vorhandene Kugel unterhalten. Aber dazu wäre es heute vermutlich eh nicht gekommen zwischen Nutella und Indianerpfeilen.

»Ich helfe auch gern, Mama. Aber nicht, wenn ich gerade bei meiner Freundin zu Besuch bin und …«

»Und wann dann? Wir müssen das Zimmer räumen und renovieren. Nächstes Wochenende kann ich nicht und …«

»Schon gut! Wir kommen.«

Vater im Himmel.

Opa Ernst hatte bescheiden gelebt. Seine Möbel waren allesamt keine wertvollen Antiquitäten. Ich entschied mich für die alte schwarze Schreibtischlampe aus Metall und den kleinen Beistelltisch, auf dem er immer sein Radio stehen hatte. Dann nahm ich noch die alten Fotoalben, die sonst keiner haben wollte, und die Pflanzen.

»Alles andere spende ich der Kirche«, erklärte meine Mutter. Wobei »alles andere« das Bettgestell sowie zwei klapprige Kleiderschränke aus den Fünfzigerjahren und deren Inhalt waren.

Ich kniete gerade vor einem Karton und packte alles zusammen, um es zum Auto zu tragen, als die Zimmertür aufging und eine Frau in einem knielangen beigen Kostüm im Türrahmen stand. Sie war etwas älter als ich, vielleicht Mitte 40, klein und schmal und hatte ihre dunkelbraunen Haare hochgesteckt. *Adrett*, dachte ich, als ich sie sah. So ladylike. Und so schön braun! Im Gegensatz zu mir.

Wir sahen uns alle der Reihe nach an, dann fragte ich: »Wie können wir Ihnen helfen?«

»Entschuldigung, ich wusste ja nicht … Es tut mir leid. Ich wollte nur …«, stotterte sie, sichtlich überrascht. »Ich habe mich wohl im Zimmer geirrt«, erklärte sie schließlich, machte einen Schritt rückwärts und zog die Tür wieder zu.

Bob sah mich an, ich sah meine Mutter an, mein Vater sah zum Fenster raus.

Fünf Sekunden später sprang ich auf und lief ihr hinterher. Meine Augen hatten zu viel Tatort gesehen. Diese Frau hatte sich hundertprozentig nicht in der Tür geirrt.

»Entschuldigung, warten Sie bitte kurz!«, rief ich ihr hinterher, bis sie zögerlich stehen blieb und sich zu mir umdrehte.

»Sie wollten zu Ernst, oder?«

Sie senkte den Blick, holte tief Luft, sah mich an und sagte: »Ja, das wollte ich, aber ich komme lieber einen anderen Tag wieder. Zieht er denn um?«

»Nein«, sagte ich und spürte Tränen in den Augen aufsteigen.

»Er ist … Ist er gestorben?«

»Ja. Es tut mir leid«, sagte ich und, schwupps, kullerte die erste Träne über meine Wange, die ich schnell wegwischte. »Woher kannten Sie ihn denn?«

Auch der kleinen Frau schossen jetzt die Tränen in die Augen. Sie liefen über ihr geschminktes Gesicht, den Hals entlang und verschwanden im Dekolleté. Sie öffnete ihre braune Lederhandtasche und suchte nach einem Taschentuch. »Ich«, schniefte sie, »kannte ihn gar nicht. Ich wollte ihn kennenlernen.«

Warum wollte man, wenn man so attraktiv war, einen 91-Jährigen kennenlernen, fragte ich mich. Gab es doch irgendwo Sparbücher, von denen wir nichts wussten?

»Warum, wenn ich fragen darf?«

»Er war mein Vater.«

»Tja, du hattest wohl doch recht mit ›Einer geht, einer kommt‹. Oder besser gesagt: *eine*«, meinte ich zu Bob, als wir zwei Stunden später stöhnend die Sachen durchs Treppenhaus nach oben trugen. Wir hatten uns mit Helen, so hieß Ernsts heimliche Tochter, noch kurz unten ins Café gesetzt und ein wenig miteinander gesprochen. Sofern man das so nennen konnte. Meine Mutter war so geschockt, dass sie kein Wort herausbrachte. Das Einzige, was sie in der ganzen Stunde gesagt hatte, war »Guten Tag« und »Auf Wiedersehen« gewesen. Immerhin kein »Tschüss«.

»Unglaublich«, sagte Bob schnaufend. Ich hatte ihn den schwereren Karton tragen lassen. »Da hatte der alte Herr doch tatsächlich noch eine heimliche Liebe! Wahnsinn!«

»Und meine Mutter eine Halbschwester. Ich kann es immer noch nicht fassen«, sagte ich kopfschüttelnd.

Vor der Tür stellte Bob den Karton ab. »Und du eine Halbtante. Du und Mona. Oder was ist sie für euch?«, fragte Bob. »Überhaupt, willst du deine Schwester nicht mal anrufen und es ihr erzählen?«

»Nein, danke. Das kann Heidrun machen«, erklärte ich knapp und dachte über die halbe Tante nach.

Wer hätte das für möglich gehalten? Mein Opa hatte doch tatsächlich eine Affäre gehabt! Und das heimliche Kind hatte sich nach all den Jahren auf die Suche gemacht. Zu spät. *Wie tragisch*, dachte ich, während Bob die Tür aufschloss.

»Ich glaube, die eigenen Wurzeln zu finden ist extrem wichtig für jeden Menschen«, sagte Bob und trug den Karton nach hinten ins Arbeitszimmer.

»Ja, das glaube ich auch«, bestätigte ich und zog meine Schuhe aus. »Vielleicht meldet sie sich ja und kommt mal auf einen Kaffee vorbei. Wer weiß?«

Herr Müller saß auf seinem Käfig und begrüßte mich mit einem fröhlichen: »Moin, moin.«

»Na, mein Süßer, hat Mutti dich heute wieder vernachlässigt? Nächste Woche machen wir einen Ausflug zum Tierarzt, und dann bekommst du ein verlängertes Wochenende in der Hochzeits-Suite. Verpaarung nennen die das. Klingt doch gut, oder?«

»Verpaarung? Klingt sehr gut«, sagte Bob, der inzwischen auch im Wohnzimmer war und in der Fernsehzeitung blätterte. »Heute sind Prahl und Liefers dran. Super!«

»Ich glaube, wir sind dran«, sagte ich und drehte mich zu ihm um.

»Wie meinst du das?«

»So meine ich das«, erklärte ich und fing an, sein Hemd aufzuknöpfen.

20. Kapitel

Es war Freitag, und auf Herrn Müller wartete ein turbulentes Wochenende. Ich hatte ihm in der Tierhandlung »Vier Pfoten« die Hochzeitssuite gebucht. Bevor es so weit war, musste er allerdings erst seine »Herzdame« finden, mit der er in die Federn hüpfen konnte. Und das hieß in erster Konsequenz: kurzfristige Trennung von der bisherigen Lebenspartnerin, also von mir. Wie sich schnell herausstellte, sollte nur ich einen Trennungsschmerz verspüren. Aber wen wundert's? Welcher Mann würde der eigenen Frau hinterherweinen, wenn man ihn übers Wochenende in einen Harem sperrt? Herr Müller tat es jedenfalls nicht.

»So, da sind wir auch schon bei unserer großen Flugvoliere«, erklärte mir Frau Sorgenfrei, nachdem wir einen langen, gekachelten Flur entlanggegangen waren, der sich direkt hinter dem Ladengeschäft befand. Sie zeigte auf ein riesiges Fenster, hinter dem mindestens 20 bunte Papageien saßen, von denen ich vermutete, dass es Damen waren. Zu zweit, allein oder auf einem Seil von der einen Ecke zur nächsten balancierend. Wie hübsch.

»Die meisten brauchen nur drei oder vier Tage, dann ist klar, für wen sie sich entschieden haben«, erklärte sie lächelnd und sah mich an, als erwartete sie irgendeine Antwort. Währenddessen holte sie ein großes Schlüsselbund aus ihrer grünen Latzhose und schloss die Tür auf.

Ich sah lieber Herrn Müller an, der in seinem Käfig saß und gar nicht wusste, wie ihm geschah. Da hatten wir ja mal etwas gemeinsam. Hatte Frau Sorgenfrei mich vielleicht am Telefon falsch verstanden und dachte, *ich* würde eine Partnerin suchen?

Herr Müller sah mich mit schrägem Kopf an und fragte unaufhörlich:

»Und nu? Und nu?«

Wenn ich das nur wüsste.

»Ich hol dich wieder ab! Keine Angst! Versprochen«, sagte ich.

»Aha, aha«, krächzte er ungläubig und wiegte den Kopf hin und her.

»Wollen wir?«, fragte die Vogelfrau, und es machte immer noch den Eindruck, als würde sie mich meinen. Was für eine lustige Vorstellung, dachte ich.

Dann sah ich Herrn Müller an. »Viel Spaß, mein Großer. Und such dir was Hübsches aus«, sagte ich und spürte, wie mir plötzlich ganz anders wurde. Ich war kurz davor, feuchte Augen zu bekommen. Und nicht nur das. Ich war mir auf einmal gar nicht mehr sicher, ob es richtig war, was ich hier tat. Vielleicht genügte ich ihm ja. Vielleicht wollte er gar keine andere Frau neben mir? Hatte ich ihn überhaupt gefragt? Nein.

Weiter kam ich mit meinem Gedanken-Wirrwarr nicht. Die Partnervermittlerin öffnete die Käfigtür, ließ Herrn Müller auf ihre Hand, der das Angebot gern annahm, und ging mit ihm in den gläsernen Harem. Big Brother für Vögel. Wenn die wüssten, dachte ich.

Herr Müller wurde auf einem Baumstumpf, der in der linken Ecke stand, abgesetzt und sah sich interessiert um. Wenn er bisher wirklich gedacht hatte, er wäre der einzige Vogel auf dieser Welt, musste das ja ein Schock für ihn sein. Fragte sich nur, ob ein positiver oder ein negativer.

Frau Sorgenfrei kam wieder raus und schloss die Tür hinter sich. Sie lächelte mich wieder so an und ich überlegte, ob es diese gewisse Sekunde zu lang war, die sie mir in die Augen sah. »Da wollen wir doch mal sehen, wer die Herzdame ist«, sagte sie und steckte das Schlüsselbund wieder weg. Flirtete sie mit mir? Ach, sicher nur Einbildung. Ich trat noch mal an das Fenster und winkte meinem Vogel.

»Tschüss! Montag ist Mutti wieder da«, rief ich und pustete noch einen Handkuss hinterher. Dann drehte ich mich um.

Frau Sorgenfrei hatte ihre Stirn in Falten gelegt und sah gar nicht mehr so sorgenfrei aus. Eher, als machte sie sich Gedanken über meinen Allgemeinzustand. Denn jetzt lief mir doch noch eine Träne über die Wange. Wie albern.

»Es sind ja nur knapp drei Tage«, beruhigte sie mich und reichte mir ein Taschentuch. »Und dann geht es entweder in die Honeymoon-Suite oder Sie können die beiden auch gern mit zu sich nach Hause nehmen. Das können Sie sich ja noch überlegen. Dann wäre die Trennung nicht von so langer Dauer«, erklärte sie augenzwinkernd.

»Das geht schon«, sagte ich tapfer. »Ich glaube, diese Honeymoon-Suite wäre doch die bessere Lösung. Welches frisch verliebte Paar will schon die Schwiegermutter die ganze Zeit neben sich sitzen haben? Wie lange dauert denn diese, diese An… An…«

»Anpaarung«, sagte sie und erklärte: »Ach, das dauert nicht allzu lange. Und wenn sie nach ein paar Wochen noch harmonieren, kann man auch davon ausgehen, dass es länger hält. Aber eine Garantie kann ich Ihnen da natürlich nicht geben. Die gibt es bei uns ja auch nicht.«

Ich sah sie fragend an.

»Bei uns Menschen«, schob sie hinterher.

»Ah … ach so, ja, das ist wohl wahr.«

Ein paar Wochen?! In meinem Hals steckte ein dicker Kloß fest, der sich nicht runterschlucken lassen wollte. *O Gott*, dachte ich. Was machte ich denn erst, wenn ich ein Kind hatte? Den ganzen Tag vorm Kindergarten sitzen, mit Fernrohr bewaffnet, und aus dem Gebüsch gegenüber beobachten, was es gerade tat? Ich schüttelte den Kopf.

»Ist alles in Ordnung?«

»Ja«, antwortete ich hüstelnd, »alles bestens. Danke. Ich werde dann mal.«

Ganz so schlimm, wie ich es mir vorgestellt hatte, war es dann doch nicht. Schwupps war Anfang April. Die Zeit ohne Herrn Müller verging schneller als gedacht. Was sicher auch daran lag, dass ich noch mit meiner eigenen Anpaarung beschäftigt war. Und die verlief nicht ganz so glatt, obwohl ich vogelfrei war. Immerhin hatte unser Mitbewohner Spaß: Herr Müller hatte sich für eine junge Dame in Grün entschieden. Die Farbe der Hoffnung. Nach einer Nacht in der Hochzeitssuite turtelten die beiden jetzt ununterbrochen in der großen Vogelvoliere und konnten die Schnäbel nicht voneinander lassen.

Im Gegensatz zu uns. Der Persona hatte uns keinen Schritt weitergebracht. Der Befruchtungs-Stress tat unserer Beziehung nicht gut. Wir hatten nur noch Sex, wenn die Lampe auf rot stand. Selbst Bob verlor langsam die Lust. Während er früher die Finger nicht von mir lassen konnte, musste ich mir jetzt etwas ausdenken, damit er auf mich aufmerksam wurde. Nicht, dass ich jedes Mal wild auf ihn war, wenn das Lämpchen »rot« anzeigte – aber dass ausgerechnet er keine richtige Lust mehr hatte, wunderte mich dann doch.

Es war an einem Mittwoch, als ich entschied, dass Schluss war mit der »Befruchtungsanstalt Marquardt«. Ich versuchte mich an Verführungstechniken und harmonische Stunden vor dieser Zeit zu erinnern und zündete sämtliche Kerzen an, die ich in unserer Wohnung finden konnte. Nach einem Bad in Rosenwasser, das Bob so gerne an mir roch, zog ich mir meine schönste Wäsche an, drapierte mich auf dem Bett und wartete.

Nach gefühlten fünfzehn Minuten sah ich auf den Wecker. Es war kurz vor zehn. Eigentlich hätte Bob schon längst da sein müssen. Dieses Meeting mit den Japanischen Geschäftsleuten sollte nur bis 20 Uhr dauern. Er müsste also jeden Moment kommen.

Kurz vor halb elf hörte ich, wie sich der Schlüssel im Schloss drehte und die Tür geöffnet wurde. Endlich! Das wurde aber auch Zeit, dachte ich und hoffte, es wäre nicht schon zu spät. Meine Ampel war schließlich heute Morgen rot gewesen, und diese kleinen eigenwilligen Eier wollten ja am liebsten itzi-bitzi befruchtet werden und nicht Stunden später.

Ich räkelte mich zugegebenermaßen etwas übertrieben

auf dem Laken, was mein Mann nicht mitbekam. Er verschwand mit einem knappen »Hey« im Bad. Dann in der Küche, im Arbeitszimmer, und schließlich stand er endlich da, wo ich ihn haben wollte: im Schlafzimmer. Anstatt allerdings alles von sich zu reißen und über mich herzufallen, meinte er: »Bei dem Licht kann ich nicht lesen!«, und drückte auf den Lichtschalter. Wumms! Hell.

Ich muss ihn völlig entsetzt angeguckt haben. Zu Recht.

»Alles klar?«, fragte Bob, ohne dass es den Eindruck machte, als wolle er es wirklich wissen.

Ich sah an mir runter. Mein schwarzer Spitzenbody war doch eindeutig. Oder nicht? »Kennst du Frauen, die in so einem Outfit ins Bett gehen, um zu schlafen?«

Er sah mich irritiert an. »Keine Ahnung. Nein.«

»Genau. In so einem Ding liegt man nur auf dem Bett rum, wenn man das *andere* will. Also. Was ist los?«, fragte ich.

»Was soll los sein?«, fragte er zurück und zog sich seinen Pyjama an.

Ich hasste diese Art von Unterhaltung.

»Ich habe weder Dellen am Po noch Pickel im Gesicht. Also frage ich mich, was los ist. Jeder andere Mann würde sich freuen, wenn seine Frau inmitten von Kerzen in Spitzenwäsche auf ihn wartet!«

Bob sah zu mir runter. »Der Persona hat Lust. Nicht du. Und ich auch nicht, weil ich einen anstrengenden Tag hatte.«

Stille.

Ich war platt. Was sollte ich dazu sagen? Dass ich sehr wohl Lust hatte, was begrenzt stimmte? Dass er sich doch auch ein Kind wünschte, was eindeutig stimmte? Dann halt nicht. Ich stand auf, pustete demonstrativ die Kerzen aus und ging ins Bad, wo mein Pyjama lag.

Blau kariert kam ich zurück ins Schlafzimmer. Bob hatte es sich inzwischen tatsächlich samt Krimi bequem gemacht. »Das Licht in einem dunklen Haus« von Jan Costin Wagner, las ich auf dem Cover. *Na,* dachte ich, *das haben wir jetzt, das Licht. Vielen Dank, Herr Wagner!*

Ich packte mich auf meine Seite und drehte mich mit dem Rücken zu Bob. Ich war eingeschnappt. Aber nicht einmal darauf reagierte er.

»Gute Nacht«, knurrte ich unter der Decke und tat, als würde ich einschlafen.

Was ich nicht tat. Ich dachte nach. Über uns, über diesen nicht stattgefundenen Befruchtungsakt, den ich doch eigentlich ganz hübsch verpackt hatte, und das Kind, das nicht kommen wollte. Warum? Was machte ich falsch? Was stimmte hier nicht?

Ich stand wieder auf, ging in die Küche, trank ein Glas Wasser und sah raus. Es war stockdunkel. Nur aus ein paar vereinzelten Wohnungen drang noch diffuses Licht durch zugezogene Vorhänge in den Innenhof.

Kaum war das Glas leer, stand Bob hinter mir. »Es tut mir leid.«

Ich sah ihn an. Seine schönen Augen, den durchtrainierten Oberkörper, der sich durch den Pyjama abzeichnete.

Er kam auf mich zu und nahm mich in den Arm. »Nur weil ich ein Mann bin, heißt das doch nicht, dass ich immer auf Knopfdruck kann. Ich bin keine Zapfstation«, versuchte er sich zu erklären. »Tut mir leid. Das war doof von mir«, fügte er kleinlaut hinzu und streichelte meinen Kopf.

»Ja. Allerdings«, sagte ich und legte meinen Kopf gegen seine Brust. »Aber vermutlich hast du recht«, gab ich zu. »Früher haben wir miteinander geschlafen, weil wir Lust hatten. Heute haben wir Lust auf ein Kind und schlafen miteinander, wenn uns ein kleiner weißer Plastikkasten es sagt. Ist ja auch echt bekloppt.« Ich schüttelte den Kopf, holte tief Luft und seufzte.

»Ich rufe mal bei meinem Arzt oder der Krankenkasse an und frage nach einer Behandlung in so einer Praxis. Was meinst du?«

»Ja, fragen kannst du ja mal.«

»Gut. Kommst du dann jetzt wieder ins Bett?« Er griff nach meiner Hand.

»Ja.«

Nicht nur bei meinem Mann, auch bei meinem Vogel musste ich um Aufmerksamkeit buhlen. Ich musste es einsehen: Ich war nur noch seine Zweitfrau. Und als solche hatte ich nicht mehr viel zu melden. Frau Müller stand jetzt an erster Stelle. Immerhin war ich es, die sie ihm gekauft hat. Dafür durfte er mir sein Leben lang dankbar sein – fand ich. Welche Zweitfrau tat so etwas schon?

Von dem glanzvollen Empfang ganz abgesehen, den ich den beiden bereitet hatte. Die Wohnungstür hatte ich – zu Bobs Entsetzen – mit einer Blumengirlande verziert. Natürlich keiner echten. Sie war aus Plastik. Das hatte Vorteile, wie mir der Trödel-Türke in der Susannenstraße erklärt hatte. »Kannst du prima abwaschen, wenn eingestaubt. Und dann noch mal benutzen, wenn du wieder brauchst.«

»So viele Vögel werde ich wohl nicht mehr verkuppeln, aber vielen Dank«, hatte ich entgegnet.

Woraufhin er mich ungläubig anstarrte. »Vögeln?«

»Nein! Vogel-Hochzeit. Zwei Vögel, die heiraten«, erklärte ich.

»Aha. Mit Vogel«, hatte er gemurmelt, freundlich genickt und 100%ig nichts verstanden. Aber egal. Er war nett.

»Findest du das nicht etwas übertrieben?«, fragte Bob, nachdem wir in der Wohnung waren.

»Sie ist eine Frau. Und wir Frauen lieben so etwas. Außerdem darfst du eines nicht vergessen: Es ist der schönste Tag in ihrem Leben. Das muss zelebriert werden!«, sagte ich amüsiert und öffnete die Tür des Käfigs.

»Na denn.« Bob ging in die Küche, um sich etwas zu trinken zu holen.

»Wo ist denn die Digitalkamera?«, rief ich hinterher. Dieser Moment musste schließlich für die Ewigkeit festgehalten werden.

»Keine Ahnung. Im Regal vermutlich. Aber ich weiß nicht, ob sie aufgeladen ist«, rief er zurück.

»Na super«, sagte ich. Musste halt das Handy herhalten.

Über einen Namen für die neue First Lady hatte ich mir nicht lange Gedanken gemacht. Was lag näher, als sie Frau Müller zu nennen? Alles andere hätte den Anschein einer Geliebten gehabt. Und das war sie nicht. Die beiden turtelten seit ihrem Einzug Tag und Nacht. Sie unterhielten sich, worüber, blieb ihr Geheimnis, und machten einen rundum glücklichen Eindruck.

Im Gegensatz zu mir.

Es war Freitagvormittag, zehn Tage später, und ich räumte gerade nach einem Fotoshooting auf, als mir klar wurde, dass »es« wieder nicht geklappt hatte.

Ich bekam schlagartig Migräne. Und das lag nicht am Chaos hier im Laden. Ich ging zum Tresen, blätterte in meinem Filofax die Seiten der letzten Wochen zurück und zählte. Bingo. Ich bekam meine Tage. 100%ig. Es passte genau.

Ich setzte mich auf einen der weißen Holzwürfel und holte tief Luft, während mir langsam die Tränen über die Wangen liefen. Dabei war ich mir dieses Mal so sicher gewesen. Es hatte sich alles so angefühlt. Tja. Vorm Schaufenster gingen zwei Frauen mit Kinderwagen den Fußgängerweg entlang. Sie sahen sich kurz meine Bilder an, dann gingen sie weiter.

Warum, fragte ich mich immer wieder. *Warum klappt das denn nicht?* Jeder Hans und Franz wurde schwanger. Also, ich meine, jede Tussi. Und ich? Warum ich denn nicht? Immer wieder diese eine Frage: Warum ich nicht?

Es war inzwischen richtig warm. Leider. Denn jetzt sah man erst recht, wer alles kurz vorm Blasensprung stand. Ich hatte seit einiger Zeit das Gefühl, nur noch Schwangere wahrzunehmen. Egal, wo ich hinguckte! Dicke-Bäuche-Paranoia! Draußen waren alle bester Laune, turtelten und knutschten und vermehrten sich wie blöd. Und ich? Ich bekam Winterdepressionen mitten im Frühling.

Meine Stimmung war im Keller. Zumindest einmal im Monat. So wie heute. In den 28 Tagen dazwischen hangelte ich mich mit Schokolade und positivem Denken wieder ein Stückchen höher, auf Erdgeschossebene sozusagen, um dann erneut abzurutschen.

Noch einmal fiel mir der Moment ein, in dem wir das erste Mal offiziell Sex-Stress hatten. Ich hatte an dem Morgen wie immer zuerst meinen Persona bedient, dann die Kaffeemaschine und dann Bob – mit einem Latte macchiato. Während er sich im Bett aufgesetzt und den Kaffee in sich reingekippt hatte, als würde er Wasser trinken, war ich ins Bad gegangen und hatte auf den Persona gesehen. Rot! Also husch, husch zurück ins Körbchen. Im Türrahmen des Schlafzimmers zog ich das weiße Nachthemd über den Kopf und hüpfte nur noch mit Slip bekleidet ins Bett.

Und dann passierte es: Bob stand auf. Einfach so. Schlug die Decke zurück, als wäre nichts, stand auf und ging raus. Ins Bad, wie ich am Schließen der Tür hörte. *Ach*, dachte ich, *wie süß, er will sich auch noch schnell die Zähne putzen*. Pustekuchen! Er ging duschen. Etwas übertrieben, dachte ich wiederum, stand auf und ging auch ins Bad.

»Huch, was machst du denn da?«, fragte mich mein nackter Mann, als ich die Glastür zur Dusche öffnete, mich neben ihn stellte und unter dem viel zu heißen Wasserstrahl anfing ihn zu küssen. »Ich hab gleich einen Termin, lass uns doch meinetwegen heute Abend …«

»Meinetwegen?!«, platzte es aus mir heraus. »Sorry, dass ich störe, du musst nicht mit mir schlafen, wenn du keine Lust hast. Ich mache das zwar am laufenden Meter, aber du musst das nicht. Es wird sich schon einer finden.«

»Bitte? Meinst du das ernst?«

»Was?«

»Du schläfst mit mir, obwohl du keine Lust hast?«

»Was glaubst du denn? Dass ich ständig rollig bin?!«

Ich war gerade wieder im Schlafzimmer und wollte mir den Bademantel überziehen, um gleich in Ruhe duschen zu können, als Bob hinter mir stand und die Schleife des Mantels wieder löste, um ihn mir auszuziehen. Dann fing er an mich zu küssen.

Drei Minuten später lagen wir im Bett. *Geht doch*, dachte ich. Allerdings hatte ich nicht mit der Haustürklingel gerechnet. Nicht in dem Moment. Wer klingelte denn so früh?

Bob tat, als wäre er gehörlos. Er machte einfach weiter.

Es klingelte wieder.

»Wer kann das denn sein?«, fragte ich ihn.

»Taxi!«, rief in dem Moment jemand. Nicht von der Straße hoch, das hätten wir nicht gehört, sondern direkt vor unserer Wohnungstür! Also keine drei Meter Luftlinie von uns entfernt.

Bob tat immer noch, als hörte er nichts. Klar, es war nicht mein Termin, aber irgendwie machte mich die Anwesenheit eines Taxifahrers, den ich nicht sah, aber quasi spüren konnte, nervös. Bob machte weiter.

»Taxi! Sie haben Taxi bestellt, Herr!«, rief der arme Mann hinter der Tür.

Herr? Ich fing an zu lachen. Wie lustig war das denn? War das eine Abkürzung für »der Herr«, »mein Herr«, »Herrschaftszeiten«, oder wusste er einfach unseren Nachnamen nicht? Aber der stand doch auf dem Schild neben der Klingel.

»Ich komme gleich!«, rief der Herr über mir in dem Moment zurück, und da war bei mir alles aus. Ich bekam einen solchen Lachanfall, dass nichts mehr ging.

Zumindest hielt Bob, was er versprach. Mir und dem Taxifahrer.

Das war noch lustig gewesen. Inzwischen war mir leider nicht mehr nach Lachen zumute.

»Das ist keine Einbildung«, meinte ich zu Kiki, während ich in meiner Tasche nach der dunklen Sonnenbrille kramte, in der Hoffnung dann nichts mehr zu sehen. Zumindest keine Schwangeren mehr. Ich hatte Kiki in meiner Not angerufen, damit sie innerhalb von 45 Minuten – so lang war meine Mittagspause heute – wieder eine lustige Lisa aus mir machte. Ein harter Job, zugegebenermaßen.

»Das fällt dir nur jetzt so auf, weil das dein Thema ist«, erklärte sie mir.

»Mein *Thema*?« Ich verdrehte die Augen. »Mein Thema ist, dass ich im August 39 werde, was in vier Monaten ist, und mich der blöde Persona nicht schwanger macht!«

»Da würde ich mir aber auch Sorgen machen«, meinte Kiki lächelnd, »wenn *der* dich schwanger gemacht hätte!«

»Du weißt doch, wie ich es meine. Jedes Mal, wenn dieses Ding bisher auf Rot stand, habe ich alles stehen und liegen gelassen, Bob angerufen und nach Hause bestellt. Einmal war er auf dem Weg zu einem wichtigen Termin, einmal mitten im Meeting und einmal ist er zu spät gekommen, weil ich ihn nicht gehen ließ. Von meinen Terminen ganz zu schweigen. Ich habe beim letzten Mal sogar eine russische Großfamilie stehen lassen und behauptet, ich müsste kurz etwas besorgen. Gott, waren die sauer. Ich hatte Angst, die würden mir die Mafia vorbeischicken. Und was hat es gebracht? Nichts. Bob fühlt sich schon wie eine Zapfsäule. Tja, und dann geht man raus in diese schöne bunte Welt, und alle sind schwanger! Alle. Selbst bei meinem Friseur saß eine rechts neben mir, eine links und zwei gegenüber! Das ist doch nicht normal! Ich finde, es sollte Friseure für Schwangere und für Nicht-Schwangere geben! Und wenn wir schon dabei sind: getrennte Wartezimmer beim Arzt! Da sitzt man ja schließlich noch länger als beim Friseur und muss sich das alles ansehen«, sagte ich kopfschüttelnd. »Da erzähl noch mal einer, es gäbe zu wenig Kinder in diesem Land. So ein Humbug!«

»Hast du das Buch gelesen und mal ein paar von den Übungen gemacht?«, fragte Kiki, während sie die Ärmel ihrer bunt gemusterten Tunika hochschob und ihre durchtrainierten Arme in die Mittagssonne hielt.

Wir saßen am Schulterblatt draußen beim »Supermercato«, wie zig andere sonnenhungrige Hamburger auch, und warteten auf unsere Pasta samt Pesto. Der Laden war für seine himmlische italienische Küche bekannt. Und für seine chronisch schlecht gelaunte Besitzerin. Das hatte mit Temperament nicht mehr viel zu tun. Aber dafür war Giovanni, ihr Mann, umso lustiger.

»Nur eine, und die auch nur kurz. Aber ich werde wohl über meinen Schatten springen müssen und mit Bob zu dieser Kinderwunschpraxis gehen. Er hat schon den Papierkram erledigt. Kennst ihn ja.«

»Na, das ist doch super. Freu dich doch!«

»Freuen? Worauf? Auf Hormonspritzen?«

»Ach, du musst positiv denken. Du wirst ein Kind bekommen, Süße! Ich weiß das ganz genau. Du musst nur daran glauben.«

»Wenn das so wäre, dann hätte ich schon eine Horde. Mindestens.« Ich holte tief Luft. »Na ja. Was gibt es denn bei dir Neues? Bring mich mal auf andere Gedanken. Kommen immer noch genug Leute zum Betriebssport?«, versuchte ich abzulenken.

»Zweimal Pasta mit Pesto?!«, unterbrach uns die junge Bedienung, die neben unserem Biertisch stehen geblieben war.

»Ja!«, sagte Kiki und schob ihr Handy beiseite, um für die vollen Teller Platz zu machen. »Ach«, meinte sie dann mit vollem Mund. »Das läuft echt gut. Ich bin selbst ganz überrascht. Erst waren es natürlich nur Frauen, aber inzwischen kommen sogar ein paar Männer regelmäßig. Ich überlege, ob ich noch weitere Stunden anbiete. Mal sehen. Vielleicht aber auch nicht. Ich will mich da nicht so binden.«

»Apropos binden, was macht eigentlich die Männerfront? Ist was in Aussicht?«

Kiki grinste und aß weiter. »Vielleicht.«

»Wie? Vielleicht?«, fragte ich, hörte auf meine Nudeln zu drehen und sah sie auffordernd an.

»Er war gerade übers Wochenende hier in Hamburg und hat mich besucht.«

»Wie? Er? Du hattest Männerbesuch und ich wusste nichts davon?!«

»Ja, stell dir vor«, meinte sie und schob sich den Löffel extra aufreizend in den Mund. »And we had a little sex. Just a little«, ergänzte sie, während sie eine Nudel in den Mund sog.

Ich drehte mich nach rechts und links um. Lauter Leute, die in Gespräche vertieft waren oder in ihr Essen. Dann sah ich Kiki wieder an. »Wie? *Just a little?* Wie geht das denn?«, fragte ich und dachte, dass es vielleicht genau die richtige Bezeichnung für das war, was Bob und ich seit Wochen – sorry – trieben.

»Na ja, so ein bisschen eben.«

»Kiki, entweder hat man Sex, oder man hat keinen. Ich weiß, wovon ich spreche.«

»Okay, ich hatte Sex.«

»Super!« Ich freute mich wirklich für sie.

»Danke. Ich bin auch ganz stolz. Ich hatte schon Angst, ich würde demnächst Jubiläum feiern müssen. Ein Jahr kein Sex! Dass mir so was noch mal passieren würde. Verrückt.«

»Und wo hast du den Retter gefunden, der dich vor diesem Jubiläum bewahrt hat?«

» Wir haben uns in Indien kennengelernt. Er ist länger geblieben als ich und erst vor ein paar Wochen wieder nach London zurückgekommen.«

»Ja, und?«

»Nichts und.«

»Und warum nichts und?«

»Er glaubt an die Universelle Liebe, nicht an die mit einer einzigen Frau«, sagte sie.

»Die Universelle Liebe. Aha. Ich dachte bisher immer, das nennt man schwanzgesteuert. Na ja, Hauptsache, es war gut. Mit oder ohne Universum.«

»Und wie!«, bestätigte sie etwas zu laut, denn jetzt waren die Leute neben uns leider nicht mehr in ihre Gespräche vertieft, sondern in unseres. »Der absolute Hammer. So was habe ich noch nie zuvor erlebt. Und werde es wohl auch nie wieder erleben«, sagte sie und schob den fast leeren Teller ein Stück von sich weg. »Suntana ist nichts für dieses Leben hier.« Sie sah sich um. »Er ist ... wie soll ich sagen? Er ist einfach auf einer ganz anderen Ebene, verstehst du?«

Ne, verstand ich nicht.

»Mit dem kann man nicht zusammen wohnen und eine Familie gründen oder solche Sachen. So westlich, wie hier alles ist.«

»Und London ist nicht westlich?«

»Da ist er ja nur vorübergehend. Da ist seine Homebase. Übermorgen fliegt er schon wieder nach Thailand.«

»Oh, auch nicht schlecht. Und wie – wenn ich mal fragen darf – geht das? Also ich meine finanziell? Was macht der denn so?«

»Er ist Heiler«, sagte Kiki und winkte der Bedienung zu. »Due espressi, grazie«, rief sie ihr zu, dann sah sie wieder zu mir. »Du willst doch auch einen, oder?«

»Einen Espresso, ja.« *Einen Heiler, nein*, dachte ich. »Und wie geht das jetzt weiter? Ich meine mit dir und dem ... Heiler?«

»Suntana. Tja, das wissen nur die Sterne. Keine Ahnung. Ich betrachte es als Geschenk, dass ich ihn kennengelernt habe.«

»Dafür bewundere ich dich echt. Dass du die Dinge so sehen kannst«, sagte ich und überlegte, ob es möglich war, irgendetwas an meinem nicht erfüllten Kinderwunsch als Geschenk anzusehen. Gab es einen Sinn, der hinter alldem steckte, den ich nur nicht erkannte? »Sag mal, so ein Glücks-Gen, wie du es immer nennst, mit dem ich ja eigentlich auf die Welt gekommen bin, kann sich das auch zurückbilden?«

»Quatsch! Jetzt steck mal nicht gleich den Kopf in den Sand! Immer dran denken: Du formst mit deinen Gedanken deine Zukunft. Also, stell dir vor, wie du hier schon bald mit einem dicken Bauch sitzt, wir Pasta essen und wie glücklich du dann bist.«

»Den dicken Bauch kriege ich sicher, wenn ich weiterhin so viel Pasta und Schokolade fresse«, entgegnete ich. »Ich verstehe einfach nicht, warum es nicht klappt. Bisher hat doch auch immer alles geklappt. Das kann doch nicht einfach aufhören, das Glück. Oder doch?«

»Manchmal versteht man den Sinn, der hinter etwas steckt, nicht sofort und erkennt erst später ...«

»Kiki!«

»Ist ja schon gut. Aber mir fällt gerade noch etwas anderes ein! Morgen ist doch der 28. April, oder? Da fängt doch die Lebensfreude-Messe an!«

»Äh? Und?«

»Komm doch mit!«

»Danke, so schlimm ist es noch nicht«, sagte ich. Es wurde wirklich dringend Zeit, dass Kiki mal einen anständigen Typen kennenlernte. Langsam fing ich an, die Meinung ihrer Eltern zu teilen ...

»Da kann man auch seine Aura fotografieren lassen. Stell dir das mal vor! Ich finde das ja total spannend! Komm doch mit. Wer weiß, vielleicht hast du ein Loch in deiner Aura«, erklärte Kiki, während sie den Ausschnitt ihrer Tunika weiter Richtung Bauchnabel zog, damit auch ihr Dekolleté genug Sonne abbekam.

»Sind da denn auch Leute, die das dann stopfen?«

»Wie?«

»Na, mein Loch in der Aura.«

»Du bist echt blöd«, meinte sie kopfschüttelnd und hatte vermutlich sogar recht. »Ich glaube, dir würde das echt guttun.«

»Mir tut etwas ganz anderes gut«, sagte ich und rief dem Kellner zu: »Einen Hugo, bitte!«

Wenn ich schon nicht schwanger war, dann wollte ich wenigstens auf diese Art und Weise etwas Freude haben.

Leider blieb es nicht bei dem einen Glas. Und leider hatte meine Mittagspause nicht 45 Minuten, sondern mehr als 5 Stunden und ging fließend in den Feierabend über. Von dem bekam ich allerdings nicht viel mit, denn zu diesem Zeitpunkt versuchten Kiki und Bob, mich irgendwie in den dritten Stock zu tragen. Wie sie das geschafft haben, ist mir ein Rätsel, und zum Glück erinnere ich mich auch nicht mehr daran. Filmriss nennt man so was.

»Bin ich in der Hölle?«, fragte ich Bob am nächsten Morgen, nachdem ich es geschafft hatte, mich im Bett aufrecht hinzusetzen. Immerhin hatte ich dafür nur eine Viertelstunde gebraucht.

»Nein, Langenfelderstraße. Hier, nimm die mal«, sagte er und hielt mir eine Aspirin entgegen.

»Zum Auflösen? Bäh, ich muss schon bei dem Gedanken spucken. Haben wir keine anderen mehr?!«

Bob stand auf und ging aus dem Schlafzimmer. »Ich guck mal nach«, hörte ich ihn aus dem Flur sagen.

Herr im Himmel, dachte ich. *Mach, dass das aufhört! Mein Kopf platzt gleich. Ich will auch wieder artig sein. Indianerehrenwort!*

Dann rutschte ich wieder runter in die Waagerechte. Sollte er mir doch eine Schnabeltasse besorgen. Oder einen Strohhalm. So was musste es doch irgendwo geben.

Bob setzte sich auf die Bettkante, an meine Seite. Die Matratze wackelte.

»Vorsichtig!«, murmelte ich wehleidig.

»Sorry. Sag mal, muss ich mir Sorgen machen?«

»Ja, musst du. Mein Kopf explodiert gleich, und das macht Flecken an der Wand.«

»Ich meine es ernst, Lisa.«

»Ich auch.«

»Willst du sonst vielleicht mal mit einem Profi darüber sprechen? Vielleicht hilft das?«

»Einem Profi? Ich soll zum Seelenklempner, weil ich nicht schwanger werde? Wer hat dir denn den Tipp gegeben?«

»Es muss ja kein Psychologe sein. Aber mit jemandem darüber zu sprechen, der Ahnung davon hat, das könnte sicher erleichternd sein.«

»Erleichternd wäre es, wenn die Tablette gleich wirkt.«

Bob sah mich an.

»Was soll ich denn bei so einem Psycho-Heini? Davon werde ich auch nicht schwanger. Obwohl …« Ich sah Bob grinsend an. »War ein Scherz! Meinetwegen lass uns in diese Praxis da gehen. Ich gebe auf.« Ich drehte mich langsam auf den Rücken. Oh, Gott, warum hatte ich die blöden Drinks nur gemixt? Wäre ich doch bei Prosecco und Hugo geblieben. Anfängerfehler. Ich fasste mir an den Kopf. Aua!

»Ja, das machen wir. So geht es jedenfalls nicht weiter. Das gestern, das ist doch nicht ohne Grund passiert. Du hast noch nie den Laden vergessen und dich mitten am Tag betrunken.« Bob sah mich ernst an. Sehr ernst.

»Ich finde das Leben einfach nicht gerecht. Womit habe ich das denn verdient? Ich verstehe das einfach nicht. Ich will doch nur ein Kind! Keinen Sechser im Lotto, keine Villa in Blankenese, keinen größeren Busen. Nein. Nur ein Kind!«

Dann drehte ich mich wieder auf die Seite und schloss die Augen, die inzwischen nicht mehr trocken waren.

21. Kapitel

Ich veränderte meine Position tatsächlich erst um Viertel vor drei. Was für ein Glück, dass Samstag war, war mein erster Gedanke, als ich auf den Wecker sah. Sonst hätte ich noch mehr Kunden verloren. Die drei Porträts von gestern Nachmittag würden sich wohl so schnell keinen neuen Termin holen, nachdem ich sie versetzt hatte. Ich hätte ja wenigstens Udo anrufen können, um ihn zu bitten, einen Zettel an die Ladentür zu hängen. Aber für solche Einfälle reichte es dann nach dem vierten Drink nicht mehr. Nun ja. Immerhin bin ich dann noch auf die lustige Idee gekommen, den Typen, der am späteren Nachmittag neben uns saß, zu fragen, ob er mir etwas von seinem Erbgut abgeben könnte. Ich glaube, er hätte es glatt gemacht, hätte Kiki sich nicht eingemischt. Dabei sah er Bob so was von ähnlich! Das wäre gar nicht aufgefallen.

»Was schenken wir eigentlich deinem Vater«, fragte Bob, nachdem er mir einen Kaffee ans Bett gestellt und sich auf den Rand der Matratze gesetzt hatte. Ach, er war doch der Beste! Gut, dass ich keinen anderen Samenspender genommen hatte.

»Sorry, was hast du gerade gefragt?«

»Was wir deinem Vater schenken«, wiederholte Bob.

»Meinem Vater?«

»Ja, deinem Vater. Erinnerst du dich? Du hast einen Vater«, sagte Bob mit besorgtem Blick.

»Ja, klar. Ich wollte ihm …«, sagte ich und schob mir ein Kissen hinter den Rücken, »ich wollte ihm … irgendwas schenken.«

»Gute Idee! Weißt du auch noch, was? Das könnte bei der Suche helfen.«

»Ja, ich glaube, ein Boot.«

»Aber das war doch etwas zu teuer, oder?«

»Stimmt. Lass mich kurz nachdenken, ich komme gleich drauf«, meinte ich und nahm mir den Becher, um erst mal einen Schluck Kaffee zu trinken. Ohne ging es einfach nicht. Das war der beste Beweis.

»Du hast noch 20 Stunden Zeit.«

»Ach Gott.«

»Nenn mich einfach Bob«, sagte Bob lächelnd und stand wieder auf.

»Das ist ja schon morgen!«

»Sie haben die volle Punktzahl erreicht.«

»Warum bist du so lustig am frühen Morgen?! Gibt es etwas, das ich noch nicht weiß?«

»Erstens ist es früher Nachmittag und nicht früher Morgen, und außerdem habe ich gerade eine sehr gute Nachricht erhalten. Ich war nämlich beim Briefkasten.«

»Aha«, machte ich und verstand kein Wort.

»Ich dachte mir, ich tue auch mal etwas für unseren Nachwuchs, beziehungsweise dafür, dass wir welchen bekommen, und habe mich schlaugemacht«, erklärte er feierlich aus dem Flur und kam zwei Sekunden später mit einem Schreiben zurück ins Schlafzimmer.

»Da ich privat versichert bin und mein Arzt mir bescheinigt hat, dass ich kein optimales Spermiogramm habe, übernimmt die Kasse alle Kosten!«

Ich verstand kein Wort. Das war eindeutig zu viel Information – zumindest in diesem Zustand.

»Das ist doch super! Weißt du, was das sonst kostet?«, fragte er euphorisch.

Wusste ich, was das kostet, überlegte ich, ohne zu wissen, wovon er sprach.

»Freust du dich nicht?«

»Doch. Total. Ich weiß nur gerade nicht, worüber«, sagte ich leicht verwirrt.

»Ich habe etwas Besseres als einen Psychologen: drei Versuche in der Kinderwunschpraxis!«

Jetzt war ich wach. Ich stellte den Becher auf den Nachttisch zurück. Ich wusste zwar, dass er sich – wie immer in unserer Ehe – um den Papierkram gekümmert hatte, aber dass dieser Papierkram schon einen Antrag beinhaltete, war mir nicht so klar gewesen. Oder waren gestern doch mehr Gehirnzellen abgestorben, als ich bisher vermutet hatte?

»Der Antrag ist schon durch? Das ging ja schnell. Hab ich gar nicht gedacht. Und auch nicht mitbekommen, ehrlich gesagt.«

»Ich wollte erst mal nachfragen, alles abchecken und es dir dann erzählen. Wer weiß. Wenn die nichts übernommen hätten, wärst du nachher enttäuscht gewesen.«

»Wäre ich nicht, weil ich trotzdem hingegangen wäre«, sagte ich trotzig und überlegte, was ich davon halten sollte.

»Wir.«

»Was?«, fragte ich.

»Wir wären hingegangen!«

»Ja, klar. Wir. Meinte ich ja.« Richtig, da war noch was.

Zwei Stunden später hatte ich mich wieder einigermaßen im Griff, saß frisch geföhnt in meiner Gemütlichkeitshose auf dem Sofa und rief bei Vera an. Rausgehen kam eh nicht in Frage. Es regnete in Strömen. Und irgendwie hatte Bob recht. Ich musste mal mit jemandem reden. Abgesehen von dem Mann in Weiß, den wir wohl demnächst besuchen würden.

Es klingelte. Und klingelte und klingelte. Wozu war eigentlich die Mailbox erfunden worden? Es klingelte noch dreimal. Ich wollte gerade auflegen, da ging sie ran.

»Ja?!«, fragte sie völlig aus der Puste.

»Hey, was machst du denn gerade?«, fragte ich sie.

»Ich komme aus einer Verhandlungsrunde, die ich mal kurz unterbrechen musste, die aber gleich fortgesetzt wird.«

»Bist du im Büro? Heute?«

»Nein, leider nicht. Das wäre pure Erholung gegen das, was ich hier gerade durchmache. Überleg es dir mit dem Kind noch mal oder lass dich nach dem ersten sofort sterilisieren. Hunde sind übrigens auch süß. Die kann man ins Tierheim bringen, wenn es irgendwie nicht klappt.«

»Muss ich mir Sorgen machen?«

»Ja. Ich weiß nur gerade noch nicht, um wen mehr. Um Tom oder um mich.«

»Was hat er denn jetzt angestellt?«

»Er hat sich das erste Mal in seinem kleinen Leben selbst beschäftigt, und ich habe mich zu früh darüber gefreut. Ich dachte tatsächlich, ich könne mal kurz in Ruhe meinen … äh, unseren Geschirrspüler ausräumen. Ich habe mir ja noch nicht mal die Nägel lackiert. Nein! Ich habe die Küche aufgeräumt! Tja, und jetzt habe ich einen Ehestreit.«

»Ich verstehe nur Böhmische Dörfer.«

»Ich war in der Küche und hörte ein Geräusch, von dem ich annahm, es wäre die elektrische Zahnbürste. Da mein lieber Mann mit Linus und Lilly auf dem Wochenmarkt war, konnte es also nur Tom sein.«

»Ist doch gut, wenn er das von sich aus macht.«

»Ja, genau! Hab ich ja auch gedacht. Es war nur leider nicht die elektrische Zahnbürste«, erklärte Vera, während im Hintergrund plötzlich der Staubsauger anging und Hannes schimpfte. Was genau er sagte, verstand ich nicht.

»Hannes saugt?«

»Ja, nachdem ich ihm gezeigt habe, wo unser Staubsauger steht! Das wusste er nämlich nicht. Oh Mann! Ein Irrenhaus ist das hier.«

»Was hat Tom denn nun gemacht?!«

»Er hat sich den Langhaarrasierer aus der Schublade genommen, der leider nicht auf lang, sondern auf einen Millimeter gestellt war, und sich eine Glatze rasiert. Allerdings nur oben, rundherum hat er einen Haarkranz stehen gelassen. Gott, sah das schlimm aus! Das kannst du dir nicht vorstellen! Ich habe geschrien, als er aus dem Bad kam. Bis zu diesem Moment dachte ich immer, die Natur hätte uns Müttern so ein Gen mitgegeben, das es uns ermöglicht, unseren Nachwuchs immer süß zu finden. Ich glaube, ich habe das nicht, dieses Gen.«

»Warum um alles in der Welt hat er das gemacht? Das

schreit ja nach einem Kinderpsychologen. Soll ich Max anrufen?«

»Nein danke. Er wollte einfach nur aussehen wie der Vater von Willi Wiberg.«

»Bitte, wer?«

»Willi Wiberg, das ist so eine Geschichte, die ich ihm abends immer vorlese, und der Vater von Willi hat halt eine Glatze samt Haarkranz auf dem Kopf. Der ist übrigens alleinerziehend. Ist Hannes demnächst auch, wenn er so weitermacht.«

»Warum hast du dich denn mit ihm gestritten? Deswegen?«

»Ich habe mich nicht gestritten«, meinte sie trotzig, »er hat sich mit mir gestritten! Weil er meint, ich müsse das Geräusch einer elektrischen Zahnbürste von dem eines Langhaarrasierers unterscheiden können! Während ich die Küche aufräume und seine Wäsche zusammenlege!«

»Ui.« Mehr fiel mir nicht dazu ein.

»Und was wolltest du?«

»Ach, ich wollte nur mal Hallo sagen«, flunkerte ich.

Aber Vera war Weltmeisterin im Enttarnen von kleinen und großen Lügen. Sie war schließlich Mutter. »Lisa, was ist los?«

Ich holte tief Luft. »Ich glaube, es führt kein Weg dran vorbei. Kannst du mir sagen, wie diese Klinik oder Praxis oder was auch immer heißt, in die deine Kollegin traurig rein und glücklich wieder rausgegangen ist?«

»Klar. Ich hatte mir das damals aufgeschrieben. Bevor ich dir jetzt Mist erzähle, lass mich kurz nachschauen. Bin sofort wieder da. Moment!«

Vera hatte ihr Handy beiseitegelegt. Im Hintergrund

hörte ich den Lütten rufen: »Ich bin der … Ich bin der … Ich bin der Führer!«

»Nein, bist du nicht. Du bist der L-O-K-O-M-O-T-I-V-führer«, sagte Vera, dann war sie wieder am Telefon. »So, da bin ich wieder.«

»Was spielen deine Kinder denn für komische Spiele?«

»Ach, ich muss wohl mal mit Linus zum Logopäden. Er will immer Lokomotivführer sagen und kriegt es irgendwie nicht hin. Und damit ihn die anderen nicht auslachen, lässt er »Lokomotiv« einfach weg. Na ja. In solchen Momenten bin ich immer froh, nicht auf die Öffentlichen angewiesen zu sein. Gott sei Dank haben wir ein Auto. Stell dir mal vor, er schreit das durch den Bus«, sagte Vera. »So. Hier ist jedenfalls der Name. Privatklinik Dr. Liechel. Die sind in Alsterdorf, glaube ich. Musst du mal googeln.«

»Danke, das mache ich. Wann sehen wir uns denn?«

»Meinetwegen sofort. Aber im Moment ist so viel los. Weißt du was? Wir sollten demnächst echt mal wieder nach St. Peter. Ich glaube, das wäre für alle ganz gut.«

»Absolut. Ich guck gleich in den Timer, wann es klappt. Ich kann dir ja ein paar Wochenenden vorschlagen, setz Kiki in cc und dann schauen wir nach der Schnittmenge.«

Man hörte, wie sich der Staubsauger näherte.

»Ich glaube, der Beutel ist voll. Wo sind denn neue?«, fragte Hannes.

»Im Laden!«, antwortete meine Freundin genervt. Dann zu mir: »Betreutes Wohnen ist das hier. Ich mach mal weiter. Meld dich, wenn du etwas über neue Fluchtmöglichkeiten weißt.«

Ja, klar. Mach ich!«

»Tschüss!«

Puh. Ich schaute Herrn und Frau Müller an. Die hatten noch nie einen Ehekrach gehabt. Lag es daran, dass sie kinderlos waren? Hm.

Ich legte das Handy weg und sah raus. Es goss immer noch.

In dem Moment kam Bob mit vollen Tüten vom Einkauf zurück. Sein Baseballcap tropfte, die Jacke war komplett nass. Seine Brille hätte einen kleinen Scheibenwischer nötig gehabt. Wie gut, dass Häuser hohl waren, hatte meine Mutter früher immer gesagt, wenn mein Vater klitschnass reinkam. Recht hatte sie.

»Es ist mir wieder eingefallen«, sagte ich.

»Was?«, fragte Bob zu Recht.

»Was ich, also was wir meinem Vater schenken. Eine Fahrt mit dem Hamburger Feuerschiff. Weißt du, dieses knallrote Ding unten im Övelgönner Museumshafen. Inklusive Übernachtung in der Kapitänskabine«, erklärte ich stolz. Nicht wegen der supertollen kreativen Idee, sondern weil ich mich wieder erinnern konnte.

»Super!«, meinte Bob. »Hier, guck mal, ich habe dir die Brigitte mitgebracht.«

»Oh, danke!«

Ich machte das Gummiband ab und sah das Cover an. »Brigitte Women«.

»Seit wann lese ich Brigitte Women?«

Bob hatte die Jacke ausgezogen. Der Kragen seines braunen Poloshirts hatte etwas von der Nässe abbekommen. »Na ja, ich dachte, du bist jetzt langsam die Zielgruppe. Ist doch für reife Frauen ab 40, oder?«, sagte er und zwinkerte mir zu.

»Das ist nicht lustig«, protestierte ich. »Außerdem bin ich nicht 40. Noch nicht.«

»Ich habe es eigentlich nur wegen des Titelthemas gekauft. Guck doch mal«, sagte er, setzte sich neben mich aufs Sofa und zeigte auf das, was neben der hübschen Frau mit den langen roten Haaren und den Lachfalten stand.

»*Endlich 40! Endlich guter Sex!* Meinst du das? Na, da müssen wir wohl noch etwas warten«, sagte ich und musste lachen.

»Nein, ich meine das da: *Unerfüllter Kinderwunsch.*«

»Die 10 wichtigsten Fragen«, las ich laut vor. »Na denn.« Ich schlug die Zeitschrift auf, um im Inhaltsverzeichnis nachzusehen, auf welcher Seite meine Fragen beantwortet würden.

Seite 76 zeigte eine Frau, vermutlich knapp über 40, mit rundem Bauch hinter der Teetasse und einem breiten Gewinnerlächeln im Gesicht.

»Ich mach noch einen Kaffee, willst du auch?«, fragte Bob und stand auf.

»Ja, danke«, murmelte ich und fing an zu lesen.

Der kleine Kasten rechts neben dem Artikel, schien mir, war viel interessanter als der Rest:

- 1,5 Millionen deutsche Männer sind von einer Zeugungsschwäche betroffen.
- Die Männer unseres Kulturkreises haben nur noch halb so viele Spermien wie die Männer vor 50 Jahren.
- Jedes 2. Paar versucht die Zeugung zum falschen Zeitpunkt während des Zyklus.
- 15 % aller Paare im zeugungsfähigen Alter sind unfruchtbar.

Danke. Jetzt fühlte ich mich besser. Ich war nicht allein. Super. Ich schlug die Zeitschrift zu und legte sie auf den Tisch vor mir.

»Prima! Prima!«, krähte Herr Müller, und ich war mir nicht sicher, ob er meine Verfassung, seine Frau oder den Regen meinte.

Bob kam mit einem Glas Wasser rein, stellte es mir auf den Tisch und ging wieder raus.

So ging es nicht weiter. Jetzt musste etwas passieren. Genug gejammert. Ich stand auf und holte meinen Laptop aus dem Schlafzimmer. Dann gab ich »Dr. Liechel« in die Suchmaschine ein.

»Was machst du?«, fragte Bob, nachdem er mit zwei Bechern Kaffee wieder neben mir Platz genommen hat.

»Ich suche nach einem Nachhilfelehrer. Von nix kommt nix. Und ich will nicht zu den 15 % gehören.«

»Welche 15 %?«

»Die, die keine Kinder kriegen!«

22. Kapitel

Es war Ende Mai, als ich da saß, wo ich nie hinwollte: in der Infoveranstaltung der Kinderwunschpraxis. Natürlich nicht allein. Zum Kindermachen gehören schließlich zwei. Beziehungsweise drei, in unserem Fall.

Eines war sofort klar, nachdem wir die Tür hinter uns geschlossen hatten und uns umsahen: Kinderkriegen war eine teure Angelegenheit. Anders war es nicht zu erklären, dass hier Bauhausstühle neben anderen unbezahlbaren Designer-Möbeln standen. Von den Gemälden mal ganz abgesehen: riesengroße rahmenlose Ölbilder, die den Hafen, Schiffe und die Elbe zeigten. Hätte man mich hier mit verbundenen Augen reingeführt und mir erst jetzt die Augenbinde abgenommen, ich wäre nie im Leben darauf gekommen, dass dies hier eine Kinderwunschpraxis war. Es sah eher nach einer Kanzlei für reiche Steuerhinterzieher aus.

Nachdem uns die junge Frau mit der steifgebügelten Bluse vom Empfang den Gang entlanggeführt und in einen hellen, lichtdurchfluteten Raum mit schwarzen Lederstühlen gebeten hatte, in dem der Vortrag stattfinden sollte, überlegte ich kurz, ob es mir unangenehm sein musste, hier zu sein. Ich entschied mich für Ja – und war damit nicht allein. Alle saßen befangen im Halbkreis und schwiegen sich an. Ich hatte den Eindruck, jeder hätte sich am liebsten wie eine Schildkröte in seinen Panzer zurückgezogen. Denn eigentlich waren wir ja alle gar nicht hier. So bemühte man sich zumindest, jeden Blickkontakt zu vermeiden. Merkwürdige Atmosphäre. Vor uns eine Leinwand, auf die ein Diaprojektor vermutlich gleich Statistiken und Zahlen werfen würde, hinter uns der Nachhilfelehrer. *Wie früher*, dachte ich. Mit einem Unterschied: Heute trug der Lehrer einen weißen Kittel, früher hatte er ein braunes Cordjacket an.

Er begrüßte uns freundlich, wies auf Wasser und Saft auf dem Beistelltisch neben der Eingangstür hin und begann seinen Vortrag. Egal, wie unangenehm es dem einen oder anderen war, hier zu sein – ich war erleichtert. Denn ich wusste jetzt: Nicht nur unser Sex war voll durchprogrammiert. Der der anderen war es auch. Ebenso wie der Vortrag. Ich schaute dem Arzt gespannt auf den Mund, weil ich mir sicher war, dass er gar nicht selbst redete, sondern irgendwo versteckt ein Tape ablief. Playback. Aber er machte keinen Fehler bei der Mundbewegung.

Uns gegenüber saßen die beiden, die mit uns gemeinsam den »Raum der Hoffnung« betreten hatten. Allein der Name! Absurd. Na ja, ich tippte bei ihm jedenfalls auf Manager. Seine auffallend schlanke Frau mit den Perlenohrringen und dem Siegelring am kleinen Finger stopfte ich in die Schublade Juristin. Die beiden hatten zur gleichen Zeit wie wir eingeparkt. Sie ihren neuen Porsche, wir meinen antiken Golf.

»Wetten?«, hatte ich zu Bob gesagt, als wir aus unserem Moos-Mobil stiegen.

»Was, wetten?«

»Wetten, die gehen auch in die Kinderwunschpraxis?«

»Keine Ahnung«, flüsterte er. »Wie kommst du darauf?«

»Weil das Leben eben doch gerecht ist«, sagte ich lächelnd, schmiss mit voller Wucht die alte Golftür zu, drückte mit dem Po noch mal nach und marschierte Richtung Rotklinker.

Wir gingen mit den Porschies ins Treppenhaus, um dann gemeinsam an der Zahnarztpraxis vorbeizugehen, an der Hautarztpraxis und an dem Urologen. *Tja*, dachte ich, als wir gemeinsam im ersten Stock vor der Tür der Kinderwunschpraxis standen, *da nützt auch das schönste Auto nichts. Vor dem Reproduktionsmediziner sind alle gleich.*

Nun saßen sie uns also gegenüber und wollten allerhand Dinge wissen, die eines klar machten: Sie hatten keine Zeit für ein Kind. Erst recht nicht, um eines zu machen. Sein Anzug saß gut, ihr Kostümchen auch. Ich versuchte mir vorzustellen, neben ihr stünde keine Akten-, sondern eine Wickeltasche und sie würde nicht nach Chanel, sondern nach Aufgestoßenem riechen. Es gelang mir nicht.

»Das könnte man alles optimieren!«, hörte ich ihn murmeln.

»Wie optimieren?«, fragte das Kostüm.

»Na, ganz einfach, indem man den Interessenten vorher eine Broschüre nach Hause schickt und sie hier dann nur noch die Fragen stellen, die sich für sie daraus ergeben.«

Warum wollen Männer immer Zeit sparen? Und wofür? Und seit wann waren wir Interessenten? Mir kam es jedenfalls so vor, als wollte er seinen eigenen Lebenslauf optimieren, denn der Platz ganz oben, dort, wo die persönlichen Daten standen, wies noch eine Lücke auf, die geschlossen werden musste.

»Muss ich denn an dem Tag, an dem meiner Frau die Eizellen entnommen werden, anwesend sein für die Befruchtung oder«, er schaute auf sein Blackberry, »könnte ich vorher zu einem anderen Zeitpunkt kommen, und die Spermien werden eingefroren?«

Stille.

Links von uns saßen zwei Frauen. *Mutter und Tochter*, dachte ich, bis mir auffiel, dass sie etwas zu lange Händchen hielten.

Rechts von uns hing ein Mann in seinem Stuhl, der sich größte Mühe gab, nicht einzuschlafen. Dabei hatte der Vortrag gerade erst begonnen. Und wir mittendrin.

Mit einem Haufen Unterlagen, die wir durchlesen und ausfüllen sollten, fuhren wir anderthalb Stunden später wieder nach Hause.

»Gott, war das skurril«, sagte ich mehr zu mir selbst als zu Bob.

»Wir können es doch erst mal langsam angehen und eine Insemination machen. Es muss ja nicht gleich eine ICSI-Behandlung sein. Überleg dir das doch noch mal.«

»Da muss ich nicht viel überlegen. Du hast doch gehört, was er gesagt hat. Die wenigsten Frauen werden davon schwanger. Warum soll ich das denn machen? Kostet nur Geld und bringt ja anscheinend nicht den erwünschten Erfolg. Aber sag mal, fandest du es nicht auch total merkwürdig?«

»Geht so … Nö, eigentlich nicht«, überlegte Bob laut und schüttelte dabei den Kopf.

»Ach ne, stimmt, du unterhältst dich ja auch mit deinen Kollegen zwischen zwei Pizzen über dein Sperma«, meinte ich. »Für mich ist das neu. Ich muss mich da erst dran gewöhnen, dass andere mehr über meinen Eisprung wissen als ich.« Wobei das keine Kunst war. Ich wusste rein gar nichts über das, was »da unten« so los war. Seit einer Stunde konnte ich mit dem Wissen glänzen, dass Sperma die kleinste Zelle und die Eizelle die größte Zelle des menschlichen Körpers waren. Falls mich mal jemand fragen sollte. Da trafen also zwei komplett ungleiche Kräfte aufeinander, überlegte ich. Das konnte ja nichts werden.

Bob sah mich von der Seite an. Ich spürte seinen Blick. Ausgerechnet jetzt musste er mich so anstieren, wo ich doch gleich einparken wollte. Rückwärts. Bei mir ging rein gar nichts, wenn mich irgendwer anglotzte. Der eigene Mann inklusive. *Das werden mindestens drei Versuche, bis ich in der Parklücke bin*, dachte ich. Ich sollte leider nicht recht behalten. Es war nur einer. Allerdings einer gegen den Baum.

»Einparken nach Gehör«, meinte Bob nur und stieg aus, um sich den Schaden näher anzusehen.

Ich stieg ebenfalls aus und betrachtete die Beule am Wagen. »Was soll's«, sagte ich gespielt cool, denn in Wahrheit ärgerte es mich maßlos, dass mir das ausgerechnet in Anwesenheit eines Mannes passieren musste. Auch wenn ich mit dem Mann verheiratet war. Dieses blöde Klischee! Und ich musste auch noch beweisen, dass es stimmte. Zumindest in meinem Fall. Prima. »Wir werden wohl eh irgendwann einen größeren Wagen brauchen«, sagte ich, stieg wieder ein, setzte noch ein paarmal vor und zurück, bis der Wagen ordentlich stand, stieg aus und schloss ab.

»Na, ob ein größerer Wagen hilft, weiß ich nicht«, sagte er lachend. »Vielleicht lieber ein kleinerer?«

»Hahaha! Wie lustig. Hast du einen Clown gefrühstückt?«

»Außerdem muss es doch erst mal klappen, Schatz.«

Ich blieb auf der Straße stehen und sah Bob an, als sähe ich ihn zum ersten Mal.

Von hinten kam ein Wagen angefahren, bremste ab, hupte.

»Das klingt ja, als würdest du nicht daran glauben!«

»Willst du nicht mal Platz machen?«

»Nein, will ich nicht.«

Es hupte wieder.

»Der arme Mann kann doch nichts dafür, nun komm schon«, meinte Bob und streckte mir die Hand entgegen.

Ich blieb stur. »Glaubst du jetzt an unser Kind oder nicht?«

Es hupte noch einmal.

»Natürlich glaube ich daran. Ich denke nur, wir sollten nichts überstürzen und erst einmal abwarten bis …«

»Ja ja, we cross the bridge, when we come to it. Schon gut. Ein bisschen mehr Optimismus und Frohsinn wären ganz schön.«

Das sagt ja die Richtige, dachte ich und schlurfte auf den Fußgängerweg. Der Wagen fuhr mit quietschenden Reifen an uns vorbei.

»Prolet!«, schrie ich ihm hinterher.

»Süße, so war das doch gar nicht gemeint. Lass uns das

doch jetzt erst mal machen und schauen, wie es läuft. Und dann gucken wir nach einem neuen Auto.«

»Ich will kein neues Auto. Darum geht es doch gar nicht.«

Es war Mittwochabend, und die Straßen waren voll von geparkten Autos. Ein Wunder, dass ich bei uns in der Straße, direkt gegenüber vom Luxor, noch einen Parkplatz gefunden hatte.

»Wollen wir noch was essen gehen?«, fragte Bob.

»Ist das nicht etwas spät?« Ich sah auf meine Armbanduhr. Kurz vor neun.

»Ach, quatsch. Komm. Du kannst ja einen Salat nehmen«, sagte Bob, griff nach meiner Hand und zog mich über das Kopfsteinpflaster auf die andere Straßenseite.

In dem Moment klingelte mein Handy. Max.

»Ahoi!«, begrüßte ich ihn, nachdem ich mich von Bob losgemacht hatte.

»Wo steckst du?«, fragte Max.

»Beim Luxor. Wir wollen noch kurz was essen.«

»Ah, dann will ich nicht stören. Was machst du morgen?«

Ich überlegte kurz. »Ich glaube, da habe ich nichts vor. Holst du mich ab, und wir gehen was trinken?«

»Guter Plan. Ist 18 Uhr zu früh?«

»Nein, perfekt!«

»Dann guten Appetit und grüß schön!«

»Mach ich. Bis morgen!«

»Morgen haben wir doch den nächsten Termin bei Dr. Liechel«, erinnerte Bob, als ich von meiner Verabredung erzählte. »Wir sind mit unserem Nachhilfelehrer verabredet.«

»Ach ja, Mist. Setz dich schon mal, ich ruf Max kurz zurück.«

Ich brauchte dringend Ginkgo-Tabletten, sonst würde das nix, schoss es mir durch den Kopf.

Ein paar Minuten später saß ich an einem der Holztische draußen vor der großen Fensterscheibe des Restaurants neben Bob, der in der Karte blätterte.

»Weißt du schon, was du nimmst?«, fragte ich.

»Ja, wie immer, die Penne mit Sepia in Knoblauchöl gebraten und … und ein Glas von dem offenen Rotwein.«

»Haben Sie sich schon entschieden?«, fragte in dem Moment der nette Kellner neben uns.

»Ja, ich hätte gerne die Penne mit Sepia«, wiederholte Bob. »Und du?«

»Ich nehme den Salat mit dem Rohmilchkäse und eine Weißweinschorle.«

»Willst du nicht lieber auch Penne nehmen? Oder eine Suppe? Und eine Apfelsaftschorle oder so?«, mischte Bob sich in meine Bestellung ein.

»Nein, möchte ich nicht«, erklärte ich und sah erst Bob und dann den Kellner an, der leicht verwirrt guckte.

»Also bleibt es dabei?«, fragte er verunsichert.

»Ja, es bleibt dabei«, sagte ich mit Nachdruck in der Stimme.

Der Kellner ging.

»Was war das denn. Bist du jetzt mein Zivi?«, fragte ich Bob.

»Ich dachte nur … vielleicht ist es ja besser, wenn du Alkohol und Rohmilchkäse und solche Sachen in nächster Zeit weglässt.«

»Okay, kein Problem. Dann du aber auch.«

»Warum ich denn?«

»Warum? Weil es schließlich auch um deinen Anteil an der Geschichte geht. Die Guten ins Töpfchen, die Schlechten ins Kröpfchen, du erinnerst dich? Warum soll denn nur ich auf das ganze Schöne verzichten? Schließlich sind es ja deine Spermien, die wir auf Trab bringen müssen.«

»Das kann man so auch nicht sagen. Wir wissen ja gar nicht, woran es liegt …«

»Trotzdem ungerecht, oder?«

23. Kapitel

In den nächsten drei Wochen war ich mit Blutabnahmen, Eileiterdurchspülungen und anderen unschönen Dingen beschäftigt. Bis unser Bergführer das »GO!« gab. Wie sich schnell rausstellte, war das »GO!« teuer.

»Das macht dann 1.695 Euro, bitte«, sagte die freundliche Frau hinter dem Tresen in der Apotheke.

Wir waren mit einem Haufen Rezepten bewaffnet, die alle ausschließlich für mich bestimmt waren, an diesem lauen Juniabend aus der Kinderwunschpraxis raus- und direkt in die darunter liegende Apotheke reingegangen. *Super Standort*, überlegte ich, während ich in Gedanken noch bei unserem Bergführer und dem Himalaya war, auf den er uns nun also führen wollte.

»Wir rollen«, hatte er ja noch gemeint. Tja, und das war bekanntlich teuer. Aber so teuer? Schließlich flog ja nur ich mit. Erst mal. Und es waren doch nur ein Nasenspray, das meinen Hormonhaushalt runterfahren sollte, dann noch so ein paar Tabletten und die Hormonspritzen. Mehr nicht.

»Bitte?!«, kam es etwas zu laut aus mir heraus, während Bob seine goldene Master-Card zückte, als hätte er mit nichts anderem gerechnet. Na ja, die Versicherung würde es ja eh übernehmen, versuchte ich mich innerlich zu beruhigen.

Die Apothekerin schob die Karte in das Gerät und lächelte mich weiter an. War das Freude, weil sie eine Provision bekam, oder war da noch etwas anderes in ihrem Blick? Eine Spur von Mitleid? Wusste sie etwas, das ich noch nicht wusste, überlegte ich schnell. Natürlich! Sie kannte die Nebenwirkungen! Ich musste auf der Stelle den Beipackzettel lesen. Von einigen Nebenwirkungen hatte uns der selbst ernannte Bergführer berichtet. Aber vielleicht hatte er ein paar Sachen extra nicht erwähnt.

Kaum hatten wir die Apotheke verlassen, holte ich das kleinste der vielen Medikamente aus der Tüte. Vermutlich hatte mein Unterbewusstsein gedacht, kleine Medikamente hätten kleinere Beipackzettel, auf denen weniger stand. Dem war nicht so.

Vermutlich wäre es schlauer gewesen, den Zettel nicht zu studieren. Jetzt, wo ich mich gerade einverstanden erklärt hatte, dass mein Hormonhaushalt durch Medikamente ferngesteuert wurde. Dass ich mithilfe von Hormonspritzen zur Legehenne wurde. Dass ich fleißig Eier produzierte, die mir dann unter Vollnarkose punktiert würden … Wer wollte da noch mehr Info? Ich! Also:

Hitzewallungen. Okay, dann wusste ich jedenfalls endlich mal, wie es meiner Mutter ging.

Veränderungen des Geschlechtstriebes.

Stimmungsschwankungen. Nichts Neues.

Akne! Bekäme ich hundertprozentig! Allein schon als späte Rache dafür, dass ich während der gesamten Pubertät keinen einzigen Pickel hatte und mich leider viel zu häufig über die meiner Schwester lustig gemacht hatte. Waren Pickel vielleicht ein Zeichen für Fruchtbarkeit? Schließlich hatte Mona Kinder. Und ich nicht.

Veränderung der Körperbehaarung. Oh. Gott. Ich stellte mir vor, wie ich eines Morgens davon aufwachte, dass mich Haare kitzelten. Nicht die von meinem Kopf. Die von meiner Brust, die an meinem Hals hochgewachsen waren und mich jetzt an meiner Nasenspitze berührten.

Gedächtnisstörungen. Die gehörten eh schon zur Grundausstattung.

Körpergeruch. Oh nein!

Sehstörungen. Hilfe. Bei meinem Beruf?! Eine Fotografin mit Sehstörungen? Wie sollte das funktionieren?

Kopfschüttelnd stopfte ich den Beipackzettel in die Packung zurück und stellte fest, dass das nicht ging. Das funktionierte grundsätzlich nicht, wenn man die Faltkunst nicht beherrschte.

»Hey. Jetzt mach dich mal nicht kirre«, sagte Bob. »Das heißt doch nicht, dass du das alles kriegen musst.« Er schaute mich von der Seite an, während wir über den Parkplatz zum Wagen gingen.

»Na, das würde ich jetzt auch sagen, wenn ich du wäre!«

»Wie meinst du das?«

»Du musst das ja auch nicht alles nehmen. Allein die Spritzen hier«, ich wühlte in der Tüte. »Ich weiß gar nicht, wie das gehen soll. Ich hab ja schon Angst, wenn mir ein anderer eine Spritze gibt. Wie soll ich mir selbst eine geben? Am besten, du bindest mich an den Küchenstuhl und gibst sie mir dann. Eine andere Möglichkeit sehe ich gerade nicht.«

»Kein Problem. Ich fessele dich«, sagte Bob augenzwinkernd. »Aber dir ist schon klar, dass so eine Geburt auch kein Zuckerschlecken ist, was man so hört. Nicht dass ich das dann nachher auch übernehmen muss«, sagte er und lachte.

»Da lass ich mir eine Vollnarkose geben«, sagte ich und packte die Medikamente wieder in die Tüte zurück. »Taschentücher und Traubenzucker hat sie mir auch noch mit eingepackt«, stellte ich fest. »Wie nett. Fragt sich nur, wofür.«

War das ein Zeichen? Das mit den Taschentüchern? Nein, natürlich nicht. Das machen die bei allen Kunden so. Ich sollte mir nicht immer das Schlimmste ausmalen. Bob hatte recht: Ich sollte das positiv sehen und etwas Geduld haben. Vielleicht war es auch nur die Aufregung. Es ging jetzt schließlich los!

24. Kapitel

Es war traumhaft warm, als ich am Freitagabend kurz vor 19 Uhr an der Elbe entlangging. Ich hatte mich mit Max an der Strandperle verabredet. Auf diese schöne Idee waren leider nicht nur wir gekommen: Es wimmelte nur so vor Menschen in Flip-Flops, kurzen Hosen und bunten Röcken. Ganze Sturmtruppen kamen mir entgegen. Am Övelgönner Museumshafen hatte ich mein Rad angeschlossen, um das letzte Stück am Strand zu Fuß zu gehen, bis ich zu dem ehemaligen Kiosk kam, der nun, direkt am Strand, Café und Bar gleichzeitig war.

Ich sah auf die Kräne am gegenüberliegenden Ufer der Elbe, die gerade ein riesiges Containerschiff entluden. Wie oft hatte ich solch eine Situation schon beobachtet? Trotzdem war ich immer wieder total fasziniert. Neben mir, ein paar Tische weiter, fing ein Kleinkind an zu weinen. Ich drehte mich kurz um, als Max am Tisch stand.

»Wie schön dich zu sehen«, sagte er und nahm mich in den Arm, nachdem er mir einen Begrüßungskuss gegeben hatte.

»Na, was gibts Neues, Sweetie?«, fragte Max, nachdem wir uns gesetzt hatten.

Klar, das war eine ganz normale, berechtigte Frage. Aber ich fühlte mich irgendwie ertappt und fragte mich, ob man mir inzwischen schon ansah, dass ich ständig nur an das eine dachte: Babys.

»Wieso?«, fragte ich. »Sehe ich so aus, als gäbe es viel Neues in meinem kleinen Leben?«

»Na ja, wir haben uns ungewöhnlicherweise ein paar Wochen nicht gesehen. Und außerdem hattest du doch etwas vor … Da wollte ich nur mal nachfragen, ob es Neuigkeiten gibt.«

»Du meinst die Fortpflanzungsaktion? Ja, da gibt es schon Neuigkeiten. Aber nicht so, wie du denkst.«

Er sah mich fragend an.

»Wir helfen jetzt ein bisschen nach.«

»Aha.«

»Untenrum und Frauenkram ist doch nicht deins, Max. Willst du das jetzt wirklich wissen?«

»Ja, warum nicht. Aber vorher hole ich uns was zu trinken«, sagte er und war auch schon verschwunden.

»So, einmal Rhabarbersaftschorle Grande für die Dame«, hörte ich Max ein paar Minuten später hinter mir sagen. »Alkohol ist jetzt ja wohl erst einmal gestrichen, oder? Nun erzähl doch mal, wie geht es dir?«

»Mir geht es gut. Alles bestens. Ich bin nur etwas aufgeregt. Hab mich ja schließlich lang genug vor diesem Schritt gedrückt, in so eine Kinderwunschpraxis zu gehen. Und jetzt will ich am liebsten, dass es sofort losgeht. Aber sofort gibt's gerade nicht im Angebot. Ich muss erst mal so ein Nasenspray nehmen und Tabletten. Dann zum Ultraschall, um zu sehen, wie mein Körper die Mittel annimmt, Blutabnahmen und was weiß ich noch alles. Dann entscheidet der Arzt, wann ich mit den Spritzen anfange. Na ja, Geduld habe ich ja nicht gerade erfunden«, erklärte ich und nahm einen Schluck von dem hellrosa Zeug. »Und es gibt noch etwas Neues. Einen *Wanderplan.* Stell dir das mal vor: Ich habe einen Plan! Das erste Mal in meinem Leben«, erklärte ich mit geradem Rücken vermeintlich stolz. »Pass mal auf, ich werde doch noch eine ganz Durchstrukturierte!«

»Bitte nicht! Ich fand dich bisher ganz wunderbar. Außerdem, deinen Business-Plan für den Laden, den hast du doch auch …«

»Den hat Bob mir geschrieben!«, unterbrach ich. »Das war nicht meiner … also, nicht wirklich.«

»Na, und was steht da so drauf? Auf deinem Wanderplan?«

»Da steht genau, was ich wann und wie einzunehmen habe. Und je nachdem, wie sich meine Eizellen entwickeln, wird es dann eine Punktion geben. Dabei werden meine Eizellen mit Bobs Spermien bekannt gemacht und nach geglückter Fusion geht's wieder ab zu Mutti.«

»Ah. Alles klar. Warum überhaupt Wanderplan?«

»Weil unser Arzt einen ausgeprägten Knall hat und meint, sein Bücherregal wäre der Himalaya, auf den wir jetzt hochmüssen – und er ist unser Bergführer.«

Max sah mich amüsiert an. »Na, dann hoffe ich, du hast die richtige Wanderausrüstung dabei!«

»O Gott, jetzt fang nicht du auch noch an. Ich bin ja gespannt, was dem noch so einfällt.«

»Darauf trinken wir. Auf alle wandernden, zukünftigen Muttis dieser Welt! Mögen sie alle den Himalaya erklimmen! Prost!«

»Prost!«

Wir stießen mit unseren rosa Schorlen an.

Gerade als wir mitten ins Gespräch vertieft waren, vibrierte mein Handy. Es war kurz vor 22 Uhr. *Liege mit Fieber im Bett. Sorry! Louisa.*

»Sommergrippe. Die Arme. Na, dann darf ich wohl demnächst los. Ich muss morgen in den Laden. Louisa ist krank.«

»Was machst du eigentlich dieses Jahr an deinem Geburtstag? Weißt du das schon?«

»Ne, ich mache nichts. Hatte erst überlegt, ob wir vielleicht einen Brunch machen oder so, aber irgendwie hab ich keine Lust auf Anstrengung. Ich bin gerade so träge. Vielleicht nächstes Jahr wieder.«

»Nächstes Jahr wirst du sicher noch weniger Lust haben, weil du müde bist, im Kreißsaal liegst oder Wasser in den Beinen hast. Du wirst doch wohl jetzt kein Party-Muffel? Nur weil du unter die Muttis gehst?«

»Keine Angst! Das wird nicht passieren«, beruhigte ich ihn und musste an die vielen Abende und Nächte denken, die wir schon zusammen durchgetanzt hatten. Max und ich.

Wir blieben noch eine halbe Stunde sitzen und lästerten über die ganzen verrückten Mütter, die man so traf und zu denen ich natürlich niemals gehören würde, sahen den Containerschiffen auf der Elbe zu, dann verabschiedeten wir uns. Wie immer mit einem dicken Kuss.

25. Kapitel

Im Laden war erstaunlich viel los für einen Samstag.

Als ich um zwei Uhr verhungert und erschöpft zu Hause die Tür aufschloss, roch es nach Essen. Herrlich! Im Laden war ich nicht mal dazu gekommen, einen Kaffee zu trinken. Das sollte was heißen. Vom Essen mal ganz abgesehen.

Bob stand in der Küche und schnippelte was.

»Mmmh. Das riecht ja lecker. Was ist das denn?«, fragte ich neugierig, denn Bob bekam in der Regel nicht mal einen Pfannkuchen hin.

»Ein Rezept von meiner Mutter. Hat sie gemailt.«

»Gemailt? Deine Eltern haben einen Computer?«

»Ja, sie haben sich von irgendeinem Elektroheini einen Laptop gekauft. Ich war auch ganz erstaunt. Aber anscheinend haben sie die Vorzüge schnell lieben gelernt. Sie sind jetzt auch bei Facebook!«

»Bitte was? Haben sie wieder mit dem Kiffen angefangen?«

Bob lachte. An der Einbauküche – auf Augenhöhe neben dem Herd – hing ein DIN-A-4-Blatt: die Mail seiner Mutter samt Rezept, mit Tesafilm befestigt. Auf die Idee war ich ja noch gar nicht gekommen! Sieh mal einer an. Mein lösungsorientierter Mann.

Auf alle Fälle stand schnell fest: Er machte keinen Toast Hawaii.

Im Topf blubberte eine undefinierbare Flüssigkeit. Ein paar Kräuter konnte ich erkennen, Möhrchen und noch irgendwas anderes, das ich noch nie gesehen hatte. In einem kleinen Topf daneben fing gerade Wasser an zu kochen. Kleine helle Körner, die darin schwammen, tänzelten auf und ab. Es roch irgendwie – ungewohnt.

»Couscous mit Rosenwasser, Curcuma, Kardamom und Zimt. Und Gemüse natürlich«, erklärte Bob, während er sich vergeblich mit dem Küchentuch die beschlagene Brille trocken wischte. In diesem Moment fand ich ihn richtig süß, wie er da stand in der Küche und eigentlich, ohne es zugeben zu wollen, doch ein klein wenig überfordert aussah.

»Sag mal, wie kommt das eigentlich? Also, dass du kochst. Und dann auch noch so ein … Gericht von deinen Eltern.«

»Ach, ich dachte, ich muss mich als Hausmann versuchen«, sagte er und setzte sich die Brille wieder auf. »Wenn du erst mal mit dem Stillen beschäftigt bist, muss ich uns ja auch mal was kochen. Außerdem klang das ganz gesund. Du brauchst dann ja auch Eisen und Vitamine und …«

»Ich liebe dich«, unterbrach ich ihn, nahm ihm seine beschlagene Brille von der Nase, schob mich zwischen Herd und Mann und küsste ihn.

»Sag mal, hast du dein Nasenspray genommen?«, fragte er nach meiner Knutschattacke.

»Ja, Papa«, sagte ich und ging zum Kühlschrank, um einen roten Haken auf der Liste der Medikamente zu machen. Den dritten. Den hatte ich nämlich in der Tat heute früh vergessen. Das war ihm anscheinend aufgefallen.

»Was machen unsere Turteltäubchen? Man hört gar nichts. Sind sie etwa plötzlich verstummt?«, fragte ich und ging ohne die Antwort abzuwarten Richtung Wohnzimmer. »Na, ihr Süßen, geht es euch gut«, fragte ich im Wohnzimmer, bekam aber keine Antwort.

Ich wurde noch nicht einmal eines Blickes gewürdigt. Das Ehepaar Müller saß auf der Fensterbank und sah raus. Tja, ich war nur noch als Service-Station interessant. Wenn überhaupt.

»Hallo, ich rede mit euch. Ihr könntet mich ja wenigstens mal ansehen, wenn ich euch grüße.«

Bob stand mit einem Geschirrhandtuch im Türrahmen und lachte.

»Was ist daran so komisch?«

»Ich finde dich süß. Übst du schon mal an den Vögeln?«

»Wieso üben?«

Bob ging in die Küche zurück. »Wir können essen, wenn du magst«, hörte ich ihn im Flur sagen.

»Mag ich?«, fragte ich in den Raum. »Wenn's mir nicht schmeckt, bekommt ihr das. Einverstanden?«

26. Kapitel

Ob es die Tatsache war, dass Montag war, oder ob es schon die ersten Nebenwirkungen der Medikamente waren, wusste ich nicht. Fakt war: Ich war nicht mehr gut drauf. Tendenz steigend. Ich hatte das Gefühl, ein schweres Schicksal mit mir rumzuschleppen, dabei war doch eigentlich alles tipptopp. Das mussten die Hormone sein. Ansonsten hatte ich von den ganzen schlimmen Nebenwirkungen – Gott sei Dank – bisher nichts mitbekommen. Aber jetzt war der Ofen aus.

»Es wird Ihnen in den nächsten Tagen besser gehen«, versuchte mich Dr. Liechel zu beruhigen, während er mich in sein Zimmer bat.

Er hatte mir anscheinend schon alles vom Gesicht abgelesen. Dann deutete er auf den schweren Holzstuhl vor seinem Schreibtisch. Ich setzte mich und wartete wie bei der Zeugnisvergabe auf das, was jetzt kommen würde.

»Ihr Körper spricht sehr gut auf die Medikamente an«, sagte er voller Begeisterung. »Das ist schon mal eine gute Voraussetzung. Und hier«, er zeigte auf das Ergebnis meiner Blutabnahme, »sieht man das sehr schön. Alles im Keller! Wunderbar!«

»Im Keller?«

»Ja, Ihr Hormonhaushalt«, sagte er grinsend und tippte irgendetwas in seinen Rechner. »Durch das Nasenspray wurden Ihre Hormone komplett auf Null runtergefahren. Sie sind sozusagen in den Wechseljahren. Deshalb geht es Ihnen auch nicht so gut. Aber das ändern wir. Ihr Hormonhaushalt wird jetzt wieder schön hochgekurbelt. Den bauen wir mit den Spritzen künstlich wieder auf.«

Ich sah raus, wo zwei Tauben auf dem Fensterbrett gurrten.

»Dann fangen wir morgen früh damit an«, erklärte er fröhlich.

»Wir?«

»Nein, natürlich Sie!«

Ach wie schade. Ich hatte gehofft, er hätte es sich noch mal überlegt und würde mir mit den Spritzen helfen. Weil ich so eine Nette war.

»Frau Mann zeigt Ihnen das mit den Spritzen in aller Ruhe, das schaffen Sie schon«, sagte er aufmunternd.

Als Frau »Mann« zu heißen, war aber auch nicht leicht, überlegte ich. Da nützten auch die berühmtesten Namensvettern nichts. Egal.

Frau Mann war jedenfalls ohne Zweifel eine Frau, denn sie war schwanger. Ob das pädagogisch wertvoll war oder Mut machen sollte, durchblickte ich nicht ganz. War ich doch bisher froh gewesen, dass hier – im Gegensatz zu der Praxis meiner Frauenärztin – die Wände nicht mit Fotos von Neugeborenen tapeziert waren. Meinetwegen hätte mir das auch die andere Dame erklären können, die mir freundlicherweise schon das Blut abgenommen hatte. Die kannte sich ja anscheinend auch ganz gut mit Spritzen aus.

Ich saß jedenfalls wieder im Labor oder wie auch immer das hier hieß. Der Raum war komplett weiß gekachelt, weiße Einbauschränke, natürlich alles todschick, mittendrin eine weiß gekleidete Frau Mann und tausend weiße Behälter mit Spritzen in allen Größen, Pflastern, Scheren, Desinfektionszeug und so weiter. Allein der Anblick reichte mir.

»Ich habe Ihnen da mal ein bisschen was zusammengestellt.«

Ich sah auf das, was da lag. Mehrere kleine eingeschweißte Sachen, von denen ich gleich erfahren würde, was ich damit machen sollte.

Hoffentlich konnte ich mir das alles merken. Ich griff in meine Tasche, um das Handy rauszuholen. Da gab es doch diese Aufnahme-Funktion wie bei einem Diktiergerät, oder?

»Suchen Sie etwas?«, wollte Frau Mann wissen, die vermutlich gerne mit ihrem Vortrag angefangen hätte.

»Ja, mein Handy, Moment mal. Sorry. Ich hab es gleich!«, erklärte ich und wühlte weiter. Ich fühlte alles Mögliche, aber kein Telefon. Das gab es doch gar nicht. Ich nahm die Tasche, die ich über die Stuhllehne gehängt hatte, ging damit zu der Behandlungsliege und schüttete den Inhalt aus. Frau Mann sah mich mit hochgezogenen Augenbrauen an, während Abdeckstifte, alte Kinokarten, Centstücke, Kaugummipackungen, meine Visitenkarten und Reste von Papageienfutter über die Liege rollten und sich ausbreiteten. Alles, nur kein Handy. Wo hatte ich es denn zuletzt? Ah! Im Behandlungsraum, schoss es mir durch den Kopf. Ich hatte es in der Umkleidekabine auf den kleinen Stuhl gelegt. So was Dummes aber auch.

»Moment! Ich bin gleich wieder da«, sagte ich, verließ den Raum und ging schnurstracks den Gang runter.

Die edle Holztür von Dr. Liechels Behandlungszimmer war geschlossen. Ich klopfte an. Einmal, zweimal. Keine Antwort. Na, dann war er wohl gerade nicht da, dachte ich mir und ging rein.

Vielleicht hatte ich einfach nicht laut genug geklopft. Mag sein. Auf alle Fälle war er da. Und er war nicht allein. Er machte gerade eine Ultraschalluntersuchung. Nicht die mit dem Gel auf dem Bauch, sondern die andere.

Die Frau, die mir irgendwie bekannt vorkam, gab einen erschrockenen Laut von sich. Hätte ich an ihrer Stelle auch. Und da schoss es mir wie ein Blitz durch den Kopf: Ich kannte sie! Wie peinlich. Ich musste hier ganz schnell weg. Sofort!

»Oh, Entschuldigung!«, sagte ich, nahm meine Hände schützend vor die Augen und senkte den Blick. »Ich habe mein Handy vergessen. Sorry, ich bin gleich wieder weg!«

Das war jedenfalls der Plan gewesen. Ich ging – ohne wirklich etwas zu sehen – geradeaus, dann rechts an dem Behandlungsstuhl vorbei, das nahm ich zumindest an, sah dabei strikt nach unten aufs Parkett und war fest davon überzeugt, dass ich nun vor der Umkleidekabine stehen musste.

Aber ich hatte mich in der Richtung getäuscht. Ich rannte direkt in den Garderobenständer, schmiss ihn um und landete inmitten von karierten Blazern, weißen Kitteln und einem rosafarbenen Jackett. Das gehörte vermutlich der Dame unten ohne.

»Oh, auch das noch, Entschuldigung … ich … bin gleich weg«, stammelte ich, während ich plötzlich den Hocker mit meinem Handy entdeckte. So verkehrt war ich ja doch nicht. Es lag direkt neben den Klamotten der

Patientin. Na, die hätte aber auch mal was sagen können. Oder war sie einfach nur blind vor Aufregung? Ich kroch, immer noch auf allen vieren zum Hocker und griff nach meinem Telefon.

Hinter mir versuchte Dr. Liechel, seinen Garderobenständer wieder in die Senkrechte zu befördern.

»Soll ich helfen?«, fragte ich.

»Nein! Bitte nicht. Es geht schon!«, entgegnete Dr. Liechel.

»Sorry! Schönen Tag noch«, wünschte ich und verschwand mit gesenktem Blick so schnell ich konnte. Gott, wie peinlich! Aber viel wichtiger war die Frage: Woher kannte ich bloß diese Frau? Die hatte ich doch irgendwo schon mal gesehen! Nur wo? Aus dem Fernsehen?! Oh mein Gott! Das war doch diese … Na, wie hieß die denn noch? Diese Moderatorin, die eine Talkshow hatte. Ach, Mensch, mein Namensgedächtnis ließ aber auch mal wieder zu wünschen übrig. Kein Wunder, dass ich sie nicht gleich erkannt hatte.

Zwanzig Sekunden später saß ich wieder artig auf dem Stuhl vor Frau Mann. Mein Handy hatte ich auf dem Weg dorthin auf RECORD gestellt, drückte jetzt auf PLAY und legte es auf die Arbeitsfläche.

Frau Mann sah nicht glücklich aus. »Können wir?!«

»Ja«, sagte ich etwas außer Atem.

»Also, mit der hier«, sie zeigte auf die dicke Nadel, »ziehen Sie dieses Medikament hoch, pieksen dann hier rein – in dieses Fläschchen mit dem Pulver – und drücken wieder drauf, damit alles rauskommt und sich die beiden Substanzen mischen. Dann schütteln Sie es ein wenig, nicht zu stark, sonst bilden sich Blasen, ziehen die Flüssigkeit wieder auf die Spritze und wechseln die Nadel.« Sie zeigte auf die kleinere Nadel. Puh, da war ich aber froh! Denn mit dem Ding, das sich jetzt gerade auf der Spritze befand, hätte man einen Stier einschläfern können. Hätte ich das in meinen Bauch gestochen, wäre es einem Piercing gleichgekommen.

»Dann suchen Sie sich eine geeignete Stelle am Bauch. Vorher aber schön mit dem Desinfektionstüchlein sauber machen!«

Eine geeignete Stelle, überlegte ich. Was war eine geeignete Stelle? Vermutlich da, wo sich noch die Nebenwirkungen der letzten Sahnetorte befanden.

Mit den nötigen Desinfektionstüchern und dem Rest, der zu meiner neuen Ausstattung gehörte, bewaffnet, fuhr ich in den Laden. Ich dachte noch mal an meine peinliche Einlage beim Wanderführer und an Frau Mann. Gut, dass ich das Diktiergerät angemacht hatte, sonst hätte ich es mir im Leben nicht merken können. Schlauer wäre es allerdings noch gewesen, ich hätte die Anweisungen gefilmt! Dass ich darauf nicht früher gekommen war! Nur der Ton allein, ob das ausreichte, um mein Hirn an all das Wichtige zu erinnern?

27. Kapitel

Wer sich einen Wecker stellt, weil er am nächsten Morgen pünktlich für einen wichtigen Termin aufstehen muss, der kann sich eigentlich auch gleich aufs Sofa setzen und den Fernseher anstellen – bis morgens. Zumindest geht es mir so.

An Schlaf ist in solchen Fällen nicht zu denken. Das war schon immer so, wenn etwas Wichtiges ansteht. Zum Beispiel ein Flieger morgens um sieben. Um sechs soll man am Airport sein und um fünf aufstehen. In solchen Nächten liege ich grundsätzlich wach, weil ich Angst habe zu verschlafen. Stattdessen schlafe ich gar nicht. Ich schaue um 1:25 Uhr, 2:44 Uhr, 3:12 Uhr und 4:22 Uhr auf den Wecker. Was dazwischen ist, kann ich nicht mit Gewissheit sagen.

Nun ging es leider nicht in den Urlaub. Es war Dienstagmorgen, und es ging an den Kühlschrank, die Medikamente rausholen. Heute war der große Tag Nummer eins: Spritzen stand auf dem Programm. Und zwar immer zur gleichen Zeit. Das war wichtig, hatte mir Frau Mann noch eingebläut.

Vielleicht war es auch einfach die Angst vor dem, was mich erwartete. Ich hatte schließlich eine ausgeprägte Spritzen-Phobie. Bob bekam weder von meiner schlaflosen Nacht noch von meinem Experiment in der Küche etwas mit. Er lag schnarchend im Bett. Ich zog die Küchentür zu, schließlich musste ich mich konzentrieren. Und das ging nicht, wenn einen Raum weiter eine Kettensäge in Betrieb war. Ich legte mein Spritz-Besteck vor mir auf den Tisch, daneben die kleinen Fläschchen mit dem Medikament, das aus mir eine Zuchthenne machen sollte, und natürlich die Desinfektionstücher. Dann versuchte ich mich an das, was Frau Mann gesagt hatte, zu erinnern. Sollte ich doch noch mal die Handyaufnahme abspielen, die ich eigentlich schon auswendig mitsprechen konnte? Ich holte die dicke Nadel aus ihrer Packung, setzte sie auf die Spritze, stach damit in den Plastikdeckel des Fläschchens mit der durchsichtigen Flüssigkeit, zog alles auf, pikste mit der Nadel in den Gummideckel des zweiten Fläschchens, in dem sich weißes Pulver befand, und drückte die Flüssigkeit hinein. Dann bewegte ich es leicht hin und her. Anschließend zog ich den Mix auf und wechselte die Nadel. Dicke weg, dünne rauf. Ich knöpfte den Pyjama auf, sah mir meinen Bauch an, machte einen runden Rücken, sodass es vorne mehr als nur eine kleine Speckrolle gab, und fasste nach der Stelle, die am meisten Fett aufwies – was nicht lange dauerte. Rechts vom Bauchnabel sah es ganz gut aus. Dann nahm ich eines dieser kleinen Desinfektionstücher und rubbelte damit über die auserkorene Stelle. »Nehmen Sie die Stelle, in die Sie stechen wollen, zwischen Daumen und Zeigefinger und stechen Sie in die Rolle, die so entsteht. Ganz einfach«, hörte ich Frau Mann sagen, als säße sie neben mir auf dem alten Küchenstuhl.

Ganz einfach. *Die hat gut reden*, dachte ich, während ich auf meine Speckrolle runtersah. Ich hätte sie mal fragen sollen, wie sie schwanger geworden war. Vermutlich hatte sie dabei Spaß gehabt. Also echt!

Ich drückte mit meinen Fingernägeln, die nie sonderlich lang waren, etwas kräftiger in die Haut, holte tief Luft, hielt die Luft an – und tat, was ich nie für möglich gehalten hatte: Ich stach mit der Spritze in den Bauch. Ich, Lisa, die Spritzen-Hasserin! Dann drückte ich die Flüssigkeit langsam, wie es mir erklärt wurde, rein. Es brannte. Das Teufelszeug brannte!

Wo ein Wille ist, ist auch ein Weg, dachte ich, drückte den Rest der Spritze rein, zog sie mit einem Ruck wieder raus und merkte, dass ich mal wieder atmen sollte. Sonst würde ich tot vom Stuhl fallen. Und dann bräuchte ich auch kein Kind mehr.

Ich rieb mit den Fingern über der Einstichstelle. »Puh!«

Jetzt erst mal einen Kaffee. Den hatte ich mir verdient und außerdem dringend nötig! Nach der Nacht …

Ich setzte den Espresso auf, dann machte ich mit dem roten Stift genüsslich einen Haken auf meinen Wanderplan. Done!

Sechs- bis achtmal noch. Danach würde ich den Eisprung mit einem ganz bestimmten Medikament, das bereits im Kühlschrank neben der Gurke und dem Käse lag, auslösen, denn hier wurde ja nichts dem Zufall überlassen. Und dann ab zur Punktion.

Mein Handy piepste. Eine Nachricht von Vera: *Sorry, Süße, ich habe völlig vergessen, mich wegen unseres Wochenendes zu melden. Hier war mal wieder die Hölle los … Ich muss das in Ruhe mit meinem Göttergatten besprechen. Im Moment sind irgendwie alle Wochenenden belegt. Aber wir kriegen das hin. Ich bleib am Ball! Kuss und Gruß, Vera.*

Eigentlich müsste ich mich mal wieder dringend mit ihr treffen, dachte ich und legte das Handy auf den Küchentisch. Das Leben rauschte so an einem vorbei.

Die Espressomaschine pfiff, ich zog sie von der heißen Herdplatte und machte mir einen Kaffee. Irgendwie war ich in diesem Moment richtig stolz auf mich. »Das hätte ich nie von dir gedacht, meine Liebe«, sagte ich zu mir selbst, nahm das Glas mit dem Kaffee und prostete mir zu. »Auf dich und deine Eier!«

Apropos. Da war doch noch was! Glückliche Eier allein machten aus mir noch keine glückliche Schwangere. Ich machte noch einen Kaffee fertig und ging damit zu Bob, der Säge, stellte ihm das Glas auf den Nachttisch und schob mein Pyjamaoberteil ein Stück zur Seite. »Traraaa!«

Bob öffnete die Augen einen Spalt, dann schloss er sie wieder. »Was ist denn?«, fragte er und versuchte das mit den Augen noch mal. Diesmal klappte es besser. Er setzte sich langsam auf und griff nach dem Glas. »Danke«, murmelte er müde. Dabei war ich es doch, die nicht geschlafen hatte. Zumindest fühlte ich mich so.

»Das ist meine Einstichstelle Nummer eins«, erklärte ich. »Während du hier schön gemütlich im Bett gelegen hast, habe ich schon Onkel Doktor gespielt.«

»Ach ja, stimmt. Und? Ging es?«

»Klar. War überhaupt kein Problem«, gab ich an und war dabei stolz wie Oskar! Dann gähnte ich so stark, dass man mir ohne Probleme in der Zeit die Mandeln hätte entfernen können.

»Oh je. Hattest du noch keinen Kaffee?«, fragte Bob.

»Doch, aber keinen Schlaf«, erklärte ich und gähnte gleich noch mal.

Und weil das auch nach dem dritten Kaffee nicht besser wurde, gab es noch eine Premiere an diesem schönen Dienstag: Der Dienst wurde unterbrochen. Mutti musste schlafen.

Bis zwölf Uhr schaffte ich es im Laden, dann schielte ich nur noch. Während mein Mund sich immer wieder zum Gähnen öffnete, fielen meine Augen einfach mal zu. Ohne, dass ich es ihnen gesagt hatte. Es hatte keinen Sinn. Als blinde Fotografin würde ich eventuell ins Guinness-Buch der Rekorde kommen, aber wer wollte das schon? Die Medikamente hatten auf alle Fälle Müdigkeit als Nebenwirkung, so viel stand fest. In Kombination mit der letzten Nacht war es einfach zu viel für mich.

Ich nahm meine kleine Schiefertafel, schrieb mit Kreide *Bin um 14 Uhr wieder da* und hängte sie an die Glastür. Dann ging ich.

Wat mutt, dat mutt, hätte Opa Ernst gesagt.

Bevor der Wecker dazu kam zu klingeln, übernahm mein Handy die Weckfunktion. Ich griff mit geschlossenen Augen nach dem schwarzen Ding, das auf dem Nachttisch lag und drückte auf »Annehmen«.

»Aloha!«, hörte ich Kiki sagen und musste mich orientieren. Ich öffnete die Augen einen Spalt und sah mich um. Ach ja, ich hatte mich kurz hingelegt.

»Bist du dran?«, fragte Kiki derweil.

Ich rutschte ein Stück höher und stopfte mir ein Kissen hinter den Rücken. »Ja«, sagte ich leise.

»Alles gut bei dir?«, fragte Kiki.

»Ja, ich hatte mich nur gerade kurz hingelegt«, erklärte ich gähnend.

»Bist du krank?«

»Nein, müde.«

»Mitten am Tag? Muss ich mir Sorgen machen?«

»Nein, alles gut. Was wolltest du denn?«

»Ich?«

»Ja, du. Du hast doch angerufen, oder nicht?«

»Ich? … Ach, ja. Ich wollte dich fragen, ob du Samstag Zeit hast. Wir haben uns so lange nicht gesehen. Ich vermisse dich.«

»Samstag? Ich bin zwar noch nicht ganz bei mir, aber ich glaube, da ist bisher nichts geplant«, überlegte ich.

»Dann lass uns an die Ostsee fahren. Timmendorfer Strand oder so. Es soll richtig schön werden am Wochenende! Und dann kann ich dir ja auch dein Geschenk geben. Wie war es überhaupt? Hattest du einen schönen Tag?«

»Ja, allerdings. Aber das erzähle ich dir lieber in Ruhe.«

»Na, das klingt ja spannend. Was meinst du? Wollen wir um zehn los? Ich glaube, wenn wir später fahren, ist es zu voll.«

»Okay, dann hol ich dich ab.«

»Super! Ich freu mich!«

»Ich mich auch!«

Ich legte das Handy weg und schloss noch einmal kurz die Augen.

Leider nicht allzu lange. Zwei Minuten später kam der Wecker zu seinem Einsatz.

28. Kapitel

Freitagmorgen, kurz vor halb neun, war ich um eine Erkenntnis schlauer: Ich war nicht mehr ich selbst. Ich war eine Zuchthenne. Und zwar eine gute, wie mir Dr. Liechel versicherte, während er zufrieden das Ergebnis der Blutabnahme begutachtete. Meine Brust sah inzwischen aus, als hätte ich mir Implantate setzen lassen, während meine Arme eher an die Kinder vom Bahnhof Zoo erinnerten. Ganz zu schweigen von meinem durchlöcherten Bauch. Schön war das nicht. Dass ich mich in diesem Leben an Spritzen und Blutabnahmen gewöhnen würde wie an ein Paar neue Schuhe, hätte ich nicht gedacht. Am liebsten hätte ich mir selbst die Tapferkeitsmedaille verliehen. Und: Der Einsatz hatte sich gelohnt! Das Ergebnis ließ sich sehen. Ich produzierte fleißig Eier, wie mein Bergführer anschließend auf dem Ultraschallbild feststellte.

Leider vergaß er, was er gerade tat, während er sich mit mir unterhielt. Das lag vermutlich daran, dass er noch nie selbst auf seinem eigenen Untersuchungsstuhl gelegen hatte. Unten ohne, mit auseinandergespreizten Beinen.

Während er das dildoförmige Ultraschallgerät wie den Schaltknüppel eines sehr teuren, neuen Wagens bewegte, hielt er plötzlich inne, schaute mich an und sagte: »Ich wäre fast zu spät gekommen.«

»Ach«, sagte ich gespielt entsetzt und schaute ihn auffordernd an. Das musste man. Sonst sprach er nicht weiter. So viel wusste ich schon.

»Ich stand gerade mit meinem Kaffeebecher am Kühlschrank und wollte mir Milch holen, als meine Frau im Nachthemd in die Küche kam und mich fragte, was ich da mache.«

»Und was haben Sie gesagt?«

»Dass ich mir gerade Milch holen wollte.«

Ich musste noch einmal auffordernd gucken. Diesmal zog ich die Augenbrauen etwas hoch. »Aber das wollte Ihre Frau vermutlich nicht wissen, oder?«

»Nein«, sagte er, während er die Beine übereinanderschlug und es den Anschein hatte, als wollte er es sich etwas gemütlicher machen. Hätte ich auch gern getan. Also schaute ich noch etwas forscher und auffordernder. Es klappte.

»Warum bist du denn immer noch hier?«

»Ich?«, fragte ich und hätte fast gesagt: »Weil Sie nicht zu Potte kommen!«

Aber in dem Moment fuhr er fort: »Nein, nicht Sie. Das fragte meine Frau. Ich hatte nämlich völlig vergessen, dass ich heute Dienst habe. Freitags übernimmt sonst hin und wieder Dr. Will. Aber dann habe ich mich flugs angezogen und bin gerade noch rechtzeitig hierhergekommen.« Er freute sich.

Flugs, dachte ich und schaute ein letztes Mal ermahnend. Diesmal allerdings in Richtung Ultraschall. Und jetzt zog ich meine Augenbrauen so hoch, bis ich das Gefühl hatte, höher ginge es nicht. Gott sei Dank nahm ich kein Botox.

»Wahnsinn. Schauen Sie mal. Ihre Eierstöcke sind … Moment, ich stelle es mal so ein, dass es 1:1 ist … Ihre Eierstöcke sind so groß wie Pampelmusen!« Er strahlte das Bild an, nicht mich, und freute sich.

Mein Bergführer war zufrieden. Zur Belohnung durfte ich mir auch gleich bei der netten Dame am Empfang einen Termin für die Eizellen-Punktion holen. Montag.

Am Empfang knallte ein viel zu behaarter Mann, der dort im gleichen Moment angelangt war wie ich, einen kleinen, durchsichtigen Plastikbehälter mit milchigem Inhalt vor mir auf den Tresen. »So. Dat wär jeschafft!«

Mich überfiel schlagartig Panik: Was, wenn irgendjemand im Labor die Spermien verwechselt und sich nach der Geburt herausstellt, dass mein Kind am ganzen Körper behaart ist? Ich schloss die Augen und schüttelte den Kopf, aber das Bild vor meinem inneren Auge wollte nicht verschwinden.

»Alles in Ordnung?«, hörte ich jemanden fragen und öffnete die Augen wieder.

Es war die Arzthelferin, die sich über den Tresen zu mir gebeugt hatte und mich besorgt ansah.

»Ja, danke. Alles bestens. Ich soll am Montag zur Punktion kommen.«

»Dann lassen Sie mich mal eben schauen«, meinte sie, setzte sich wieder auf ihren Bürostuhl und sah auf den Bildschirm ihres Rechners. »Um acht Uhr habe ich noch Platz im OP. Dann müssten Sie genau 36 Stunden vorher den Eisprung auslösen. Das Medikament haben Sie ja schon, richtig?«

»Ja, das liegt im Kühlschrank.«

»Gut, dann spritzen Sie es am Samstagabend um

20 Uhr. Und kommen Sie bitte eine Stunde vor dem Eingriff.«

Sie reichte mir alle möglichen Zettel, auf denen noch mal das stand, was sie erklärt hatte, und wünschte mir schließlich ein schönes Wochenende.

Ich hatte Herzrasen.

Unten auf dem Fußgängerweg tippte ich Bob eine Nachricht. *Montag, 8 Uhr Punktion! Zwei Tage später Fusion. Kuss!* Dann schloss ich mein Rad auf und radelte aufgeregt Richtung Studio.

29. Kapitel

Kiki stand am nächsten Morgen in einem kurzen weißen Rüschenkleid und einem Cowboyhut vor ihrer Haustür. Neben ihr stand ein großer Korb, aus dem ein Zipfel ihres rosa Badelakens raushing.

»Na, du siehst aber nach Urlaub aus«, sagte ich und nahm sie in den Arm. Dabei tat meine Brust weh wie zu schönsten Pubertätszeiten. Ich hätte Kiki einfach die Hand geben sollen. Aber das hätte Fragen aufgeworfen.

»Das wird ja auch ein kleiner Urlaub. Guck!« Sie zeigte nach oben gen Himmel. »Fantastisches Wetter. Also ab ans Meer!«

»Ach, ist das nicht ein Traum?«, meinte Kiki anderthalb Stunden später, als wir mit Limonade bewaffnet im Strandkorb lagen.

Alle Körbe waren restlos belegt. Der Strand wimmelte nur so vor Menschen. Aber Kiki hatte recht: Es war wunderschön hier. Der Himmel war strahlend blau, kein Wölkchen weit und breit. Wirklich wie Urlaub. Eigentlich müsste man viel öfter an den Strand fahren, dachte ich, und fing an mir die Beine einzucremen. Der Rest war ja eh im Schatten.

»Wir könnten doch über Nacht bleiben. Morgen soll es auch so schön werden«, schlug Kiki vor, die nach irgendeiner Zitruspflanze duftete, während bei mir gerade das Deo versagte. Es war nicht warm, es war heiß!

»Das klingt verlockend, aber ich muss heute Abend nach Hause«, sagte ich und drückte noch mal auf die Tube mit der Sonnencreme – Anti-Age.

»Hast du noch was vor?«

»Allerdings.«

Kiki setzte sich gerade hin, schob die Sonnenbrille ein Stück runter und sah mich über den Rand ihrer Brille hinweg an. »Erzähl«, forderte sie mich auf.

»Erst die Bescherung«, sagte ich und verteilte noch schnell die Creme auf dem anderen Bein. Schließlich hatte sie während der Fahrt groß angekündigt, etwas ganz Besonderes für mich zu haben. Ich würde begeistert sein und Bob auch. Meine Tipps, was es sein könnte, waren alle falsch gewesen. Weder Dessous noch eine Flasche Champagner.

»Also, nun bin ich aber gespannt«, sagte ich, während sie ein hellrosa verpacktes Geschenk aus ihrem Korb holte.

»Alles Liebe nachträglich«, sagte Kiki und überreichte mir das Paket.

Ich öffnete es vorsichtig an der Seite und ließ den Inhalt – eine kleine Flasche mit öligem Inhalt und ein Gerät, das mich an den Entfussler von Tchibo erinnerte – in meine Hand gleiten. *SHE-Booster* stand in verschnörkelten Buchstaben auf der Flasche. *Busenmassage-Gerät und Wunderöl für einen größeren Busen.*

Ich konnte nicht mehr. Seit Jahren nervte ich Kiki damit, dass ich gern etwas mehr Busen hätte. Und ausgerechnet jetzt, wo ich das Gefühl hatte, er würde gleich platzen, schenkte sie mir ein Massagegerät samt Öl, das aus mir die neue Venus machen sollte. Was für eine hübsche Idee! Ich bekam einen hysterischen Lachanfall.

»Das wirkt wirklich. Glaub mir«, versuchte Kiki sich zu rechtfertigen und zog ihr Rüschenkleid aus, unter dem sie einen weißen Bikini mit goldenen Schnallen trug. Hundertprozentig hatte sie mit Selbstbräuner nachgeholfen oder sich ein eigenes Solarium gekauft. Das ging nicht mit rechten Dingen zu. Während ich heimlich hoffte, das STYLEBOOK würde Blass noch innerhalb dieses Sommers zum neuen Braun erklären, sah sie aus, als würden wir auf den Malediven leben.

»Guck!«, meinte sie und zeigte auf ihre Oberweite, an der ich keinerlei Veränderung feststellen konnte.

Ich wischte mir die Augen trocken, dann schob ich mein pinkes T-Shirt hoch, unter dem ich ein hellgraues Tank-Top trug.

Kiki riss die Augen auf und starrte auf das, was sie dort sah.

»Darf ich vorstellen: meine neuen Mitbewohnerinnen«, sagte ich strahlend.

»Ach, du hast das Massagegerät schon! Wenn ich das geahnt hätte, dass du es schon benutzt …«

»Ich habe keine Massagegeräte«, erklärte ich.

»Lässt du Bob das machen? Wahnsinn. Also, ich habe ja viel darüber gelesen, was so eine Massage bewirkt, aber dass es so gut funktioniert …«, stotterte Kiki und starrte mir immer noch aufs Dekolleté.

»Ich habe weder dieses Wundergerät noch das Wunderöl benutzt, ich …«

»Eine OP?!«, platzte es aus Kiki heraus.

»Nein«, korrigierte ich sie. »Ich, also, wir machen«, flüsterte ich und gab ihr zu verstehen, dass sie etwas näher ranrücken sollte, »eine künstliche Befruchtung. Und das hier«, ich zeigte auf meine Kurven, »kommt von den Hormonen.«

»Was?! Das wusste ich ja gar nicht. Also, dass du … Das ist ja der Wahnsinn. Toll! Und wie geht es dir damit?«

»Ach, eigentlich ist alles bestens. Im Moment fummeln öfter fremde Männer an mir rum als mein eigener. Und das Gute ist: Bob hat nichts dagegen.«

Kiki fing an zu lachen.

»Es ist wirklich alles ganz okay, von ein paar kleinen Gefühlsschwankungen mal abgesehen, aber die hab ich ja auch ohne Hormonspritzen. Vorgestern musste ich tatsächlich heulen, weil die Kirchenglocken schlugen. Das kann man niemandem erzählen, aber ich war in dem Moment so gerührt. Keine Ahnung. Hätte ja auch eine Beerdigung sein können, ich wusste gar nicht, warum sie läuteten. Aber trotzdem gingen die mir so ans Herz. Diese blöden Kirchenglocken«, sagte ich lachend.

»Dann hat das Buch also nichts gebracht?«

»Das mit dem Fruchtbarkeits-Yoga? Ne, aber ehrlich gesagt habe ich es auch nicht wirklich angewendet. Kennst mich ja«, meinte ich.

»Und wie stehen da jetzt die Chancen?«

»Unser verrückter Arzt ist total begeistert von meiner Eizellen-Produktion und sehr optimistisch. Er meinte was von 25 oder 30 Prozent Wahrscheinlichkeit oder so«, erklärte ich und suchte in meiner Tasche nach der Sonnenbrille. »Aber ganz ehrlich: Der erzählt so viel, dass ich mir gar nicht immer alles merken kann. Aber wie du siehst, entwickeln sich nicht nur meine Eierstöcke, sondern auch der Rest. Montag ist die Eizellenpunktion, und dann kann es sein, dass ich irgendwann deine Hilfe brauche.«

»Klar. Wozu denn? Also, was kann ich machen?«

»Die Zeit totschlagen. Ich muss dann nämlich, nach dem Transfer, zwei Wochen warten, bis ich weiß, ob es geklappt hat.«

»Natürlich klappt das! Du weißt doch: kreatives Visualisieren. Ganz wichtig. Stell dir einfach vor, dass du schwanger bist. Das wird schon! Manchmal geht es schneller, als man denkt«, sagte Kiki, wurde dann aber plötzlich etwas nachdenklich und sah aufs Meer hinaus. Vier, fünf Meter von uns entfernt buddelten kleine Kinder in hellblauen Ganzkörperanzügen, die vermutlich vor UV-Strahlung schützen sollten, Löcher in den Sand.

»Alles okay?«, fragte ich.

Sie sah mich wieder an. »Ja, absolut. Ich freue mich für dich. Du Glückspilz!«

»Ist irgendetwas mit Suntana?«, wollte ich wissen.

»Ja, auch … Er hat mir halt das gesagt, was ich eigentlich schon wusste. Er will sich nicht binden. Egal. Ich freue mich für dich«, sagte Kiki und nahm mich in den Arm. Diesmal blieb ich etwas auf Abstand, um weiteren Quetschungen vorzubeugen.

Die ganze schöne Entspannung, die ich mit Kiki im Strandkorb gewonnen hatte, verlor ich ein paar Stunden später, am frühen Abend, auf der Autobahn 1 Richtung Hamburg. Innerhalb von Minuten. Es gab den Jahrhundertstau. Und wir steckten mittendrin. Stau an sich war ja schon schlimm genug, aber doch nicht heute! Nicht jetzt! Um 20 Uhr musste ich DIE Spritze in meinen Bauch piksen. Die alles entscheidende. Und zwar pünktlich!

Ich sah auf die Uhr. 17 Uhr. Normalerweise brauchte man anderthalb Stunden. Aber so, wie es hier gerade aussah, würden wir wohl im Auto übernachten. Ich drückte statt aufs Gas auf die Hupe, was natürlich rein gar nichts brachte. Dann sah ich hektisch in den Rückspiegel, was auch nichts brachte. »Das gibt es doch nicht!«, schimpfte ich und haute aufs Lenkrad.

»Entspann dich«, meinte Kiki, die barfuß im Schneidersitz neben mir saß.

»Ich kann mich aber nicht entspannnen, wenn ich ein Date mit meiner Spritze habe«, erklärte ich und machte das Radio an. Vielleicht erfuhr man da ja wenigstens den Grund für dieses Desaster. Die Sportfreunde Stiller sangen »Applaus, Applaus«. Ich machte das Radio wieder aus.

Es verging eine halbe Stunde, ohne dass wir uns auch nur einen Zentimeter vom Fleck bewegt hätten. Noch eine halbe Stunde. Nichts passierte. Es war schon nach 18 Uhr! Dann ging es plötzlich weiter. Ich wollte schon vor Freude weinen. Doch dazu kam es nicht. Wir rollten gerade mal fünf Meter, dann standen wir wieder. Ich war kurz davor ins Lenkrad zu beißen.

»Das bringt nichts. So komm ich nie pünktlich an«, sagte ich und sah zum 3.000. Mal innerhalb der letzten Stunde auf die Uhr. »Vielleicht könntest du das mit dem kreativen Visualisieren mal eben machen!«, meinte ich zu Kiki gewandt. Die holte allerdings nur tief Luft und kurbelte das Fenster runter.

Ich sah raus, an den Autos vorbei, zu dem grünen Feld, das sich neben der Autobahn befand. In meinem Kopf ratterte es. Was, wenn ich auf die Karte im Handy guckte, wo genau wir im Augenblick waren, und Bob bitten würde hierherzukommen? Es musste doch einen Weg geben, der zu diesem Feld führte, überlegte ich. Dann könnte er mir das Medikament mitbringen. Ich griff nach meinem Handy und wählte seine Nummer. Besetzt.

»Ich glaub das echt nicht! Das kann doch nicht wahr sein! Ausgerechnet heute!«, schimpfte ich wieder, legte meine Stirn gegen das Lenkrad und haute ein paarmal dagegen. Dann sah ich wieder auf die Uhr. 18:20 Uhr.

»Musst du die Spritze denn ganz genau um …«, wollte Kiki wissen.

»Ja«, unterbrach ich sie, »muss ich. Und zwar ganz, ganz genau. Sonst brauch ich gar nicht erst zur Punktion zu gehen. Dann war das alles umsonst, diese blöden Spritzen jeden Morgen, Blutabnahmen, Ultraschall. Oh Mann. Ich fass es echt nicht!« Wieso war ich auf diese dumme Idee gekommen, an den Strand zu fahren? Himmel!

Weiter kam ich in meiner Verzweiflung nicht, denn in der Sekunde tippte Kiki eine Nummer in ihr Handy, die mir verdammt kurz vorkam.

»Ja, guten Abend. Ich muss einen Notfall melden. Auf der A1, kurz hinter der Abfahrt Ahrensburg. Ich brauche sofort einen Notarzt.«

Pause.

»Nein, den genauen Kilometer kann ich Ihnen nicht nennen. Aber meine Freundin hat vermutlich einen Blinddarmdurchbruch. Die Symptome sprechen sehr dafür. Bitte beeilen Sie sich!«

Ich stierte sie mit offenem Mund an und vergaß dabei zu atmen.

Kiki hielt immer noch das Telefon ans Ohr.

»Das würde ich ja machen, aber hier ist Stau. Nicht einmal Stop-and-go. Einfach Stillstand!«

Pause.

»Ja, auf der mittleren Spur … Ja, okay, das versuchen wir. Ja … Danke. Ein silberner Golf. Wir versuchen rechts rüberzukommen, ja. Danke. Bis gleich!«

Ich holte wieder Luft. »Das hast du jetzt nicht wirklich gemacht, oder?!«

»Doch«, sagte sie seelenruhig, als ginge es hier darum, welche Sorte Gummibären wir essen wollen.

»Was ist, wenn das auffliegt? Weißt du, was so ein Krankenwageneinsatz kostet?!«

»Lisa! Einatmen, ausatmen. Das lass man meine Sorge sein. Da fliegt nix auf. Entspann dich!«

»Entspannen? Ich bin alles andere als entspannt. Mein Nachwuchs steht auf dem Spiel und meine beste Freundin verliert den Verstand.«

»Willst du ein Kind? Ja oder nein?«

»Ja!«

»Dann vertrau mir. Alles wird gut. Sie sind gleich da. Höchstens fünf Minuten. Ich werde gleich akute Blinddarmschmerzen bekommen und von einem Krankenwagen abgeholt werden. Und weil ich so ein ängstlicher Mensch bin, wirst du mir mit dem Golf auf dem Seitenstreifen hinterherfahren. Im Krankenhaus wird es mir schlagartig besser gehen und du kommst pünktlich bei deinem Kühlschrank an.« Kiki grinste mich an, als hätte sie sich kleine bunte Pillen in den Mund gesteckt.

»Du bist verrückt!«

»Ja und du schwanger, wenn das hier alles klappt. Als Dank möchte ich Patentante werden.«

»Abgemacht«, sagte ich und fragte mich, wie um alles in der Welt ich auf die rechte Seite rüberkommen sollte.

»Googel mal schnell: Blinddarmdurchbruch + Symptome. Nur, damit du auch weißt, wo es dir gleich wehtut!«, sagte ich und hupte, um dezent darauf aufmerksam zu machen, dass ich gerne auf die andere Spur wechseln würde. Auch wenn das im Grunde utopisch war.

Ein paar Minuten später hörten wir hinter uns die Sirene. Im Rückspiegel sah ich das Blaulicht. Auf dem Seitenstreifen kam ein Rettungswagen angefahren. Ich öffnete die Tür, stellte mich auf den Sitz und winkte wie wild. Der Wagen hielt an. Mir wurde übel. Im Lügen war ich eine Null. Wenn das aufflog!

Während ich wieder vom Sitz kletterte, wand sich Kiki bereits vor Schmerzen auf meinem Beifahrersitz.

»Sie haben angerufen?«, fragte mich der Rettungsarzt einen Moment später, der sich gemeinsam mit seinem Assistenten ganz entspannt zwischen den parkenden Autos auf der Autobahn hindurch zu uns vorgearbeitet hatte. Die hatten ja die Ruhe weg, dachte ich. Was, wenn das hier wirklich ein Notfall wäre?

»Ja, ich, also wir …«

Er öffnete die Beifahrertür und kniete sich zu Kiki. »Hallo. Können Sie mich hören?«

Kiki stöhnte ein unverständliches: »Ja.«

»Wo sitzen die Schmerzen denn genau?«

Kiki zeigte auf ihren Bauch.

»Wir drehen jetzt mal den Sitz etwas zurück, dann kann ich Sie besser untersuchen.«

Warum hatte sie sich bloß nie bei der Schauspielschule beworben? Das war ja filmreif!

»Seit wann haben Sie die Schmerzen?«

In der Sekunde klingelte mein Handy. Bob.

»Ja«, meldete ich mich.

»Du hattest eben angerufen? Wo bist du denn?«, wollte mein Mann wissen.

»Auf der Autobahn«, erklärte ich, während Kiki plötzlich aufschrie, als hätte man ihr ein Messer in den Bauch gedrückt.

»Was war das denn?«, fragte Bob besorgt.

»Ach, das ist nur … Das ist Kiki. Der geht es gaaanz schlecht! Aber mach dir keine Sorgen.« Dann flüsterte ich: »Ich bin pünktlich zu Hause! Tschüss!«

Kiki hatte den Loslass-Schmerz so perfekt vorgetäuscht, dass sie direkt in die Waagerechte auf eine Trage verfrachtet wurde. In Anwesenheit eines hochattraktiven Arztes. Dass sie den toll fand, hatte ich ihr auch mit schmerzverzerrtem Gesicht angesehen. Dafür kannte ich sie lange genug.

Ich beugte mich zu ihr runter und flüsterte ihr ins Ohr, dass ich direkt nach Hause fahren, mich aber danach sofort melden würde.

Und dann rutschten mir leider fünf Buchstaben raus, die bewiesen, dass ich das mit dem Denken und dem anschließenden Reden immer noch nicht draufhatte.

»Danke!«

Der Assistent und der schöne Arzt hielten in der Bewegung inne und sahen mich an.

»Danke … dass es dich gibt, wollte ich nur noch kurz sagen. Ich bin so froh, dass du mein Leben bereicherst und …«

»Wir müssen denn mal«, unterbrach mich der eine der beiden weißen Kerle, schob die Trage in den Wagen und schloss die Türen.

Ich sprang in meinen Wagen und sah auf die Uhr. Kurz vor 19 Uhr. Puh. Doch die Wagen rechts neben uns machten artig Platz und ließen mich durch, sodass ich dem Rettungswagen folgen konnte.

Zwei Stunden später war ich wieder entspannt. »Mann, war das ein knappes Höschen!«, sagte ich zu Bob und packte die Spritzen, Desinfektionstücher und den anderen Kram zurück, den ich auf dem halben Küchentisch ausgebreitet hatte.

»Allerdings! Und was ist jetzt eigentlich mit Kiki?«, wollte Bob wissen.

»Gute Frage. Ich ruf sie mal eben an.«

Kikis Handy klingelte. Einmal, zweimal, dreimal, achtmal. Ich wollte gerade auflegen, da ging sie ran.

»Ja«, hauchte sie kaum hörbar in den Hörer.

»Wie's geht, muss ich wohl kaum fragen, aber wo bist du? Konntest du schon fliehen?«

»Nein. Um Gottes willen. Ich habe ein ganz hübsches, komplett neu renoviertes Zimmer mit einem super Blick über eine kleine Grünanlage und einem tollen Badezimmer. Und die sind alle so nett hier. Unglaublich … Vor allem der Arzt!«

»Kiki, das ist ein Krankenhaus. Kein Hotel!«

»Ja, aber eine Nacht muss ich bleiben, hat der Arzt

gesagt. Zur Überwachung. Falls noch ein Schub kommt. Er will mich auf alle Fälle morgen früh noch mal sehen.«

»Ein Schub? Na gut, dann lass dich verwöhnen. Genieß es und meld dich, wenn du wieder auf freiem Fuß bist. Und tausend Dank! Das werde ich dir nie vergessen!«

»Ach«, meinte Kiki und räkelte sich hörbar. »Gern geschehen. Oh, ich muss Schluss machen, der Film fängt gleich an.«

»Na, dann gute Unterhaltung«, sagte ich lachend und legte auf.

30. Kapitel

Montagmorgen, kurz nach neun Uhr, wusste ich es: Ich war keine Heldin. Und ich wollte auch keine mehr werden. Nicht in diesem Leben. Die Narkose wich gerade der Wirklichkeit, und die war schmerzhaft. Ich zog an der roten Strippe und forderte umgehend die Höchstmenge Schmerztabletten. Ich bekam, was ich brauchte. *Was für eine freundliche Schwester*, dachte ich noch, dann schlief ich wieder ein.

Das, was bis zum nächsten Morgen folgte, war nur ein Vorgeschmack auf das, was in ganz anderem Umfang noch kommen würde: warten! Schlimmer als alle Spritzen, Vollnarkosen, Busenvergrößerungen und Eizellenpunktionen dieser Welt. Die reine Folter! Warten auf einen Anruf. Auf eine Stimme, die sagte: »Ja, es hat geklappt! Von Ihren 15 Eizellen ließen sich alle befruchten!«

Wer hätte gedacht, dass es so viele Hürden gab, bevor man überhaupt an so was wie eine Schwangerschaft denken durfte – beziehungsweise an die prozentuale Wahrscheinlichkeit schwanger zu werden, die jede andere Frau ohne diesen ganzen Akt hatte: 25 %. Oder ein klitzekleines bisschen mehr. Davon hatte ich nichts in der BRIGITTE Women gelesen. Mein Ziel waren jedenfalls zwei kleine Eizellen, der Rest durfte ab ins Tiefkühlfach. Drillinge wollte ich auf keinen Fall.

Unsere Wohnung war noch nie so sauber wie an diesem Montag. Herr und Frau Müller beobachteten mich während der gesamten Zeit meines Putzanfalles mit skeptischen Blicken, bis endlich der erlösende Anruf kam.

»Vier der befruchteten Eizellen haben sich optimal geteilt«, erfuhr ich endlich von der sanften Stimme am anderen Ende der Leitung.

»Und die anderen elf?«

»Herr Dr. Liechel wird es Ihnen im nächsten Gespräch in Ruhe erklären. Es gab ein Problem bei der Befruchtung. Aber vier reichen ja auch«, sagte sie aufmunternd. »Morgen früh ist der Transfer von zwei Embryonen. Kommen Sie bitte um neun.«

Embryonen. Das klang wie »Baby« in meinen Ohren. Mein Herz raste. Ich musste mich setzen.

»Und 12 Tage später können Sie dann zur Blutabnahme für den Schwangerschaftstest kommen.«

»12 Tage! Was soll ich denn hier bitte schön noch putzen?«, fragte ich das verliebte Ehepaar, nachdem ich aufgelegt hatte. Dann rief ich Bob an, um ihm die frohe Botschaft zu verkünden.

»Soll ich denn da mit?«, fragte er.

Was war denn das für eine Frage?!

»Beim natürlichen Befruchtungsakt wärst du doch auch dabei gewesen!«, sagte ich entsetzt. »Oder etwa nicht?«

»Ja, also, wenn du willst, kann ich natürlich mitkommen«, stammelte er und schien dabei in seinem Kalender zu blättern. Zumindest hörte es sich so an.

»Ja, das möchte ich. Ich hab ja bisher alles allein gemacht, aber da kannst du mal mitkommen. Es sind ja auch deine Kinder … äh, also Embryonen.« Zumindest hoffe ich das, dachte ich, und musste an den behaarten Mann aus der Praxis denken.

Bob kam mit und schaffte es, dass das Ärzteteam uns so schnell nicht vergessen würde.

Er musste einen grünen OP-Kittel anziehen, ein hübsches Häubchen auf seine dunkle Mähne setzen und sah innerhalb weniger Sekunden den anderen zum Verwechseln ähnlich: Dr. Liechel, seinen Laborassistentinnen und der Schwester. Nur sein Brillengestell verriet ihn. Ansonsten sahen sie alle aus wie die Marsmännchen.

Mit einem Unterschied. Ein Marsmännchen kippte plötzlich um. Ausgerechnet in dem Moment nach dem Transfer, in dem ich nicht sprechen, nicht husten, mich nicht bewegen und am besten die Atmung einstellen sollte. Super Timing!

Ich sah kurz über meine linke Schulter nach unten, dann wieder artig an die weiße Decke. *Der Bergführer wird's schon richten*, dachte ich. *Jetzt bloß nicht aufregen, das ist der falsche Moment dafür!*

Anderthalb Stunden später im Café hatte Bob langsam wieder etwas Farbe im Gesicht. Vor ihm auf dem Tisch neben dem Cappuccino lagen Traubenzuckerbonbons.

»Das ist mir ja noch nie passiert«, sagte er immer wieder.

»Tja, zwei Premieren an einem Tag. Nur gut, dass das eben keine Geburt war. Dann hätten sie dich vermutlich reanimieren müssen. Vielleicht mache ich das doch lieber alleine«, sagte ich und nahm einen Schluck von meinem entkoffeinierten Latte macchiato.

»Ich bin total aufgeregt, irgendwie«, sagte Bob und griff nach meiner Hand. »Ich glaube, ich hab Herzrasen. Und das kommt jetzt ausnahmsweise mal nicht vom Cappuccino.«

»Ich auch«, sagte ich und drückte seine Hand.

Und dann sah ich sie: seine feuchten Augen!

Ich wusste gar nicht mehr, wann ich meinen Mann zuletzt mit feuchten Augen gesehen hatte. Dabei war das doch eigentlich mein Job. Wer hatte denn diese ganzen Hormone genommen und heulte schon, wenn die Kirchenglocken läuteten? Egal.

Ich strich ihm über seine stoppelige Wange und war ganz gerührt. »Ich liebe dich«, sagte ich und küsste ihn.

Zurück zu Hause legte ich mich direkt auf die Sonnenliege. Ausruhen, entspannen, nichts Schweres heben – auch keine bewusstlosen Ehemänner – und positiv denken, hatte Dr. Liechel mir verordnet. Der hatte gut reden! Das war für mich eine der schwersten Aufgaben, nichts tun. Schrecklich.

In dem Moment klingelte zum Glück mein Handy.

»Und?! Wie geht es dir? Erzähl mal! Alles gut? Was machst du?«, begrüßte Vera mich stürmisch.

»Ich liege frisch befruchtet in der Sonne und übe mich im Nichtstun. Vielleicht könntest du mich etwas unterhalten. Dann geht die Zeit schneller rum.«

»Wie? Die Zeit? Du meinst jetzt aber nicht die nächsten neun Monate, oder?«, fragte Vera lachend.

»Nein. Die nächsten 288 Stunden. Das sind 17.280

Minuten. Hab ich eben mit dem Taschenrechner ausgerechnet. An die Sekunden mag ich gar nicht denken! Weißt du eigentlich, wie lang das ist?«

»Äh, nein. Aber was ist denn dann?«

»Der Schwangerschaftstest!«

»Ach so. Ja, klar! Sorry, das ist bei mir alles schon so lange her …«

Ich erzählte Vera von Bobs Kollaps, meiner Entdeckung der Langsamkeit und unserem gemeinsamen Herzrasen. »Heute ist Mittwoch, das heißt am übernächsten Montag kann ich erst zur Blutabnahme gehen. Ich überstehe das nicht, Vera«, sagte ich verzweifelt.

»Das überstehst du! Sorry, aber ich muss wieder ins Büro. Bin nur mal eben kurz raus, um zu hören, wie es dir geht. Wir haben gleich eine Besprechung. Sag mal, hältst du es bis Freitagabend ohne mich aus? Oder Samstag? Dann kann ich rumkommen und dir Zeit klauen. Hast du eigentlich jetzt schon Elternzeit eingereicht oder wie machst du das mit dem Laden?«

»Louisa ist heute noch mal da. Sie hat aber schon angedeutet, dass es auf Dauer nicht unter der Woche geht. Na ja, da wird sich schon was finden. Ich bleib nur heute hier liegen. Morgen gehe ich wieder ins Studio. Ich will nur nix riskieren. Komm doch Samstag rum. Vielleicht hat Kiki ja auch Lust. Oder wir treffen uns bei ihr auf der Dachterrasse. Ich ruf sie gleich mal an.«

»Super Idee! So machen wir es. Dir noch viel Spaß beim Brüten!«

31. Kapitel

So schlimm, wie ich es mir vorgestellt hatte, war es dann doch nicht. Die Zeit ging schneller rum als gedacht. Zumindest bis Samstagabend. Und das lag unter anderem an der Tatsache, dass Udo, dem lustigen Bestatter, das Lachen verging.

Ich war am nächsten Morgen gerade am Studio angekommen und von meinem Rad gestiegen – das Bob mir am liebsten weggenommen hätte, weil er meinte, ich sollte doch lieber zu Fuß gehen –, als ich aus den Augenwinkeln etwas wahrnahm, was mich irritierte.

Es war bei Udo im Geschäft. Irgendetwas stimmte nicht. Ich schloss das Rad an und ging auf seine Fensterscheibe zu. Da sah ich, was hier nicht stimmte: Der gesamte Laden stand unter Wasser. Ich griff nach meinem Telefon und wählte seine Nummer. Es war erst kurz vor neun. Normalerweise schlossen wir ja fast zeitgleich um zehn unsere Läden auf, aber heute war ich viel früher da als sonst. Ich hatte wieder mal schlecht geschlafen, es irgendwann aufgegeben und war aufgestanden.

Es klingelte.

»Ja?«

»Hier ist Lisa. Udo, du musst sofort herkommen! Deine Särge schwimmen!«

»Wie?! Sie schwimmen?«

»Es steht alles unter Wasser! Soll ich die Feuerwehr rufen? Oder das Technische Hilfswerk?«

»O Gott«, war alles, was ich noch von ihm hörte, dann war es still.

»Udo? Bist du noch dran?« Ich drückte das Handy, so fest es ging, an mein Ohr und hielt mir mit der Hand das andere Ohr zu. Im Hintergrund hörte ich ganz schwach irgendwelche Geräusche, die ich nicht richtig interpretieren konnte. Vermutlich zog er sich gerade an.

Tja, und nun? Ich konnte ja schlecht die Tür eintreten. Udo wohnte nur eine Straße weiter, er würde also gleich da sein, dachte ich, und ging unruhig den Fußgängerweg vor seinem Laden auf und ab. Gerade als ich mich umdrehte, entdeckte ich ihn. Ich hatte die Geräusche eben am Telefon falsch interpretiert. Er lief in einem blau-weißgestreiften Pyjama die Straße entlang. Hechelnd und mit zerzausten Haaren stand er schließlich vor mir. Beziehungsweise vor seiner Fensterscheibe.

»Scheiße!«, war das Einzige, was er sagte. Dafür aber immer wieder.

Er steckte den Schlüssel ins Schloss und öffnete die Tür. Dann sprang er mit einem Satz beiseite, denn ein Schwall Wasser kam aus dem Laden. Der Sprung hatte nichts gebracht. Weder ihm noch mir. Unsere Schuhe waren nass.

Das Wasser floss über den Bürgersteig, unter den parkenden Autos durch auf die Straße. Dann kam der erste Sarg angeschwommen und stellte sich Gott sei Dank quer, sodass er im Laden blieb und den Weg für alle folgenden Holzkisten versperrte.

Zwei Stunden später saßen wir auf einem seiner Särge,

die wir zum Trocknen vor den Laden in die Sonne gerollt hatten und tranken Kaffee. Udo immer noch im Pyjama, ich barfuß mit hochgekrempelter Stoffhose. Der Mieter über seinem Laden hatte einen Rohrbruch. Das allein war schon schlimm genug. Aber leider hatte er ihn nicht sofort bemerkt, da er, nach einer anstrengenden Nachtschicht, tief und fest schlief. Wir hatten Sturm geklingelt und schließlich sogar die Polizei gerufen.

»Was mach ich denn jetzt mit den Särgen? Ich muss den ganzen Fußboden rausreißen, da können die ja nicht im Laden stehen. Das ganze Laminat ist aufgequollen. Von der Tapete mal ganz abgesehen. Oh, Mann!«, stöhnte er und sah in seinem gestreiften Schlafanzug aus wie ein Flüchtling.

»Hmm«, machte ich und hoffte, er würde es nicht tun.

Aber er tat es. »Oder könnte ich die so lange bei dir reinstellen? Nur für ein paar Tage.«

Mist.

»Klar. Ich weiß zwar nicht, ob das hilft, so klein wie mein Laden ist, aber zwei passen sicher rein.«

Es wurden drei. Der Reihe nach standen sie hintereinander links an der Seite. Hellbraun, dunkelbraun und weiß lackiert. Wenn ich Tücher drüberlegte, würde es sicher kaum auffallen, dachte ich und hoffte, Udo würde seinen Laden nicht selbst renovieren. Dann würde es nicht ein paar Tage, sondern ein paar Jahre dauern, wie ich ihn kannte.

Udo war inzwischen nach Hause gegangen, um sich umzuziehen. Er hatte in der ganzen Aufregung gar nicht mehr daran gedacht, dass er noch im Schlafanzug rumrannte. Als die ersten Kunden kamen und erst den Sarg, auf dem wir saßen, und danach ihn verwirrt ansahen, fiel es ihm wieder ein.

Ich betrachtete die Särge, dachte an Opa Ernst, seine Beerdigung, an den Tod, an den Anfang und das Ende, und auf einmal hatte ich diesen Gedanken: Was, wenn das ein Zeichen war? Diese Särge hier, bei mir. Ein Zeichen, dass ich meinen Kinderwunsch beerdigen konnte.

»Nein! Stopp! Alles Blödsinn. Die Sonne scheint, das Leben ist schön, mir geht es gut! Und das hier sind einfach nur ein paar Särge, die bald wieder verschwinden und die nichts, aber auch gar nichts mit mir zu tun haben!«, redete ich auf mich ein und ärgerte mich über meinen Aberglauben.

Dann holte ich die weißen Laken, warf sie über die beiden braunen Holzsärge, zog noch mal hier und da, bis alles abgedeckt war, strich es glatt und stellte ein paar Bilderrahmen darauf. Ich betrachtete das Kunstwerk. Schön war anders. Aber was tat man nicht alles für eine gute Nachbarschaft?

Einiges, wie sich rausstellte, denn ich bekam allerhand zu tun in den nächsten Tagen. Den Holzkisten sei Dank. Es kamen nämlich nicht nur meine Kunden, sondern auch Udos, die sich die Särge ansehen wollten. Also Deko runter, Klappe auf. Klappe zu, Deko drauf.

Nach dem dritten Mal ließ ich die Laken einfach weg.

32. Kapitel

Samstag war Girlsday. Wir hatten uns bei Kiki zum Cocktailtrinken auf der Dachterrasse verabredet.

Es war später Nachmittag, die Sonne schien, und der Steinfußboden war so heiß, dass man ein Spiegelei darauf hätte braten können. Vera lag in der Hängematte, die Kiki quer über die rechte Seite gespannt hatte. Ich bekam einen alkoholfreien Cocktail mit Gurke und Pfefferminze in die Hand gedrückt. Nachdem ich im Detail von meinem Transfer erzählt hatte, von Bobs Fast-Kollaps und meiner Nervosität, hoben wir die Gläser.

»Auf das Leben!«, sagte Vera.

»Ja, auf das Leben!«, sagten Kiki und ich synchron.

»Wenn das so weitergeht, kann ich mich demnächst bei den Anonymen Alkoholikern anmelden«, sagte Kiki, während sie schon den nächsten Drink zusammenrührte. Irgendetwas Pinkfarbenes.

»Warum das denn?«, fragte ich.

»Ach, meine Eltern wollen, dass ich mehr mache als nur Yoga. Ich soll mich auf meine Rolle als Führungskraft vorbereiten«, sagte sie kopfschüttelnd. »Könnt ihr euch das vorstellen? Ein Haufen dickbäuchiger Kerle, und ich sag ihnen, wo es langgeht?«, fragte sie mit dem Messer in der erhobenen Hand.

»Aktuell schon«, sagte Vera lachend und zeigte mit dem Kinn Richtung Messer.

»Ich weiß nicht.« Kiki drehte sich wieder zu ihrem Schneidebrettchen um und schnippelte noch mehr Zitronen und Grünzeug auf ihrem neuen kleinen Tresen. »Außerdem haben sie mal wieder einen passenden Mann für mich gefunden und wollen ihn mir am liebsten gleich vor die Tür stellen. Mit Schleife drum. Ich hab schon überlegt, ob ich ihnen sage, dass ich lesbisch bin. Vielleicht lassen sie mich dann mal in Ruhe.«

»Ich dachte, das hätte sich gelegt«, sagte ich und probierte zaghaft einen Schluck von meinem alkoholfreien Drink.

»Dachte ich auch. Aber da habe ich mich zu früh gefreut. Dabei sieht es im Moment sogar so aus, als könnte es doch noch den Richtigen auf diesem Planeten geben. Aber das muss ich ihnen ja nicht gleich nach dem ersten Flirt auf die Nase binden«, sagte sie geheimnisvoll und schnippelte weiter grüne Blätter.

»Was? Erzähl!«, rief Vera, kam aus ihrer Hängematte gekrochen und stellte ihr Glas auf den großen Holztisch. Auch ich war ganz Ohr und überlegte, wer es wohl diesmal war. Ein Buddhist? Ein Veganer, der Wale rettete? Oder doch dieser Typ aus Indien?

»Ach, ich weiß ja noch gar nicht, ob es auch wirklich …«

»Kiki!«, drängelte ich.

Sie legte das Messer weg und drehte sich zu uns um. »Okay, es ist der Arzt.«

»Welcher Arzt?!«, fragte Vera.

»*Der* Arzt?«, fragte ich.

»Ja, der … der tollste Typ dieses Planeten! Der Mann mit den magischen Händen, der beste Küsser dieser Welt und der lustigste Gute-Nacht-Geschichten-Erzähler, den es gibt«, sagte Kiki über das ganze Gesicht grinsend. So hatte ich sie schon lange nicht mehr gesehen. Sie war zwar grundsätzlich eine Frohnatur, aber dieses Lächeln war ein ganz besonderes.

»Hallo? Kann mich mal bitte jemand aufklären?«, protestierte Vera und sah abwechselnd zu mir und Kiki.

»Na ja, wir haben ja letztes Wochenende einen Notarzt gerufen, weil Stau war und da …«, versuchte Kiki zu erklären.

»Ihr habt 112 gewählt, weil Stau war?«

Kiki erzählte von ihrem Einsatz als Schauspielerin, der offenbar nicht nur mir, sondern auch ihr geholfen hatte. »Er ist frisch geschieden, hat eine kleine Tochter und schickt fast stündlich SMS. Außer wenn er gerade im OP steht. Dann natürlich nicht.«

Wir sagten nichts, in der Hoffnung, mit ein paar mehr Details gefüttert zu werden.

»Ihr müsst es schwören!«

»Was?«, fragten Vera und ich im Chor.

»Dass ihr es ihm niemals sagt!«

»Was?«, hakten wir gemeinsam nach.

»Na, dass ich gar keine Bauchschmerzen hatte! Wenn er das rausbekommt, glaubt er mir nie wieder was.«

Wir hoben die Hände und zeigten unsere Finger, die zum Schwur bereit waren.

»Außerdem wollte ich dich fragen, ob du mir dein Auto leihen kannst. Morgen«, setzte Kiki nach, während sie sich wieder ihrem Drink zuwandte.

»Klar, aber warum? Ist deiner kaputt?«

»Nein, aber ich würde lieber mit einem alten … Also, einem nicht ganz so schönen Wagen zu ihm fahren.«

»Ihr trefft euch? Das ist ja super!«, freute sich Vera.

»Und was hat das mit deinem Cabrio zu tun?«, wollte ich wissen.

»Na, weil er sich in *mich* verlieben soll. Nicht in mein Auto oder meine Wohnung oder mein Erbe. Darum«, sagte sie trotzig wie ein Kleinkind und setzte sich mit ihrem Cocktailglas neben mich auf die Liege.

»Wenn du willst, kann ich dir auch meine Wohnung leihen und hier einziehen«, erklärte ich amüsiert. »Du müsstest nur hin und wieder ein paar Vögel füttern!«

33. Kapitel

Wozu ich mir für den Morgen, den ich so sehr herbeigesehnt hatte, den Wecker gestellt hatte, wusste ich nicht. Ich war mal wieder seit Stunden wach.

Ich stand schon eine halbe Stunde, bevor die Praxis überhaupt öffnete, vor der Eingangstür, samt »Tea to go«-Becher in der Hand. Kaffee gab es jetzt nicht mehr, ich wollte auf keinen Fall irgendetwas riskieren.

Ich hatte mir gleich den allerersten Termin für die Blutabnahme geben lassen, um nicht noch länger leiden zu müssen und möglichst schnell die Gewissheit zu bekommen, ob ich schwanger war oder es mir nur einbildete – denn langsam wurde mir übel, was aber vermutlich an der Aufregung lag. Ungefähr vier Stunden nach der Blutabnahme sollte ich den entscheidenden Anruf bekommen. Auf keinen Fall wollte ich die Nachricht im Studio erhalten. Wer weiß, ob ich dann gerade Kundschaft hatte. Ich nahm mir den Vormittag frei. Louisa sei Dank.

Obwohl ich nun schon etliche Male in dieser Praxis war, blieb die Atmosphäre die gleiche. Vielleicht lag es daran, dass man beim Hausarzt oder Zahnarzt nicht wusste, was die anderen im Wartezimmer für ein Problem hatten. Was manchmal auch besser so war. Hier wusste man es schon. Vermutlich war das der Grund für die beklemmende Atmosphäre, die Stille oder die – wenn überhaupt – geflüsterten Gespräche zwischen den Paaren. Man erkannte die, die zum ersten Mal hier waren, sofort. Sie wagten nicht mal zu fragen, wo die Garderobe war, obwohl man ihnen gleich noch ganz andere Räumlichkeiten zeigen würde. Die Frauen, für die es nicht die erste »Runde« war, waren auch schon mal in der Lage zu fragen, ob man ihnen eine Zeitschrift über den Tisch reichen könne. Mehr wurde nicht gesprochen.

Außer mit der Arzthelferin, die mich zu sich in den Raum bat. Ich war aufgeregt wie bei einer mündlichen Prüfung, dabei brachte mich mein ununterbrochenes Quasseln keinen Zentimeter weiter. Egal. Es half abzulenken.

»Alles gut?«, fragte die Arzthelferin.

»Ja, alles gut«, sagte ich.

»Das ist ganz normal«, erklärte sie mir. »So eine Behandlung kann einen ganz schön aus der Bahn werfen.«

Tja, dachte ich, *wem sagen Sie das?*

Eine Stunde später saß ich auf unserem Sofa. Vor mir auf dem Plexiglastisch mein Handy, das schnurlose Festnetztelefon und ein Becher heißer Kakao. Dahinter an der Wand, die ich noch gestrichen hatte, weil es nichts mehr zu putzen oder zu verschieben oder aufzuräumen gab, der Fernseher. RTL. Was will man auch sonst an einem Vormittag mitten in der Woche einschalten? Die Reality-Show »Unser Baby« lief gerade. Es war die dritte Geburt innerhalb einer halben Stunde, die ich durchmachte. Mir liefen mehr Tränen vor Rührung über die Wangen als allen Hebammen, Müttern und Vätern zusammen.

Das Telefon klingelte.

Meine Mutter.

»Mama, ich ruf dich nachher zurück. Ich kann gerade nicht. Ich erwarte einen ganz wichtigen Anruf!«

»Was ist denn los? Bist du gar nicht im Laden? Ich habe es da eben schon versucht.«

»Ich melde mich später, Mama. Bis nachher«, erklärte ich knapp und legte auf. Warum rief sie überhaupt jetzt an? Das tat sie doch sonst nicht.

Herr und Frau Müller stolzierten wie zwei Beefeater des englischen Königshauses im Zimmer auf und ab und machten mich damit noch nervöser. Ich stand auf, ging in die Küche und kam mit einem Schälchen Obst für die beiden zurück.

»So, hier habt ihr was zum Knabbern«, erklärte ich und stellte das Schälchen auf den Käfig.

Ich selbst lutschte Bachblüten-Bonbons, die mir Max geschenkt hatte. Eine Besserung meines unruhigen Pulses konnte ich allerdings nicht feststellen.

In der Sekunde klingelte mein Handy. Mein Herz war kurz davor, aus dem T-Shirt zu springen.

»Es tut mir leid …«, hörte ich eine betont einfühlsame Stimme.

Alles, was sie danach sagte, hörte ich nicht mehr.

»Okay. Danke«, sagte ich wie ferngesteuert und fragte mich, wofür ich mich eigentlich bedankt hatte.

Dann fing ich an zu weinen.

Herr und Frau Müller hörten auf zu knabbern und sahen mich an.

»Und nun?«, wollte Herr Müller wissen.

»Nix und nun«, sagte ich und starrte aus dem Fenster.

Warum?, fragte ich mich. *Warum? Warum nicht?*

Nachdem ich eine halbe Stunde wie hypnotisiert die Heizung angestarrt hatte, stand ich auf, ging in die Küche und setzte mir einen Kaffee auf. Einen richtig starken Kaffee, keinen blöden Tee.

Ich muss Bob Bescheid sagen, dachte ich. Aber mir war nicht nach Reden. Ich schickte eine SMS.

Kaum hatte ich auf »Senden« gedrückt, klingelte es. Gedankenübertragung. Dann kam ich ums Reden wohl doch nicht drum rum.

»Und? Hast du schon den Anruf bekommen?«

»Ja.«

Stille.

»Keine gute Nachricht?«

Ich fing wieder an zu weinen.

»Soll ich nach Hause kommen?«

»Nein.«

»Es … Es tut mir leid, Schatz. Vielleicht klappt es beim nächsten Mal. Wir haben ja noch …«

»Ja, bestimmt«, sagte ich mechanisch und sah aus dem Fenster. Unten im Hof spielten ein paar Kinder.

»Ich komme heute früher nach Hause, okay?«, sagte Bob.

»Ja«, hörte ich mich sagen. »Bis nachher.« Dann legte ich auf.

Ich hatte mich gerade einigermaßen gefangen, als mein Handy wieder klingelte. Meine Mutter. Ich zögerte, ging dann aber doch ran. Sie würde sicher nicht lockerlassen und es sowieso wieder versuchen.

»Kindchen, was ist denn los? Ich mache mir Sorgen. Bist du krank?«

»Nein.«

»Aber warum bist du nicht im Laden?«

»Ich fühl mich gerade nicht so.«

»Also hast du doch was.«

»Ja.«

»Soll ich rumkommen?«

»Geht schon, danke. Ich …«, sagte ich, dann kamen mir wieder die Tränen. Es hatte keinen Sinn. Und was brachte es auch? »Ich habe … Also, wir haben uns ein Kind gewünscht. Wir wünschen uns ein Kind und … Moment mal«, fing ich an, dann putzte ich kurz die Nase, die nicht aufhören wollte zu laufen. »Es klappt halt nicht so, wie wir es uns vorgestellt haben.«

»Hattest du eine Fehlgeburt?«

»Nein, ich werde nicht schwanger«, sagte ich und schnupfte noch mal aus. »Und ich verstehe das einfach nicht. Warum klappt das denn nicht? Alle Leute kriegen Kinder … nur ich nicht!«

»Wie lange versucht ihr es denn schon?«

»Ein Jahr. Zwei Jahre. Keine Ahnung.«

»Und warst du mal bei deiner Ärztin?«

»Ja«, sagte ich und hoffte, sie würde nicht noch weiter nachhaken. Ich hatte keine Lust, von der Kinderwunschpraxis zu erzählen. Vielleicht irgendwann mal, aber nicht jetzt.

Meine Mutter atmete hörbar ein. »Schätzchen, soll ich nicht doch rumkommen und dir einen Tee machen?«

»Ne, danke, Mama. Ich möchte lieber allein sein. Das ist echt lieb, aber ich bin gerade nicht gesellschaftsfähig. Sorry.«

»Aber wenn ich was tun kann, dann lass es mich bitte wissen, ja?«

»Ja. Danke.«

Mir ist nicht zu helfen, dachte ich, dann verabschiedeten wir uns.

Kaum hatte ich aufgelegt, fiel mir ein, dass ich gar nicht gefragt hatte, was sie eigentlich wollte. Na ja, sie würde sich sicher wieder melden.

34. Kapitel

Ein paar Tage vergingen, an denen es passenderweise ununterbrochen goss und ich mich zwingen musste, an ein Leben nach dieser Nachricht zu glauben.

Ich bat Louisa, den Laden erst mal zu übernehmen. Ich hatte zu nichts Lust; nicht zum Arbeiten, nicht zum Freunde treffen, zu rein gar nichts. Weder Bobs Blumensträuße noch seine Anrufe geschweige denn die Pralinenschachtel meiner Mutter konnten meine Stimmung heben. Auch Max war machtlos. Er rief drei- oder viermal an und sah dann ein, dass ich nicht reden wollte. Nicht einmal Herr und Frau Müller schafften es, mich zum Lachen zu bringen, die immer wieder anstolziert kamen und mich begutachteten, als wäre ich eine vom Aussterben bedrohte Art.

Mein Leben lang hatte ich Glück gehabt. Und jetzt? Wo war es, wenn ich es wirklich mal brauchte, mein blödes Glücks-Gen? Futsch.

Und dann stand sie plötzlich vor der Tür.

»Was machst du denn hier, Kiki?«

»Schön, dass du dich so freust«, sagte sie, drückte mir Kuchen und Blumen in die Hand, zog ihre pinkfarbenen Gummistiefel aus und ging an mir vorbei in die Wohnung.

»Hat Bob dich angerufen? Mir geht es gut. Ich brauche keine Hilfe.«

»Aha, deshalb siehst du aus, als würdest du deine Kleidung aus dem DRK-Beutel suchen und hättest kein Geld für Shampoo?«

Ich drehte mich unauffällig um und sah in den großen Spiegel im Flur. Sie hatte recht. Ich sah furchterregend aus.

»Du gehst jetzt duschen, ich setze uns einen Kaffee auf, dann reden wir mal in Ruhe und machen aus dir wieder einen glücklichen Menschen.«

Bitte nicht mit Handauflegen, dachte ich und verschwand im Bad.

Mit einem Handtuchturban auf dem Kopf und einem heißen Becher Milchkaffee in der Hand saß ich eine halbe Stunde später auf dem Sofa.

»Wie geht es dir denn wirklich?«, wollte Kiki wissen.

»Na ja, das hast du doch schon festgestellt«, meinte ich nur und nahm einen Schluck.

Sie sagte nichts, sah mich nur an. Dann nahm sie mich in den Arm. Bis dahin war ich tapfer gewesen und hatte noch kein Taschentuch an diesem Morgen benutzt. Aber jetzt konnte ich nicht mehr. Ich weinte wie ein kleines Kind, dem man die Puppe weggenommen hatte.

Irgendwann normalisierte sich meine Atmung wieder. Ich löste mich aus ihrer Umarmung, holte tief Luft und versuchte ein Lächeln. Es klappte nicht.

»Ich verstehe es halt einfach nicht«, sagte ich achselzuckend. »Warum? Was ist der Grund? Woran liegt es, dass es nicht klappt? Dass ich mich mit meinen zwei Pampelmusen auf den Weg zum Himalaya gemacht habe, reicht doch eigentlich. Dass ich diese Reise auf mich genommen habe, während andere das Ergebnis ihrer unfreiwilligen

Fruchtbarkeit heimlich entsorgen oder in Babyklappen legen, dieser Preis war doch hoch genug. Hatte ich gedacht. Aber da oben auf diesem Berg ankommen und dann feststellen, es war alles umsonst – damit habe ich nicht gerechnet!« Ich sah zum Boden. Unterm Couchtisch lag ein Staubhäufchen. Es war mir egal. Sollte doch alles einstauben.

»Also. Ich erzähle dir jetzt was, und du hörst einfach nur zu. Okay? Schaffst du das?«

Ich nickte und hatte schon eine Ahnung, was jetzt kommen würde. Wahrscheinlich wollte sie, dass ich mit ihr nach Indien zu einer Entgiftungskur fuhr. Oder sie hatte einen Abendkurs in Akupunktur gemacht, und ich war ihr erstes Opfer.

»Meine Mutter, man glaubt es kaum, hat mir gerade erzählt, dass sie auch nicht gleich beim ersten Mal schwanger wurde.«

»Du hast mit deiner Mutter über mein Befruchtungsproblem gesprochen?«

»Nein, nicht direkt, es ging eigentlich um … um etwas anderes, aber das ist jetzt egal. Also. Sie hat mir jedenfalls erzählt, dass sie es drei Jahre lang versucht hat, und es hat nicht geklappt. So was wie eine Kinderwunschpraxis gab es damals noch nicht. Da hat sie sich nach alternativen Möglichkeiten umgesehen, und dann hat sie durch Zufall auf dem Wochenmarkt einen Mann kennengelernt.«

»O Gott!«, platzte es aus mir heraus. »Dein Vater ist gar nicht dein Vater?!«

»Doch, natürlich. Ich will auf etwas ganz anderes hinaus. Dieser Typ, ich glaube, er wohnte damals in der

Nähe von Eckernförde oder so. Auf alle Fälle hatte er einen Stand auf dem Wochenmarkt. Da hat er sein selbst angebautes Gemüse verkauft und eben auch Menschen behandelt mit ganz unterschiedlichen Problemen.«

Ich sagte nichts. Was sollte man dazu auch sagen?

»Viermal hat sie ihn besucht, und dann … dann war sie tatsächlich plötzlich schwanger.« Sie machte eine kurze dramatische Pause.

Ich stellte mir Kikis Mutter mit der Hochsteckfrisur, den Perlenohrringen und ihrem Chanel-Jäckchen in einem Tipi auf dem Wochenmarkt vor. Wie sie auf einem Klappstuhl zwischen Gurken und Zucchinis saß und ein Mann mit langem weißem Bart um sie rumhüpfte, während er Mantras sang. Oder hatte er doch mehr als nur Hand angelegt, und sie behauptete das mit der Heilung nur, damit es nicht aufflog? Immerhin wäre das eine Erklärung für Kikis anhaltende Esoterikphase. Vielleicht hatte sie das ja sozusagen geerbt und konnte gar nichts dafür.

»Jedenfalls hat sie nach seiner Nummer gesucht und, stell dir vor, sie hat sie gefunden. Er ist allerdings schon lange tot, wie sich dann herausgestellt hat.«

»Super. Und was soll ich jetzt bitte schön machen?«

Sie wollte ja wohl nicht, dass ich mich auf sein Grab setzte, in der Hoffnung, es käme noch etwas heilende Kraft durch die Erde, oder?

»Warte. Ich bin noch nicht fertig. Jetzt kommt die gute Nachricht: Sie hat von einer alten Bekannten den Kontakt zu einem anderen Mann bekommen, der bei diesem Heiler jahrelang gelernt hat. Er soll ganz außergewöhnliche Kräfte haben und hat sogar schon ihren Mann von seinen Rückenschmerzen befreit. Er konnte sogar seinen Rollstuhl in die Garage schieben. Wirklich. Er kann wieder laufen!«

»Und wo finde ich ihn? Den Wunderheiler?«

»In Australien.«

»In Australien?!«

»Ja. Er lebt dort inzwischen bei den Aborigines.«

»Du bist doch nicht hierhergekommen, um mir ein Ticket für einen Flug nach Australien zu bringen, oder?«

»Nein, das ist auch gar nicht nötig. Du kannst ihn einfach anrufen. Er macht auch Ferndiagnostik.«

»Ferndiagnostik?«

»Ja, er soll eine ganz besondere Energie haben. Er hilft Menschen auf der ganzen Welt.«

»Am Telefon? Jetzt willst du mich aber auf den Arm nehmen, oder?«

»Nein. Ruf ihn an, du wirst schon sehen.« Sie holte einen Kugelschreiber und einen alten Bon vom Reformhaus aus der Tasche und schrieb auf die Rückseite eine ziemlich lange Telefonnummer. »Hier. Kannst es dir ja noch mal überlegen«, sagte sie und gab mir den Bon mit der heiligen Nummer.

»Aber denk an die Zeitverschiebung.«

35. Kapitel

Ich dachte nicht an die Zeitverschiebung, denn es kam gar nicht infrage, dass ich mich auf so einen Blödsinn einließ. Stattdessen nahm ich mir trotz aller Lustlosigkeit vor, mich wieder zur Arbeit zu schleppen.

Der nächste Tag fing tatsächlich gut an. Ich konnte mich hervorragend ablenken: Ich hatte einen Auswärtstermin. Genau das, was ich jetzt brauchte.

Heute stand eine Hochzeit an. Und das bei strahlendem Sonnenschein. Hochzeiten waren in den meisten Fällen entweder so extrem schön und romantisch, dass ich selbst mehr damit beschäftigt war, meine Nase zu putzen und mir den verlaufenen Mascara unter den Augen wegzuwischen als zu fotografieren, oder sie waren auf irgendeine Art und Weise skurril und komisch. Deshalb mochte ich Familienfeiern dieser Art. Es gab immer mindestens einen Gast, der aus der Reihe tanzte, sei es durchs Outfit, eine unvergessen peinliche Rede, in der von der jüngsten Kindheit des Brautpaares gesprochen wurde, oder durch bescheuerte Spiele. Bisher hatte es immer irgendeine Überraschung gegeben. Das sollte heute nicht anders sein.

Maike und Torben Stramm, privat: Bei den dicken Eichen 40, Standesamt Oststeinbek, 10 Uhr, danach zur Kirche per Kutsche, hatte ich mir notiert. Anschließend ging es zum Gasthof. Auch mit zwei Pferdestärken, daran erinnerte ich mich noch. Und ich erinnerte mich, dass ich die beiden mochte. Sie waren eines der verliebtesten Paare gewesen, das jemals zu mir gekommen war. Keine Sekunde hatten sie die Finger voneinander lassen können.

Und eines war schlagartig klar, als ich in Oststeinbek aus meinem alten VW-Golf stieg: Das war nicht ohne Folgen geblieben. Maike war schwanger. Und wie. Komisch, das war mir gar nicht aufgefallen, als sie den Termin vereinbart hatten, überlegte ich. Das musste ja eine ganze Weile her sein. Ihr Bauch hatte bereits die Ausmaße eines Medizinballs! Ich musste kurz etwas schlucken. Hätte ich geahnt, dass sie hochschwanger war, hätte ich wohl doch lieber Louisa geschickt. So wenige Tage nach meinem Absturz vom Himalaya… Ich riss mich zusammen. Schwangere gab es überall, damit musste ich halt leben. Irgendwie.

Zu meinem Erstaunen trug sie eine Korsage, die am Rücken zugebunden war. Jedenfalls hatte man es versucht, denn viel Schnur zum Binden war nicht mehr da. Wie sie es geschafft hatte da reinzukommen, würde ihr Geheimnis bleiben. Auf alle Fälle würde der Bräutigam heute Nacht kein leichtes Spiel haben.

Die Korsage war weinrot, der bodenlange Rock cremeweiß mit farblich abgestimmten weinroten Stoffrosen, die sich an ihrer Hüfte entlang Richtung Boden schlängelten. Und dieses Gesamtkunstwerk stand im Standesamt Oststeinbek in einer Art viereckigem Warteraum, von dem mehrere Zimmertüren und ein schmaler Flur abgingen. Vor einer Glastür befand sich ein Nummern-Automat.

Ich fragte mich, ob man zum Heiraten auch schon eine Nummer ziehen musste? Ganz schön modern hier auf dem Ländle.

In dem Moment kam auch die Standesbeamtin um die Ecke. Sie begrüßte überfreundlich das Brautpaar und die Familie, die aus mindestens hundert Leuten bestand. Vermutlich ganz Oststeinbek.

Wie sich herausstellte, war der Raum, in dem die Trauung stattfinden sollte, nicht für so viele Menschen gemacht. So musste gut ein Viertel der murrenden Gäste vor der geöffneten Tür im Flur stehen. Nur ich durfte noch mit rein und neben einem Zimmerbrunnen, aus dem Nebel stieg, der alle paar Sekunden seine Farbe änderte, Platz nehmen.

Das war der leichte Teil. Danach wurde es wortwörtlich schwer. Denn Maike hatte einen Traum. Und der sollte nun wahr werden. Seit sie ein kleines Mädchen war, wollte sie am Tag ihrer Hochzeit in einer Kutsche zur Kirche fahren. Dagegen sprach im Grunde nichts – wäre es eine Kutsche gewesen, die einen Tritt, ein paar Stufen oder irgendetwas anderes gehabt hätte, auf das sie hätte steigen können. Ein umgedrehter Plastikeimer hätte es notfalls auch getan. Der Kutscher hatte anscheinend auch nichts von den »anderen Umständen« gewusst, sonst hätte er vermutlich ein Tau eingepackt, das man ihr um den Bauch hätte binden können, um sie dann mit aller Kraft hochzuziehen. Hätte ich nicht selbst mit anpacken müssen, hätte ich die Szene gern fotografiert: drei starke Männer – der Kutscher, der Ehemann und der Vater der Braut, der die gleiche Konfektionsgröße trug wie seine Tochter – schoben die arme Maike den halben Meter nach oben in die Kutsche, beziehungsweise versuchten es. Da ich immer schon ein ausgeprägtes Helfersyndrom hatte, stieg ich kurzerhand in die Kutsche, griff nach Maikes Hand und zog von oben.

Da passierte es. Es krachte. Wer zuerst schrie, kann ich gar nicht mehr sagen. Auf alle Fälle schrie Maike. Zu Recht, wie sich schnell herausstellte, denn die Korsage war geplatzt, und sie versuchte verzweifelt mit allen ihr zur Verfügung stehenden Mitteln zu verhindern, dass ganz Oststeinbek ihre Oberweite und all das andere sah. Viele Mittel waren das allerdings nicht. So griff sie kurzerhand nach ihrem bodenlangen Rock, zog ihn hoch und hielt ihn sich schützend vor den Oberkörper. Der war nun gut versteckt, im Gegensatz zu dem unteren Teil. Dann rollten die Tränen. Ich kramte sofort in meiner Tasche nach Taschentüchern, aber die Landfrauen waren schneller.

Eine Dreiviertelstunde später wurde eine Braut mit rotverquollenen Augen, einer cremeweißen Strickjacke und bekanntem bodenlangem Rock von ihrem Vater in die Kirche geführt. Der Bräutigam hatte nun auch Tränen in den Augen.

Als die letzten Gruppenbilder vor der Kirche gemacht waren und ich wieder in meinem verrosteten Golf saß, überkam mich ein Gefühl, für das ich mich schämte: Ich war eifersüchtig. Und wie! Auf den dicken Bauch und den Inhalt.

Statt nach Hause fuhr ich zu Max. Direkt in die Praxis. Ich wollte jetzt nicht allein mit zwei verliebten Vögeln auf dem Sofa sitzen.

Eine Stunde später lag ich auf seiner Psycho-Couch. Natürlich nur zum Spaß. Der Rücken machte seit der Brauthochziehaktion Zicken.

Max sah mich an. Nicht dass er das bis zu diesem Zeitpunkt nicht getan hätte, aber dieser Blick war anders. Ich kannte ihn. Es war der Max-hat-den-Durchblick-Blick.

»Süße?«, sagte er und machte die Augen schmal, um seinen Durchblick-Blick noch zu verstärken.

»Ja?«

»Ist bei dir sonst alles okay?« Er sah mich an. Immer noch. Ohne zu blinzeln.

»Ich weiß nicht, ob das unbedingt dein Thema ist«, druckste ich rum.

»Wenn du wüsstest, was alles nicht mein Thema ist und was ich mir tagtäglich anhöre«, meinte Max und lächelte mich an. »Es ist dein Wunsch, richtig?«

»Der mit der Oberweite?«, tat ich unwissend und sah an mir herab.

»Nein, Lisa. Der nach einem Kind.«

Ich antwortete nicht.

Max rutschte ein Stück an mich ran und nahm mich in den Arm.

»Ich glaube, ich werde Porträts von Schwangeren aus meinem Angebot streichen. Ich kann das gerade nicht«, erklärte ich schließlich.

»Das verstehe ich«, sagte Max. »Mach das!«

»Ganz schön egoistisch, oder?«

»Nein, Selbstschutz. Du musst dir das nicht antun. Und außerdem spüren die Kunden das doch auch, wenn du ein Problem damit hast. Lass es einfach eine Weile, und irgendwann wirst du es vielleicht wieder machen.«

»Ich habe mich heute dabei erwischt, wie eifersüchtig ich auf diesen kugelrunden Bauch war. Ich … Ich will das auch so gerne! Einmal so einen blöden, dicken Bauch«, schluchzte ich wieder los und musste gleichzeitig lachen. Ja, das ging tatsächlich!

Max streichelte mir über den Rücken.

»Und Schwangerschaftsstreifen«, ergänzte ich. »Und Dehnungsstreifen.«

»Ist das nicht das Gleiche?«, fragte Max amüsiert.

»Egal. Ich will sie alle. Und dicke Brüste. Endlich mal eine ordentliche Oberweite!«, sagte ich grinsend und wischte mir mit dem Taschentuch unter den Augen. Dann wurde ich wieder ernster. »Max, das kann doch nicht angehen. Warum geht das denn nicht? Ich möchte so gerne ein Baby haben. Soooo gerne.«

Natürlich hatte Max keine Antworten auf meine Fragen, aber er war da und hörte zu.

Und das tat verdammt gut.

Hatte Bob ja doch recht gehabt …

36. Kapitel

Sechs Wochen später stand der nächste Termin beim Bergführer an. Ich hatte einen Zyklus aussetzen sollen, was mir gar nicht in den Kram gepasst hatte. Wäre es nach mir gegangen, hätten wir sofort weitergemacht. Aber das hatte Dr. Liechel leider anders gesehen. Mein Körper brauche eine Pause, hatte er erklärt.

Diese Pause war jetzt jedenfalls vorbei. Es war Mitte Oktober, und ich stand mit meinem letzten Frustkauf, einem Paar neuen Stiefeln, in den Startlöchern. Dreimal würde die Krankenversicherung die Kosten übernehmen, zweimal durften wir also noch. Während sich Dr. Liechel bei unserem ersten Treffen noch mit ärgerlicher Miene darüber aufgeregt hatte, dass in dem Schreiben stand »übernimmt die Krankenversicherung drei Versuche«, denn hier wurde seiner Meinung nach nichts »versucht« (»Ich mache Sie schwanger. Punkt.«), war er jetzt zurückhaltender.

»Da hatten wir ja echt Pech.«

Wir? Bekam er eine Prämie pro Schwangerschaft?

Ich war kurz davor zu fragen, auf wie vielen Metern über Normalnull wir uns jetzt befanden, ließ es dann aber bleiben. Also fragte ich lieber nach den Chancen, nach Möglichkeiten, nach … nach etwas, das mich aufbauen würde.

Stattdessen erklärte er mir, welche Erkenntnis noch zu »unserem Pech« gehörte: Masse war nicht immer gleich Klasse. Diese Kenntnis hatte ihm wohl gefehlt, als er mir versprochen hatte, aus mir eine schwangere Frau zu machen. Vielleicht sollte er doch etwas weniger versprechen. *Wenn man nicht so hoch fliegt, kann man auch nicht so tief fallen*, dachte ich. *Oder so hoch klettert* … Aber nach meinen Recherchen war er – angeblich – einer der besten Ärzte weit und breit. Also, was blieb mir anderes übrig, als mir das anzuhören, was ich nicht hören wollte?

»Sie lassen sich wirklich nur sehr schwer befruchten«, sagte er mit getragener Stimme.

»Ich?«

»Ja, also im weiteren Sinne. Ich meine natürlich Ihre Eizellen. Die Beschaffenheit, die Hülle ist nicht optimal«, erklärte er und blätterte in meiner Akte.

Aha, nicht optimal. Jetzt bin ich auch nicht schlauer als vorher, dachte ich.

»Sie müssen sich das so vorstellen: Normalerweise lässt eine Eizelle *einen* Spermafaden rein, wenn wir Eizelle und Spermafäden in ein Reagenzschälchen legen. Ihre Eizellen haben allerdings gleich eine ganze Horde reingelassen. Die haben sozusagen Tag der offenen Tür gespielt«, sagte er schmunzelnd, sah mir aber schnell an, dass ich es nicht ganz so lustig fand wie er. »Daher haben wir dann die ICSI-Variante gewählt, bei der man den Spermafaden direkt in die Eizelle setzt. Aber auch das war – wie mir die Kollegin aus dem Labor heute Morgen bei der Besprechung sagte – nicht unproblematisch. Ihre Eizellen sind sehr weich. Es ist fast unmöglich, sie zu befruchten. Ich kann Ihnen da also keine großen Hoffnungen machen, dass es bei einer erneuten Runde besser klappt.« Er klappte die Akte zu und sah mich an. »Aber zwei von den kleinen Dingern haben wir ja noch im Tiefkühlfach.«

»Und wie stehen da die Chancen?«

»Wenn sie den Auftauprozess gut überstehen und es zu einem Transfer kommt, haben Sie eine gute Chance, schwanger zu werden.«

»Wie? Die können beim Auftauen kaputtgehen?« Wie viele Hürden gab es eigentlich noch, die ich nehmen musste? Ich hatte das Gefühl, ein Felsbrocken würde auf mir liegen.

»Ja, aber da sollten Sie jetzt mal positiv denken.«

»Und in Zahlen ausgedrückt: Wie stehen dann die Chancen, dass ich schwanger werde?«

»25 Prozent. Wenn wir beide einsetzen, vielleicht etwas mehr.«

»So wenig?«, hakte ich verwundert nach.

»Das ist die Chance schwanger zu werden, die jede gesunde Frau zur Zeit des Eisprungs hat.«

»Ja, die hat dabei aber optimalerweise noch Spaß. Der ist mir schon lange vergangen«, murmelte ich und verabschiedete mich.

37. Kapitel

Im Studio schob ich als Erstes die Särge aus dem Laden und rollte sie zurück zu Udo. Sein Bestattungsinstitut war zwar noch nicht hundertprozentig fertig renoviert, aber langsam war es ja mal gut. Ich war nicht in der Stimmung, mir noch länger Särge anzusehen.

Den Rest des Tages räumte ich Studio und Abstellkammer auf, machte zwei Porträts, telefonierte mit Max, räumte weiter auf. Bis es nichts mehr zum Aufräumen gab.

Dann änderte ich meine Preisliste. Ich nahm einen dicken schwarzen Edding und strich »Akt« aus dem Angebot.

Keine Särge und keine Schwangeren, die mir stolz ihren Bauch präsentierten. Schluss, aus, vorbei.

Übung macht auf keinen Fall den Meister, so viel steht fest. Das erneute Warten nach dem nächsten Transfer, vier Wochen später, war schlimmer als beim ersten Mal.

Weil ich das Gefühl nicht loswurde, die Zeit verginge extra meinetwegen langsamer, buchte ich spontan für eine Woche auf Sardinien ein Wellness-Hotel für uns. Thalasso, Schlammpackungen und Unter-Wasser-Gymnastik inklusive. Alles, was schön macht und schön ablenkt. Von morgens bis abends. Während Bob den ganzen Tag am Pool lag, las und Cocktails schlürfte, rührte ich in den Pausen zwischen meinem Behandlungsmarathon unnötig oft mit einem Strohhalm in meiner Apfelschorle herum, warf Eiswürfel in die Blumenbeete und versuchte, etwas in meinem Unterleib zu spüren. Dann las ich den Artikel über Fruchtbarkeitsrituale, den Kiki mir noch in die Reisetasche gepackt hatte. Mir war ja inzwischen fast jedes Mittel recht. Ich machte zwar noch immer kein Yoga, aber lesen konnte ja nicht schaden.

Die Wurzeln der Macapflanze sind seit Jahrhunderten dafür bekannt, dass sie Kraft, Libido und Fruchtbarkeit fördern. Aber auch Rotklee, der Phytoöstrogene (weibliche pflanzliche Hormone) enthält, und Mönchspfeffer unterstützen die Empfängnis. Eine Teezubereitung mit Frauenmantel kann das pflanzliche Fruchtbarkeitsritual abrunden.

Ich sah von der Broschüre in meiner Hand auf. Vor mir lag der kreisrunde hellblaue Pool, dahinter das zweigeschossige weiße Hotel. Dahinter die karge Küste. Wo bekam man denn Wurzeln der Macapflanze her? Oder Rotklee?

Ich las weiter.

Schreiben Sie Ihren Kinderwunsch auf. Dann vermischen Sie ihn mit Erde, Wasser und Salz und verbrennen ihn, um so eine Verbindung zu den irdischen Elementen herzustellen.

Also, nun war es aber gut! Kopfschüttelnd legte ich den Artikel beiseite.

Und dann tat ich es. Heimlich. Ich rief IHN an.

Nach zehn Minuten auf dem XXL-Bett unseres Hotelzimmers wusste ich wieder, wo meine Lachmuskeln saßen, dass es auch im australischen Busch Telefone gab und dass meine Handyrechnung für diesen Monat alles bisher Erlebte übertreffen würde. Aber das war mir egal.

Dieter – der Mann mit der heilenden Handynummer – klang, als säße er direkt neben mir, so klar und deutlich war die Verbindung. Dabei war der »Master of Love«, wie er genannt wurde, am anderen Ende der Welt. Er empfahl mir jedenfalls, es mir auf dem Bett gemütlich zu machen. Ich tat, was er sagte, zog allerdings vorher die Gardinen zu. Nicht dass noch jemand auf die Idee käme, ich hätte Telefonsex, während mein Mann am Pool auf mich wartete. Der Master of Love erklärte, er würde jetzt meine einzelnen Chakren anschauen und dann die Energie wieder zum Fließen bringen.

Danach war es still. Ich lag wie befohlen auf dem Bett und hielt den Hörer an mein Ohr – in der Hoffnung, Bob würde jetzt nicht ins Zimmer kommen.

Lisa, Lisa, dachte ich, *was machst du hier bloß?* Und dann ertappte ich mich dabei, dass ich Angst bekam, Dieter würde wirklich alles »sehen« können. Auch wenn ich weder verstand, was er tat, noch daran glaubte. Irrsinn. Hokuspokus. Quatsch. Ich war kurz davor aufzuspringen und auf das Symbol mit dem kleinen roten Hörer zu drücken. Aber dann tat ich es doch nicht.

Nach ein paar elendig langen schweigsamen Minuten sagte er plötzlich: »Ach so, das ist das Problem. Verstehe!«

Na ja, wenigstens einer, dachte ich und war gespannt, was jetzt kommen würde.

»Ich entferne nun die Blockaden«, erklärte der Master of Love.

Als er fertig war mit der Reinigung meiner unsichtbaren Blockaden – was nicht ganz so leicht war, wie er mir versicherte –, gab er mir zum krönenden Abschluss noch ein Mantra mit auf den Weg, das ich vor dem Sex mit Bob zusammen singen sollte. Dann verabschiedeten wir uns. Er in seinem Busch, ich in meinem Bett. Herrlich. Außerdem sagte er noch, ich sollte mich entspannen, es würde ein Kind kommen. Er sähe das! Es würde ein Mädchen werden. Ich war trotz aller Skepsis gerührt.

Für die Behandlung wollte Dieter … sorry, der Master of Love, nichts haben. »Das Universum hält alles für uns bereit. Wir müssen es uns nur nehmen«, hatte er mir noch erklärt. Ich konnte es gar nicht fassen, bedankte mich und überlegte, ob das Universum auch die Telefonrechnung übernehmen würde.

Während ich zurück an den Pool ging, hatte ich wirklich das Gefühl, mich leichter zu fühlen, ruhiger. Immerhin. Vor meinem inneren Auge sah ich, wie Bob und ich uns im Schneidersitz gegenübersaßen, die Handflächen vor der Brust zusammengelegt, ein Mantra singend. Was für eine lustige Vorstellung!

Als ich wieder in der prallen Sonne am Pool war, musste ich mit Schrecken feststellen, dass ich nicht mehr ich selbst war. Während ich mich früher grundsätzlich in einer Umkleidekabine, auf dem Zimmer oder hinter einem Badelaken, das Bob mir hochhielt, umgezogen hatte, tat ich es jetzt hier, mitten am Pool, als wäre es nie anders gewesen.

Irgendwo auf dieser langen Reise in den Himalaya musste ich mein äußeres und inneres Schamgefühl verloren haben. Ich wusste nur nicht, wo.

38. Kapitel

Zurück in Hamburg lief ich an dem Morgen nach der Blutabnahme wie ein Tiger in einem zu engen Käfig in der Wohnung auf und ab. Ins Bad, in die Küche, ins Wohnzimmer und wieder in die Küche. Bob hatte mir eine kleine Schachtel mit Nervennahrung auf den Küchentisch gestellt: Pralinen, Chili-Schokolade, Gummibärchen – alles, was ich liebte. Ich war gerührt.

Um mich zu beschäftigen, rief ich bei Vera an, die mal wieder keinen Empfang hatte, dann bei Max, der gerade einen Patienten hatte, zuletzt sogar bei meiner Mutter, bei der besetzt war. Herr und Frau Müller sahen mich von der Fensterbank aus verstört an, während ich auf und ab lief. Meine Brüste spannten inzwischen so sehr – ich hätte schwören können, dass jeden Moment die Milch einschießt. Von meinem Bauch mal ganz abgesehen, der drohte auch zu platzen. Zumindest fühlte es sich so an. Als Hochleistungs-Henne war es mir nur noch möglich, in gemütlichen Stoff- oder Jogginghosen zu sitzen, sofern es bequem sein sollte. Meine Eierstöcke benahmen sich, als ginge es um die Goldmedaille bei den Olympischen Spielen. *Wenn ich nicht schwanger bin, fress ich einen Besen,* dachte ich und rannte weiter wie ein angestochenes Huhn. Nirgends hielt ich es lange aus. Ich sah auf die Uhr. 10:05 Uhr. Ich sah aus dem Fenster auf die Straße.

10:06 Uhr. Ich schaltete den Fernseher ein, schaltete ihn aus. 10:11 Uhr. Ich zog mir die Hausschuhe aus und schlüpfte kurz in meine Turnschuhe, um unten nachzusehen, ob die Post schon da war. Mit einem Haufen Reklame kam ich zurück in die Wohnung. 10:14 Uhr.

Ich war gerade mal wieder ins Bad gegangen, als das Telefon, das ich den gesamten Morgen über in der Hand gehalten hatte, endlich klingelte.

Die ganze Zeit über hatte ich versucht mir vorzustellen, wie die freundliche Arzthelferin mir gleich sagen würde, dass es diesmal geklappt hat. Würde sie »Herzlichen Glückwunsch« sagen? Oder »Wir freuen uns«? Oder eher ganz sachlich »Der Test ist positiv«? Oder sogar »Es werden Zwillinge«?

Nichts davon.

Das, was sie sagte, hatte ich schon mal gehört. Vor ein paar Wochen. »Es tut mir sehr leid …«

»Mir auch«, sagte ich und legte auf.

»Das kann doch nicht sein«, murmelte ich verstört und rutschte vom Badewannenrand, auf den ich mich vorsichtshalber gesetzt hatte, runter auf die grauen Fliesen.

Dann überkam mich der Weinkrampf. Mein ganzer Körper zitterte, als hätte ich Schüttelfrost. Mir wurde übel. Ich dachte an all das, was ich getan hatte. Was ich alles nie wollte und doch getan hatte. Dieter, der Master of Love, inklusive.

»Master of Love! Wenn ich das schon höre!«, schimpfte ich mit verstopfter Nase und rot verquollenen Augen. »So ein ausgemachter Blödsinn!« Dann heulte ich weiter.

Auf allen vieren kroch ich ins Schlafzimmer, ließ das

dunkle Rollo runter, zog mich am Bett hoch und legte mich hin. Mittags um halb 12.

Es dauerte lange, bis ich endlich in einen unruhigen Schlaf fiel.

Ich träumte.

Ich kann nicht sagen, wie viele Stunden ich schon im Kreißsaal lag. Es gab keine Zeit mehr. Es gab nur noch diese Schmerzen, sonst nichts. Inzwischen lag ich auf dem Rücken, die Beine angezogen, vor mir zwei Hebammen, ein Arzt und noch jemand. Die Wehen hüllten mich in einen Kokon, der mich von allem um mich herum trennte. Ich hörte Stimmen, aber nicht, was sie sagten. Dann wurde es hektisch. Ich hätte schwören können, dass ich keine Kraft mehr hatte, aber irgendwie schaffte ich es doch und tat das, was man mir ins Ohr schrie: »Jetzt! Pressen Sie jetzt!«

Ich tat es. Ein letztes Mal. Dann war es geschafft. Ich fühlte, dass mein Bauch leer war. Der Kokon löste sich wie langsam abziehender Nebel. Ich konnte wieder alles um mich herum genau erkennen. Auch den Arzt, der sich jetzt über mich beugte. Er sah mir tief in die Augen und flüsterte: »Tja, was soll ich Ihnen sagen? Es war nur Luft! Mehr nicht.«

Schreiend riss ich die Augen auf – und starrte Bob direkt ins Gesicht. Er saß auf der Bettkante und erschrak so sehr, dass er aufsprang.

»Was machst du hier? Wie spät ist es?«, fragte ich völlig irritiert.

»Gleich drei. Ich hab dich nicht erreicht und mir Sorgen gemacht. Hattest du schon den Anruf?«

Ich sagte nichts.

Bob sah mich an, dann streichelte er mir über den Kopf. »Ach, Schatz.« Er küsste mich auf die Wange, legte sich zu mir und nahm mich in den Arm. »Vielleicht sollten wir es so sehen: Der Mount Everest wurde auch nicht gleich beim zweiten Versuch bezwungen.«

Ich gab ihm einen Kuss, dann löste ich mich aus seiner Umarmung und stand auf. »Ich will nicht mehr wandern. Ich will ein Kind. Das kann doch nicht so schwer sein. Hat es was mit mir zu tun?«, fragte ich mehr mich als ihn. »Sind meine Gene so schlecht, dass ich mich nicht fortpflanzen soll? Hat die Natur das extra so eingerichtet? Steht da vielleicht ein höherer Sinn dahinter?«

Bob saß kopfschüttelnd auf dem Bett. »Das darfst du so nicht sehen …«, fing er an.

Aber ich fiel ihm sofort ins Wort. »Ach? Und warum nicht? Woher willst du denn wissen, dass es nicht doch so ist? Vielleicht passen wir ja auch einfach nicht zusammen.«

»Wie meinst du das denn jetzt?«

»Biologisch. Vielleicht soll es einfach nicht sein mit uns.«

»Lisa, ich verstehe ja, wie schlecht es dir geht, aber du musst doch nicht gleich alles …«

»Du weißt NICHT, wie schlecht es mir geht«, sagte ich tränenüberströmt, rannte ins Badezimmer und schloss mich ein.

39. Kapitel

Nach drei Tagen hatte ich mich etwas gefangen. Zumindest war ich wieder aus dem Badezimmer gekommen und versuchte, mich mit dem Alltag abzulenken – was einigermaßen klappte. So lange, bis eine Schwangere am Laden vorbeiging, eine junge Frau mir beim Überqueren der Straße ihre Babykarre in die Hacken fuhr oder ich in der Zeitung las, dass wieder irgendeine Frau ihr Baby direkt nach der Geburt umgebracht hatte und der Mann von alldem nichts mitbekommen haben wollte – neun Monate lang. Dann ging es mir nicht mehr gut. Das Leben war nicht gerecht.

Den nötigen Rest, um von einem »schlechten Allgemeinzustand« zu sprechen, gab mir unser Bergführer bei unserem nächsten Gespräch. Dr. Liechel riet von einem erneuten Aufstieg ins Gebirge ab. Es wäre so gut wie aussichtslos. Weder waren meine Eizellen optimal, noch sahen sie es ein, sich mit dem, was Bob dazu beigesteuert hatte, zu fusionieren. Davon abgesehen, dass Bobs Spermien auch nicht optimal waren. Alles in allem also die Gesamtnote sechs minus.

Früher wäre ich explodiert, wenn mir jemand gesagt hätte, ich bekäme etwas nicht, was er mir doch im Grunde zugesagt hatte. Heute *implodierte* ich. Ich hatte das Gefühl, Dr. Liechel würde mit seinen Worten Stück für

Stück die letzte Hoffnung in mir ausradieren. Bis alles weg war.

Hoffnungslos unschwanger verließen wir seine Praxis.

Draußen vor der Eingangstür nahm Bob mich in den Arm. Dabei sah er selbst aus, als bräuchte er jemanden, der ihn stützt. Mit so einem ausdruckslosen, blassen Gesicht hatte ich ihn selten erlebt.

»Wollen wir noch einen Milchkaffee trinken gehen? Hier vorn an der Ecke ist doch ein Portugiese«, schlug er vor.

Ich nickte stumm.

Zehn Minuten später standen ein frisch gepresster O-Saft samt Strohhalm und ein Galão vor meiner Nase. Wir hatten uns ans Fenster gesetzt und sahen auf die viel befahrene Straße.

Bob strich mir mit der Hand über den Rücken. »Wir können ja noch über eine Eizellenspende nachdenken. Das ist hier nicht möglich, aber in Österreich zum Beispiel.«

Ich schüttelte den Kopf.

»Warum denn nicht? Wir können es doch zumindest mal versuchen«, meinte Bob, während er Zucker in seinen Galão rührte.

»Weil ich dann ja im Grunde eine Leihmutter für ein Kind von dir und einer anderen Frau bin. Das kann ich mir ehrlich gesagt überhaupt nicht vorstellen. Und außerdem, wie willst du das dem Kind eines Tages erklären? Gar nicht? Und wenn es rauskommt? Nein, ich kann das nicht. Und wer sagt denn überhaupt, dass es klappt?«

»Es wäre einen Versuch wert«, entgegnete Bob. »Wenn es klappt, und du bist schwanger, hast du dieses Kind neun Monate in dir wachsen gespürt und bringst es zur Welt –

dann wirst du in dem Moment auch nicht an irgendeine fremde Frau denken. Ganz bestimmt nicht.«

Ich nahm einen Schluck O-Saft. Irgendetwas in mir sträubte sich gegen die Vorstellung, eine fremde Eizelle auszutragen.

»Du wünschst es dir so sehr und ich natürlich auch. Warum also nicht noch etwas ausprobieren, damit es klappt? Nun sind wir schon so weit gegangen«, sagte Bob.

»Und dann bin ich irgendwann auf dem Spielplatz und alle gucken mich komisch an, weil unsere Tochter rote Locken hat, wir beide aber braunhaarig sind. Was sag ich dann? Oder wenn unsere Eltern fragen? Wie willst du damit umgehen?«, fragte ich ihn. »Ich weiß nicht. Das … das fühlt sich nicht richtig an.«

»Da gibt es doch sicher die Möglichkeit, die Eizelle einer Frau mit braunen Haaren zu nehmen. Das sind doch Profis.«

»Man kann sich ein Kind nicht einfach zusammenbauen wie einen Setzkasten. Wir können doch nicht Gott spielen! Wie siehst du das denn, rein ethisch?«

»Ich sehe, dass wir uns ein Kind wünschen und nicht glücklich sind ohne. Seit wir es versuchen, dreht sich alles nur noch darum. Und ich sehe, wie schlecht es dir geht.«

Ich drehte meinen Kopf etwas zur Seite, damit nicht jeder im Café mitbekam, wie schlecht es mir ging.

»Ich glaube, ich kann das nicht. Tut mir leid«, sagte ich und wühlte in meiner Jackentasche nach den Rescue-Drops von Max.

Bob wollte mich in den Arm nehmen, aber mir war nicht danach.

Warum?, fragte ich mich immer wieder selbst. *Warum?!*

»Das ist nichts, was man mit dem Verstand lösen kann, Lisa«, sagte Vera Freitagabend, als wir in ihrer Küche saßen.

Ich sah gedankenverloren auf den Tisch und suchte zwischen all den Tapas, die darauf standen, nach einer Antwort.

»Wenn du das versuchst, gehst du kaputt. Ich bin da natürlich nicht unbedingt die richtige Ansprechpartnerin, ich habe schließlich drei Kinder bekommen. Aber ich glaube, es macht keinen Sinn, wenn du dich verrückt machst, Süße!« Vera stand auf.

Ihre drei Kinder, die sie ohne Probleme bekommen hatte, waren seit einer Stunde samt dazugehörigem Erzeuger auf dem Weg in den Harz, Oma und Opa besuchen. Wir hatten also sturmfreie Bude. Apropos Sturm. Ich sah aus der großen Fensterfront in den Garten. Die Bäume bogen sich. Blätter und kleine Äste flogen über den Rasen.

Vera kam mit einem Rotwein zurück, den sie am Tisch öffnete.

»Ich habe auch keine Lösung parat, aber du darfst auf keinen Fall den Kopf in den Sand stecken! Dann siehst du nix mehr – auch nicht die schönen Dinge«, meinte sie und schenkte uns Rotwein ein.

»Da hast du wohl recht«, sagte ich. Wie leicht, wie einfach das klang, was sie gesagt hatte! Und wie schwer es war, das Schöne zu sehen. Wenn ich überhaupt irgendetwas sah, dann waren es Babys. Überall. Bäuche und Babys.

»Was sagt Bob?«, fragte Vera mit ihrem berühmten Hundeblick und riss mich damit aus meinen Gedanken.

»Bob?«

»Ja.«

»Ich glaube, er will nicht einsehen, dass es nicht klappt. Er hatte die Idee, wir könnten ins Ausland gehen, weil es da mehr Möglichkeiten gibt als hier in Deutschland. Aber ich möchte nicht.«

»Hmm«, machte Vera und sah mich ratlos an.

»Ich glaube, es geht ihm auch nicht gut. Er zeigt es nur nicht so wie ich. Ich verbrauche aktuell mehr Taschentücher als Espressopulver.«

»Und was ist mit einer Adoption?«, fragte sie.

Ich muss sie angesehen haben, als wisse ich nicht, was eine Adoption ist. Das hatte mich doch schon mal jemand gefragt! Wer war das gewesen? Ach ja! Opa Ernst. Im Krankenhaus, als ich ihn besucht hatte.

»Ein Kind annehmen, ein anderes, das nicht in deinem Bauch war – könntest du dir das vorstellen?«

»Ja, ich glaube schon. Ich habe mir da noch keine ernsthaften Gedanken gemacht, aber …«, dachte ich laut.

Vera stand auf, ging aus der Küche und kam ein paar Sekunden später mit ihrem iPad in den Händen zurück. »Lass uns doch mal gucken, wie da die Chancen stehen«, erklärte sie und tippte irgendetwas in ihren Rechner.

Ich schob mir eine mit Frischkäse gefüllte Peperoni in den Mund. Was Bob wohl dazu sagen würde, fragte ich mich. Würde er ein Kind adoptieren wollen? Ich hatte keine Ahnung, konnte es mir aber im Grunde schon vorstellen.

»Hmm«, machte Vera und sah mich an.

»Was denn?«

Sie holte tief Luft.

»Der Altersunterschied zwischen Adoptivkind und Pflegeeltern soll auf keinen Fall mehr als 40 Jahre betragen, steht hier«, sagte sie und schob das iPad weg. »Wer hat sich das denn ausgedacht? Ist ja nicht zu fassen!«

»Ich werde ja erst 40«, sagte ich mit einem schwachen Lächeln im Gesicht und dachte an Bob, der ein Jahr älter war als ich. »Ich kann ja mal da anrufen. Und sonst soll es halt nicht sein.«

»Das ist doch Quatsch! Glaub das bitte nicht!«

In dem Moment musste ich daran denken, was ich Opa Ernst versprochen hatte: dass ich die Hoffnung nie aufgeben würde. Meine Augen wurden feucht.

»Alles gut?«, fragte Vera besorgt, griff hinter sich, öffnete eine Schublade des Sideboards und stellte eine Packung Kleenex vor mir auf den Tisch. »Hier«, sagte sie.

Ich musste lachen. Vera sah mich irritiert an. »Ach«, sagte ich und zog etwas die Nase hoch. »Du bist so … perfekt. Selbst wenn ich feuchte Augen bekomme, hast du in zwei Sekunden Papiertücher in der Hand. Das war gerade irgendwie so typisch für dich. Und auch ein bisschen Situationskomik.«

»Perfekt bin ich sicher nicht. Frag mal meinen Chef, was der darüber denkt. Aber egal. Hauptsache, du lachst wieder. Dafür greife ich auch gern noch mal in die Schublade. Du glaubst ja gar nicht, was ich da noch so alles drin habe«, meinte Vera augenzwinkernd und hob das Rotweinglas. »Komm! Auf uns!«

»Auf uns.«

Wir aßen einen Augenblick schweigend, dann hörte Vera plötzlich auf zu kauen und sah mich an. »Und was ist mit einem Pflegekind? Es gibt doch Dauerpflege. Da ist das Kind dann zwar nicht auf dem Papier euer Kind, sondern bleibt Pflegekind, lebt aber ganz normal bei euch. Eine ehemalige Kollegin von mir hat seit Jahren ein Pflegekind. Das ging ganz schnell. Kurz nach dem Antrag hatten sie schon die Kleine. Marie oder so. Die war, glaube ich, acht Monate alt, als sie zu ihnen kam. Hat doch auch Vorteile: Du hast keine Schwangerschaftsstreifen, und das Kind schläft schon durch, wenn du Glück hast.« Sie griff wieder nach dem iPad und tippte erneut etwas ins Suchfeld bei Google.

»Ach Vera, du gibst auch nicht auf«, meinte ich.

»Nee, warum auch? So. Hier steht es: Pflegeeltern gesucht! Derzeit suchen mehr als 3.000 Kinder und Jugendliche in Hamburg ein neues Zuhause.«

»3.000?«

»Ja. Hier gibt es einen Link von der Behörde, den mail ich dir mal, da hast du alle Informationen, Telefonnummern und so weiter. Du kannst da auch eine Informationsbroschüre beantragen, sehe ich gerade. Komm, das machen wir.«

Wir machten es nicht. Vera machte es. Bevor ich überhaupt antworten konnte, gab sie schon meinen Namen und die Adresse in die Maske ein. »So«, meinte sie zufrieden und legte das iPad zur Seite. »Müsste spätestens Dienstag bei dir in der Post sein.« Dann griff sie nach einer Scheibe Ciabatta und biss zufrieden hinein.

40. Kapitel

Während es draußen im Laufe der nächsten Wochen weiter stürmte, wurde es in unserer Wohnung seit dem letzten Gespräch beim Bergführer immer stiller. Es lag etwas in der Luft. Bob sagte kaum etwas, seit ich ihm meine These, wir würden biologisch vielleicht einfach nicht zueinanderpassen, an den Kopf geknallt und außerdem erklärt hatte, ich würde nicht auf Eizellen-Shoppingtour gehen. Er verstand es nicht oder nahm es mir übel, keine Ahnung.

Die Dame bei der Adoptionsvermittlungsstelle konnte aus mir auch keinen glücklicheren Menschen machen. Im Schnitt kämen in Hamburg auf ein Baby, das zur Adoption freigegeben wurde, acht bis zehn Ehepaare, die es gern hätten. »Bewerber« nannte die Dame sie. Und diese Bewerber hätten eine größere Chance, wenn sie nicht auf die 40 zugingen. Sie wollten den Kindern schließlich Eltern vermitteln, keine Großeltern. Wie lieb von ihr.

»Wie groß ist dein Wunsch nach einem Kind?«, fragte ich Bob eines Abends, als wir gerade den Tisch abdeckten.

»Wie meinst du das?«

Ich war dabei, den Geschirrspüler einzuräumen, hielt inne und drehte mich zu ihm um. »Ist dein Wunsch so groß, dass du dir ein Leben ohne Kind nicht vorstellen kannst?«

»Worauf willst du denn hinaus?«, wollte Bob wissen.

»Ich möchte wissen, ob du mich für ein Kind verlassen würdest. Ob du dir eine Frau suchen würdest, mit der es vielleicht besser klappt«, erklärte ich, dann stellte ich den letzten Teller in den Geschirrspüler und machte die Klappe zu.

»Wie kommst du denn darauf?«, fragte er entsetzt und stellte das Glas, das er gerade in die Hand genommen hatte, wieder auf den Tisch.

»Du bist so abwesend in letzter Zeit. Ich habe das Gefühl, du hast irgendetwas«, meinte ich mit verschränkten Armen. »Und da … da kam mir der Gedanke.«

»Quatsch. Warum denkst du so etwas?«

Ich zog die Schultern hoch. »Was bedeutet es dir, Vater zu sein?«

Er sah mich nachdenklich an.

»Ist es dir wichtig, dass es dein leibliches Kind ist, oder geht es dir mehr darum, ein Kind aufwachsen zu sehen. Diese schönen Momente zu haben, Liebe zu geben«, hakte ich nach.

»Natürlich geht es darum«, meinte Bob und setzte sich auf einen Stuhl. Er machte den Eindruck, als würde ich ihn gerade völlig überrumpeln. Vermutlich tat ich das auch.

»Was hältst du von einem Pflegekind? Wir könnten ein Kleinkind aus einem Heim aufnehmen. Könntest du dir das vorstellen?«, fragte ich.

»Für ein paar Wochen oder Monate?«

»Nein, es gibt Dauerpflege. Dabei geht es um Kinder, für die ein neues Zuhause gesucht wird.«

Bob nahm den Käse und wickelte ihn in Papier ein. Dann legte er ihn in den Kühlschrank und meinte: »Ich weiß nicht. Müsste ich mal drüber nachdenken. Im Grunde hast du recht, es geht nicht darum, sich fortzupflanzen. Aber ein eigenes Kind wäre mir ehrlich gesagt trotzdem lieber.« Er ging aus der Küche.

Na prima, dachte ich. Das hatte jetzt irgendwie nicht überzeugend geklungen.

Bob lief vor mir, vor der Situation oder was auch immer weg – wortwörtlich. Er hatte nicht einmal Lust auf Sex.

Stattdessen lief er. So viel wie in der Zeit, nachdem klar war, dass ich in diesem Leben wohl nicht mehr schwanger werden würde, war er während unserer ganzen Beziehung nicht gejoggt – trotz des gruseligen Wetters. Ich hatte das Gefühl, er wäre auf der Flucht. Und mein Gefühl sollte leider recht behalten.

Es war Freitagabend, zwei Wochen später. Ich kam von der Arbeit, klitschnass vom Regen, und hatte gerade die Haustür aufgeschlossen, als ich sie entdeckte: eine gepackte Reisetasche im Hausflur. Eine, nicht zwei.

Ich bekam spontan Herzrasen. Ohne Espresso.

»Willst du in die Sauna?«, fragte ich Bob, der im Schlafzimmer vor unserem Schrank stand und etwas suchte. Dabei wusste ich genau, dass für einen Saunabesuch ein paar zu viele Sachen in der Tasche waren. Sie war so voll, dass er den Reißverschluss nicht mehr richtig hatte schließen können. Ich erkannte seinen dicken braunen Wollpulli. Auch der sprach gegen einen Saunabesuch.

»Nein. Ich brauche eine Pause.«

Ich verdrängte den Gedanken, der so klar vor mir lag, und tat, als wäre ich begriffsstutzig. »Wie meinst du das? Eine Pause. Von was?«

Obwohl ich ahnte, was kommen würde, trafen mich die beiden Worte wie ein Faustschlag.

»Von uns.«

»Wieso? Also wieso musst du dazu deine Sachen packen? Wo willst du denn hin?!«

»Ich fahre in die Berge. Wandern oder so. Mal sehen. Auf alle Fälle mal den Kopf frei bekommen.«

»Frei von was?«

Bob sah mich an und sagte nichts.

»Ist das jetzt so eine Pause, die eigentlich eine Trennung ist, oder eine Trennung, die eigentlich eine Pause ist?«, fragte ich und überlegte, ob es Sinn machte, was ich gerade gesagt hatte. Egal.

Bob schwieg immer noch.

»Sag doch was. Was ist denn los? Hab ich was verpasst? Sorry, aber ich verstehe das gerade nicht. Was ist denn passiert?«

»Was passiert ist?« Bob drehte sich mit ein paar Klamotten im Arm zu mir um. »Wir versuchen seit zwei Jahren, ein Kind zu bekommen. Wir haben monatelang nur noch miteinander geschlafen, wenn es der Fortpflanzung diente. Ich bin für dich nur noch ein Samenspender gewesen.« Er warf die Sachen aufs Bett. »Dann sind wir etliche Male in dieser Kinderwunschpraxis gewesen. Alles dreht sich nur noch um das Eine. Wir reden über nichts anderes. Und jetzt ist im Grunde genommen klar, dass es nicht weitergeht in der Kinderwunschpraxis. Du willst auch keine anderen Schritte und … und es ist eben nicht mehr wie vorher. Irgendetwas ist anders. Ich weiß einfach nicht, wie lange das noch so gehen soll. Wo ist unser Leben hin, das wir davor hatten? Du bist nur noch niedergeschlagen, und ich weiß nicht, wie ich dir helfen kann oder … wie lange ich das alles noch aushalte.«

»DU weißt nicht, wie lange du das noch aushältst?!« Ich fing hysterisch an zu lachen. »Du? Was hast DU denn durchgemacht? Hast du die Medikamente genommen? Dir Spritzen gesetzt? Bist alle paar Tage zur Blutabnahme, Ultraschall, Punktion mit Vollnarkose, Transfer? Hast DU das alles durchgemacht?!«

»Nein, das habe ich nicht. Nicht so. Aber ich habe es auch mitgemacht. Wenn auch nicht körperlich.«

»Und warum hast du mir nicht ein einziges Mal gesagt, was du darüber denkst?«

»Was hätte das denn gebracht? Es hätte dich noch mehr belastet. Das wollte ich nicht.«

Ich sah ihn an. Direkt in seine braunen Augen. In die ich mich irgendwann mal so verliebt hatte. »Was bringt es jetzt zu gehen? Meinst du, das hilft?«, fragte ich und erwischte mich, wie mir ein Gedanke durch den Kopf schoss: *kein Mann, kein Kind! Wenn er jetzt geht, werde ich niemals ein Kind bekommen*. In der nächsten Sekunde schämte ich mich auch schon dafür. Aber für den Bruchteil einer Sekunde war er da gewesen, dieser Gedanke.

41. Kapitel

Es war die schlimmste Nacht meines Lebens.

Ich hatte keine Sekunde geschlafen. Nachdem Bob gegangen war, samt Reisetasche und ohne einen Hinweis darauf, wie lange er bräuchte, bis sein Kopf wieder frei wäre, hatte ich mich mit einer Flasche Rotwein aufs Sofa gesetzt.

Allein, nicht zu zweit, hatte ich gedacht und gefühlt, während ich Herrn und Frau Müller beobachtete. Alleinerziehend sozusagen.

Ich schickte Kiki eine SMS. Sie reagierte nicht – was ganz untypisch für sie war. Vermutlich befand sie sich gerade mitten in einer Leibesvisite beim Arzt ihres Vertrauens.

Vera war dagegen sofort ans Telefon gegangen. Komisch, hatte ich noch gedacht, bis vor Kurzem war es andersrum gewesen. Kiki hatte immer Zeit, sofern sie nicht gerade verreist war, und Vera war im Grunde nicht erreichbar. Tja, wie sich alles so plötzlich änderte.

Vera versuchte mich zu beruhigen, was ihr nicht gelang. Nach zweieinhalb Stunden war mein Ohr vom Telefonieren heiß und ihr Nacken steif, denn sie hatte nebenbei Wäsche zusammengelegt. *Heile Familie*, dachte ich und wünschte ihr noch einen schönen Abend.

»Dir auch. Und Lisa, glaub mir: Alles wird wieder gut! Ganz, ganz bestimmt! Ich drück dich!«

»Ich dich auch.«

Dann legte ich auf.

Wie konnte es so weit kommen? Was war nur passiert? Oder anders gefragt: Was war *nicht* passiert? Hätte ich öfter mit Bob reden sollen? Ihn fragen, wie es ihm ging? Mein Blick schweifte durchs Zimmer und blieb an dem weißen Bilderrahmen hängen, in dem ein Foto von Bob und mir war. Wir hatten es während einer Tour mit dem Tretboot gemacht, als wir irgendwann mal an einem sonnigen Wochenende in Travemünde waren. Der Himmel blau, meine Nase rot vom Sonnenbrand. *Ein Tretboot in Seenot* fiel mir in dem Moment ein. War das jetzt nur eine Kurzschlussreaktion oder das Ende? Nein, das glaubte ich nicht. So gut kannte ich Bob. Er würde nicht für immer gehen. Sicher würde er sich schon bald melden und sagen, wann er wiederkäme.

Oder?

Ich nahm einen Schluck Rotwein, dann rief ich Max an. Ich musste irgendetwas machen, damit dieses Wochenende schnell rumging und ich mich am Montag wieder in die Arbeit stürzen konnte.

Bevor ich am nächsten Tag auf die Schanze ging, um Max zu treffen, musste ich dringend einen Großeinkauf starten.

Während ich eine gute halbe Stunde später den Inhalt meines völlig überfüllten Einkaufwagens auf das Fließband legte, hörte ich plötzlich hinter mir die Stimme von Frau … Wie hieß die noch gleich? Egal. Eine von Heidruns Kirchen-Chor-Frauen. Frau Hartmann. Richtig.

»Lisa! Ach, was für eine Freude!«, hörte ich sie rufen,

und im nächsten Moment hatte sie sich auch schon an der langen Schlange, die sich hinter mir gebildet hatte, vorbeigedrängelt und fiel mir um den Hals. »Wie geht es denn?«, fragte sie, obwohl sie die Antwort anscheinend kannte. Sie kam ein Stück näher und flüsterte: »Deine Mutter hat mir von deinen Sorgen erzählt. Natürlich ganz im Vertrauen. Lisa, glaub mir, der Herr hat ein Auge auf dich. Er ist da und führt dich.«

»Ja, das denke ich auch«, sagte ich und legte die Tiefkühlpizza aufs Band.

Was fiel meiner Mutter ein, ihrer Chorfreundin von meinem Befruchtungsproblem zu erzählen?! Das träumte ich doch jetzt!

»Lisa, darf ich für Sie beten?«, fragte sie und sah mich gütig an.

Ich hielt in der Bewegung inne, überlegte kurz, was ich antworten sollte und stellte sie mir in ihrem Schlafzimmer vor ihrem Bett vor, wo sie kniend für mich betete. Das Holzkreuz in der Hand. »Ja, danke, das ist … sehr nett«, murmelte ich und hoffte, sie würde nun glücklich von dannen ziehen.

Leider hatte ich mich getäuscht. Nicht nur mit dem von dannen ziehen.

Sie tat es jetzt, das Beten. Hier im Supermarkt. Während sich meine Einkäufe langsam Richtung Kassiererin bewegten, blieb ich wie angewurzelt stehen, denn Frau Hartmann hatte ihre Hände auf meine Schultern gelegt. Ich glaube, sie hätte sie mir gern auf den Kopf gelegt, aber da kam sie nicht ran – ich war mindestens zwanzig Zentimeter größer.

»Herr! Nimm dich deiner Lisa an. Hilf ihr, das Licht zu

sehen, das du sendest.« Ich hielt die Luft an und versuchte, mir meine Schockstarre nicht anmerken zu lassen. Konnte mich bitte mal jemand kneifen?

»Das macht dann 85 Euro und 45 Cent, bitte!«, hörte ich die Kassiererin sagen, die mich etwas entsetzt ansah. Zu Recht. Ich zuckte mit den Achseln. Frau Hartmann war schließlich noch nicht fertig.

»Mama!«, bellte ich in den Hörer, als ich zehn Minuten später endlich im Auto saß.

»Ja, Schatz, was hast du denn? Du klingst so aufgeregt.«

»Ich *bin* aufgeregt! Warum erzählst du Frau Hartmann von meinem Kinderwunsch?!«

»Das habe ich doch gar nicht.«

»Und warum betet sie dann mitten im Supermarkt für mich? In Anwesenheit von zwanzig Kunden, direkt an der Kasse?«

»Das … Also, das verstehe ich nicht. Ich habe ihr lediglich gesagt, dass ich mir Sorgen mache, weil es dir nicht gut geht. Na ja und …«

»Was? Und?«

»Und dann hab ich gesagt, dass ich glaube, es könnte eventuell … eben damit zusammenhängen, dass du ja auch in einem Alter bist …«

»Mama!«

»Entschuldige, das wollte ich nicht. Ich wusste ja nicht … Aber wer weiß? Vielleicht hilft es ja.«

»Ich heiße nicht Maria«, sagte ich und holte tief Luft. »Mann, Mama. Echt!«

»Tut mir leid, wenn ich das geahnt hätte …«

»Ja, ist schon gut«, sagte ich, dann verabschiedeten wir uns. Mit Abstand betrachtet, hatte der Supermarkt-Segen, den ich gerade erhalten hatte, ja auch einen hohen Unterhaltungswert. Aber nur mit Abstand! Ich fuhr die gefühlten tausend Tüten nach Hause, schleppte alles in die Wohnung, versorgte Ehepaar Müller und machte mich samt Regenschirm dann auf den Weg zur Schanze. Der nächste Kaffee war dringend fällig.

Im »Liebes Bisschen« war noch der kleine Tisch in der Ecke rechts frei. Zwei Erdnussbutter-Cupcakes und drei Cappucchini später fühlte ich mich wieder ein bisschen wie ein Mensch. Wobei ich sagen muss, dass ich nicht alle drei getrunken habe. Den zweiten hatte ich mir lieber einfach über meine hellgraue Jeans gekippt, die danach aussah, als wäre sie gebatikt. Es gab also doch noch Dinge in meinem Leben, die sich nicht geändert hatten: Meine Tollpatschigkeit war mir treu geblieben. Immerhin etwas.

Max hörte sich in aller Seelenruhe an, was mich zu dem gemacht hatte, was ich gerade war – ein Wrack. Dann kamen wir auf Bob zu sprechen. Auf Bob und unser nichtvorhandenes Kind. Und trotz allem, obwohl ich wusste, wie ernst Max das alles nahm und wie gern er mir helfen wollte, hatte er so eine gewisse Ausstrahlung, dass ich gar nicht anders konnte, als skeptisch zu werden. Er sah noch zufriedener, glücklicher aus als sonst, auch wenn er sich sichtlich Mühe gab, es aus Rücksicht nicht allzu sehr zu zeigen. Irgendwas war mit ihm. Vielleicht lag es aber auch nur an meinem Schlafentzug. Das machte ja bekanntlich etwas dünnhäutig. Oder machte es hellsichtig? Lag es daran, dass ich gerade provisorischer Single war und mir das Glück der anderen daher so ins Auge sprang?

»Wie geht es dir denn? Ich erzähl die ganze Zeit nur von mir«, meinte ich und wartete dann gespannt.

»Gut, danke. Aber lass uns doch noch mal kurz bei dir bleiben. Ich frage mich nämlich, wofür das Kind bei dir steht«, sagte er, schlug seine langen Beine umständlich übereinander, stützte das Kinn auf die Hand und sah mich nachdenklich an.

»Wie? Wofür es steht?«

»Warum möchtest du unbedingt ein Kind haben? Es gibt die Möglichkeit, dass es vielleicht ein Thema bei dir besetzt. Und wenn wir das rausfinden, könntest du eventuell besser mit diesem Wunsch umgehen.«

Ich holte tief Luft und überlegte. »Ich möchte ein Kind, weil ich eine Frau bin. Weil ich eine Mutter sein möchte. Ganz einfach. Da gibt es nichts zu interpretieren.«

Max war mit meiner Antwort nicht zufrieden.

»Ich bin anscheinend zu naiv«, erklärte ich. »Ich hab immer gedacht, ich werde einfach schwanger. Und dann? Dann klappt das nicht.«

»Da kommen wir dem Punkt schon näher«, sagte Max und setzte sich etwas aufrechter in den Stuhl. »Bisher hat bei dir immer alles geklappt, und plötzlich klappt es nicht. Ist es das?«

»Ja, auch. Kann sein. Mich quält einfach die Frage nach dem Warum. Warum werde ich nicht schwanger? Und warum haut Bob einfach ab?«

»*Das* kannst du ihn ja fragen.«

»Stimmt. Vielleicht haben wir einfach zu wenig miteinander gesprochen«, überlegte ich.

»Dafür ist es nicht zu spät. Sprich mit ihm. Frag ihn, wie es ihm geht«, schlug Max vor. »Und diese Behandlung in der Praxis? Gibt es denn da keine Chancen? Denken wir mal positiv und gehen davon aus, dass Bob frischen Mutes aus den Bergen zurückkommt. Wollt ihr dann nicht noch einen Versuch machen? Die Medizin ist schon so weit, und gerade in der Reproduktionsmedizin hat sich in den letzten Jahren so viel getan. Vor allem im Ausland sollen die Chancen noch viel höher sein und …«

»Sag mal«, unterbrach ich ihn, »woher weißt du das eigentlich alles? Ich freue mich ja über deine Anteilnahme, aber hast du vor, eine Umschulung zum Gynäkologen zu machen?«

»Gott bewahre«, sagte er mit einer abwehrenden Handbewegung und strich sich mal wieder durch seine neue Kurzhaarfrisur, mit der er vermutlich von seinem Alter ablenken wollte. So liefen hier auf der Schanze alle Typen rum, die Anfang zwanzig waren. Kurz geschnittene Seiten und längeres Deckhaar. Wie man das allerdings daran hindern konnte, ständig ins Gesicht zu fallen, das hatte er noch nicht raus, dachte ich amüsiert. Und dann war es wieder da: Dieses Gefühl, dass er irgendetwas hatte.

»Sag mal, bist du verliebt?«, fragte ich ohne Umschweife.

»Ne, eigentlich nicht.« Max nahm einen Schluck von seinem Tee und stellte die Tasse wieder ab. »Warum? Mache ich den Eindruck?«, fragte er und sah an sich herab.

»Du bist umgeben von einer Wolke aus Glückseligkeit«, sagte ich und deutete mit den Händen um seinen Kopf.

»Seit wann bist du denn auf Aura spezialisiert?«, lachte Max. »Soll ich uns nicht kurz noch was zu trinken holen?«, lenkte er ab und nahm den letzten Schluck aus seiner Teetasse.

»Max!?«

»Ja?«

»Sag schon.«

»Ich wollte es dir ja eigentlich … irgendwann erzählen.«

»Was?«

»Ich … Also, ich glaube, das ist jetzt wirklich nicht der beste Moment dafür.«

Ich sah ihn auffordernd an. »Wofür?«

Max holte tief Luft.

»Ich, ich …«

»Du …??!«

»Ich werde Vater. Also nicht richtig. Nur biologisch.«

»Nur biologisch?«, wiederholte ich wie ferngesteuert. Was hatte ich denn verpasst? Wie lange hatte ich Max nicht gesprochen? Waren wir nicht so was wie beste Freunde? Erzählte man sich da nicht so etwas wie die Zeugung eines Kindes? Hatte er heimlich geheiratet und jetzt eine Leihmutter engagiert, wie Elton John und sein Mann? War er in ein paar Monaten alleinerziehend?

»Lisa?«

War er einer Samenbank beigetreten? Lief die Praxis doch nicht so gut, wie ich immer gedacht hatte? Hatte er Geldsorgen?

»Lisa, alles okay?!«

»Ja, alles super«, hörte ich mich sagen.

»Was ist denn?«

»Ich wundere mich nur gerade.«

»Musst du gar nicht. Ich habe nur einer Freundin geholfen, die sich ein Kind gewünscht hat.«

»Geholfen? Das ist ja … nett von dir.« Ich sah wie hypnotisiert auf die Krümel auf dem Teller vor mir. »Ich bin auch deine Freundin«, murmelte ich nach ein paar Sekunden der Erstarrung – anscheinend etwas zu laut, denn ich spürte die Blicke der Leute, die neben uns saßen. Mir stiegen langsam Tränen in die Augen. Schlechter Moment, ganz schlechter.

»Klar bist du meine Freundin, Sweetie! Aber Tamara ist auch meine Freundin, und sie hat keinen Mann. Außerdem hat sie sich schon so lange ein Kind gewünscht und …«

Ich habe auch keinen Mann, dachte ich. War das vielleicht die Lösung? Sollte ich mir einfach einen Mann suchen, der Bob möglichst ähnlich sah und …

Wie ich es anstellen könnte, meine Beziehung endgültig zu ruinieren, war klar. Einen Samenspender würde ich sicher irgendwo finden. Es soll ja arme Studenten geben, die Nebenverdienste suchen. Aber wie hatte Max das angestellt? Also, den »Akt« an sich.

»Wie habt ihr das denn … gemacht, wenn ich fragen darf? Du bist ja vermutlich nicht mit ihr in die Kiste gestiegen.« Ich sah ihn scharf an. »Oder doch?!«

Die Frau neben mir sah mich mit weit aufgerissenen Augen an. Sie hielt ihr Glas immer noch ein paar Zentimeter von ihrem geöffneten Mund entfernt, als hätte sie zwischenzeitlich vergessen, was sie ursprünglich wollte.

»Da gibt es Mittel und Wege. Ich hol uns jetzt mal was zu trinken. Okay? Was möchtest du?«

»Kiba. Groß. Mit Eis. Bitte.«

Max stand auf und ging zum Tresen.

Ich stand unter Schock. Da bekam mein schwuler Freund ein Kind, bevor ich eins bekam. Beziehungsweise seine lesbische Freundin. Sachen gibt's. Und ich? Ich freute mich noch nicht mal. So weit war es also schon gekommen. Schlimm. Was war das denn für ein Wochenende? Am besten, ich würde mich gleich wieder hinlegen, das Rollo runterlassen, die Decke über den Kopf ziehen und erst Montagmorgen wieder aufstehen – nur um Schlimmeres zu verhindern.

Bevor ich es unter die Decke schaffte, rief Kiki mich an. Ich war gerade auf dem Weg nach Hause und kämpfte mit dem Regenschirm, der sich immer wieder in die falsche Richtung bog.

»Ich heirate!«, schrie sie mir ins Ohr.

Ich ließ den Schirm los, der von der nächsten Böe erfasst wurde und quer über die Max-Brauer-Allee flog. Ich sah ihm hinterher. Gegenüber beim Friseur klatschte er gegen die Scheibe, rutschte runter und blieb liegen. Da stand ich nun – im Regen.

»Mir ist gerade nicht nach Scherzen«, sagte ich und versuchte, zumindest die Kapuze meiner Jacke dazu zu bewegen, auf dem Kopf zu bleiben. Wobei das inzwischen auch schon fast egal war. Mein nasser Pony klebte an der Stirn wie ein Plakat, das man festgetackert hatte.

»Das ist kein Scherz! Das ist Liebe! Glaub mir. Und er ist sooooo toll, Lisa! Du musst ihn wirklich unbedingt demnächst kennenlernen. Stell dir vor: Er ist auf die Knie gegangen und hat um meine Hand angehalten. Hundert Jahre Single und plötzlich kommt mein Prinz angeritten. Verrückt, oder?«

»Ja, verrückt! Herzlichen Glückwunsch«, sagte ich mechanisch und ging weiter.

»Lisa. Alles in Ordnung?«

»Alles bestens. Ich freu mich für dich.«

»Du, ich meld mich später noch mal, ich muss jetzt erst mal meine Eltern anrufen. Die flippen aus!«

»Ja«, sagte ich leise und eher zu mir selbst. »Das glaube ich auch.«

42. Kapitel

Die Woche zog sich wie ein Kaugummi. Tagsüber im Laden ging es noch, aber abends in der Wohnung war sie fast unerträglich, seine Abwesenheit. Die leere Bettseite, die Dusche, die ich jederzeit benutzen konnte ohne Rücksicht nehmen zu müssen, das Toast Hawaii, das ich mir gemacht hatte. Warum saß ich hier eigentlich rum und litt? Warum machte er es sich so leicht und fuhr einfach weg? Einen Moment überlegte ich ihm hinterherzufahren. Den Laden zu schließen und dafür meine Ehe zu retten. Aber wollte er das? Wollte er nicht eine Pause? Und musste ich das nicht akzeptieren? Egal ob ich ihn nun vermisste oder nicht.

Wie im schönsten Kitschroman hatte ich ihm ein selbst gemaltes Herz abfotografiert und per Mail geschickt. Ohne Text.

Bob hatte am nächsten Tag endlich geantwortet, per SMS, und angekündigt, am nächsten Wochenende wieder in den Heimathafen einzulaufen. Im Anschluss hatte er noch ein Foto von einem strahlend blauen Himmel und schneebedeckten weißen Bergspitzen geschickt. Ein Beweis, dass es sie noch gab, die Sonne.

Ich war erleichtert. Über die Sonne und über Bobs Rückkehr. Mit dem Handy in der Hand saß ich auf dem Sofa und überlegte ihn anzurufen, tat es aber nicht. Vielleicht war es Trotz, mag sein. Vielleicht war es albern, mag auch sein. Klar vermisste ich ihn ununterbrochen und hätte gern seine Stimme gehört, ihn gefragt, wie es ihm ging, aber ich war noch zu gekränkt über seinen plötzlichen Rückzug. Er war es schließlich, der seine Sachen gepackt hatte.

Ich musste hier raus, mich ablenken, mal auf andere Gedanken kommen, und zwar dringend. Nicht nur aus der Wohnung, aus der Stadt!

Mir fiel St. Peter-Ording ein. Die Frauenwochenenden! Sofort rief ich Vera und Kiki an.

»Herzlich willkommen im Strandgut. Wir freuen uns, Sie als unsere Gäste begrüßen zu dürfen. Die Termine für Ihre Beauty-Behandlungen in unserem Wellness-Resort entnehmen Sie bitte dem beigefügten Prospekt. Wir wünschen einen angenehmen Aufenthalt. Ihr Strandgut-Team«, las ich laut vor, nachdem wir endlich eingecheckt hatten und in unserer Suite standen. Mit Meerblick. »Wieso Behandlung? Ich habe gar nichts gebucht«, meinte ich verwundert und legte den Zettel wieder aufs Bett zurück neben die kleine Begrüßungsgummibärchentüte.

»Ich aber«, sagte Kiki übers ganze Gesicht grinsend und öffnete ihren silbernen Aluminium-Koffer. »Ich dachte, ich überrasche euch mal. Das wird uns sicher guttun. Und wenn wir schon mal hier sind und meinen Junggesellinnenabschied feiern, dann sollten wir das doch auch voll auskosten, oder?«

»Wow«, freute sich Vera, die ihr Behandlungsprogramm gerade studierte. »Das ist ja der Hammer! Thalasso, Ayurveda … du bist ja verrückt!«

»Das sagt der Doc auch!«

»Der Doc« hatte auch einen richtigen Namen. Der war gleichzeitig sein einziger Makel: Fridjof Frauenstein. Der Mann, der einen Schlag bei Frauen hat, dachte ich, und musste mir ein Grinsen verkneifen, als ich ihn das erste Mal gehört hatte. Deshalb wurde er kurzerhand Doc genannt. Zumindest von Kiki. Die hatte uns während der ganzen Herfahrt vorgeschwärmt, wie romantisch er war, wie lustig, wie belesen und was für ein toller Kerl. Im Bett, im Alltag und überhaupt. Seit knapp drei Monaten schwebte sie irgendwo oberhalb von Wolke sieben.

»Behältst du denn deinen Namen?«, wollte Vera nun wissen, nachdem sie Kiki vor lauter Freude über die morgige Rundumerneuerung abgeknutscht hatte.

»Nein. Warum sollte ich? Kiki Frauenstein. Klingt doch gut, oder?«

Vera und ich machten ein gemeinsames »Hmmm«, das nicht überzeugend klang.

»Es gibt auf alle Fälle Schlimmeres«, sagte ich und musste beim Anblick der Prospekte, die auf dem Couchtisch lagen, an Kikis Eltern denken, die wie im Rausch waren, seit sie die frohe Botschaft erfahren hatten. Kikis Mutter hatte sich von sämtlichen Schlössern Norddeutschlands, auf denen man heiraten konnte, umgehend Prospekte zuschicken lassen, während ihr Vater den neuen Schwiegersohn vorgeladen hatte, um sich ein Bild machen zu können. Mit der Note 1+ wurde dieser sechs Stunden später wieder in die Freiheit entlassen. Okay, ein Arzt würde sicher nicht freiwillig Bier brauen und die Firma übernehmen wollen, aber auch das war inzwischen egal. Hauptsache, ein Schwiegersohn.

»Und was ist jetzt mit Bob? Magst du darüber reden? Oder lieber nicht?«, fragte Vera vorsichtig.

»Einen Scheidungsanwalt muss ich mir wohl nicht suchen, er hat sich ja inzwischen gemeldet – per SMS. Aber so ganz nachvollziehen kann ich das doch noch nicht. Klar habe ich die Stimmung bei uns in letzter Zeit auch nicht nur genossen, aber dass es so schlimm war, habe ich nicht gemerkt«, meinte ich und sah aus dem Fenster auf den endlosen Strand von Sankt Peter.

»Vielleicht ist ihm das alles einfach zu Kopfe gestiegen, und er brauchte echt nur mal ein paar Tage einen Tapetenwechsel. Für mich hört sich das so an, als wenn ihn das doch alles viel mehr beschäftigt, als du vielleicht angenommen hast«, erklärte Kiki ganz ohne esoterische Tipps. Vermutlich war das eine erste Nebenwirkung der Anwesenheit des Schulmediziners in ihrem neuen Leben.

»Ja, das glaube ich inzwischen auch. Vor allem meine Laune.«

»Ach komm, da muss man aber auch mal Verständnis haben. Bei dem was du durchgemacht hast. Also echt!«, sagte Vera und ließ sich aufs Bett plumpsen.

Balsam für meine Seele. Tröstend irgendwie. So hatte es noch keiner gesagt: *Was ich alles durchgemacht hatte.* Vielleicht hatte Bob auch gar nicht erkannt, wie sehr mich diese Behandlungen mitgenommen hatten – und ihre Ergebnisse. Und vielleicht hatte ich auch nicht gesehen, wie es ihm ging, überlegte ich, während ich weiter raussah.

Wir hatten die Hoffnung ein Baby zu bekommen verloren. Aber eins durfte auf keinen Fall passieren: dass wir uns verloren.

Am nächsten Morgen schien die Sonne an dem immer noch wolkenlosen Himmel, als wir kurz vor elf Uhr aufwachten. Ich öffnete das Fenster und steckte den Kopf raus. Es war windig und etwas frisch, aber schön. Was für eine tolle Luft!

Mein Frühstück bestand wie immer aus drei Latte macchiato, die ich mir aufs Zimmer bestellte. Vera und Kiki gingen runter ins Restaurant, wo sich das Frühstücksbüfett befand, während ich mir von dem riesigen Fenster unserer Suite aus nackte, dampfende Menschen ansah. Und das vor dem ersten Kaffee! Direkt neben dem Hotel befand sich die Dünen-Therme inklusive etlicher Saunen und dazugehörigem Außenbereich, der dazu einlud, Studien zu betreiben. Ob man wollte oder nicht.

Ich war gerade dabei, mich beim lieben Gott für meine eigene Figur zu bedanken, als mein Handy klingelte. Bob. Einen Moment lang sah ich aufs Display. Mein Herz klopfte. Dann nahm ich ab.

»Na«, sagte ich zaghaft und wartete auf das, was kommen würde. Innerhalb von Sekunden ratterten alle denkbaren Möglichkeiten durch meinen Kopf.

»Hey, ich …«, hörte ich Bob sagen, aber die Verbindung war schlecht. Es knisterte in der Leitung, und im gleichen Moment klopfte es auch noch an der Zimmertür. Ich ging über den weichen Teppichboden einmal quer durchs Zimmer und öffnete die Tür. »Danke«, sagte ich zu dem Kellner, klemmte mir das Handy zwischen Ohr und Schulter und nahm ihm das Tablett mit den drei Kaffees ab. »Ich gebe nächstes Mal etwas Trinkgeld, sorry«, sagte ich entschuldigend. Es fehlte mir definitiv gerade eine zusätzliche Hand.

»Wofür?«, fragte Bob.

»Ich meinte dich nicht. Was wolltest du sagen?«

»Ach so. Na ja, ich wollte mich nur mal melden. Bin gestern Abend zurückgekommen.«

Es tut so gut deine Stimme zu hören, dachte ich.

»Geht es dir gut? Was machst du gerade?«, wollte er wissen und klang dabei etwas unsicher.

»Ach, ich gucke mir nackte Männer an«, sagte ich und öffnete das Fenster, in der Hoffnung, der Empfang würde dadurch besser werden.

»Ah. Und die kriegen Geld dafür?«, fragte Bob.

»Nein. Das war der Kellner eben, der hat mir nur den Kaffee aufs Zimmer gebracht. Die Nackten sind draußen. Und da bleiben sie auch, wenn ich mir das so ansehe. Und was machst du?«, fragte ich, weil mir nichts Besseres einfiel.

»Ich bin gerade von Tante Elsa unsanft geweckt worden. Warum hast du ihr die Schlüssel gegeben? Ich hätte die Vögel auch füttern können.«

»Ich wusste ja gar nicht, wann du nach Hause kommst. Und außerdem wollte ich mich darauf nicht verlassen. Wer weiß? Vielleicht hättest du spontan deinen Selbstfindungstripp noch um ein paar Tage verlängert.«

Stille.

»Ich brauchte das einfach mal«, hörte ich Bob schließlich sagen. »Das war vielleicht nicht fair, aber ich musste hier echt raus.«

Stille.

»Ja, ich weiß. Ich auch«, sagte ich und sah zum Strand. Der Wind, der durch die Dünengräser brauste, die Salzwiesen, der kilometerlange Sandstrand, das Meer. Ganz weit hinten flogen ein paar Kitesurfer über die aufbrausenden weißen Wellenspitzen. Mein Blick war es gar nicht mehr gewohnt, so weit in die Ferne zu schauen, merkte ich in dem Moment.

»Lisa?«

»Ja?«

»Wann kommst du heim?«

Heim. Wie das klang. So weit weg.

»Morgen Nachmittag.«

»Ich freue mich auf dich«, hörte ich Bob sagen, dann legte er auf.

»Ich freue mich auch auf dich«, sagte ich, als mein Handy längst wieder auf dem Nachttisch lag. Dann schloss ich das Fenster.

Ein riesengroßer Brocken fiel von meinen Schultern. Ich weiß gar nicht, wann ich zuletzt so erleichtert gewesen war. Ich wusste in diesem Moment nur eines: Ich liebte ihn, und wir würden wieder glücklich werden. Irgendwie.

Mein Blick wanderte durchs Zimmer und blieb an meinem Koffer kleben, der geöffnet auf dem Boden lag. Ich war zu faul gewesen, die Sachen in den Schrank zu räumen. Unter den dicken Socken in der Ecke rechts lag die Info-Broschüre für Pflegeeltern und solche, die es werden wollten. Ich nahm das blaue Heftchen, schnappte mir einen Latte macchiato und setzte mich damit aufs Bett.

Polizeiliches Führungszeugnis, Gesundheitszeugnis, Drogentest, Hausbesuch, zwei Informationsabende sowie Vorbereitungskurs A und B, jeweils an einem Wochenende oder fünf Abenden, dann würden wir den Stempel »brauchbare Pflegeeltern« bekommen. Meine Güte. Jeder

Idiot darf Kinder in die Welt setzen, und wer sich ein Kind wünscht und keins bekommt, der wird bis auf die Unterhose gescannt. Also echt. Ich klappte die Broschüre wieder zu und betrachtete das Foto auf dem Deckblatt. Ein lachendes kleines Mädchen mit dunklen Haaren, das mich direkt ansah.

Mir fielen Veras Worte wieder ein: »3.000 Kinder allein in Hamburg, die auf Pflegeeltern warten.«

In dem Moment ging die Hotelzimmertür auf. »Puh, war das gut. Wollen wir raus? Ich glaube, ein Verdauungsspaziergang wäre jetzt angebracht, vermutlich platze ich sonst gleich. Und nachher fängt ja schon unser Verschönerungsprogramm an«, sagte Kiki und verschwand im Bad.

»Freizeitstress«, meinte Vera lachend und warf sich neben mich aufs Bett. Sie sah so entspannt aus wie lange nicht mehr.

Obwohl der Wind aus meiner schönen Fönfrisur einen Wischmob machte, war ich mir selbst für die Idee hierherzufahren unfassbar dankbar. Mir fielen Kikis Worte ein: Manchmal erkennt man erst später, wozu etwas gut ist. Wäre Bob nicht abgehauen, wären wir jetzt nicht hier.

Es tat so gut, sich vom Wind die Haare zerzausen zu lassen, barfuß im späten Herbst durch den weichen Sand zu latschen und einfach mal an nichts zu denken. Zumindest für einen Augenblick alles zu vergessen.

»Mein Gott, warum macht man so was nicht öfter mal?«, fragte ich und erwartete keine Antwort. Kiki sammelte Muscheln, Vera hatte die Augen geschlossen und sich mit dem Rücken zum Wind gedreht.

Ich breitete die Arme aus und holte tief Luft.

Und auf einmal spürte ich es. Die Abwesenheit aller Sorgen, allen Stresses, aller Grübelei. Und ganz tief in mir wusste ich plötzlich: Lisa, meine Liebe, alles ist gut.

Dann kamen die Tränen. Schon wieder. Aber diesmal nicht aus Verzweiflung. Es war eine Mischung aus Glück, Dankbarkeit, Gefühlsduselei und vermutlich einem Rest Nebenwirkungen der Medikamente aus den letzten Wochen. Das redete ich mir zumindest ein. Ich hatte einen tollen Mann, einen eigenen Laden, ich tat, was mir Spaß machte, ich war gesund. Und ich erinnerte mich an etwas, was mir keiner nehmen konnte: mein Glücks-Gen! Vielleicht hatte ich es ja gar nicht verloren. Vielleicht hatte es nur ganz andere Pläne für mich vorgesehen. Wer weiß?

43. Kapitel

Zurück in Hamburg begrüßten mich am Sonntagnachmittag zwei muntere Papageien, als hätten wir uns zwanzig Jahre nicht gesehen. Dabei waren es zwei Tage.

Herr und Frau Müller flogen wie von der Tarantel gestochen durchs Wohnzimmer. Das war sonst gar nicht ihre Art. »Lisa, Lisa!«, krächzte Herr Müller immer wieder. »Lisa!« Was für ein Begrüßungskomitee!

Bob nahm mir meine Tasche ab, als wäre er mein Butler. Ein sicheres Zeichen für ein schlechtes Gewissen. Er hatte richtig Farbe bekommen. Man sah deutlich den Rand seiner Sonnenbrille. Seine Nase hatte einen Sonnenbrand. Richtig hübsch war er, mein Mann, dachte ich.

»Schön, dass du wieder da bist«, sagte Bob und gab mir einen flüchtigen Kuss. So, als wäre er sich nicht ganz sicher, wie ich darauf reagieren würde.

Dann nahm er mich in den Arm und hielt mich fest. Eine Weile blieben wir so stehen, ich strich über seinen Rücken, zaghaft, dann lösten wir uns voneinander.

Bob trug die Tasche ins Schlafzimmer, als wollte er sagen: *Da gehörst du hin. Zu mir. Hier ist dein Zuhause.*

Ich packte meine Sachen aus, dann ging ich ins Wohnzimmer, wo er uns gerade eine Apfelschorle eingoss. Ich setzte mich auf die Couch.

»Bist du mir böse?«, fragte er kleinlaut.

Ich schüttelte den Kopf.

»Böse nicht. Eher enttäuscht. Und ein bisschen geschockt. Ich hätte dir so etwas gar nicht zugetraut. Du hättest einfach früher mal was sagen können.«

»Ja, da magst du recht haben. Aber hätte das wirklich etwas gebracht? Es hätte dich wie gesagt nur zusätzlich belastet.« Er stellte das Glas auf den Couchtisch. Dann sah er mich an. »Es hat sich doch alles nur noch um das Schwangerwerden gedreht. Ich war gar nicht mehr in deinem Fokus. Du hast dich da so drauf konzentriert ... Ich habe mich total in den Hintergrund gedrängt gefühlt. Das ist mir aber erst nach und nach bewusst geworden. Na ja, und dann warst du ja auch etwas ... gereizt. Und ich war übrigens auch enttäuscht. Nicht nur du. Da gab es nur keinen Raum für. Es hätte gar keinen Sinn gemacht, es dir zu sagen, hatte ich das Gefühl.«

»Hätte es doch«, entgegnete ich.

»Es tut mir leid, dass das so plötzlich kam, aber in der Firma war in den letzten Wochen so viel los und dann das mit uns und ...« Bob holte tief Luft.

»Und unserem Kind«, ergänzte ich.

»Ja. Unserem Kind«, sagte Bob und griff nach meiner Hand.

Einen Moment lang sagte keiner von uns was. Selbst Herr und Frau Müller schwiegen.

»Wir hätten einfach mal miteinander sprechen müssen, das weiß ich jetzt«, sagte ich und sah ihn direkt an. »Ich habe dich gar nicht gefragt, wie es *dir* damit geht. Ehrlich gesagt bin ich davon ausgegangen, dass es dich nicht so mitnimmt wie mich. Ich hatte auch irgendwie gar nicht das Gefühl.«

»Meinst du immer noch, dass wir nicht zueinander passen?«, fragte Bob und fuhr sich mit der Hand durch seine dunklen Haare, die ihm ins Gesicht fielen.

»Das habe ich so nicht gesagt«, entgegnete ich. »Ich habe gesagt biologisch.«

»Du hast aber das andere gemeint. Oder?«

»Nein, ich habe nur nach einem Grund gesucht. Ich habe das halt nicht verstanden. Warum es nicht geklappt hat. Ich wollte eine Erklärung. Jemanden, der mir sagt, wieso augerechnet ich nicht schwanger werde. Warum ich dieses Glück nicht haben darf. Verstehst du?«

Bob nickte. »Ja, das verstehe ich. Für mich ist das auch nicht einfach einzusehen, dass ich vielleicht nie Vater werde.«

Wir saßen da und sahen uns an.

»Vielleicht nicht von einem leiblichen Kind«, sagte ich und wartete gespannt auf seine Reaktion.

»Wie meinst du das?«

»Wir könnten ein Kind aufnehmen«, erklärte ich und beobachtete gespannt sein Gesicht. »Ich habe mich mal informiert. Eine Adoption ist so gut wie aussichtslos. Es wird zumindest schwierig und lange dauern. Es gibt einfach zu wenige Kinder in Hamburg, die zur Adoption freigegeben werden. Da müssten wir ins Ausland gehen. Aber wir könnten ein Pflegekind annehmen. Nicht vorübergehend, sondern in Dauerpflege.«

Ich erzählte ihm von meinem Gespräch mit Vera und dem, was ich inzwischen darüber gelesen hatte.

»Ich weiß nicht«, sagte Bob irgendwann und sah dabei alles andere als begeistert aus. »Meinst du, man kann mit Liebe Berge versetzen? Du weißt doch gar nicht, was diese Kinder schon alles durchgemacht haben. Traust du dir das zu? Wir haben gar keine Erfahrung mit Kindern. Und dann gleich ein Kind, das vermutlich traumatisiert ist.«

»Die sind doch nicht alle traumatisiert«, widersprach ich.

»Na, aus glücklichen Familien werden sie aber auch nicht stammen.«

»Man kann beim Amt sagen, was man sich zutraut und was nicht. Ich glaube, bei einem Baby, das erst ein paar Wochen oder Monate alt ist, kann man noch viel mit Liebe erreichen. Ich will ja keinen 17-Jährigen aufnehmen«, sagte ich und fragte mich, ob ich jemals Mutter werden würde, wenn er jetzt schon so auf meine Idee reagierte. Viel mehr Möglichkeiten gab es schließlich nicht. Zumindest hier nicht, wenn man in der Summe 80 Jahre alt war. Dann müssten wir uns doch nach Auslandsadoptionen erkundigen.

»Wir können zumindest mal zu dem Infoabend gehen. Was meinst du?«

»Hmm.«

Ich stand auf und holte die Broschüre. »Hier«, ich reichte sie ihm, »kannst du dir ja mal durchlesen.«

Bob nahm mir das blaue Heft ab und fing an, unmotiviert darin zu blättern. »Und was ist, wenn ich das Baby sehe und einfach nichts empfinde? Wenn der Funke nicht überspringt und ich es nicht süß finde oder …«

Mein Herz blieb stehen. Ich hatte mit allem gerechnet, nur damit nicht. Auf den Gedanken, ein Kleinkind vielleicht nicht leiden zu mögen, wäre ich nie gekommen.

»Was glaubst du, wie ein Kind aussieht, wenn es nach

x Stunden aus dem Geburtskanal kommt? Wie eine gepresste Wurst. Du sahst im Übrigen auch nicht anders aus. Dafür gibt es reichlich Beweise, wenn ich mal an das Fotoalbum mit den alten Aufnahmen von dir erinnern darf – in dem selbst gehäkelten gelben Ganzkörperanzug.« Ich konnte mir ein Lachen nicht verkneifen. Das Bild war schrecklich. Hätte man mir vor unserem Kennenlernen gesagt: »Das ist dein zukünftiger Mann!«, ich glaube, ich hätte mich in Bad Segeberg in den Kalberghöhlen versteckt bis an mein Lebensende. »Und weißt du was? Das haben deine Eltern nicht gesehen. Sie fanden dich einfach nur süß! So wie alle Eltern ihre Kinder süß finden. Nicht nur nach der Geburt. Auch später. Außerdem: Wer sagt denn, dass das Kind *uns* hübsch findet? Fragt da jemand nach? Nein«, ergänzte ich und fand den Gedanken eigentlich ganz schlau.

»Stimmt«, gab Bob nachdenklich zu. »Ich meinte ja auch nur … Vermutlich hast du recht. Ich bin halt nicht so wie du, sofort Feuer und Flamme, ich muss da immer erst drüber nachdenken.«

»Weiß ich doch«, sagte ich und gab ihm einen Kuss.

»Mir geht es wie gesagt nicht darum, mein Erbgut weiterzugeben, das ist mir völlig egal. Ich möchte einfach mit dir und dem Kind eine Familie sein. Eine glückliche. Drachen steigen lassen, Seifenkisten bauen, das alles erleben dürfen, darum geht es doch. Nicht um Gene.«

Bob erzählte mir, dass er als Kind so gern Geschwister gehabt hätte. Und dann erzählte er mir von seinem Wunsch Vater zu werden, so wie er mir noch nie zuvor davon erzählt hatte. Wir saßen auf dem Sofa und wussten, wir würden eine Familie werden, irgendwann. Und wenn nicht, dann hatten wir uns. Und das Ehepaar Müller.

Mich überkam plötzlich das Gefühl, etwas tun zu müssen. Ein Zeichen zu setzen. Jetzt! Ich ging in die Küche, nahm eine Mülltüte, öffnete den Kühlschrank und warf alles rein, was ich nie wieder benutzen wollte: Spritzen, Reste von Medikamenten, Tupfer. Dann nahm ich meinen letzten »Wanderplan« von der Kühlschranktür, zerriss ihn und warf ihn in die Tüte. Anschließend ging ich ins Schlafzimmer, wo neben meinem Bett Broschüren und Zeitschriften der Kinderwunschpraxis lagen. Im Bad nahm ich den Persona und warf ihn auch in die Tüte. Anschließend machte ich einen Knoten in den Beutel und brachte ihn runter in die Mülltonne.

Weg damit.

Ich hatte genug von Bergbesteigungen und ihren Nebenwirkungen. Von dicken Pampelmusen. Wanderplänen, die ins Nichts führten. Von negativen Schwangerschaftstests, die aus mir ein Nervenbündel machten, aber keine Mutter.

Schluss, aus, vorbei! Ich wollte mein altes Leben wieder. Jetzt!

44. Kapitel

Obwohl ich diesen Tag in den letzten Wochen vehement verdrängt hatte – schließlich war es mein 40.! –, war ich, als es so weit war, dann doch ganz gerne ein Geburtstagskind.

Die Sonne schien durch die hellen Vorhänge auf unser Bett, in dem ich allein aufwachte. Aus der Küche hörte ich das Pfeifen der Espresso-Maschine und Geschirrgeklimper.

Das war Tradition. Seit Jahren. Das Geburtstagskind bekam ein Tablett mit Kaffee, Kerzen und Geschenk ans Bett serviert. Bob hatte mir ein silbernes Armband von Tiffany geschenkt, womit ich überhaupt nicht gerechnet hatte. Schließlich hatte ich ihn nicht auf die Idee gebracht. Vielleicht steckte ja seine Kollegin dahinter, die mit den guten Tipps.

Vera rief an und sang samt Familien-Chor »Wie schön, dass du geboren bist«. Kiki, die mit ihrem Zukünftigen gerade auf Mallorca brutzelte, meldete sich und versprach, mir etwas ganz Besonderes von ihrem Kurz-Tripp mitzubringen. Louisa schickte eine SMS und drei weitere Freunde quatschten auf die Mailbox, als ich gerade mit Wichtigerem beschäftigt war: meinem Mann. Das erste Mal seit Langem, ohne dass die kleine rote Lampe geleuchtet hatte. Was für ein schönes Gefühl!

Nach dem Frühstück auf dem großen Balkon vorne hatten wir uns auf die Fahrräder gesetzt und waren an der Elbe bis Blankenese geradelt. Dort hatten wir eine Kuchenpause am Strand eingelegt, dann ging es wieder zurück am Wasser entlang. Herrlich! Die Sonne schien, der Himmel war blau und ich glücklich.

Wir bogen gerade in unsere Straße ein, als ich sie sah: meine Familie. Meine Mutter, mein Vater, meine Schwester samt Anhang – für die ich gar kein Geschenk hatte, was mir in dem Moment einfiel –, Tante Elsa und Onkel Kuki samt Hosenträgern. Die ganze Bande stand bei uns vor der Haustür. Mit vollen Händen. Na, wenn das keine Überraschung war.

Himbeertörtchen, Schwarzwälderkirsch, Kalter Hund und ein Käse-Igel standen eine Viertelstunde später auf unserem großen Esszimmertisch. Heidrun koordinierte das Decken des Tisches, die Kinder bestaunten die Vögel, die eingeschnappt auf ihren Holzstangen saßen und nicht einsehen wollten, dass sie dort im Käfig am sichersten waren. Mona und ich nahmen uns in den Arm, gratulierten uns gegenseitig und stellten fest, dass es der erste gemeinsam gefeierte Geburtstag seit Kindertagen war. Mein Vater stand auf dem Balkon, dem kleinen. Und Tante Elsa lief samt dazugehörigem Mann durch die Wohnung und sah sich alles in Ruhe an. Sie waren seit Jahren nicht hier gewesen.

»Und hier soll das Kinderzimmer hin?«, hörte ich sie fragen, während ich das Besteck auf den bereits zu Dreiecken gefalteten Servietten verteilte. Ich hielt inne und sah meine Mutter fragend an, die unschuldig mit den Achseln zuckte.

»Wieso?«, rief ich zurück, ahnend, dass Elsa hinten im Arbeitszimmer stand.

Tante Elsa kam den Flur entlang. »Na ja, es geht ja eigentlich nur da. Aber dann müssten da natürlich die ganzen Akten und alles raus, und der Schreibtisch auch.«

»Wie kommst du denn jetzt darauf?«

»Ja willst du denn nicht langsam mal?«

Von Wollen kann hier ja wohl nicht die Rede sein, hätte ich beinahe gesagt. Also wirklich! Warum muss man so etwas überhaupt an einem Geburtstag fragen? Und warum ging die Menschheit eigentlich immer davon aus, dass jeder, sobald er Lust auf ein Kind hatte, sofort schwanger wurde? Ich ärgerte mich über die Frage und spürte den mitfühlenden Blick meiner Mutter.

»Wir haben noch einen Kellerraum, falls es eng wird. Und einen Dachboden. Da steht übrigens schon ein Kinderbett. Und von da oben hört man dann wenigstens das Schreien nicht und kann schön durchschlafen«, sagte ich und legte das letzte Besteck auf den Tisch.

Stille.

Meine Mutter hielt in der Bewegung inne und sah Tante Elsa an, Tante Elsa sah mich an.

»Das war ein Scherz«, erklärte ich.

Alle fingen wieder an sich zu bewegen.

»Ach so«, sagte Tante Elsa und ging zu den Vögeln. »Na, kommt denn wenigstens bei euch mal Nachwuchs?«, fragte sie das Federvieh, das lustlos an einer Sesamstange knabberte.

Hallo?! Das war *mein* Geburtstag. Und es war bis eben ein schöner Tag gewesen.

In dem Moment kam Mona mit der Kaffeekanne aus der Küche. »Was denn für ein Kinderbett? Brauchst du eins? Das ist ja schön! Wenn du magst, kannst du auch eines von uns haben, wir …«

Ich holte – für alle gut hörbar – tief Luft. »Nein. Ich brauche keins. Ich habe eins. Auf dem Dachboden. Aber das steht da nur erst mal aus Platzgründen rum.« Ich überlegte, wie ich geschickt das Thema wechseln könnte. Immerhin hatte meine Mutter anscheinend diesmal dichtgehalten und selbst Mona nichts von unserem unerfüllten Wunsch erzählt.

»Du hast schon Babysachen besorgt?«, platzte es aus Tante Elsa heraus. »Aber das weiß doch jeder, dass man das nicht soll. Etwa auch einen Kinderwagen? Das bringt Unglück!« Dann fügte sie noch hinzu: »Dann ist es ja auch kein Wunder, dass es nicht klappt.«

»Elsa, also wirklich!«, mahnte meine Mutter.

Ich brauchte einen Moment, um meine Gedanken zu sortieren. Wenn ich jetzt tat, was ich dachte, würde ich morgen in U-Haft sitzen und vermutlich keinen Besuch bekommen. Da ich das nicht so gerne wollte, überlegte ich einen weiteren Moment. Was eigentlich gar nicht meine Art war. Aber dieses Mal war ich einfach zu perplex.

Bob stand plötzlich im Türrahmen und übernahm für mich das Denken und Reden. »Das sind nur alte Sachen von mir, die da auf dem Boden stehen, die haben wir ja nicht besorgt. Meine Eltern mussten ihren Dachboden räumen und hatten uns gefragt, ob wir ein paar Gegenstände bei uns unterbringen könnten. Mehr nicht. Also? Wollen wir mal anfangen?«

Ich sagte gar nichts und ging in die Küche, wo sich nach meinen Berechnungen jetzt keiner aufhielt, und versuchte mich auf meine Atmung zu konzentrieren.

Nach ein paar Minuten hatte ich das Gefühl, wieder Herrin meiner Sinne zu sein. Zurück im Esszimmer setzte ich mich zu den anderen an den Tisch.

»Und, was nimmst du?«, fragte Tante Elsa, die den Job mit dem Kuchenverteilen übernommen hatte, und riss mich damit aus meinen Gedanken.

»Himbeertorte«, sagte ich und hielt ihr vorsichtig meinen Teller ein Stück entgegen – in der Hoffnung, das Stück würde nicht wieder in meinem Schoß landen.

Hefriwi rannten um den Tisch, von meinem Vater war mal wieder nichts zu sehen, und meine Mutter starrte in Abständen von wenigen Sekunden immer wieder auf ihre schmale goldene Armbanduhr. Eigentlich gar nicht ihre Art.

Ich schob mir gerade ein Stück Kuchen in den Mund, die Kinder stritten, wer das größte Stück vom Kalten Hund hatte, und Tante Elsa fragte, wo eigentlich das Kirschwasser sei, als ich es hörte. Im ersten Moment dachte ich, es wäre ein hupendes Auto. Doch dann erkannte ich die Melodie: »Hoch sollst du leben!«

Meine Mutter lächelte ein seliges Lächeln, das mich an Queen Mum erinnerte. Dann erhob sie sich und sagte: »Das ist für euch, meine lieben Töchter. Es ist der Trompeter vom Michel! Ich habe ihn extra für euch heute hierherbestellt!«

Mona und ich sahen uns erstaunt an. Hefriwi hörten schlagartig auf zu streiten und rannten zum Balkon. Elsa sprang vom Stuhl, sodass er hintenüberkippte, was ihr

Mann direkt zum Anlass nahm, ihr mal wieder auf den geblümten Po zu klatschen.

Ich sah Bob an. »Und das wusstest du auch nicht?!«

Bob schob seine Brille mit dem Zeigefinger wieder ein Stückchen die Nase hoch, was er gerne tat, wenn er etwas unsicher war. Dann schüttelte er den Kopf und hob die Finger zum Eid: »Ich schwöre!«

30 Sekunden später standen wir alle auf dem Balkon und sahen, dass wir nicht allein waren: Auf beinahe allen Balkonen, gegenüber, daneben rechts, links und neben uns, standen Menschen, die runtersahen und der Musik lauschten. Oder sagen wir mal dem Gebläse. Ein einsamer Trompeter stand unten mitten auf der Straße.

Und weil es so schön war, klatschten alle, und es gab noch eine Zugabe. Wir hatten nach dem letzten Lied alle noch einmal artig geklatscht und gewunken und waren dann – wie die Königsfamilie – wieder im Haus verschwunden.

Da geschah es. Tante Elsa stellte sich vor mich, sah erst mir tief in die Augen, dann zu Mona rüber, die auf dem Sofa Platz genommen hatte, und verkündete feierlich: »Liebe Lisa, liebe Mona! Genießt euer neues Lebensjahr in vollen Zügen. Und lasst euch eins gesagt sein von eurer alten Tante: Glaubt mir, es ist wirklich so, das beste Jahrzehnt ist einfach zwischen 30 und 40. Das ist die beste Zeit eures Lebens!«

Bob hielt die Luft an, Onkel Kuki lief dunkelrot an, meine Mutter sagte nur »Elsa!« und Elsa sah mich fragend an.

»Das ist gerade vorbei, Tante Elsa«, sagte ich und musste loslachen. Ich konnte nicht mehr. Wie schön war das denn? Da sagte sie mir, dass die beste Zeit meines Lebens vorbei ist. Ein Traum!

Nach und nach fingen alle an zu lachen – sogar mein Vater.

»O Gott, o Gott! Das tut mir so leid! Ich meinte natürlich zwischen 40 und 50! Entschuldigt bitte! Dieses Wetter macht mich ganz fertig. O Gott! Entschuldigt bitte!«, sagte Tante Elsa immer wieder und konnte sich gar nicht mehr beruhigen, egal wie oft ich ihr sagte, dass alles halb so wild war.

Wobei ich sagen muss, dass die Erwähnung der Zahl »50« es an einem Tag, an dem man die »40« gern leugnen würde, auch nicht besser machte.

Als abends alle weg waren, die Küche aufgeräumt war und alles wieder so aussah wie vor dem Überfall, setzten wir uns mit zwei Flaschen Bionade auf den Balkon und mussten über diesen ereignisreichen Tag lachen.

»Irgendwie traf das echt meinen Humor«, meinte ich zu Bob und hielt ihm meine Flasche entgegen.

»Prost, auf dich!« sagte er, stieß an und gab mir einen Kuss.

Drei Monate später

45. Kapitel

Die Sonne schien irgendwo hinter den Dächern der Häuser auf der gegenüberliegenden Seite und tauchte die Stadt in ein frisches, kaltes Morgenlicht. Ich stand am Tresen im Studio, wartete auf Louisa und blätterte ungeduldig im Kalender. Wir hatten uns für 9 Uhr verabredet, um noch mal alles ganz genau durchzugehen. Drei Wochen waren schließlich eine lange Zeit. Und ich konnte es kaum abwarten, endlich mit Bob im Flieger zu sitzen!

Es war ein Freitag, Mitte November. Nur noch dreimal schlafen, dann würde es losgehen.

Kiki hatte mich auf die Idee gebracht. Sie war nach einer unvergesslichen schönen Hochzeitszeremonie Ende August bei strahlendem Sonnenschein am Strand in Binz jetzt Frau Frauenstein, und als solche hatte sie mit ihrem Doc frisch verheiratet und sehr verliebt Flitterwochen auf Bali gemacht.

Zwei Wochen, ohne Rundreise, Yoga und Selbsterfahrungskurse. Dafür Fünf-Sterne-Deluxe in einem der teuersten Resorts der Insel. Mich beunruhigte das nicht. Kiki hatte schon so viele Wandlungen durchgemacht und war doch eigentlich immer dieselbe geblieben. Egal ob mit oder ohne Turban. Und ehe sie sich versah, war sie jetzt Ehefrau mit Kind und Kegel. Da konnte man schon fast neidisch werden, wenn einem ein fertiges Kind so vor die Tür gestellt wurde, hatte ich lachend zu ihr gesagt, als die Kleine während der Hochzeitsfeier im hellrosa Kleid mit ihren langen blonden Haaren – mit denen sie wirklich aussah, als wäre Kiki ihre leibliche Mutter – über die Tanzfläche hüpfte. Dabei war die Kleine gar nicht mehr so klein. Toni war acht Jahre und mindestens genauso verliebt in ihre neue Mutter wie der dazugehörige Vater. So was gab es also auch.

Apropos Vater. Bob wollte nach wie vor Vater werden. Gern auch von einem Pflegekind. Das hatte er mir inzwischen gesagt und gezeigt. Er hatte sich informiert, wie es eben seine Art war, hatte Bücher gelesen, sich schlaugemacht. Es ging um etwas anderes: um ein Kind. Vielleicht war es auch das Gespäch mit seinen Eltern gewesen, die vor ein paar Wochen plötzlich mit ihrem Campingwagen vor unserem Haus standen. Statt Karte sozusagen. Seine Mutter war so sehr Feuer und Flamme von der Idee, dass wir ein Pflegekind aufnehmen, dass ich schon Angst hatte, sie würden merken, dass die Wohnung neben uns leer stand, und dort einziehen, statt mit dem Campingwagen weiter auf Abenteuerreise zu gehen.

Und schließlich war Bob es, der darauf drängte, alle nötigen Unterlagen zusammenzustellen, der uns zu den Infoabenden anmeldete, der das Arbeitszimmer ausräumte und frisch strich. All das beobachtete ich fasziniert. Manchmal brauchte er eben etwas länger.

Auf alle Fälle hatte Kiki Vera und mir so sehr von dieser Reise vorgeschwärmt, dass mich plötzlich die Sehnsucht gepackt hatte. Die Sehnsucht nach einem Neuanfang.

Wie hatte Opa Ernst immer so schön gesagt: »Du

musst erst eine Tür hinter dir zumachen, dann öffnet sich eine neue.«

Na bitte. Wer sagt's denn? Mach ich doch einfach mal meine Wohnungstür zu und fliege in den Urlaub. Wenn das kein Neuanfang ist!, hatte ich mir gedacht und mit der Planung begonnen.

Ich, Lisa Marquardt, hatte einen Plan: Einen Schlussstrich ziehen unter das, was wir in den letzten Jahren durchgemacht hatten.

Das Ehepaar Müller war vorübergehend in der Tierpension, meine Mutter hatte angeboten, die wenigen Blumen, die wir besaßen, zu gießen, und Louisa würde den Laden schmeißen. Das war der Plan. Mein Plan. Den ich fein säuberlich ausgeheckt hatte. Inklusive Reise nach Bali, mit der ich Bob überrascht hatte. Sogar mit seinem Chef hatte ich heimlich telefoniert.

Die Ladentür öffnete sich.

»Hallo!«, begrüßte mich Louisa. Mit ihrer rosa Ledertasche, die aussah wie ein kleiner Schulranzen, in der einen Hand, einer kleinen bunten Papiertüte in der anderen wirkte sie fast wie ein junger Teenie. Dabei war sie Mitte zwanzig. »Na, alles gut? Bist du aufgeregt?«, fragte sie, während sie ihren viel zu dicken, scheinbar endlos langen Wollschal vom Hals wickelte.

»Ja, allerdings. Schön, dass du da bist!« Ich nahm sie in den Arm.

»Hier, das ist für dich beziehungsweise für euch«, erklärte sie und reichte mir die Papiertüte. Dann legte sie den Berg Wolle auf den Tresen.

»Oh, danke!«

»Eine Einmalkamera für Unterwasserbilder, ein kleiner Luft-Fächer, Sonnencreme und alles, was man so braucht. Außerdem noch Bonbons, die die Flugangst nehmen sollen. Angeblich.«

»Die kann ich gebrauchen. Das ist ja lieb! Danke! Den Schlüssel hast du ja, im Notfall kannst du auch meine Eltern anrufen – die wissen Bescheid. Oder du hinterlässt mir eine Nachricht auf der Mailbox, und ich melde mich dann bei dir. Und ansonsten: viel Spaß! Mit Sicherheit kommt die Queen vorbei und will Aktaufnahmen.«

Louisa lachte los. »Wie kommst du denn darauf?!«

»Also, bisher war hier immer etwas los, sobald ich nicht da war. Ich sage nur: Sky du Mont. Bin gespannt, was du mir nach meiner Rückkehr erzählst«, sagte ich augenzwinkernd.

46. Kapitel

Der Tag fing an wie alle Montage: hektisch. Das Taxi war fünfzehn Minuten zu spät. Ich wählte gerade das dritte Mal die Nummer der Taxizentrale, um zu fragen, wann der Wagen denn nun käme, als ich ihn endlich sah. Wir standen bereits seit einer knappen halben Stunde auf dem Fußgängerweg vor dem Haus, froren und überlegten nervös, ob wir auch an alles gedacht hatten.

»Endlich!«, rief ich, winkte mit der Hand, um dem Fahrer ein Zeichen zu geben, und rollte mit der anderen Hand meinen Koffer zwischen den parkenden Autos hindurch.

Bob folgte mir. »Wir kommen trotzdem noch pünktlich«, meinte er und versuchte damit eher sich selbst als mich zu beruhigen.

»Zum Flughafen bitte – schnell!«, sagte ich zum Fahrer, der sich tausendmal entschuldigte und irgendetwas von Wagenwechsel oder Schichtwechsel faselte. Eigentlich war es mir egal. Ich wollte jetzt einfach nur noch los. Sofort. Sonst würde bei mir gleich etwas wechseln – und zwar die Laune.

Es fing an zu schneien, nein regnen, irgendetwas dazwischen. Aber auch das war mir egal. Sollte es doch. Auf mich wartete die Sonne.

Am Terminal war leider mehr los, als ich gedacht hatte. Flogen die Menschen nicht normalerweise an Freitagen oder Samstagen in den Urlaub? Die Schlange am Check-in-Schalter zog sich quer durch die Halle.

Mein Handy klingelte. »Mama« stand auf dem Display. *Nicht jetzt*, dachte ich und ging ran. »Na, was gibt's?«

»Ich wollte euch nur noch mal eine schöne Reise wünschen. Passt gut auf euch auf, und was wünschst du dir eigentlich zu Weihnachten?«

»Mama, das weiß ich gerade echt nicht. Sorry. Ich denke mal im Urlaub darüber nach, okay?«, unterbrach ich sie und zeigte mit der Hand in Richtung eines Check-in-Schalters rechts von uns, der gerade öffnete. »Können wir da auch einchecken?«, fragte ich Bob.

»Ich guck mal«, sagte er und ging.

»Mama, das ist ganz lieb, dass du anrufst, aber wir sind etwas zu spät und ich muss jetzt aufhören. Ich melde mich, wenn wir gelandet sind.«

»Ja, mach das. Viel Spaß!«

»Danke. Tschüss!«

Bob winkte mich vom anderen Schalter zu sich.

Ich hatte das Handy gerade wieder in meine Umhängetasche gepackt und nach den Koffern gegriffen, als es schon wieder klingelte. Das gab es doch nicht! Ich kramte es wieder raus. »Was ist denn noch?!«, fragte ich leicht gereizt.

»Hallo Frau Marquardt, schön, dass ich Sie gleich erreiche. Hier ist Frau Siemers von der Vermittlungsstelle für Pflegekinder.«

Mein Herz blieb stehen.

Frau Siemers. Die Frau, mit der wir so viele Abende

verbracht hatten, zusammen mit den anderen Paaren, die auch ein Kind aufnehmen wollten. Frau Siemers, die unsere Wohnung kannte, unsere Geschichte, uns. Wir hatten polizeiliche Führungszeugnisse beantragt und Gesundheitszeugnisse besorgt, hatten unsere Bankkonten offengelegt, alle Infoabende und Wochenendkurse absolviert und sämtliche Bücher gelesen, die uns empfohlen worden waren. Warum rief sie mich jetzt an? Wir hatten doch alles gemacht, was auf der To-Do-Liste gestanden hatte. Oder hatten wir noch etwas vergessen?

»Was kann ich denn für Sie tun?«, fragte ich mit Herzklopfen. Frau Siemers löste in mir immer das Gefühl aus, wieder Erstklässlerin zu sein und vor meiner Lehrerin an der Tafel zu stehen.

»Wir würden Ihnen gern ein Kind vorstellen«, sagte sie.

»Ein Kind?«, fragte ich etwas zeitversetzt, als wüsste ich nicht, worum es sich dabei handelte. Ich stellte den Koffer wieder ab.

»Ja, ein kleines Mädchen.«

Vielen Dank …

… Anke Göbel vom Heyne Verlag, für die wunderbare Zusammenarbeit. Du bist ein Sechser im Lotto!

… Steffi Korda und Anne Tente, meinen Lektorinnen, die für mich Kompass und Kapitäninnen in einem waren.

… Jutta, für deine Zeit, die du mir geschenkt hast, deinen Zuspruch und deine Unterstützung. Du bist und bleibst die beste Schwiegermutter dieses Planeten!

… Jana, für all dein Engagement, deinen Einsatz, deine Begeisterung. Wie schön, dass es DICH gibt!

… Enno, du weißt wofür!

Und Mama, denn ich weiß, dass du siehst, was ich tue.

Ich liebe dich!

Emma Sternberg

»Mit einer guten Prise Humor und Charme beweist Emma Sternberg, dass das Leben wie ein Rezept ist. Auch wenn man scheinbar alles richtig macht: Wenn man ohne Liebe am Werk ist, ist das Ergebnis meist ungenießbar.«
Freundin **über** ***Liebe und Marillenknödel***

978-3-453-40910-1

978-3-453-40911-8